KB010422

쇼샤

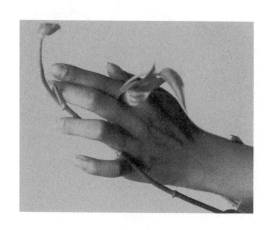

쇼샤

―

아이작 바셰비스 싱어 지음

정영문 옮김

일러두기

- 각주는 옮긴이와 편집자가 작성했으며, 별도 표기를 통해 구분하였습니다.
- 외국 지명 뒤의 가街, 강江, 산山 등은 혼란을 방지하고자 지명과 떼어 썼습니다.

차례

1부

(

1

나는 히브리어와 아람어[1]와 이디시어[2] – 어떤 사람들
은 이디시어를 언어로 여기지 않는다 – 라는 세 가지
죽은 언어와 바빌론에서 형성된 탈무드의 문화 속에서
자랐다. 내가 공부한 예배당은 선생님이 식사를 하고
잠을 자며 그의 아내가 요리를 하는 방이었다. 나는 그
곳에서 산수와 지리, 물리와 화학, 그리고 역사를 공부
하는 대신 축일에 낳은 달걀에 대한 법칙과 2천 년 전
에 파괴된 성전에서 드렸던 희생제를 공부했다. 나의
선조들은 내가 태어나기 약 6~7백 년 전 폴란드에 정
착했지만 나는 폴란드어는 몇 마디밖에 할 줄 몰랐다.
우리는 바르샤바의 크로크말나 가에 살았는데 그곳은
게토[3]로 불릴 만한 곳이었다. 러시아가 폴란드를 점령

1 옛 시리아, 팔레스타인 등지에서 사용되던 언어
2 독일어, 히브리어 등의 혼성 언어
3 유대인 집단 거주 구역

하였을 당시 폴란드의 유대인들은 원하는 곳에서 자유
롭게 살 수 있었다.

나는 모든 면에서 눈치가 좀 없는 편이었는데, 이웃
인 바셸레와 그녀의 남편 젤리그 부부의 딸 쇼샤와의
우정이 사랑과 비슷한 감정이라는 것을 몰랐듯이 그
사실도 몰랐다. 당시의 연애 행각은 수염을 깎고 유대
교 안식일에 담배를 피우는 세속적인 청년들과, 소매
가 짧은 블라우스와 어깨와 목이 많이 드러난 드레스
를 입는 소녀들 사이에서 일어났다. 그런 어리석은 일
은 하시디즘[1]을 믿는 집안에서 자란 일고여덟 살의 소
년에게는 아무런 영향을 주지 않았다.

그럼에도 나는 쇼샤에게 마음이 끌렸고, 그래서 가
능한 한 자주 우리 아파트에서 바셸레의 집으로 나 있
는 어두운 홀을 지나다녔다. 쇼샤와 나는 같은 또래였
지만, 내가 게마라[2] 몇 페이지와 미슈나[3] 몇 장을 외고,
히브리어, 이디시어로 글을 쓰며 신과 섭리, 시간과 공
간, 그리고 무한에 대해 생각하기 시작하면서 천재로
통하게 된 반면, 쇼샤는 10번지인 우리 건물 안에서 약
간 바보로 여겨졌다. 아홉 살인 그녀는 여섯 살 아이처
럼 말했다. 그녀는 부모님이 보낸 공립학교에서 2년 뒤
처져 있었다. 쇼샤는 머리 끈을 풀면 어깨까지 내려오
는 금발에, 눈은 파랬고 오똑한 코에 목이 길었다. 그
녀는 젊은 시절 아름다웠다는 그녀의 어머니를 닮았
다. 쇼샤보다 두 살 어린 여동생 이페는 얼굴이 까맸

---

1 18세기 폴란드에서 생겨난 신비적 성향이 강한 유대교의 한 종파
2 탈무드 주석편 제2편
3 탈무드의 제1부를 구성하는 유대교의 불성문율집

고 아버지를 닮았는데, 왼쪽 다리에 부목을 대고 절룩
거렸다. 내가 바셸레의 집에 가기 시작했을 때 그 집의
막내인 타이벨레는 아직 아기였다. 이제 막 젖을 뗀 그
녀는 요람 속에서 자고 있었다.

어느 날 쇼샤가 울면서 학교에서 돌아왔다. 더 이상
학교에서 그녀를 받아들이기 어렵다는 선생님의 편지
를 들고 말이다. 그녀는 연습장 몇 권과 펜과 연필이
든 필통, 그리고 러시아어와 폴란드어로 쓰인 책 두 권
을 갖고 집에 왔다. 그녀는 러시아어는 배우지 못했지
만 폴란드어는 느릿느릿하게나마 읽을 수 있었다. 폴
란드어로 된 교재에는 마을의 오두막집과 암소, 수탉,
고양이, 개, 산토끼, 그리고 둥지에서 새로 부화한 새끼
에게 먹이를 주고 있는 어미 황새 그림이 실려 있었다.
쇼샤는 그 책에 실린 시 몇 편을 외우고 있었다.

그녀의 아버지 젤리그는 가죽 가게에서 일했다. 그
는 아침 일찍 나가 저녁 늦게 귀가했다. 그의 검은 수
염은 항상 짧고 둥근 모양이었는데 우리 건물에 사는
하시디즘 신도들은 그가 수염을 다듬는다는 얘기를 했
다. 그건 하시디즘의 관례를 위반하는 것이었다. 그는
빳빳한 칼라가 있는 짧은 능직 웃옷을 입고 넥타이를
매고, 윗부분에 고무가 달린 아이들 신발을 신었다. 토
요일이면 그는 상인과 노동자 들이 많이 찾는 유대교
회당에 갔다.

바셸레는 가발을 쓰긴[4] 했지만, 랍비 메나헴 멘들 그

---

4 유대법 할라차에 따르면 결혼한 여성은 남편이나 가까운 가족이 아닌
   남자와 함께 있을 때는 가발이나 스카프 등으로 머리를 가려야 한다(편
   집자 주)

라이딩거의 아내인 내 어머니와는 달리 머리 면도는 하지 않았다. 어머니는 종종 랍비의 아들이자 게마라를 배우는 학생인 내가 소녀와, 그것도 평민 출신의 소녀와 어울리는 것은 옳지 않다고 얘기했다. 어머니는 바셸레의 집에서는 유대교의 율법을 엄격하게 따르지 않은 고기를 내놓을 수도 있다면서 그 무엇도 먹어서는 안 된다고 경고하기도 했다. 그라이딩거 집안은 대대로 랍비였으며 신성한 책을 쓴 저자들이기도 한 반면, 바셸레의 아버지는 모피상이었고 젤리그는 결혼 전 러시아 군대에서 복무했었다. 우리 건물의 아이들은 쇼샤의 말을 흉내 냈다.

쇼샤는 이디시어를 말하면서 멍청한 실수를 하곤 했다. 그녀는 문장을 시작한 다음 제대로 끝내는 경우가 드물었다. 음식을 사오라고 식료품점에 보내면 돈을 잃어버렸다. 바셸레의 이웃들은 쇼샤의 뇌가 멈춘 것 같다며 병원에 데려가 보라고 했지만 바셸레는 병원에 갈 시간도, 돈도 없었다. 그들은 어쩔 도리가 없었다. 바셸레 역시 어린아이처럼 순진했기 때문이다. 제화공인 미카엘은 바셸레로 하여금 그녀가 새끼 고양이를 배고 암소가 지붕 위를 날고 황동 계란을 낳았다는 것을 믿게 만들 수도 있다고 했다.

바셸레의 아파트는 우리 아파트와는 너무도 달랐다! 우리 집에는 가구라곤 거의 없었다. 벽에는 바닥에서 천장까지 책이 쌓여 있었다. 내 동생 므와셰와 난 장난감이 없었다. 우리는 아버지의 책이나 망가진 펜, 빈 잉크 병 또는 종잇장을 갖고 놀았다. 우리 집 거실에는 소파도, 천을 씌운 의자도, 서랍장도 없었다. 계명을 새긴 석판을 넣어둔 상자와 긴 탁자, 긴 의자가 있을 뿐이었다. 유대교 안식일이면 사람들은 그곳에서 기도를 했다. 내 아버지는 종일 성서대에 서서 두텁게 펼쳐진 커다란 책들을 들여다보았다. 그는 한 주석자가 다른 이의 책에서 발견한 모순에 대해 또 다른 해답을 주려 애쓰며 주석 작업을 했다. 키가 작은 그는 붉은 수염에 파란 눈을 갖고 있었고, 긴 담뱃대로 담배를 피웠다. 최초로 기억이라는 것을 하기 시작한 이후부터 나는 "그것은 금지된 것이다"라는 말을 수없이 반복해 들어야만 했다. 내가 하고 싶어 한 모든 것은 율법에 어긋나는 것이었다. 나는 사람을 그리거나 칠할 수 없었다. 그것은 십계명 중 두 번째 계명을 위반하는 것이었다. 나는 다른 소년에 대해 좋지 않은 말을 할 수도 없었다. 그것은 중상이었다. 나는 누군가를 비웃을 수도 없었다. 그것은 조롱이었다. 나는 이야기를 꾸며낼 수도 없었다. 그것은 곧 거짓말을 의미했다.

안식일이면 우리는 촛대나 동전 등 평소 즐겁게 가지고 놀던 그 어떤 것도 만질 수 없었다. 아버지는 계속해서 이 세상은 토라[1]를 공부하고 덕을 쌓아야 하는 복도와 같은 곳이라고 이야기했다. 다음 세상에 있는 궁전을 향해 길을 만들어 나갈 때 그에 따르는 보상이 기다리고 있다는 것이었다. 그는 "사람이 도대체 얼마나 살지? 몸을 돌리기도 전에 모든 것이 다 끝이 나지. 어떤 사람이 죄를 짓게 되면 그로 인해 그는 악마와 악귀와 요귀가 되는 거란다. 그들은 사람이 죽게 되면

[1] 유대교 율법

시체를 뒤쫓아가 사람들도 가축도 다니지 않는 버려진 숲과 사막으로 끌고 다니지"라고 말하곤 했다.

이따금 어머니는 아버지가 우리에게 우울한 얘기를 한다고 화내곤 했지만 그녀는 도덕군자 그 자체였다. 어머니는 마른 체형에 뺨은 움푹 들어가고 턱은 뾰족했는데, 커다란 회색 눈은 예리함과 우수를 동시에 드러내고 있었다. 내가 태어나기 전에 부모님은 아이 셋을 잃은 상태였다.

바셸레의 집에서는 문을 열기도 전에 스튜와 구운 고기, 디저트 냄새를 맡을 수 있었다. 그녀의 집 부엌에는 황동과 청동으로 된 단지와 팬, 그림이 그려진 금 테두리의 접시, 절구와 공이, 커피 가는 기계, 그 밖에 온갖 종류의 그림과 자질구레한 장신구들이 있었다. 아이들은 인형과 공, 색연필과 물감이 가득 들어 있는 바구니를 갖고 있었다. 침대는 예쁜 침대보로 덮여 있었고, 소파에는 수놓은 쿠션이 놓여 있었다.

이페와 타이벨레는 내게 너무 어렸지만 쇼샤는 꼭 맞았다. 우리는 나무막대를 든 거친 소년들이 주름잡는 안뜰에서는 놀지 않았다. 그들은 자신들보다 어리거나 약한 아이들을 못살게 굴었다. 그들은 짓궂은 얘기를 했다. 그들은 내가 랍비의 아들이며 헐거운 긴 옷을 입고 벨벳 모자를 쓴다는 이유로 나를 더욱 못살게 하였다. 그들은 나를 '멋쟁이', '어린 랍비', '계집애'라고 부르며 놀렸다. 내가 쇼샤와 얘기하는 것을 보면 그들은 나를 놀리며 '계집애'라고 불렀다. 나는 머리가 붉고 눈이 파랗고 피부가 너무 희다고 놀림받았다. 아이들은 돌멩이나 나무 조각, 진흙덩어리를 던졌다. 그리고 발을 걸어 배수구에 넘어지게도 했다. 어떤 때는 집을 지키는 수위의 개를 풀어 나를 공격하게 하기도 했다. 그들은 내가 그 개를 무서워한다는 것을 알고 있었다.

하지만 바셸레의 집 안에서는 누구도 나를 놀리거나 못살게 굴지 않았다. 내가 집에 도착하자마자 바셸레는 귀리를 갈아 만든 음식 한 접시와 빨간 순무가 들어간 러시아식 수프 한 그릇, 그리고 쿠키를 줬다. 쇼샤는 인형, 인형 크기의 접시와 요리기구, 사람과 동물 모형 모은 것, 반짝이는 단추와 현란한 색상의 리본이 든 장난감 상자를 꺼냈다. 우리는 카드게임, 공기놀이, 숨바꼭질, 그리고 부부놀이를 했다. 나는 회당에 갔다 온 것처럼 했고, 쇼샤는 나를 위해 식사를 준비했다. 한번은 내가 맹인 흉내를 내자 쇼샤는 자신의 이마와 뺨과 입을 만지게 해주었다. 그녀는 내 손바닥에 입을 맞추며 "엄마한테는 말하지 마"라고 말했다.

나는 내가 직접 읽었거나 어머니와 아버지에게서 들은 이야기를 멋대로 각색해 쇼샤에게 들려주곤 했다. 나는 시베리아의 야생 숲, 멕시코의 악당들, 자신의 아이들을 잡아먹는 식인종들에 대해 얘기해 주었다. 때로는 바셸레가 우리와 함께 앉아 내가 재잘거리는 얘기를 듣기도 했다. 나는 카발라[1]를 잘 알고 있으며, 너무도 신성해 벽에서 포도주를 꺼내고, 살아 있는 비둘기를 만들어내고, 나를 마다가스카르까지 날아가게 할 수 있는 표현들을 알고 있다며 떠벌리기도 했다. 내가

---

1 유대교의 신비주의 사상

알고 있는 그러한 표현 중 하나는 일흔두 개의 문자로 이루어져 있는데, 그것을 말하게 되면 하늘이 붉게 물들고 달이 흔들리며 세상이 파괴된다고 말해주었다.

쇼샤의 눈이 겁에 질렸다. "아렐레, 그 말은 입 밖에 내지 마!"

"그래, 쇼셸레, 무서워하지 마. 대신 네가 영원히 살 수 있도록 해줄게."

2

나는 쇼샤와 단순히 놀기만 했던 게 아니라 누구에게도 하지 못했던 말들을 그녀에게 말하였다. 나는 내가 품고 있는 모든 환상과 공상을 얘기할 수 있었다. 나는 책을 쓰고 있다고 털어놓았다. 이따금 나는 그 책을 꿈속에서 보았다. 그 책은 나와 고대의 어떤 율법학자가 양피지에 쓴 것으로, 나는 그 일을 전생에서 했다고 상상했다. 아버지는 내가 카발라를 보는 것을 금했다. 그는 서른 전에 카발라에 빠지게 되면 이단이 되거나 미칠 수 있다고 경고했다. 하지만 나는 내 자신이 이단이며 절반은 미쳤다고 믿고 있었다.

우리 집 서가에는 『생명의 나무』, 『창조서』, 『석류나무 과수원』 등과 같은 조하르[1]와 다른 카발라 서적들이 꽂혀 있었다. 나는 왕, 정치가, 백만장자, 학자 들에 대한 이야기를 적어놓은 달력 하나를 발견했다. 때로 어머니는 과학과 관련된 정보들로 가득한 선집을 읽기도 했다. 그 책에서 나는 아르키메데스, 코페르니쿠스, 뉴

---

1 14세기경, 유대 신비주의 사상인 카발라의 주해서

턴, 그리고 철학자 아리스토텔레스, 데카르트, 라이프 니츠 등에 대해 읽을 수 있었다. 저자인 빌뉴스 출신의 레브 엘리야는 신의 존재를 부정하는 사람들과 긴 논쟁을 벌였기 때문에 책을 읽다 보면 그 사람들의 견해까지 배울 수 있었다. 그 책은 내게 금지되어 있었지만 나는 기회가 날 때마다 읽었다.

한번은 아버지가 철학자 스피노자 – 그의 이름은 지워져야 했다 – 를 언급하며, 그의 이론은 하느님이 세상이며 세상이 하느님이라고 주장하고 있다고 했다. 그 말은 나를 혼란스럽게 했다. 만약 세상이 하느님이라면 어린 소년인 나, 아론 그리고 내 옷, 내 벨벳 모자, 내 붉은 머리, 내 신발 또한 신성의 일부였던 것이다. 바셸레와 쇼샤, 그리고 심지어는 내 생각도 마찬가지였다.

그날 나는 쇼샤에게 스피노자의 저작들을 모두 공부하기라도 한 것처럼 그의 철학에 대해 강의했다. 쇼샤는 금박을 입힌 단추들을 늘어놓은 채 내 얘기에 귀기울였다. 난 그녀가 한마디도 못 알아들었을 거라고 확신했지만 그녀는 "라이벨레 본츠도 하느님이야?"라고 물어왔다.

라이벨레 본츠는 우리가 사는 건물의 안뜰에서 건달이자 도둑으로 알려져 있었다. 그는 사내아이들과 카드놀이를 할 때면 속임수를 썼다. 그는 온갖 속임수와 핑계를 대며 약한 아이들을 이겼다. 그는 어린 소년에게 다가가 "어떤 사람이 내 팔꿈치에서 좋지 않은 냄새가 난대. 어디 한번 냄새를 맡아봐 줄래"라고 말하곤 했다. 어린 소년이 마지못해 그렇게 하면 라이벨레 본츠는 팔꿈치로 그의 코를 때렸다. 그가 하느님의 일부일 수 있다는 생각은 스피노자의 철학에 대한 나의 열정을 식게 했다. 그래서 나는 그 즉시 신은 좋은 신과 나쁜 신이 있으며, 라이벨레 본츠는 나쁜 신에 속한다는 이론을 만들어냈다. 쇼샤는 기꺼이 스피노자의 이론을 새롭게 수정한 내 이론을 받아들였다.

내 아버지가 기도를 드리는 라드지민 학당에는 정어리를 파는 상인인 조슈아라는 이름의 남자가 매일같이 왔다. 그는 철학자 조슈아라는 별명을 갖고 있었다. 키가 작고 홀쭉한 그는 노란색과 회색, 갈색이 섞인 수염을 기르고 있었다. 그는 절인 정어리와 훈제 정어리를 팔았고, 그의 아내와 딸들은 오이를 절였다. 그는 다른 신도들이 떠난 늦은 시간에 와서 아주 빠르게 기도를 드렸다. 그는 기도드릴 때 걸치는 숄을 걸치고 부적을 붙인 후—그 모든 일은 눈 깜짝할 사이에 일어났다—바로 다음 순간 그것을 벗고 떼어냈다.

나는 아버지가 수업료를 내지 못해서 공부하러 가는 것을 그만둔 상태였다. 게다가 이제 나는 혼자서도 게마라 한 페이지를 읽을 수 있었다. 나는 종종 그 사람과 얘기를 나누기 위해 라드지민 학당에 가곤 했다. 그는 논리학을 들먹이며 그리스 철학자 제논의 역설에 대해 얘기했다. 그는 원자가 물질의 가장 작은 입자이긴 하지만 수학적인 관점에서는 무한히 분할될 수 있다고 했다. 그는 '소우주'와 '대우주'라는 단어의 의미를 설명해 주었다.

이튿날 나는 그 모든 것을 쇼샤에게 얘기했다. 나는 각각의 원자는 그 자체로 하나의 세계이며, 그것은 무수히 많은, 아주 작은 인간과 동물과 새로 이루어져 있다고 말했다. 그 안에는 기독교도와 유대인이 함께 있었다. 사람들은 그 안에서 자신들이 얼마나 작은지도 모른 채 집과 탑과 도시와 다리를 건설했다. 그들이 여러 가지 언어로 말을 했다는 것도. "물 한 방울에도 그러한 세계가 수도 없이 있어."

"그 사람들은 물에 빠져 죽지 않아?" 쇼샤가 물었다.

문제가 너무 복잡해지지 않도록 나는 "그 사람들은 헤엄을 칠 줄 알아"라고 말했다.

쇼샤에게 갈 때마다 나는 새로운 얘깃거리를 갖고 갔다. 나는 마시면 삼손처럼 힘이 세지는 약을 발견하기도 했다. 나는 이미 그것을 마시고는 힘이 세져서 성지에서 튀르키예인들을 몰아내고 유대인의 왕이 될 수도 있었다. 머리에 쓰면 사람이 보이지 않게 되는 모자도 발견했다. 나는 새들의 언어를 말할 수 있는 솔로몬 왕에게서 지혜를 배우고, 선물로 낙타와 당나귀뿐만 아니라 많은 노예들까지 거느리고 온 시바의 여왕에 대해 얘기했다. 그녀가 오기 전 솔로몬 왕은 왕궁 바닥을 유리로 바꾸라고 지시했다. 왕궁에 들어선 시바의 여왕은 유리를 물로 잘못 알고는 치마를 걷어 올렸다. 황금 왕좌에 앉아 있던 솔로몬 왕은 여왕의 다리를 보고는 "당신은 무척이나 아름답기로 유명하오. 그런데 다리에 남자처럼 털이 나 있구려"라고 말했다.

"그게 사실이야?" 쇼샤가 물었다.

"그래, 사실이야."

쇼샤는 치마를 걷어 올리고 자신의 다리를 보았다. 나는 "쇼샤, 너는 시바의 여왕보다도 더 아름다워"라고 말했다. 나는 내가 왕에 임명되어 솔로몬의 왕좌에 앉게 되면 그녀를 아내로 삼겠다고 약속했다. 그녀는 여왕이 되어 머리에는 다이아몬드와 에메랄드, 루비, 사파이어로 된 왕관을 쓰게 될 것이었다. 다른 아내와 첩들은 그녀 앞에서 얼굴이 땅에 닿도록 고개를 숙일 것이다.

"아내는 몇 명이나 가질 거야?" 쇼샤가 물었다.

"너를 합쳐 천 명."

"그렇게 많이?"

"솔로몬 왕은 천 명의 아내를 거느렸지. 아가서에 그렇게 쓰여 있어."

"그래도 되는 거야?"

"왕은 뭐든 할 수 있어."

"아내가 천 명이나 되면 나한테는 시간을 못 낼 거야."

"쇼셀레, 너한테라면 항상 시간을 낼 수 있어. 너는 내 옆의 왕좌에 앉아 발을 황옥으로 된 발 받침대 위에 올려놓고 있게 될 거야. 메시아가 오면 모든 유대인은 구름 위로 올라가 성지로 날아가게 될 거야. 이방인들은 유대인의 노예가 될 거야. 장군의 딸이 네 발을 씻겨줄 거야."

"오, 간지럽겠다." 쇼샤는 하얀 이를 보이며 웃기 시작했다.

젤리그와 바셀레 부부가 갑자기 크로크말나 가 10번지에서 7번지로 이사를 한 날은 내게 장례식날 같았다. 어느 날 나는 어머니 지갑에서 1그로시[1]를 훔쳐 에스터 캔디 가게에서 쇼샤에게 줄 초콜릿 하나를 샀다.

이튿날 짐꾼들이 바셸레의 아파트 문을 열고 옷과 소파, 침대, 유월절에 사용하는 식기와 일 년 내내 사용하는 식기들을 밖으로 옮겼다. 나는 그 가족에게 작별인사를 할 기회조차 없었다. 사실 소녀를 친구로 삼기에 이미 난 너무 조숙해져 있었다. 이제는 게마라뿐 아니라 토사핏[2]도 공부하고 있었다. 쇼샤네가 이사를 간 날 아침 나는 아버지와 함께 『랍비 차니나』와 『사제의 조력자』를 읽고 있었다. 이따금 나는 창밖을 내다 보았다. 바셸레 가족의 물건들이 벨기에산 말 두 마리가 끄는 수레에 실렸다. 바셸레는 타이벨레를 안고 있었다. 쇼샤와 이폐는 마차를 뒤따라 걸어갔다. 10번지와 7번지 사이는 두 구역밖에 떨어져 있지 않았지만 나는 이것이 끝을 의미한다는 것을 알고 있었다. 아파트를 몰래 빠져나와 어두운 홀을 재빨리 지나 쇼샤의 집 문을 두드리는 것과 낯선 건물을 방문하는 것은 전혀 차원이 다른 것이었다. 아버지에게 주급을 주는 지역 주민들은 뭐든 보고 그냥 지나치는 법이 없었기 때문이다. 그들은 항상 그의 아이들이 뭘 잘못하지나 않나 하고 감시를 했다.

때는 1914년 여름이었다. 세르비아 출신의 암살자가 오스트리아의 황태자와 그의 아내에게 총을 쐈다. 차르는 곧 군대를 동원했다. 나는 우리 집 거실에서 안식일 예배를 드리던 남자들이 군대에 소집되었다는 표시로 접은 옷깃에 반짝이는 둥근 단추를 달고 우리 집 옆을 지나가는 것을 보았다. 그들은 독일과 오스트리

---

1 폴란드의 화폐 단위. 100그로시는 1즈워티(편집자 주)
2 탈무드에 대한 중세 주해서(편집자 주)

아, 이탈리아에 대항해 싸울 터였다. 경찰이 17번지에 있는 엘로자르의 술집에 들이닥쳐 보드카를 전부 배수구에 쏟아부었다. 전쟁 기간 중에는 시민들이 술을 마셔서는 안 되었다. 가게 주인들은 지폐를 받고는 물건을 팔려고 하지 않았다. 그들은 은화와 금화를 요구했다. 가게 문을 반쯤 닫고 그러한 동전들을 가진 고객들만 들여보냈다.

우리는 곧 굶주리게 되었다. 사라예보에서 암살 사건이 일어나고 전쟁이 발발하게 되기까지 돈이 있는 많은 여자들이 식료품실을 밀가루와 쌀, 콩, 귀리 간 것으로 채우느라 바쁜 동안 내 어머니는 도덕을 가르치는 책을 읽느라 바빴다. 게다가 우리에게는 돈이 없었다. 우리가 사는 거리의 유대인들은 아버지에게 더 이상 돈을 지불하지 않았다. 그의 법정에서는 더 이상 결혼도, 이혼도, 소송도 이루어지지 않았다. 빵집에서는 빵 한 덩어리를 사기 위해 사람들이 길게 줄을 섰다. 고깃값이 치솟았다. 야나쉬 시장에서는 백정들이 손에 칼을 든 채로 서서 닭이나 오리 또는 거위를 갖고 오는 여자를 기다렸다. 정어리는 아예 살 수 없었다. 많은 여자들이 버터 대신 코코아 기름을 쓰기 시작했다. 등유도 부족했다. 비와 눈과 서리가 내렸지만 우리는 오븐을 데울 석탄조차 구할 수 없었다. 내 동생 므와셰는 신발이 너덜너덜해져서 더 이상 공부하러 갈 수 없게 되었다. 아버지는 선생님이 되셨다. 몇 주가 지나갔지만 우리는 고기는 입에 대지도 못했는데 안식일에도 마찬가지였다. 우리는 설탕도 넣지 않은 멀건 차를 마셨다. 우리는 신문을 통해 독일과 오스트리아

군대가 폴란드의 여러 도시와 마을에 침입했다는 것을 알게 되었다. 그 가운데는 친척이 사는 곳도 있었다. 차르의 종조부이자 사령관인 니콜라이 니콜라이예비치가 모든 유대인은 전선 배후 지역으로 물러나야 한다는 칙령을 발표했다. 그렇지 않을 경우 독일군의 스파이로 간주될 것이라고 했다. 바르샤바의 유대인 거리는 수천 명의 피난민들로 우글거렸다. 그들은 학교와 유대교 회당에서도 잠을 잤다. 오래지 않아 우리는 중화기가 내뿜는 소리를 들었다. 독일군은 브주라 강을 공격했고, 러시아군은 반격을 시작했다. 우리 아파트의 창문은 하루 종일 덜거덕거렸다.

3

우리 가족은 1917년 여름에 바르샤바를 떠났다. 부모님은 오스트리아 점령하의 어떤 마을로 이사했다. 음식값이 훨씬 싼 동네였다. 그곳에는 어머니 친척이 살고 있었다. 도시는 파괴 직전처럼 보였다. 이미 전쟁은 삼 년째 계속되고 있었다. 러시아군은 바르샤바에서 철수했는데, 후퇴를 하면서 프라가 다리를 폭파했다. 그러나 폴란드를 통치하고 있던 독일인들은 서부 전선에서 패하고 있었다. 그들은 사람들을 굶주리게 했다. 우리는 항상 먹을 것이 부족했다. 우리가 떠나기 전 므와셰는 병이 나서 포코르나 가에 있는 전염병 전문병원으로 실려갔다. 어머니와 나는 유대인 묘지 근처에 있는 스즈크제슬리바가의 소독실로 실려갔다. 그곳에서 사람들은 내 귀밑머리를 민 다음 돼지고기 맛이 나는 수프를 주었다. 랍비의 아들인 내게 그것은 영적인 재앙이었다. 기독교도인 간호사는 내게 옷을 벗으라고 한 다음 목욕을 시켰다. 그녀가 비누를 칠하며 손가락으로 나를 간질이자 웃음과 울음이 동시에 나왔다. 나는 남편 아스모데우스에 의해 부패한 탈무드 학교 학생들에게 보내져 그들을 오욕의 심연으로 데려간 악마 같은 릴리트의 수중에 떨어진 것이 틀림없었다. 거울을 들여다본 나는 귀밑머리가 깎여 나간 내 모습을 보았다. 나는 유대인 청년이라면 입어서는 안 될 어떤 목욕 가운을 입고 있었고, 굽이 나무로 된 슬리퍼를 신고 있었다. 나는 나 자신을 알아볼 수가 없었다. 더 이상 나는 하느님의 형상에 따른 모습을 하고 있지 않았다.

나는 그날 내게 일어난 일은 단순히 전쟁과 독일군의 포고령에 따른 결과라기보다는 자신의 믿음을 의심한 내 죄의 대가라는 생각을 했다. 이미 나는 멘델레 모커 스포림, 숄렘 알라이켐, 페레츠의 저작뿐 아니라 톨스토이와 도스토예프스키, 스트린드버그, 크누트 함순의 이디시어와 히브리어 번역본을 남몰래 읽었던 것이다. 나는 슐로모 루빈 박사가 히브리어로 번역한 스피노자의 『윤리학』을 대충 읽었고, 대중적인 철학사도 읽은 상태였다. 나는 이디시어와 아주 비슷한 독일어를 독학했고, 그래서 그림 형제와 하이네뿐 아니라 내 손에 들어오는 모든 책을 원어로 읽었다. 나는 부모님에게는 그 사실을 비밀로 했다.

독일군과 함께 '계몽'이라는 것이 크로크말나 가를 침범했다. 나는 다윈에 대해 들었고, 더 이상 『성자들의 화합』에 묘사된 기적이 실제로 일어난 일이라는 데 대해 확신을 가질 수 없었다. 유대력으로 11월, 즉 태양력으로 7~8월의 아홉 번째 날 전쟁이 일어난 후로 이디시어 신문이 매일같이 우리 집에 배달되었고, 그에 따라 나는 시온주의[1]와 사회주의에 대해 읽었다. 그리고 러시아인들이 폴란드에서 철수하면서 검열이 중단된 뒤로는 라스푸틴에 관한 일련의 기사도 읽었다.

이제 러시아에서는 혁명이 일어나 차르가 퇴위했다. 뉴스는 사회혁명당원과 멘셰비키, 볼셰비키, 그리고 무정부주의자들 사이의 싸움과 논쟁으로 가득했고, 새로운 이름과 개념 들이 출현했다. 나는 그 모든 것을 닥치는 대로 받아들였다. 1914년과 1917년 사이에 나는 쇼샤를 보지 못했는데 거리에서 단 한 번도 그녀나 바셸레 또는 다른 아이들을 만나지 못했다. 그 사이 나는 많이 자랐고, 한 학기는 소하초프 유대교 학당에서, 다른 한 학기는 라드지민에서 공부를 했다. 아버지는 갈리치아의 한 작은 마을에서 랍비가 되었고, 나는 생활비를 벌어야 했다.

하지만 나는 쇼샤를 결코 잊은 적이 없었다. 나는 매일 밤 그녀가 나오는 꿈을 꿨다. 꿈속에서 그녀는 죽었으면서도 살아 있었다. 나는 공동묘지이면서 정원인 곳에서 그녀와 놀았다. 그곳에서는 화려한 수의를 입은 죽은 소녀들이 우리와 합류했다. 그들은 원을 그리며 춤을 추고 노래를 불렀다. 그들은 그네와 스케이트를 탔고, 때로는 공중을 떠다니기도 했다. 나는 하늘에 닿은 거대한 나무들이 있는 숲속을 쇼샤와 함께 거

---

1 세계 곳곳에 흩어져 살던 유대인들이 조상의 땅이었던 팔레스타인에 유대 국가를 건설하는 것을 목표로 하였던 민족주의 운동(편집자 주)

닐었다. 그곳의 새들은 내가 아는 어떤 새들과도 달랐다. 그것들은 독수리만큼이나 컸고, 앵무새만큼이나 화려했다. 그것들은 이디시어로 말했다. 정원을 둘러싸고 있는 덤불숲에서는 인간의 얼굴을 한 야수들이 나왔다. 쇼샤는 그 정원에서 편안해했다. 전에 그랬던 것처럼 내가 손가락으로 가리키며 설명을 해주는 대신, 이제 그녀가 내가 알지 못했던 것을 알려주었고, 내 귓속에다 대고 비밀스러운 얘기를 속삭였다. 그녀의 머리칼은 허리에 닿을 만큼 길었고, 살은 진주처럼 반짝였다. 이러한 꿈에서 깰 때마다 나는 입안을 떠도는 감미로운 맛을 느꼈고, 쇼샤가 더 이상 살아 있지 않다는 인상을 받았다.

돈벌이를 위해 폴란드의 마을들을 돌아다니며 히브리어를 가르치던 몇 해 동안에는 잠에서 깨어 있을 때도 쇼샤에 대한 생각은 거의 하지 못했다. 나는 한 소녀와 사랑에 빠졌는데 그녀의 부모님은 내가 그녀 근처에 얼씬거리는 것을 용납하지 않았다. 나는 히브리어로 글을 쓰기 시작했고, 그 후에는 이디시어로 바꿨는데 편집자들은 내가 보낸 글 모두에 퇴짜를 놓았다. 나는 나 자신의 문학적 영역을 창조할 수 있는 어떤 스타일을 만들어낼 수 없을 것만 같았다. 절망한 나는 문학을 포기하고 철학에 집중했지만 철학에서는 내가 찾는 것을 구할 수가 없었다. 바르샤바로 돌아가야 한다는 것은 알고 있었지만 인간의 운명을 다스리는 힘이 나를 진흙투성이의 마을로 다시 돌아가게 만들었다. 나는 종종 자살을 생각했다. 그러나 마침내 바르샤바로 돌아가 교정자와 번역가로서 일자리를 구하게 되었고, 처음에는 손님으로, 그 후에는 회원으로 작가 클럽에 초대되면서 혼수상태에서 벗어난 듯한 느낌을 받을 수 있었다.

여러 해가 지났지만 나는 내가 있는 곳이 어디인지 알 수 없었다. 내 또래의 작가들이 불후의 명성을 얻기도 했지만 나는 여전히 초보자였다. 내 아버지가 죽었다. 비록 그는 작은 책 한 권을 출판하긴 했지만, 그의 원고들도 내 원고와 마찬가지로 사방에 흩어지고 분실되었다.

바르샤바에서 나는 사회주의 땅인 러시아에 정착하는 것이 목표인 도라 스톨니츠와 연애를 하기 시작했다. 나중에 나는 그녀가 공산당의 간부라는 사실을 알게 되었다. 그녀는 몇 번 체포되었고, 파비악과 다른 감옥에서 몇 달을 보내기도 했다. 나는 반공산주의자였지만-나는 모든 '주의'에 반대했다-이 여자와의 관계 때문에 체포되어 투옥되지나 않을까 하는 끝없는 두려움 속에서 살았다. 그 후 나는 '행복한 미래'와 '밝은 내일'에 관한 그녀의 공허한 구호와 과장된 상투어 때문에 그녀가 싫어졌다.

이제 내가 돌아다니게 된 유대인 거리는 크로크말나 가에서 가까웠지만 한 번도 그 근처에 가지는 않았다. 나는 그 구역에 갈 일이 없다고 스스로에게 말하곤 했지만 거기에는 다른 이유가 있었다. 그 거리의 거주자 절반이 티푸스와 독감, 굶주림으로 죽었다는 얘기를 들었던 것이다. 유대교 교리를 함께 공부했던 소년들은 폴란드 군대에서 복무를 했는데 1920년 폴란드와 볼셰비키 간의 전쟁에서 죽었다. 그 후 크로크말나 가는 공산주의의 온상이 되었다. 그 동네에서는 항상 공산주의자들의 데모가 벌어졌다. 젊은 공산주의자들은 붉은 기를 전화기와 전차와 전선, 심지어는 경찰서 창문 위에다가도 내걸었다. 9번지와 13번지 사이의 광장과, 도둑과 포주와 창녀들이 나다니는 소굴에서는 이제 사람들이 친애하는 스탈린 동지의 독재를 계획하고 있었다. 경찰은 계속해서 습격을 했다. 그곳은 더 이상 나의 거리가 아니었다. 누구도 나나 내 가족을 기억하지 못할 것이었다. 그 생각을 하자 그곳에서의 경험이 세상에서 제거된 뭔가를 구성하는 것 같은 이상한 느낌이 들었다. 나는 이십 대였지만 이미 노인이 된 것처럼 여겨졌다. 크로크말나 가는 내가 결코 파낼 수 없는 고고학적 발굴지의 깊은 층처럼 보였다. 동시에 나는 모든 집과 정원, 유대교 교리를 배우던 곳, 하시디즘 학당, 가게, 소녀들, 거리를 어슬렁거리던 사람들, 부인들, 그리고 그들의 목소리와 몸짓과 말하는 태도와 특이한 점까지 모든 것을 기억했다.

나는 시간이 사라지는 것을 막는 것이 문학의 목표라고 믿었지만 정작 나 자신의 시간은 허비하고 있었다. 이십 대가 지나고 삼십 대가 찾아왔다. 히틀러가 빠른 속도로 독일의 통치자가 되어가고 있었다. 러시아에서는 숙청이 시작되었다. 폴란드에서는 피우스트스키[1]가 군부 독재를 시작했다. 그 몇 해 전 미국에서는 이민 할당제를 시작했다. 거의 모든 국가의 영사관

---

1 유제프 피우스트스키(1867-1935). 폴란드-소련 전쟁의 영웅이며, 1926년 쿠데타로 권력을 잡은 독재자(편집자 주)

이 유대인에게는 비자를 내주지 않았다. 나는 적대적인 두 강국 사이에 낀 나라에서 꼼짝 못하게 되었고, 이디시어를 말하는 사람들과 급진주의자들로 이루어진 작은 영역 바깥에서는 아무도 알아주지 않는 언어와 문화 속에 갇혀버렸다. 다행히도 나는 작가 클럽의 회원과 그 주변부에서 친구들을 찾을 수 있었다. 그들 중 가장 훌륭한 이가 모리스 파이텔존이었는데 많은 사람들이 그를 천재로 생각했다.

2

1

모리스 파이텔존 박사는 널리 알려진 사람은 아니었다. 일부는 독일어로, 일부는 히브리어와 이시디어로 쓰인 그의 저작들은 영어나 프랑스어로 번역되지 않았다. 오늘날까지 나는 그 어떤 철학 사전에서도 그의 이름을 발견하지 못했다. 그의 책 『영적인 호르몬』은 독일과 스위스에서 좋지 않은 평가를 받았다. 파이텔존 박사는 나보다 스물다섯 살이나 더 많았지만 내 친구였다. 그는 자신의 에너지를 낭비하지 않았다면 유명해질 수도 있었을 것이다. 그의 학식은 대단했다. 그는 한동안 베른대학에서 강사로 재직했다. 그는 현대 철학을 위한 히브리어 용어를 만들어낸 사람이었다. 한 평론가가 얘기한 것처럼 파이텔존이 딜레탕트[1]였다면 그의 딜레탕티슴은 최고의 질서를 갖추고 있었다. 한

---

1 예술이나 학문 따위를 직업으로 하는 것이 아니고 취미 삼아 하는 사람을 이르는 말(편집자 주)

사람으로서 그는 명민한 대화자였으며, 여자 관계에서
아주 성공적이었다.

하지만 이 모리스 파이텔존 박사는 종종 작가 클럽
에서 나로부터 5즈워티를 빌리곤 했다. 그는 바르샤바
의 이디시어 신문과 일을 하기도 했지만 별로 운이 따
르지 않았다. 접수된 기사는 몇 주씩 연기되었고, 그
사이 편집자가 바뀌어 그의 스타일을 망치곤 했다. 그
들은 끊임없이 그의 작품에서 결함을 찾아냈다. 그에
관한 많은 소문이 나돌았다. 그는 랍비의 아들이었지
만 집을 나와 불가지론자가 되었다. 그는 세 번이나 이
혼을 했고 계속해서 애인을 바꿨다. 누군가는 내게 파
이텔존이 자기 애인을 부유한 미국인 관광객에게 오백
달러에 팔았다는 얘기를 했다. 그 얘기를 한 사람은 그
를 사기꾼이라고 말했다. 하지만 파이텔존을 가장 심
하게 욕한 사람은 파이텔존 자신이었다. 그는 자신의
모험을 자랑했다. 나는 한번은 아르투르 쇼펜하우어와
오스카 와일드, 살로몬 마이몬을 합치면 모리스 파이
텔존이 될 거라는 생각을 하기도 했다. 거기에는 코트
즈크 랍비도 포함시켜야 할 것이다. 파이텔존은 나름
대로 신비주의자였고 하시디즘 신봉자였다.

모리스 파이텔존은 중간 키에 어깨가 넓었고, 사각
형 얼굴에 두꺼운 눈썹이 넓은 콧등 위에서 서로 붙어
있었으며, 두꺼운 입술 사이로는 항상 시가를 물고 있
었다. 작가 클럽에서 사람들은 그가 시가를 입에 문 채
로 잠을 잔다고 농담을 했다. 그의 눈은 검은색에 가까
웠지만 나는 가끔 그 눈에서 초록색 섬광을 보았다. 그
의 검은 머리칼은 벌써 빠지기 시작하고 있었다. 그는

가난했지만 영국제 양복을 입었고 비싼 넥타이를 맸다. 그는 누구도 칭찬하지 않았으며 세계적으로 유명한 인물들을 조롱했다. 그처럼 냉정한 비평가였던 그가 내게서 재능을 발견했고, 그가 그 얘기를 하는 순간 내 안에서는 우상화에 닿아 있는 우정의 감정이 생겨났다. 그렇다고 해서 그의 잘못이 보이지 않는 것은 아니었다. 때때로 나는 대담하게 비난하기도 했지만 그는 "그런다고 해서 자네에게 좋을 건 없네. 나는 모험가로 죽을 거야"라는 말만 했다.

여자 꽁무니를 따라다니는 모든 사람들이 그렇듯 그는 자신의 성공담을 누군가에게 보고해야만 했다. 한번은 내가 가구 딸린 그의 방에 갔는데 그는 소파를 가리키며 "바로 어제 여기에 누가 누웠는지 알게 되면 기절을 할 걸세"라고 말했다.

"곧 알게 되겠죠." 내가 말했다.

"어떻게?"

"당신이 얘기해 줄 테니까요."

"아, 자네는 나보다도 더 냉소적이야." 그리고 그는 얘기를 해주었다.

이상한 일이었지만 모리스 파이텔존은 『마음의 의무』와 『정의의 길』, 그리고 몇 권의 하시디즘 서적들 속에서 발견한 지혜에 대해서는 열정적으로 얘기했다. 그는 카발라에 대한 책도 한 권 썼다. 그는 나름의 방식으로 경건한 유대인들을 사랑했고, 자신의 믿음과 유혹에 대한 저항력을 찬양했다. 그는 "나는 유대인들을 참을 수는 없지만 사랑은 하지. 어떤 진화도 그들을 창조하지는 못했을 거야. 그들이야말로 내게 신의 존재를 입증해 주는 유일한 것이지"라고 말했다.

파이텔존이 예찬한 사람 중 하나가 셀리아 첸트시 너였다. 셀리아의 남편 하이믈은 코시치우슈코 봉기[1] 때 프라가의 유대인들을 차르의 코자크들로부터 구하기 위해 재산을 기부한 유명한 백만장자 레브 쉬무엘 즈비트코워의 후손이었다. 하이믈의 아버지 레브 가브리엘은 바르샤바와 우치에 집을 갖고 있었다. 하이믈은 그의 유일한 아들이었다. 젊은 시절 하이믈은 반나절은 소하초프 학당에서 탈무드 선생과 지냈고 나머지 반나절은 말을 배우는 데 보냈다. 그는 1915년까지는 러시아어를, 독일이 바르샤바를 점령한 후로는 독일어를, 폴란드가 해방된 1919년 이후에는 폴란드어를 배웠다. 하지만 그는 이디시어 하나밖에 알지 못했다. 그는 다윈과 마르크스, 아인슈타인에 대해 파이텔존과 토론하기를 좋아했다. 하이믈은 그들 모두를 이디시어로 읽었다.

하이믈은 생계를 걱정할 필요가 없었다. 그는 체구가 작고 나약했다. 가끔 나는 그에게 맞는 거래나 사업은 없다는 생각을 했다. 차를 마시는 것조차도 그에게는 쉽지 않았다. 그는 레몬을 자르는 데도 서툴러 셀리아가 그 일을 해주어야 했다. 하이믈은 아버지와 아내에 대해서 어린아이 같은 사랑밖에 할 줄 몰랐다. 그의 어머니는 더 이상 살아 있지 않았다. 레브 가브리엘은 하이믈 앞에서 감히 그 이름을 입에 올릴 수 없는, 두 번째 아내를 갖고 있었다. 나는 딱 한 번 그에게 계모

---

1 폴란드군 사령관 타데우시 코시치우슈코(1746-1817)가 러시아 지배에 대항해 일으킨 무장봉기(편집자 주)

에 대해서 물은 적이 있다. 그는 얼굴이 창백해지며 작은 손을 입에 대고 "말하지 마! 말하지 마! 말하지 마! 내 어머니는 살아 계셔"라고 소리쳤다.

셀리아 역시 작았지만 하이믈보다는 컸다. 그녀와 하이믈은 하이믈의 어머니 쪽을 통해 이어진 친척이었다. 고아였던 그녀는 레브 가브리엘의 집에서 자랐다. 유대교 교리를 배우던 시절, 하이믈은 그녀와 사랑에 빠졌다. 하이믈이 아무것도 먹지 않으려 할 때면 셀리아가 그를 먹였다. 그가 러시아어와 독일어, 폴란드어를 배울 때 셀리아도 그와 함께 배웠다. 그는 그 어떤 말도 배우지 못했지만 그녀는 배웠다. 하이믈의 어머니가 임종을 맞게 되자 그들의 결혼이 이루어졌다.

내가 이 부부를 만났을 때 그들은 30대 후반이었다. 하이믈은 성인 양복과 깃이 빳빳한 셔츠를 입고 넥타이를 맨, 아직 유대교 교리를 배우고 있는 소년처럼 보였다. 그는 약간 새는 듯한 목소리로 말했고, 아이 같은 몸짓을 했으며, 요란하게 웃었고, 뭔가가 자신의 식대로 되지 않으면 울음을 터뜨렸다. 그는 눈이 검고 코가 작았으며 넓은 입은 누런 이빨로 가득했다. 그의 대머리 주위로 난 검은 털은 타래로 내려와 있었다. 그는 이발사를 무서워했기 때문에, 셀리아가 머리를 잘라주었다. 그녀는 그의 손톱도 다듬어주었다. 셀리아는 스스로를 무신론자로 생각했지만 하시디즘의 분위기 속에서 자란 흔적이 남아 있었다. 그녀는 소매가 길고 깃이 높은 드레스를 골랐다. 그녀는 길고 검은 머리를 유행에 뒤떨어진 방식으로 묶고 있었다. 창백한 얼굴을 한 그녀는 갈색 눈과 곧은 코와 얇은 입술을 갖고 있었는데 소녀처럼 가볍게 움직였다. 하이믈은 그녀를 '내 황후'라고 부르곤 했다. 셀리아는 하이믈과의 사이에서 딸을 하나 낳았지만 두 살 때 죽었다. 파이텔존은 언젠가 그녀에게 아이의 죽음은 신성한 어떤 측면을 갖고 있다는 얘기를 했다. 셀리아에게는 이미 하이믈이라는 아이가 있다는 것이었다. 셀리아와 하이믈에게 파이텔존은 커다란 세계와 유럽의 문화를 의미했다. 파이텔존은 빈곤을 겪을 필요가 없었다. 첸트시너 부부는 파이텔존에게 항상 즐로타 거리에 있는 자신들의 커다란 아파트로 들어와 함께 살자고 했지만 그는 거절했다.

그는 내게 "나의 모든 약점과 탈선은 절대적으로 자유롭고자 하는 충동에서 생겨나지. 이 자유가 나를 노예로 만들어버린 거야"라고 말했다.

2

파이텔존이 나를 치켜세운 탓에 첸트시너 부부는 이따금 나를 저녁 식사나 점심 식사 또는 차를 마시는 자리에 초대하곤 했다. 파이텔존이 있는 자리에서는 누구도 말을 할 수 없었다. 우리 모두는 듣는 데 만족했다. 그는 전 세계를 여행했다. 그는 사실상 모든 유명한 유대인들을 알고 있었으며 유대인이 아닌 많은 학자와 작가와 인문학자를 알고 있었다. 하이믈은 그가 살아 있는 백과사전이라는 말을 하곤 했다. 이따금 파이텔존은 바르샤바와 지방의 작가 클럽에서 강연을 했으며, 강연을 위해 며칠씩 외국에 나가기도 했다. 그럴 때면 하이믈과 셀리아와 나는 우리끼리 얘기를 나눌 수 있는 기회를 얻었다. 하이믈은 오페라를 좋아했고 미술에 관심이 있었다. 그는 전시회에 가서 그림을 사기도 했다. 입체파와 표현주의가 오랫동안 유행이었지만 하이믈은 숲과 초원, 강과 나무에 반쯤 가려진 오두막집 - 그의 말처럼 우리는 폴란드를 침범하려는 히틀러의 군대를 피해 그곳에 숨을 수 있었다 - 이 그려진 목가적인 풍경화를 좋아했다. 나는 나치로부터 안전한 숲속과 섬에 있는 집을 상상하기도 했다.

셀리아는 문학에 열정을 갖고 있었다. 그녀는 폴란드어와 이디시어로 된 것뿐만 아니라 다른 외국어에서 번역된 새 책들을 거의 모두 읽었는데 예리한 비평적 감각을 갖고 있었다. 때로 나는 정규 교육도 받지 못한 이 여자가 순수 문학뿐 아니라 과학 서적에 대해서도 어떻게 그토록 정확하게 평가를 내릴 수 있는지 궁금했다. 나는 내 글에 대한 그녀의 견해에 주의를 기울였다. 그녀의 견해는 예외 없이 정확했고 적절했으며 명민했다.

하이믈이 포알레 시온[1]의 어떤 회의에 참석하느라 집을 비운 어느 저녁, 셀리아가 나를 아파트로 초대했다. 우리는 긴 얘기를 나누었고 그녀는 내게 비밀을 털어놓았다. 그녀는 모리스 파이텔존과 연애하고 있었다. 그날 저녁 나는 셀리아 역시 다른 모든 사람과 마찬가지로 속내를 털어놓을 필요가 있다는 사실을 알게 되었다. 그녀는 사랑에 관한 사실을 아주 솔직하게 얘기했다. 하이믈은 아이처럼 서툴렀다. 그녀의 피는 뜨거

---

1 시온주의와 사회주의를 조화시키고자 1905년 창립된 유대인 노동당

웠지만 그는 아내가 아닌 어머니를 필요로 했다. 그녀는 "나는 부드러운 걸 좋아하죠. 하지만 침대에서는 아니에요"라고 말했다.

그토록 보수적으로 옷을 입고 행동하며, 말 한마디 한마디를 조심해서 하는 여자에게서 나온 그 말은 그녀가 하이믈에게 충실하지 않다는 사실 이상으로 충격적이었다. 우리의 대화는 아주 내밀한 것이 되었다. 그녀가 한 말의 골자는 문학, 연극, 음악, 심지어는 신문의 기사조차도 그녀를 성적으로 흥분시키지만, 동시에 그녀의 본성 때문에 그녀가 존경할 수 있는 누군가에게만 스스로를 줄 수 있다는 것이었다. 그녀는 바보 같은 얘기를 하거나 약한 모습을 보이는 사람에 대해서는 혐오감을 느꼈다.

"파이텔존과는 행복할 수도 있어요. 하지만 그는 내가 만난 최악의 거짓말쟁이예요. 그는 내게 수도 없이 추파를 던졌고, 그래서 나는 아직도 그를 믿고 있는 나 자신에 대해 존중심을 모두 잃어버렸어요. 그는 최면을 거는 힘이 있어요. 그는 우리 시대의 메스머나 스벤갈리가 될 수도 있을 거예요. 그를 알고 있다고 확신한다면 스스로를 기만하고 있을 뿐이에요. 그 사람이 더 이상 나를 놀라게 하지는 못할 거라고 나 자신에게 말할 때마다 나는 새롭게 충격을 받죠. 모리스가 터무니없을 정도로 미신적인 거 알아요? 그는 검은 고양이를 끔찍이도 무서워해요. 강연을 하러 가다가도 빈 그릇을 들고 있는 사람을 만나면 다시 돌아와요. 그는 온갖 종류의 부적들을 가지고 다녀요. 재채기를 하면 귀를 잡아당기죠. 그의 앞에서는 사용해서는 안 되는 단어들도 있어요. 그와 죽음에 관해 토론하려고 해본 적이 있나요? 그는 석류알보다도 더 많이 특이한 점을 갖고 있죠. 그는 모든 여자를 마녀로 생각해요. 그는 긴 여행을 떠나 피부색이 검은 여자를 만나게 될 거라는 얘기를 듣기 위해 점쟁이에게 가 1즈워티를 지불하죠. 게다가 그는 얼마나 모순투성이인지 몰라요! 그는 슐칸 아루크[1]의 모든 규칙을 어기면서도 유대인의 도리에 대해 설교를 하죠. 그에게는 이혼을 하지 않은 아내와 몇 년 동안 본 적이 없는 아내가 있어요. 어머니가 죽었을 때에도 그는 장례식에 가지 않았어요." 그녀가 말했다.

그 일을 계기로 우리는 가까워지기 시작했고, 나는 그날 저녁과 셀리아가 해준 모든 얘기를 기억한다. 그녀는 나를 통해 파이텔존의 연애 행각에 복수를 하기로 한 것 같았다. 내가 그녀를 안고 그런 경우에 입에서 흘러나오게 마련인 쉬운 거짓말을 하려던 순간이 있었다. 하지만 나는 파이텔존에게 투시력이 있다고 확신했다. 내가 무슨 얘기를 하려고 할 때마다 그가 내 입에서 그 말을 낚아챘기 때문이다. 나는 대화를 딴 것으로 바꿨다. 그녀의 눈은 "겁이 난 거예요? 그래요, 이해해요"라고 말하는 것 같았다.

잠시 후 초인종이 울렸다. 하이플이었다. 정족수에 못 미쳐 회의가 취소된 것이다. 겨울이 찾아왔고, 하이플은 털 외투를 입고 털 신발을 신고, 랍비들이 쓰는 것과 비슷한 털 모자를 쓰고 있었다. 그의 모습이 너무

---

1 유대교 법전(편집자 주)

도 우스워 간신히 웃음을 참았다.

셀리아는 "하이믈, 여기 있는 우리의 젊은 친구는 바로 어제 탈무드 학원을 떠난 사람처럼 수줍음이 많아요. 이 사람을 유혹하려 했지만 협조하지 않더군요"라고 말했다.

"수줍어할 게 뭐가 있어?" 하이믈이 말했다. "우리 모두는 똑같은 원형질에서 창조되었고, 똑같은 충동을 느끼는데. 셀리아가 매력적으로 보이지 않나?"

"매력적이면서도 지적이죠."

"그런데 뭐가 문제야? 그녀에게 키스를 해도 좋아."

"이리 와요, 이제 막 탈무드 학원을 졸업한 소년 친구!"라고 말하며 그녀는 내게 힘껏 입을 맞췄다. 그녀는 말했다. "이 사람은 어른처럼 글을 쓰지만 아직 아이예요. 참으로 수수께끼죠." 잠시 후 그녀는 "이 사람을 위한 별명을 생각해 냈어요. 추칙[2]. 이제부터는 그렇게 부를 거예요"라고 말했다.

3

모리스 파이텔존 박사는 1920년과 1926년 사이의 몇 해를 미국에서 보냈다. 그는 뉴욕 이디시어 신문사 직원으로 있으면서 근처 대학에서 강의도 했다. 하지만 나는 그가 그 황금의 땅을 왜 떠나왔는지 그 이유를 정확히 알 수 없었다. 그와 관련해 질문을 하면 그는 매번 다른 대답을 했다. 꽃가루병과 장미꽃과 다른 알레르기를 앓는 그는 뉴욕의 기후를 견딜 수 없었다고 말했다. 어떤 때는 미국의 물질주의와 돈에 대한 숭

2 작은 강아지를 뜻함(편집자 주)

배를 견딜 수 없었다고도 말했다. 그는 연애 행각이 있었다는 사실도 슬쩍 비쳤다. 나는 신문 기사를 쓰는 작가들이 그를 모함해 해고했다는 얘기를 들었다. 또 그가 강의를 나간 대학에서도 문제가 있었다. 나와 얘기를 할 때면 그는 종종 뉴욕의 이디시어 극장과 그 도시의 이디시어를 쓰는 지식인들이 모이는 카페 로열, 그리고 스테판 와이즈와 루이스 리프스키, 셰마르야후 레빈과 같은 시온주의 지도자들에 대해 언급했다.

미국과 미국인에 대해 온건한 반감을 표현하긴 했지만 모리스 파이텔존은 그들과의 관계를 결코 끊은 적이 없다. 그는 바르샤바의 HIAS[1] 이사였으며 미국 영사관에도 잘 알려져 있었다. 이따금 뉴욕에서 그를 알았거나 미국인 친구가 추천한 여행객이 폴란드에 오면 그는 그들을 작가 클럽에 데려갔고 가이드 역할을 했다. 그는 이 미국인들로부터 돈을 받지는 않았다고 했지만 나는 그가 그들과 함께 일류 레스토랑과 극장, 박물관, 콘서트에 갔으며 그들이 그에게 넥타이와 다른 선물들을 주곤 했다는 것을 알고 있었다. 그는 바르샤바의 미국 영사관에 있는 고위층 한 사람에게 뇌물을 주면 랍비와 교수와 가짜 친척들은 할당제에 상관없이 미국 비자를 얻을 수 있다고 털어놓았다. 뇌물을 주는 방법은 포커를 쳐서 그 영사관 직원이 많은 돈을 따도록 일부러 져주는 것이었다. 중개인은 바르샤바에 있는 외국 통신원이었는데 그는 자기 몫을 챙겼다. 이 모든 사람들과의 접촉에도 불구하고 파이텔존이 나와 같

1 Hebrew Immigrant Aid Society. 미국 유대인들이 유대인 난민을 돕기 위해 1881년 설립한 기관(편집자 주)

은 가난뱅이에게서 몇 즈워티를 빌리곤 하는 가난한 사람으로 남아 있었다는 사실에 비춰보면 그는 기본적으로 정직한 사람이었다.

내게는 1930년대 겨울이야말로 부모님의 집을 떠난 이후 가장 어려운 시기 중 하나였다. 내가 일주일에 이틀 교정을 봐주던 문학잡지는 문을 닫아야 할 지경이었다. 내 번역물을 인쇄해 주던 출판사는 파산 직전이었다. 내가 세를 들어 살던 집주인 가족은 내가 집을 비우기를 바랐다. 내게 전화를 해온 사람들은 내가 바로 내 방에 있는데도 집을 비웠다는 얘기를 한 번 이상 듣곤 했다. 욕실에 가기 위해서는 거실을 지나가야 했는데 거실로 향하는 문이 밤에 잠겨 있는 때도 있었다. 몇 주 동안 나는 이사를 하려 했지만 집세를 감당할 수 있는 방을 구할 수가 없었다. 나는 아직도 도라 스톨니츠를 만나고 있었다. 그녀와 결혼할 생각은 없었지만 그녀를 떠나보내고 싶지도 않았다.

그녀는 나를 만날 때마다 결혼을 종교적인 광신주의의 흔적이라고 얘기했다. 어떻게 평생 가는 사랑에 대한 계약에 서명을 할 수 있지? 자본가와 성직자만이 그런 위선적인 제도를 영속화하는 데 몰두할 수 있지. 나는 결코 좌익이었던 적이 없지만 그 점에 있어서만큼은 그녀에게 동의했다. 나는 경험을 통해 현대의 남자들이 가족에 대한 의무를 심각하게 받아들이지 않는다는 사실을 알 수 있었다. 홀아비가 된 도라의 아버지는 바르샤바에서 파산한 후 감옥에 가지 않기 위해 어떤 유부녀와 함께 프랑스로 달아난 상태였다. 도라의 언니는 작가 클럽에 자주 나오곤 하던 유부남과 함께 살고 있었다. 내가 도라를 알게 된 것도 그를 통해서였다. 하지만 우리가 연애를 시작한 처음 몇 달 동안 그녀는 결혼을 하자고 고집을 피웠다. 그녀는 그것이 신앙심이 깊었던, 그녀의 죽은 어머니의 여동생, 곧 그녀의 이모를 위해서라고 했다.

그 겨울날 나는 아침 10시부터 밤이 될 때까지 방을 구하러 다녔다. 내 마음에 드는 방은 너무 비쌌다. 다른 방들은 너무 작거나 살충제와 빈대 냄새가 났다. 솔직히 나는 싼 방도 감당할 처지가 못 되었다. 다섯 시경 나는 작가 클럽으로 향했다. 그곳은 따뜻했고, 외상으로 식사를 할 수도 있었다. 클럽에 가는 동안 수치심이 들었다. 나는 도대체 어떤 작가인가? 나는 단 한 권의 책도 내지 못한 상태였다. 춥고 축축한 날이었다. 저녁 무렵 눈이 내리기 시작했다. 나는 얇은 코트를 입은 채로 레스즈노 가를 따라 걸으며 세상을 놀라게 할 책을 쓰는 상상을 했다. 하지만 무엇이 세상을 놀라게 할 수 있단 말인가? 범죄도, 비참함도, 성적 도착도, 광기도 세상을 놀라게 하지는 못할 것이다. 1차 세계대전에서 이천만 명이 죽었고, 이제 세상은 또 다른 재앙을 준비하고 있었다. 아직 알려지지 않은 어떤 것에 대해 쓸 수 있을 것인가? 새로운 스타일이 해답이 될 것인가? 언어를 가지고 하는 모든 실험은 금세 매너리즘에 빠지곤 했다.

클럽 문을 연 나는 모리스 파이텔존이 미국인 부부와 함께 있는 것을 보았다. 키가 작지만 건장한 남자는 얼굴이 넓고 불그스레했는데 머리칼이 면도 거품처럼 하얗고 배가 나와 있었다. 그는 폴란드에서는 보기 힘든 노란 색조의 코트를 입고 있었다. 역시 키는 작았지만 젊고 날씬한 여자는 담비 가죽처럼 보이는 짧은 털 코트를 입고 있었다. 그녀는 붉은 머리에 검정색 벨벳 베레모를 쓰고 있었다. 나는 그 미국인들을 만날 기분이 아니어서 그들을 피하려 했지만 이미 나를 본 파이텔존이 "추칙, 어디 가는 거야?"라고 소리쳤다.

그는 그전에는 나를 추칙이라고 부른 적이 없었다. 셀리아와 얘기를 나눈 게 분명했다. 나는 걸음을 멈췄다. 추위로 인해 눈이 흐릿했다. 나는 젖은 외투 자락에 손바닥을 말리려 했다.

파이텔존이 말했다. "어딜 그렇게 서둘러 가는 거야? 내 미국인 친구들을 만나보게. 여긴 샘 드라이만 씨고, 여긴 배우인 베티 슬로님 씨야. 이 젊은이는 작가죠."

샘 드라이만의 얼굴은 찰흙으로 빚은 것처럼 보였다. 그는 코가 넓고, 입술이 두꺼우며, 광대뼈가 높고, 두꺼운 하얀 눈썹 밑의 눈은 작았다. 그는 다이아몬드 핀으로 고정된 노랑, 빨강, 금색이 섞인 넥타이를 매고 있었다. 그는 두 손가락 사이에 시가를 쥔 채로 크고 신경에 거슬리는 목소리로 말했다. "추칙이라고?" 그가 소리쳤다. "무슨 이름이 그렇지? 애칭인가, 아니면?"

베티 슬로님은 여학생 같은 모습이었지만 화장 아래의 얼굴은 성숙함을 드러내고 있었다. 그녀의 뺨은 움푹 들어가 있었고, 턱은 좁았으며, 머리 위에서 비치는 희미한 불빛 때문에 눈은 노란색으로 보였다. 그녀는 서커스의 그네 타는 사람처럼 보였다. 그녀의 목소리는 소년의 목소리처럼 들렸다.

샘 드라이만은 내가 귀머거리라도 되는 듯 소리쳤

다.

"신문에 글을 쓰는 거요?"

"가끔 잡지에 글을 쓰죠."

"그게 무슨 차이가 있겠소? 이 세상에서 우리는 모든 것이 필요해요. 이곳으로 오는 배에서 나는 어떤 남자를 만났고, 우리는 카드 게임의 일종인 피노클을 했지. 우리는 얘기를 하게 되었고, 나는 그에게 '무슨 일을 하시는지요?'라고 물었소. 그는 미국의 동물원에 팔기 위해 사자와 다른 동물들을 잡으러 아프리카로 간다고 하더군. 그는 사냥꾼 한 무리와 동행하고 있었는데 우리와 그물, 그리고 도무지 뭔지 알 수 없는 것들을 함께 가져가고 있었소. 이 숙녀분, 베티 슬로님은 이디시어 극장에 출연하기 위해 폴란드에 온 훌륭한 배우죠. 희곡이 있으면 당장이라도 사업을 시작할 수⋯⋯."

"샘, 실없는 얘기 말아요." 베티 슬로님이 끼어들었다.

"이런 젊은이가 당신이 찾는 희곡을 갖고 있을 수도 있어. 하지만 사업을 하기 전에 어디 가서 뭐 좀 먹지. 같이 가도록 해요, 젊은 친구. 진짜 이름은 뭐요?"

"아론 그라이딩거."

"아론 하고 뭐라고요? 어려운 이름이군. 미국에서는 유럽식 긴 이름을 좋아하지 않아. 그곳에서는 시간이 곧 돈이니까. 어떤 러시아인이 우리 사무실에 들어왔는데 그의 이름은 세르게이 이바노비치 메트로폴리탄스키였지. 그런 이름을 발음하려고 하면 기침이 날 정도야. 우리는 그를 메트로라고 불렀고, 그렇게 굳어졌지. 그는 배관공이었는데 전문가였어. 지하실에 있는 파이프에 귀를 대기만 해도 꼭대기 층에 무슨 일이 있는지 알아냈거든. 점심을 걸렀더니 배가 무척 고프군."

"여기서도 먹을 수 있소." 스낵 코너를 가리키며 파이텔존이 말했다.

"내 한마디 하죠. 나는 작가들이 식사를 하는 레스토랑은 믿지 않소. 카페 로열에서 저녁을 주문했는데 가죽처럼 질긴 스테이크를 내오더군. 여기 아래쪽에 식당 두 곳을 봐뒀는데 아주 괜찮아 보였소. 자, 젊은 친구, 함께 갑시다. 추칙이라고 불러도 되겠소?"

"그럼요. 하지만 나는 배가 고프지 않아요. 조금 전에 먹었거든요." 나는 거짓말했다.

"뭘 먹었소? 과식을 한 사람처럼 보이지는 않는걸. 위스키도 한잔 마실 거요. 샴페인을 할 수도 있고."

"정말로 나는……."

"그렇게 고집 피우지 말게." 파이텔존이 내 말을 가로막았다. "함께 가지. 자네가 희곡도 한 편 썼다는 얘기를 들은 것 같은데?" 그는 음색을 바꾸며 계속해서 말을 이었다.

"1막밖에는 쓰지 못했고, 그것도 초고인 걸요."

"어떤 종류의 희곡이죠?" 베티 슬로님이 물었다.

여자가 내게 말을 걸어왔을 때 나는 얼굴을 붉히지는 않았지만 피가 얼굴 전체로 솟구치는 것이 느껴졌다. "오, 그건 무대에 올리기 위한 것이 아닌데요."

"무대에 올리기 위한 것이 아니라고요?" 샘 드라이만이 소리쳤다. "그럼 누굴 위한 거요? 투탕카멘을 위한 거요?"

"관객을 끌지 못할 거예요."

"주제는 뭐지?" 파이텔존이 물었다.

"루드미르 출신의 한 처녀에 관한 얘기죠. 그녀는 남자처럼 살고 싶어 해요. 토라를 공부하고, 종교 의식에서 쓰이는 술 장식을 하고, 기도할 때 두르는 숄을 걸치고, 부적까지 달고 있어요. 랍비가 되어 하시디즘 의식을 거행하죠. 얼굴을 베일로 가린 채 토라를 설교하는 거예요."

"잘 쓰이기만 한다면 그건 바로 내가 찾던 거예요." 베티 슬로님이 말했다. "1막을 볼 수 있을까요?"

"함께 얘기를 하다 보면 뭔가 나오겠는데." 파이텔존이 자신에게 말하듯 말했다. "가지. 먹고 마시고 사업 얘기를 하는 거야. 미국 사람들 말처럼."

"그래, 갑시다. 젊은 친구!" 샘 드라이만이 소리쳤다. "당신에 관한 멋진 얘기를 들려줘요. 그러면 고기 국물을 실컷 먹게 될 테니."

4

우리는 게르트너 식당에 자리를 잡았고, 샘 드라이만은 자신과 베티의 계획에 대해 얘기했다. 그는 주가 폭락으로 백만 달러가 넘는 돈을 잃었지만 서류상으로만 그럴 뿐이라고 했다. 조만간 주가가 다시 오를 거라고 했다. 미국의 경제는 건강했다. 많은 주식들이 배당금을 내고 있었다. 게다가 그는 집을 여러 채 갖고 있었고 어떤 공장의 동업자이기도 했다.

형의 손자인 변호사가 그 공장의 경영을 맡고 있었다. 이제 나이가 든 그는 아무것도 걱정할 필요가 없었다. 말년에 그는 하느님의 축복으로 위대한 사랑을 얻게 되었다. 그 대목에서 그는 베티를 가리켰다. 그가 바라는 것은 자신도 즐기며 그녀에게 즐거움을 선사하는 것이었다. 그녀는 탁월한 배우였지만 2번가의 삼류 통속배우들이 그녀의 재능을 질투했다고 했다. 히브리 배우조합에서도 그녀를 받아들여 주지 않았지만 몇 번 공연을 할 수 있었고 좋은 평을 얻었다. 이디시어 신문뿐 아니라 영어 신문에서도 그랬다. 그녀는 브로드웨이로 진출할 수도 있었지만 이디시어로 연기하는 것을 더 좋아했다. 이디시어는 그녀의 재능을 이끌어내는 유일한 언어였다. 돈은 문제가 되지 않았다. 그는 그녀를 위해 바르샤바에서 극장을 임대할 예정이었다. 문제는 그녀에게 맞는 희곡을 찾는 일이었다. 베티는 극적인 역할을 원했다. 그녀가 처음 선택한 것은 비극이었다. 그녀는 희극 배우가 아니었고, 미국의 이디시어 극장의 '춤과 노래와 과장된 연기'를 경멸했다.

그는 내게로 고개를 돌렸다. "제대로 된 작품만 쓴다면 선불로 오백 달러를 주겠네. 연극이 잘되면 인세도 받게 될 걸세. 바르샤바에서 성공하면 미국으로 가져갈 거야. 1막은 준비가 된 거지? 2막은 시작했나? 베티, 당신이 얘기를 해봐. 무슨 질문을 할지 더 잘 알 테니까."

베티가 얘기를 꺼내려는 순간 파이텔존이 말을 가로막았다. "아론, 자네는 백만장자가 될 거야. 그러면 내 후원자가 될 수도, 내 책을 출판해 줄 수도 있을 거야. 이 모든 것을 중개한 사람이 나라는 사실을 잊지 말게."

"당신은 무슨 일에서건 내게서 중개 수수료를 가로채려 하는군!" 샘 드라이만이 소리쳤다. 그는 말을 할 때마다 손바닥을 폈는데, 손가락에는 커다란 다이아몬드 반지가 끼워져 있었다. 또한 그는 금줄 손목시계를 차고, 보석이 달린 장식 단추를 달고 있었다.

베티가 털 코트를 벗고 소매가 없는 검정 드레스 차림으로 자리에 앉자 그녀가 얼마나 야위었는지를 알 수 있었다. 그녀는 소년처럼 목울대가 나와 있었고 팔은 나무막대 같았다. 바르샤바에서도 이미 날씬한 것이 건강하고 유행을 앞서가는 것이라는 얘기들이 나돌곤 했지만 내가 보기에 베티는 오히려 쇠약한 것 같았다. 바르샤바의 여자들에게는 손톱을 길러 붉은색 광택을 내는 것이 유행이 되었지만 베티의 손톱은 색이 칠해져 있지 않았다. 그녀는 손톱을 물어뜯는 게 틀림없었다. 머리를 짧게 자르는 것은 유행이 지난 것이었지만 여전히 그런 머리를 고수했다. 그녀는 앞에 놓인 음식에 거의 손을 대지 않았고, 한 입 먹고 난 후에는 담배 연기를 내뿜었다. 왼쪽 손목에는 커다란 다이아몬드 팔찌를 차고 있었고, 목에도 그보다는 좀 작은 다이아몬드가 박힌 목걸이를 걸고 있었다.

그녀는 내게로 몸을 기울이며 물었다. "그 처녀는 언제 적 사람이죠? 어느 세기죠?"

"19세기요. 바로 얼마 전에 예루살렘에서 죽었죠. 지금쯤 백 살은 되었을 거예요."

"그녀에 대해서는 들어본 적이 없는걸요. 신앙심이 깊었나요?"

"네, 아주 깊었죠. 많은 하시디즘 신도들이 오래전에

죽은 랍비의 혼이 그녀에게 들어가 그녀의 입술을 통해 토라를 읊조린다고 생각했죠."

"그녀는 다른 건 뭘 했죠? 이 연극에 행위는 있나요?"

"아주 조금요."

"연극에는 행위가 있어야 해요. 삼사 막에 걸쳐 여주인공이 토라만 외울 수는 없어요. 무슨 일인가가 일어나야 해요. 그녀에게 남편은 있나요?"

"내가 잘못 안 게 아니라면 그녀는 나중에 결혼을 해요. 하지만 이혼을 한 것 같아요."

"그녀가 연애하는 얘기를 써보지 그래요. 그런 여자가 사랑에 빠지게 되면 심각한 갈등이 빚어질 수 있죠."

"그래요, 그건 생각해 볼 만한 아이디어예요."

"유대인이 아니라, 기독교인과 사랑에 빠지게 해봐요."

"기독교인이라고요? 그럴 수는 없어요."

"왜 안 되죠? 사랑에는 아무런 제약이 없어요. 그녀가 병이 들어 기독교인 의사에게 간다고 상상해 봐요. 그들 사이에 얼마든지 사랑이 이루어질 수 있죠."

"자신과 같은 부류의 사람과 사랑에 빠져서는 안 될 이유도 없지." 파이텔존이 말했다. "그녀가 앉은 탁자 주위에 앉은 하시디즘 신도들이 그녀에게 완전히 넋이 나가서 그녀가 남긴 음식을 삼키며 그녀가 토라를 외는 것을 들을 수도 있지."

"그럼요!" 샘 드라이만이 소리쳤다. "내가 그 하시디즘 신도 중 하나인데 베티를 갖지 못할 경우 나는 미쳐버리고 말 거요. 솔직히 나는 무식하지만 교육받은 여자를 좋아하지. 베티는 김나지움에서 공부를 했네. 수백 권의 책을 읽었을걸. 스타니슬라브스키 극장에서 공연도 했지. 누구와 함께 공연을 했는지 얘기를 해봐. 베티, 당신이 누군지 얘기해 봐!"

베티는 고개를 저었다. "할 얘기 없어요. 러시아에서 이디시어와 러시아어로 공연한 적은 있어요. 운이 좋았죠. 하지만 곧 나를 둘러싼 음모가 있었어요. 그 이유는 도무지 모르겠어요. 나는 권력을 바라지도 않았고, 부유하지도 않았어요. 누군가의 남편이나 연인을 뺏으려 하지도 않았죠. 처음에는 내게 주의를 기울이던 사람들이 내가 거리를 두자 하룻밤 사이에 적이 되어버렸어요. 여자들 모두가 나를 어떻게든 파멸시키려 했어요. 러시아에서도 그랬고, 미국에서도 그랬죠. 여기서도 마찬가지일 거예요."

"누구라도 베티에 대해 좋지 않은 말을 한마디라도 하면 눈을 파내버릴 거야!" 샘 드라이만이 소리쳤다. "여기 사람들은 당신 발에 입을 맞추게 될 거야!"

"누군가가 내 발에 입을 맞추기를 원하지는 않아요. 마음 편하게 연기를 할 수 있도록 나를 내버려 두기만 하면 돼요."

"당신은 연기를 하게 될 거야, 베티 내 사랑. 그리고 온 세상이 당신이 얼마나 훌륭한지 알게 될 거야. 사람들은 훌륭한 사람들을 어떻게든 깎아내리지. 사라 베르나르[1]의 여정이 순탄했다고 생각해? 그리고 다른 사

1 19세기 후, 20세기 초 프랑스의 대표적인 유대계 여배우(편집자 주)

람들은? 이탈리아 출신의 그 여자는? 이름이 뭐였던 간에. 그리고 이사도라 덩컨은? 그녀에게 아무 문제가 없었다고 생각해? 심지어는 파블로바도 그랬어. 재능 있는 사람을 보면 사람들은 늑대로 변하지. 언젠가 라헬에 대해 신문에서 읽은 적이 있는데─작가 이름은 잊었어─파리의 반유대주의자들이 그녀를 배척하려고 어떻게 했는지에 대해 쓰여 있었지."

"샘, 이 젊은이와 연극에 대해 얘기하고 싶어요."

"얘기해, 내 사랑. 아직 읽지도 않았지만 희곡이 마음에 드는데. 당신을 위한 작품이라는 생각이 들어. 죽은 이의 영혼이 당신 안에도 있어. 베티 내 사랑." 그는 내게로 고개를 돌렸다. "이따금 내게 소리를 지를 때면 신들린 사람처럼 열연을 하지."

"그만할 거예요, 아니면 계속할 거예요? 그만 좀 해요."

"그만하지. 이 친구에게 한마디만 더 하고. 다음 끼니 걱정 없이 일을 할 수 있도록 몇백 달러를 주겠네. 그냥 희곡을 무대에 올릴 수 있게만 써보게. 여주인공이 의사든 하시디즘 신도든 들개를 잡는 사람이든, 아무하고나 사랑에 빠지게 하게. 중요한 것은 관객들이 이다음에는 무슨 일이 일어날까 궁금해해야 한다는 거야. 나는 작가는 아니지만, 나라면 그녀가 임신이 되게 할 걸세, 그리고……."

"샘, 계속해서 광대처럼 얘기를 하면 가버릴 거예요."

"알았어. 더 이상 집에 갈 때까지 잔소리는 한마디도 하지 않지."

"무슨 말인가 하려고 했지만 이이가 헷갈리게 해서

무슨 얘기를 했는지조차 모르겠어요." 베티가 불평을 했다. "오, 그래요. 행위가 있어야 해요. 하지만 작가는 당신이지, 내가 아니니."

"사실 나는 극작가가 아닌걸요. 나는 그냥 나를 위해 그 얘기를 쓴 거예요. 나는 지적인 여자의 비극을 보여 주고 싶었어요. 특히 유대인 여자의……."

"나는 나 자신이 지적이라고는 생각지 않아요. 그게 내 비극이죠. 왜 사람들은 나에 반하는 음모를 꾸미는 걸까요? 내가 그들의 입소문과 음모와 아둔함을 참지 못해서일까요? 어린 시절 이후로 나는 여자들 사이에 끼지 못했어요. 내 여자 형제들은 나를 이해하지 못했죠. 내 어머니는 나를 오리 새끼를 부화한 암탉이라도 되는 양 바라보았죠. 내 아버지는 학자로 하시디즘 신자였고, 후시아티네 랍비의 신봉자였는데 볼셰비키에 의해 죽었어요. 그 이유는 뭘까요? 그는 한때 부유했지만 전쟁이 그를 파멸시켰죠. 사람들은 그에 대한 얘기를 날조해 그를 비난했어요. 내 가족들은 전부 러시아에 머물렀지만 나는 내 아버지를 죽인 사람들 속에 남아 있을 수 없었어요. 세상은 악행을 저지르는 자들로 가득해요."

"베티, 그런 얘기는 그만해."

"당신은 내가 만난 최초의 비관적인 여자예요." 파이텔존이 말했다. "비관주의는 항상 남자들의 특징인데 말이에요. 여자 모차르트나 여자 에디슨처럼 남자의 특성과 재능을 가진 여자는 상상할 수 있지만 여자 쇼펜하우어는 상상하기 어렵죠. 여자라는 관념에는 맹목적인 낙관주의가 필수적이죠. 갑자기 여자에게 이런 말들을 듣게 될 줄이야!"

"어쩌면 내가 여자가 아닌지도 모르죠."

"그건 내가 말할 수 있어!" 샘이 소리쳤다. "당신은 백 퍼센트 여자야. 아니, 백 퍼센트가 아니라 천 퍼센트야! 지금껏 많은 여자를 만나보았지만, 당신만큼……"

"샘!"

"그래, 입을 닫고 있을게. 내일 당장 희곡 작업을 시작하게, 젊은 친구. 돈 걱정은 하지 말게. 베티, 내 사랑, 담배 좀 그만 피워. 오늘만 세 갑을 피웠어."

"샘, 참견 말아요."

5

파이텔존과 내가 샘 드라이만과 베티에게 작별인사를 했을 때에는 자정이었다. 악수를 하면서 베티는 내 손바닥을 한 번 꽉 쥔 후 다시 한번 쥐었다. 그녀가 내게로 얼굴을 숙이자 술과 담배 냄새가 났다. 베티는 식사를 거의 하지 않았지만 코냑은 몇 잔 비웠다. 그녀와 샘은 택시를 타고 숙소인 브리스톨 호텔[1]로 갔다. 파이텔존은 들루가 가에 방이 있었지만 도라 스톨니츠가 살고 있는 노볼리프키 가까지 나를 바래다주었다. 그는 나의 연애에 대해 알고 있었다. 그는 두 시 전에 잠자리에 드는 일이 드물었다.

그가 내 팔을 잡으며 말했다. "이보게, 베티의 눈길을 놓치지 않았지. 이 일을 어쩌지! 자네 희곡에 연애

1 1901년 문을 연 호텔로, 바르샤바의 유서 깊은 랜드마크(편집자 주)

얘기를 집어넣으면 확실히 성공할 거야. 샘 드라이만 은 엄청난 부자에다 베티에게 푹 빠져 있지. 자네 원고 를 사랑과 섹스로 가득 채우게."

"그걸 쓰레기로 바꿔놓고 싶지는 않아요."

"멍청하게 굴지 마. 극장은 이름 그대로 쓰레기야. 후대에 남는 문학적인 희곡이라는 건 없어. 음악이 소리로 구성되는 것처럼 문학은 말로 구성되는 거야. 일단 말을 무대에서 공연하거나 낭독하게 되면 그건 이미 중고품이 되는 거야."

"관객들이 오지 않을 거예요."

"올 거야. 오고 말고. 샘 드라이만 같은 작자는 비평가들을 매수하는 것 따위는 아무렇지도 않게 생각해. 그럴 수만 있다면 관객까지 매수하려 들걸. 중요한 건 너무 감상적인 것이 되어서는 안 된다는 거야. 지금 유대인들은 섹스와 토라, 그리고 혁명 그 세 가지를, 그것들을 합쳐놓은 걸 좋아하지. 그것들만 주면 그들은 자네를 높이 치켜세울 걸세. 1즈워티는 있지?"

"2즈워티 있어요."

"벌써부터 백만장자 행세를 하는군. 베티에 대해 어떻게 생각하나?"

"박해 콤플렉스에 시달리는 것 같더군요."

"어쩌면 별 볼 일 없는 여배우인지도 모르지. 하지만 나는 최근 들어 이상한 환상을 갖게 되었네. 오늘 우리는 신들림에 대한 얘기를 나누었지. 나는 신이 들렸어. 내 안의 신은 나더러 순수한 쾌락주의를 실천하는 협회를 만들라고 하는군."

"삶 자체가 그런 거 아닌가요?"

"그렇기도 하고 아니기도 하지. 그래, 모든 사람들이 쾌락주의자야. 요람에서 무덤까지 사람들은 쾌락만을 생각하지. 신앙심이 깊은 사람들은 뭘 원하지? 딴 세상에서의 쾌락이야. 금욕주의자들은? 영적 쾌락 같은 거지. 더한 얘기를 할 수도 있어. 내가 보기에 쾌락은 우리의 삶뿐만 아니라 우주 전체를 삼켰어. 스피노자는 신은 생각과 확장이라는, 우리에게 알려진 두 가지 속성을 가지고 있다고 말하지. 나는 하느님이 곧 쾌락이라고 말하고 싶어. 쾌락이 하나의 속성이라면 그것은 무한한 방식으로 이루어져야만 해. 이것은 미지의 쾌락이 무수하게 존재한다는 의미지. 물론 하느님이 악의 속성을 갖고 있다면 그건 슬픈 일이지. 어쩌면 그분은 결국 그렇게 전지전능하지 않아서 우리의 협조를 필요로 하고 있는지도 몰라. 내 안의, 어떤 죽은 자의 혼령은 우리가 그분의 일부이며, 인간이 모든 창조물들 사이에서 가장 이기적인 존재이기 때문에 — 스피노자는 인간의 자신에 대한 사랑이 하느님의 인간에 대한 사랑이라고 말하지 — 쾌락 추구는 인간의 유일한 목표라고 말하고 있어. 만약 인간이 여기서 실패한다면 그는 다른 모든 것에서도 실패하는 거야."

"당신 안의, 어떤 죽은 자의 혼령은 인간이 이미 실패했다는 것을 모르고 있나요? 1차 세계대전이 충분한 증거가 되지 않았나요?"

"그것은 내게는 증거가 될 수도 있지만 내 안의, 어떤 죽은 자의 혼령에게는 아니야. 그는 하느님이 고통받고 있다고 말하는군. 창조의 목적을 상실하게 만든 일종의 신성한 기억상실증으로 말이야. 그는 하느님이 너무 짧은 시간 동안에 너무 많은 일을 하려고 했다고 생각하지. 그는 판단의 기준과 통제력을 잃어버렸고, 도움을 애타게 필요로 하네."

"그래요, 농담을 하고 있군요."

"물론 농담을 하는 거야. 그러나 바보같이 들릴 수도 있지만 어떤 점에서는 심각하기도 해. 나는 하느님을, 목적도 모른 채 만든 자신의 은하계와 무수한 법칙 때문에 오히려 당황하고 있는, 심하게 병든 존재로 생각하지. 이따금 나 자신이 휘갈겨 쓴 글들을 들여다보면 내가 쓰기 시작한 글이 의도와는 전혀 반대가 되고 말았다는 것을 발견하게 되기도 해. 우리가 하느님의 이미지에 따라 만들어졌다면 그분에게도 그런 일이 일어나지 말라는 법은 없어."

"그래서 당신은 그분의 기억을 새롭게 하겠다는 거군요. 이게 다음 기사의 주제인가요?"

"그럴 수도 있지. 하지만 그 바보 같은 편집자들은 내 글을 채택하지 않을 거야. 최근에는 모두 되돌려 보내고 있으니까. 읽으려 들지도 않아. 한데 자네 기억도 새롭게 해줘야 할 것 같군. 2즈워티 빌려준다고 했지."

"맞아요. 여기 있어요. 미안해요."

"고마워. 나를 비웃지는 말게. 무엇보다도 정신 나간 샘이 술을 너무 많이 건넸어. 두 번째로 자정 후면 나는 내 머릿속에 남는 것들을 모두 비우지. 나는 내가 지껄이거나 생각하는 것에 대해 아무런 책임이 없어. 잠을 잘 수 없기 때문에 나는 눈을 뜬 채로 꿈을 꿔야해. 어쩌면 하느님 역시 나처럼 불면증에 시달리고 있는지도 몰라. 실제로 성서에 따르면 하느님은 졸지도 자지도 않고 이스라엘의 자식들을 지켜본다고 하지. 야경꾼처럼! 잘 자게."

"잘 주무세요. 재미있었어요. 고마워요."

"그 멍청한 희곡을 써보게. 나는 모든 것에 존경심을 잃어버렸지만 돈만큼은 절대적으로 숭배하지. 우리가 다시 우상을 숭배하게 된다면 은행이 나의 사원이 될 걸세. 이제 다 왔군."

노볼리프키 가에서 파이텔존은 내게 따뜻한 손을 내밀어 악수를 청한 뒤 집을 향해 갔다. 나는 초인종을 눌렀고, 수위가 나를 안으로 들여보내 주었다. 안뜰의 창문들은 3층의 한 곳만 빼놓고는 모두 어두웠다. 도라의 집에서 밤을 보내는 것은 위험하면서도(누군가 아파트를 급습해 불온 문서를 찾아낼 수도 있었다) 수치스러운 일이었다(우리는 헤어진 상태였다). 그녀는 러시아에 몰래 잠입해 선전선동 과정을 밟을 작정이었다. 그녀는 완강히 부인한 사실이지만 폴란드에서 국경을 넘은 거의 모든 공산주의자들이 러시아군에 체포되었다. 그들은 스파이 활동과 사보타주, 그리고 트로츠키주의로 기소되었다. 그런 여행이 자살 행위나 다름없다는 말을 하면 그녀는 "체포된 자들은 그렇게 되어 마땅한 자들이야. 파시스트, 사회 파시스트 그리고 다른 모든 자본주의에 빌붙어 사는 자들은 숙청돼야 해. 그리고 그건 빠르면 빠를수록 좋아"라고 말했다.

"헤르츠케 골드쉴라그가 파시스트야? 베렐 구트만이 파시스트야? 네 친구 이르카가 파시스트야?" 내가 물었다.

"러시아에서는 무고한 사람이 투옥되는 일이 없어!

그런 일은 바르샤바나 로마, 뉴욕에서나 일어나지."

어떤 사실이나 논쟁도 그녀의 생각을 바꿔놓지는 못했다. 그녀는 다른 사람들에게 최면을 걸었고, 스스로도 최면 상태에 빠져 있었다. 나는 그녀가 냐스비주에 있는 국경을 건넌 후 사회주의의 땅에 엎드려 입을 맞추자마자 붉은 군대에 의해 감옥으로 끌려가는 것을 마음속으로 그릴 수 있었다. 그곳에서 그녀는 그녀와 같은 여러 사람들 가운데 앉아 – 흙탕물 그릇 옆에서 굶주리고 목이 마른 채로 – "어떻게 이런 일이 가능하지? 내 죄는 뭐지? 나는 사회주의의 이념을 위해 내 청춘을 바쳤어"라고 자문하게 될 것이다.

나는 천천히 걸었다. 나는 다시는 이곳에 오지 않겠다고 엄숙히 맹세했었지만 그녀의 육체가 필요했다. 나는 우리가 영원히 이별하게 되리라는 것을 알고 있었다. 어쩌면 그녀 스스로도 확신이 서지 않는 자신의 생각에 대해 당황해하고 있는지도 몰랐다. 신앙심이 가장 깊은 사람들조차도 이따금 이단적인 생각을 하게 마련이다. 나는 어두운 계단 위에 잠시 멈춰 선 채로 생각에 잠겼다. 오늘 밤 내가 그녀와 함께 체포된다면 어떻게 할 것인가? 그 사실을 나 자신에게 어떻게 정당화시킬 것인가? 사람들 말처럼 왜 나는 건강한 머리로 병상에 기어드는 것인가? 베티 슬로님의 변덕에 맞춰 내 희곡을 수정해야 하는가? 그리고 파이텔존이 정말로 원하는 것은 무엇이었나? 이상한 일이지만 지난 몇 달 사이 나는 작가 클럽에서 여러 번 누군가가 난교 파티를 준비하고 있다는 얘기를 들었다. 클럽에는 젊은 작가들이 '성불구자의 테이블'이라고 이름 붙인 테이블이 하나 있었다. 매일 밤 연극과 영화가 끝난 후면 나이 든 작가들 - 고전학자, 신문 편집인, 언론인, 그리고 그들의 여자 - 이 그곳에 모여 앉아 정치와 유대인 문제, 그리고 프로이트와 함께 유행이 된 에로티시즘, 러시아와 독일과 서구 전체의 성적 대격변에 대해 토론을 했다. 유명한 배우 프리츠 반더가 독일에서 폴란드로 왔다. 나치와 보수적인 신문들은 반더가 독일어를 타락시켰고, 루덴도르프[1]에 대해 모욕적인 발언을 했으며, 독일의 젊은 귀족 부인을 유혹해 자살에 이르게 했다며 그를 비난하는 캠페인을 벌였다. 갈리치아 유대인인 반더는 이러한 공격 외에 비평계로부터도 분노를 사게 되면서 베를린을 떠나 바르샤바로 오게 되었다. 그는 속죄를 하고 이디시어 극장으로 다시 돌아가기를 원했다. 그는 자신의 기독교인 정부이자 독일의 한 영화감독의 아내인 그레텔을 함께 데려왔다. 그녀의 남편은 반더에게 결투를 신청했고 총으로 그를 위협했었다. 이제 반더는 매일 밤 그의 정부와 함께 성불구자의 테이블에 앉아 갈리치아 사투리가 있는 이디시어로 농담을 했다. 그는 베를린에서 잠자리 기술이 좋기로 악명을 떨쳤다. 베를린 그레나디어슈트라세에 있는 로마니쉐 카페에서는 그의 성적 모험에 대한 괴상한 이야기들이 나돌았다. 바르샤바의 작가 클럽에서는 반더의 자기 자랑이 늙고 병든 작가 로쉬바움을 카사노바가 되고자 하는 열망에 사로잡히게 만들었다는 농담까지 나돌았다.

---

1 1차 세계대전 중 여러 전투에서 승리를 거둔 독일 제국 육군 장군으로 인기가 좋았다(1865-1937, 편집자 주)

도라의 방문을 두드리기 전에 나는 잠시 멈춰 서서 귀를 기울였다. 어쩌면 지역 위원회 모임이 안에서 벌어지고 있는지도 몰랐다. 아니면 경찰이 급습하고 있는지도 몰랐다. 위험에 항상 노출돼 있는 이 아파트에서는 모든 상상이 가능했다. 하지만 아무 일도 없는 것처럼 모든 것이 조용했다. 나는 세 번 노크를 한 다음―그것은 도라와 나 사이의 신호였다―기다렸다. 곧 그녀의 발걸음 소리가 들렸다. 그 아파트에는 왜 전화기가 없는지 알 수 없었지만 나는 경찰의 도청을 피하기 위한 것이라고 추측했다.

도라는 키가 작고, 엉덩이가 넓고, 가슴이 풍만했다. 그녀는 매부리코였다. 실룩거리는 듯한 커다란 눈이 그녀의 유일한 매력이었다. 그 눈은 인류를 구원할 임무를 맡은 자에게서 엿보이는 교활함과 엄숙함이 뒤섞인 모습을 드러내고 있었다. 그녀는 입술 사이에 담배를 문 채로, 잠옷 차림으로 문간에 서 있었다. "바르샤바를 떠난 줄 알았는데." 그녀가 말했다.

"어디로 간단 말이야? 작별인사도 없이?"

"그러고도 남으리라고 생각했어."

6

공산당원이 당의 비밀을 적대 계급의 구성원에게 털어놓는 것은 금지되어 있었지만 도라는 떠날 준비가 다 되어 있다는 얘기를 했다. 며칠이면 된다고 했다. 그녀는 이미 가구들을 이웃에게 판 상태였다. 어떤 당 간부가 아파트를 물려받게 되어 있었다. 나는 그녀의 집에 원고 뭉치를 보관했었는데, 그녀는 아침에 떠날 때 그것을 가져가라고 했다. 나는 저녁을 배불리 먹었지만 도라는 절인 청어와 차를 곁들인 롤빵을 함께 먹자고 우겼다.

"이런 상황을 자초한 건 네 자신이야." 그녀는 비난하듯 말했다. "우리가 정상적인 부부처럼 함께 살았다면 나는 이렇게 떠나지 않았을 거야. 당은 부부를 헤어지게 하지는 않아. 특히 아이가 있을 때는. 지금쯤 우리는 아이가 두셋쯤 있었을 수도 있어."

"누가 그들을 부양하지? 스탈린 동지가? 나는 실직했어. 방세도 두 달치나 밀려 있고."

"우리 아이들은 굶주리지는 않았을 거야. 그래, 이건 바보 같은 얘기야. 그런 얘기를 하기에는 너무 늦었어. 너는 다른 누군가와의 사이에서 아이를 갖게 될 거야."

"나는 누구와의 사이에서도 아이를 원치 않아." 내가 말했다.

"그건 자본주의자 얼간이의 전형적인 퇴행 심리야. 서구의 몰락이자 문명의 종말이고. 그러한 파국은 한탄스러운 일이지. 하지만 무솔리니와 히틀러는 질서를 가져올 거야. 성녀 라헬이 무덤에서 되살아나 자신의 아이들을 시온으로 다시 데리고 올 거야. 마하트마 간디와 그의 제물이 영국의 제국주의에 승리하게 될 거야."

"도라, 그만해!"

"침대로 가자. 이게 우리의 마지막이 될 거야."

침대 가운데의 철제 스프링이 내려앉아 따로 떨어져 누워 있을 수도 없었다. 우리는 서로에게로 몸을 굴리며 자신의 욕망에 귀를 기울였다. 그녀의 살찐 육체는 매끈하면서도 따뜻했다. 우리가 함께 있을 때마다 나는 그녀의 엄청나게 큰 젖가슴에 놀라곤 했다. 무슨 수로 그렇게 큰 짐을 갖고 다닐 수 있는 거지? 그녀는 통통한 무릎을 내 무릎에 대며 내가 그녀를 아프게 하고 있다고 불평했다. 우리의 영혼은(그것이 어떻게 불리든 간에) 부서지고 서로 충돌하고 있었지만 우리의 몸은 사이가 좋았다. 나는 욕망을 주체하는 법을 배웠다. 우리는 전희와 본격적인 섹스, 그리고 때로는 섹스가 끝난 후의 애무를 즐겼다.

도라는 내 사타구니 사이에 손을 댔다. "아직 나를 대신할 여자를 못 구했어?"

"글쎄. 너는 어떤데?"

"그곳에서는 할 일이 너무 많아서 그런 건 생각할 시간도 없을 거야. 쉽지 않을 거야. 새로운 상황에 적응하는 건 만만치 않은 일이지. 나한테 사랑은 게임이 아냐. 나는 먼저 상대를 존중하고, 그를 믿고, 그의 생각과 인격에 대한 믿음이 있어야만 해."

"그 모든 자질을 갖춘 러시아인이 너를 기다리고 있을 거야."

"누구 얘기를 하는 거야! 너야말로 언제든 여자만 새로 생기면 나를 떠날 준비가 되어 있어."

우리는 키스하며 말다툼을 했다. 나는 그녀의 이전 애인들을 손꼽아 보았고, 그녀는 내가 자신을 배신하고 바람을 피웠던 여자들을 헤아려보았다. "너는 충실하다는 말의 의미조차 몰라!" 그녀가 말했다. 그녀는 키스를 하며 나를 깨물었다. 우리는 만족한 상태로 잠이 들었고, 나는 잠에서 깨면서 다시 욕구를 느꼈다.

도라는 슬픈 노래를 하듯 말했다. "나는 결코 너를 용서하지 않을 거야, 결코! 내가 죽을 때 하는 마지막 생각은 너에 관한 걸 거야, 이 배덕자!"

"도라, 나는 네가 걱정이 돼."

"뭘 걱정한다는 거야, 이 좀스러운 이기주의자야."

"네 동지 스탈린은 미쳤어."

"너는 그의 이름을 언급할 가치도 없어. 나를 안아 줘! 파시스트 개들 사이에서 사는 것보다는 자유로운 땅에서 죽는 게 더 나아."

"편지할 거야?"

"너는 편지를 받을 자격도 없어. 하지만 첫 편지는 네게 쓰게 될 거야."

나는 다시 선잠이 들었다. 나는 바르샤바와 모스크바에 동시에 있었다. 나는 무덤으로 가득한 어떤 광장에 오게 되었다. 나는 어떤 문을 두드렸고, 거구의 러시아인이 대답을 했다. 그는 실오라기 하나 걸치고 있지 않았고, 할례를 받지 않은 상태였다. 나는 도라를 찾아달라고 했다. 그는 "시베리아에서 썩어가고 있지"라고 대답했다. 안에서는 요란한 파티가 벌어지고 있었다. 남자들은 아코디언과 기타와 발랄라이카를 연주하고 있었고, 알몸의 여자들이 춤을 추고 있었다. 노란 개 한 마리가 무리 속에서 나왔고, 나는 그 개를 알아보았다. 이름이 졸카인 그 암컷은 미드제스진[1]의 솔티 소유였다. 하지만 졸카는 죽었다. 이 개는 모스크바에서 무엇을 하고 있는 것인가? 나는 꿈속에서 오, 이 시

---

1 Miedzeszyn. 바르샤바의 마을 이름(편집자 주)

시한 꿈은 아무 의미도 없어, 하고 말했다.

나는 눈을 떴다. 창문 너머로 어둑한 여명이 드리우고 있었다. 도라는 부엌에서 그릇들을 부딪치고 있었다. 그녀는 수돗물을 받으며 찰리 채플린에 관한 노래를 흥얼거리고 있었다. 나는 세상과 그것의 부조리함에 정신이 멍해져서 꼼짝 않고 누워 있었다. 그녀가 문간에 모습을 드러냈다. "아침을 만들고 있어."

"바깥은 어때?"

"눈이 와."

나는 부엌 싱크대에서 세수를 했다. 물은 아주 차가웠다. 도라가 말했다.

"네 속옷이 여기 널려 있어서 세탁을 했어."

"고마워."

"저걸 입어. 그리고 너의 그 파시스트 원고 챙겨가는 거 잊지 말고."

그녀는 속옷을 가져다준 후 침대 아래에서 끈에 묶인 원고 뭉치를 꺼냈다.

내가 식사를 하는 동안 도라가 일장연설을 했다. "진리를 받아들이는 건 아무리 늦어도 괜찮아. 이 악취 나는 것들에 침을 뱉고 나와 함께 가. 그 랍비와 영혼에 대해서는 그만 쓰고 진짜 세상이 어떤지를 봐. 여기 있는 모든 것은 부패했어. 저기에서는 새 삶이 시작되고 있고."

"어디나 부패했어."

"그게 네 세계관이니? 이건 우리가 함께하는 마지막 아침 식사가 될 거야. 혹시 3즈워티 있어?"

나는 3즈워티를 세어 그녀에게 주었다. 그러고 나자

3즈워티와 잔돈밖에 남지 않았다. 잡지사와 출판사에서 받을 돈이 조금 있었지만 그들에게서 1그로시라도 받을 가능성은 전혀 없었다. 내 유일한 희망은 샘 드라이만에게서 선불금을 받는 것이었다. 나는 도라에게 작별인사를 한 후 저녁에 다시 오겠다고 약속했다. 나는 원고 뭉치를 챙겨 들고 차가운 안뜰로 나갔다. 건조한 눈이 내리고 있었다. 쓰레기통 위에는 고양이 한 마리가 서 있었다. 그것은 초록색 눈을 내게서 떼지 않고 야옹 하고 울었다. 배가 고픈 건가? 용서해 줘, 고양이야, 너한테 줄 건 아무것도 없으니까. 너를 창조한 범인에게 하소연하렴. 나는 대문 밖으로 나갔다. 그 건물에는 부속 진료실이 있었는데 병이 난 사람들은 그곳에서 전표를 끊은 다음 의사에게 갔다. 숄을 두른 나이든 여자 몇 명이 대문 안으로 들어갔다. 그들에게서 치통과 요오드 냄새가 나는 것 같았다. 그들은 한꺼번에 자신의 병에 대해 얘기했다. 구름이 낮게 드리워 있었고, 바람은 살을 에는 듯했다. 나는 거리로 나가 가구 딸린 내 방으로 향했다. 방은 침대와 의자 하나 외에는 더 이상 아무것도 들여놓을 수 없을 정도로 작았으며 바깥만큼이나 추웠다. 원고 뭉치를 푼 나는 내 희곡의 두 번째 막의 시작 부분을 보고는 깜짝 놀랐다. 이것은 어떤 계시인가? 인과관계와 목적성은 분명 어떤 관련이 있었다. 나는 읽기 시작했다.

　루드미르 출신의 처녀는 하느님이 남자들에게 모든 호의를 베푼 후 나머지 것들만 – 출산, 미크바의 세정식, 안식일 촛불을 켜는 일 – 여자들에게 허락한 것에 대해 슬퍼했다. 그녀는 모세가 반페미니스트였다고 비난을 했으며, 세상의 악은 하느님이 남자라는 사실에서 비롯되었다고 했다.

이 희곡에 사랑과 섹스를 집어넣어야 할 것인가? 그녀는 누구를 사랑해야 하는가? 의사, 아니면 코자크족? 그녀는 레즈비언이 될 수도 있을 것이다. 하지만 바르샤바의 유대인들은 그런 주제는 받아들일 준비가 되어 있지 않았다. 갑자기 아이디어가 떠올랐다. 그녀는 그녀의 영혼을 사로잡은 죽은 자와 사랑에 빠지게 될 것이다. 그 죽은 자는 남자가 될 것이다. 나는 그를 음악가, 냉소주의자, 호색한, 무신론자로 만들 것이다. 그녀는 자신의 목소리뿐 아니라 그의 목소리로도 말할 것이다. 베티 슬로님은 이 역할을 연기할 기회를 가지게 될 것이다. 그녀는 분열된 인격을 묘사할 것이다. 그녀는 자기 내부의 죽은 자와 결혼을 하게 될 것이다. 그로부터 학대받고 실망한 끝에 결국 그녀는 이혼을 요구하게 될 것이다.

나는 그 순간 베티 슬로님에게 내 아이디어를 말하고 싶은 충동을 느꼈다. 나는 그녀가 브리스톨 호텔에 머물고 있다는 걸 알고 있었지만 갑자기 호텔에 있는 여자를 찾아갈 자신이 생기지는 않았다. 전화할 용기도 없었다. 나는 작가 클럽에 들르기로 마음먹었다. 파이텔존이 그곳에 있다면 그에게 내 계획을 얘기할 수도 있었다. 피곤했지만 베티 슬로님에 대한 관심이 불쑥 솟구쳤다. 나는 우리가 함께 유명세를 누리는 것을 상상했다. 그녀는 배우로서, 나는 극작가로서. 하지만 파이텔존은 클럽에 없었다. 첫 번째 방에서는 실직한 두 언론인이 체스를 두고 있었다. 나는 잠시 멈춰 구경

했다. 다리가 한쪽밖에 없는 피니 마치타이가 이기고 있었다. 그는 체스판 위로 몸을 흔들며 염소수염을 잡아당기면서 러시아 노래를 불렀다.

"행복하건 행복하지 않건
보드카와 포도주가 있는 한
징징거리지 말지니."

그는 내게 "구경하는 건 괜찮지만 훈수는 두지 마"라고 말했다.

그는 체스판의 나이트를 옮겼고, 그의 상대 조라크 라이브케스는 룩을 잡기 위해 퀸을 포기해야 했다. 그렇게 하지 않을 경우, 두 수 후엔 체크메이트를 당하게 될 판이었다. 조라크 라이브케스는 이디시어 신문사의 교정자들이 휴가를 간 동안 임시직으로 일했다. 그는 키가 작고 술통처럼 뚱뚱했다. 그 역시 몸을 흔들며 말했다.

"마치타이, 노래 좀 그만할 수 없어? 당신 룩은 백치일 뿐이야. 당신 룩이 지난해 서리만큼이나 걱정되는군. 당신은 서툰 사람이야. 그리고 앞으로 열 세대가 지나도 그럴 거고."

"퀸은 어떻게 할 거야?" 마치타이가 물었다.

"걱정 마! 걱정 마! 어떻게든 갈 거야. 일단 퀸이 움직이기만 하면 당신은 작살나고 말걸."

나는 제일 큰 방으로 들어갔다. 작가 세 명밖에 없었다. 작은 테이블에는 자신의 시에 이름만 서명하는 민속시인인 쉴로이멜레가 앉아 있었다. 그는 식료품점에서 사용하는 것과 같은 장부에 시를 쓰고 있었다. 그는 자기만 알아볼 수 있을 정도로 글씨를 아주 작게 쓰는 것으로 알려져 있었다. 글을 쓰면서 그는 단조로운 음색으로 노래를 불렀다. 또 다른 테이블에는 '메시아'라는 별명을 갖고 있는 다니엘 리프친이 앉아 있었다. 1905년 그는 차르에 대항하는 혁명에 참가해 시베리아로 유형을 갔다. 거기서 그는 종교적인 사람이 되어 신비한 이야기들을 쓰기 시작했다. 키가 크고 말랐으며, 집시처럼 살갗이 검은 나홈 젤리코비츠는 입에 담뱃대를 문 채로 왔다 갔다 하고 있었다. 그는 히틀러가 허풍을 떨고 있으며 전쟁 같은 것은 없으리라고 믿는, 작가 클럽의 소수 집단에 속해 있었다. 그는 스무 권의 소설을 냈는데 주제는 모두 같았다. 그를 배신하고 노동조합 지도자와 결혼한 여배우 파니아 에프로스에 대한 사랑이었다. 파니아 에프로스는 죽은 지 십 년이 되었지만 그는 그녀가 저지른 여러 가지 배신 행위에 대해 마음을 삭이지 못하고 있었다. 젤리코비츠는 그를 폄하하는 바르샤바의 비평가들과 계속해서 싸움을 하고 있었다. 그는 그들 중 한 명의 뺨을 갈긴 적이 있었다. 나는 그에게 인사를 했지만 그는 아무 반응이 없었다. 그는 젊은 작가들에게 화가 나 있었고 그들을 침입자들로 생각했다.

나는 첫 번째 방으로 다시 돌아갔다. 나는 내 작품 속의 그 처녀가 창녀와 포주라는, 두 명의 죽은 영혼에 사로잡혀야 하는지도 모르겠다는 생각을 했다. 나는 창녀와 눈먼 음악가에게 조종당하는 소녀에 대한 이야기를 쓴 적이 있었다. 나는 갑자기 대담해졌다. 나는 전화번호 안내소에 전화를 해 브리스톨 호텔의 전화번호를 알아냈다. 호텔에 연결되자 나는 베티 슬로님을 바꿔달라고 했다. 전화벨이 한 번 울린 후 그녀의 목소리가 들렸다. "여보세요?"

나는 잠시 아무 말도 하지 못했다. 그런 다음 "영광스럽게도 어젯밤 게르트너 식당에서 당신과 함께 시간을 보낸 젊은 친구입니다"라고 말했다.

"추칙?"

"그래요."

"여기 앉아 당신 생각을 하고 있었어요. 희곡은 어떻게 됐어요?"

"당신과 드라이만 씨에게 얘기하고 싶은 아이디어가 있어요."

"샘은 미국 영사관에 갔어요. 하지만 오도록 해요. 함께 그 문제를 상의해요."

"폐가 되지 않을까요?"

"지금 당장 와요!" 그녀는 객실 번호를 알려주었다. 나는 고맙다는 말을 한 후 전화를 끊었다. 나는 나의 용기가 대견스러웠다. 평소에 없었던 큰 힘이 나를 부추겼다. 택시를 타고 싶었지만 3즈워티로는 부족할 수도 있었다. 문득 면도도 하지 않았다는 사실을 깨달았다. 손가락으로 턱을 쓰다듬어 보았다. 이발소에 가야 했다. 면도도 하지 않은 채 미국인 숙녀를 방문할 수는 없었다.

7

제복을 입은 문지기가 브리스톨 호텔 입구를 지키고

있었다. 그 안으로 들어가는 것은 경찰서나 법정 안으로 들어가는 것 같았다. 하지만 모든 것이 순조로웠다. 엘리베이터가 있었지만 사 층까지 걸어 올라갔다. 계단은 대리석으로 만들어져 있었고 가운데에는 카펫이 깔려 있었다. 문을 두드리자 베티가 금방 대답했다. 방에는 커다란 창문이 있었는데 내가 본 그 어떤 방보다도 환했다. 눈이 멈추고 햇빛이 들어왔다. 마치 기후가 전혀 다른 곳으로 옮겨진 것 같았다.

베티는 긴 가운을 입고, 방울 장식이 달린 슬리퍼를 신고 있었다. 붉은 머리칼 때문에 어린 시절 내내 붉은 개, 붉은 사기꾼, 붉은 당근 등의 별명에 시달려야 했던 나는 붉은 머리칼에 대해 반감을 갖고 있었지만 베티의 머리칼은 역겹지 않았다. 햇빛 속에서 보니 불과 금이 합쳐진 것 같았다. 그때에야 비로소 나는 그녀의 살갗이 나만큼이나 하얗다는 것을 알게 되었다. 그녀의 눈썹은 갈색이었다.

내가 들어온 직후 전화벨이 울렸고, 그녀는 잠시 영어로 대화를 나누었다. 영어는 얼마나 대단하면서도 세속적으로 들리는가! 베티는 나보다 키가 작았지만 자부심이 넘쳤다. 그녀는 전화를 끊고 내게 코트를 벗으라는 등 호의를 베풀었다. 그녀의 이디시어조차도 세련되게 들렸다. 그녀는 내 코트를 받아 목재 옷걸이에 걸었다. 소설 속에서나 나올 법한 일이었다. 단추가 하나 없는 낡은 넝마를 너무나 소중히 다뤄주었던 것이다. 도라와 함께 있을 때면 성인이 된 느낌이었지만 베티 앞에서는 다시 젊은이가 된 기분이었다. 베티는 나를 소파 쪽으로 오게 한 다음 안락의자에 앉아 나를 쳐다보았다. 그녀의 가운이 벌어지며 한순간 그녀의 눈부신 다리가 보였다. 그녀는 내게 담배를 권했다. 나는 담배를 피우지 않았지만 거절한다는 생각은 할 수도 없었다. 그녀는 라이터를 갖다주었다. 나는 한 모금을 들이켰고, 향기에 취했다.

그녀는 "자, 당신 희곡에 대해 얘기해 봐요"라고 말했다.

나는 얘기를 시작했고 그녀는 귀 기울였다. 그녀의 눈빛이 기대에서 놀람으로 바뀌었다. "이건 내가 나 자신과 연애를 하게 될 거라는 의미네요."

"그래요. 하지만 어떤 점에서 우리 모두가 그렇죠."

"맞아요. 나는 어렵지 않게 남자와 여자를 연기할 수 있어요. 원고는 왜 가져오지 않았지요?"

"모든 것이 아직 너무 엉성해요."

"대사 몇 개만 떠올릴 수 없나요? 지금 바로 시도를 해보고 싶어요. 종이와 펜을 줄 테니 몇 줄만 적어줘요. 음악가를 위한 몇 마디와 창녀를 위한 몇 마디를. 잠깐만요!" 그녀는 자리에서 일어나 서랍 위에 놓인 지갑에서 숙녀용 만년필과 공책을 꺼냈다.

나는 무의식적으로 쓰는 것처럼 대본을 쓰기 시작했다.

음악가

여자여, 이리 와 나의 여자가 되어주오. 당신은 시체, 나도 시체. 두 시체가 춤을 추면 빈대가 뛰어다니는 법. 당신에게 이스라엘 땅에서 가져온 흙 한 줌과 내 눈꺼풀을 덮고 있는 껍질을 주겠어. 내 손가락 사이에 있는 도금양으로 티조프체에서 올리브 산에 이르는 구덩이를 파주겠어. 가는 길에 우리는 솔루의 아들인 짐리와 주르의 딸 코즈비처럼 행동할 거야.

창녀

혀를 붙들어 매요, 이 더럽고 못된 음악가여! 당신이 루블린에서 라이프치히 사이의 모든 창녀들과 뒹굴고 있는 사이 나는 순수한 처녀로 세상을 떠났어. 수많은 악마들이 매복을 하고 당신을 기다린다면, 나를 기다리고 있는 것은 천사들의 무리지.

나는 베티에게 펜과 공책을 건넸다. 그녀는 천천히 읽기 시작했다. 그녀의 얇은 눈썹이 치켜 올라가더니 그대로 멈췄다. 그녀의 입술은 호기심 어린 미소를 머금었다. 그녀는 끝까지 읽은 후 "당신 희곡에서 발췌한 건가요?"라고 물었다.

"꼭 그렇지는 않아요."

"지금 여기서 지어냈단 말이에요?"

"그렇기도 하고 아니기도 해요."

"당신은 이상한 사람이에요. 놀라운 상상력을 갖고 있어요."

"내가 갖고 있는 건 그것뿐이죠."

"다른 필요한 건 없어요? 잠깐만요, 이걸 연습해 보겠어요."

그녀는 공책을 들고 몇 마디를 내뱉은 후 여기저기 왔다 갔다 하며 중얼거리기 시작했다. 갑자기 그녀는 대본을 두 가지 목소리로 연기하기 시작했다. 나는 이빨이 떨리지 않도록 꽉 깨물었다. 세상을 지배하는 힘이 엄청난 배우를 내게 데려온 것이다. 이런 재능을 가진 사람이 샘 드라이만과 매일 밤을 같은 침대에서 보낸다는 걸 상상하기는 어려웠다. 내가 피우던 담배가 꺼졌다. 베티는 방을 이리저리 걸어 다니며 대사를 반복했다. 그녀는 창녀보다는 음악가로서 더 훌륭했다. 창녀의 목소리는 반은 남자처럼 들렸다. 한 문장을 끝낼 때마다 베티는 나를 쳐다보았고, 나는 고개를 끄덕였다.

마침내 그녀가 다가와 말했다.

"대사를 하기에는 좋아요. 하지만 희곡에는 구성이 있어야 해요. 부유한 하시디즘 신봉자가 나와 사랑에 빠져야 해요."

"그 얘기를 넣을 거예요."

"그에게는 아내와 아이들이 있어야 해요."

"물론이죠."

"아내에게 이혼을 제안한 후 그 여자와 결혼을 하게 해요."

"그럼요."

"하지만 그녀는 죽은 음악가와 살아 있는 하시디즘 신봉자 사이에서 결정권을 가져서는 안 돼요."

"맞아요."

"그런 다음에는 어떻게 되죠?" 그녀가 물었다.

"하시디즘 신봉자와 결혼을 하죠."

"그렇군요."

"하지만 결혼식날 밤, 음악가는 그녀가 남편과 함께 하는 것을 허락하지 않아요."

"그렇군요."

"그리고 그녀는 음악가와 떠나죠."

"어디로요?"

"그와 함께 있기 위해서 무덤 속으로요."

"희곡을 쓰는 데 얼마나 걸릴 것 같아요? 드라이만 씨는 극장을 빌릴 준비가 되어 있어요. 당신은 하룻밤 사이에 유명 극작가가 될 수 있어요."

"그렇게 될 운명이라면 그렇게 되겠죠." 내가 말했다.

"운명을 믿어요?"

"그럼요."

"나도 마찬가지예요. 나는 종교적이지는 않지만 – 내가 어떻게 사는지 알죠 – 하느님은 믿어요. 잠자리에 들기 전에 나는 항상 기도를 하죠. 여기 오는 배에 타서도 매일 밤 제대로 된 희곡을 만나게 해달라고 하느님께 기도를 드렸어요. 그런데 갑자기 한 젊은 친구 추칙과 함께 내 영혼을 표현할 수 있는 희곡이 찾아온 거예요. 기적처럼 여겨지지 않나요?"

"그렇길 바라요."

"자신에 대한 믿음이 있나요?"

"누군가가 뭔가에 대해 믿음을 갖는 것이 가능한 일인가요?"

"자신에 대해 믿음을 가져야 해요. 나 자신에 대해 믿음을 갖지 못하는 것, 그것이 내 비극이에요. 뭔가 좋은 일이 생기기 시작하자마자 나는 어려움과 불운만을 예견해 모든 것을 망쳐버리죠. 사랑에서나 일에서나 모두 그랬어요. 추천할 만한 연출가가 있나요?"

"희곡이 완성될 때까진 연출을 찾는 게 의미가 없어

요."

"당신은 여전히 회의적이군요. 그렇죠? 이번에는 회의적인 것을 허용하지 않을 거예요. 희곡은 제대로 마무리되어야 해요. 우리가 방금 얘기한 줄거리에 충실하도록 해요. 샘 드라이만이 오백 달러를 선불금으로 줄 거예요. 폴란드에서는 큰돈이죠. 결혼은 했나요?"

"아뇨."

"혼자 사나요?"

"여자친구가 있었는데 헤어졌어요."

"이유를 물어도 돼요?"

"그녀는 공산주의자로 스탈린의 땅에 가려고 해요."

"왜 결혼을 하지 않았죠?"

"나는 두 사람이 서로 영원히 사랑하겠다는 계약을 맺을 수 있다고 생각지 않아요."

"편안한 아파트가 있나요?"

"이사를 가야 해요. 주인이 집을 비우라고 했거든요."

"괜찮은 방을 구하도록 해요. 작업 중인 다른 작품은 미루고 우리의 희곡에 집중하도록 해요. 작품의 제목은 뭐라고 할 건가요?"

"루드미르 출신의 처녀와 그녀 안에 들어온 죽은 두 영혼요."

"너무 길어요. 제목은 내게 맡겨요. 수정 작업을 하는 데 얼마나 걸릴 것 같아요?"

"순조롭게 된다면 삼 주 정도요. 1막에 일주일 정도."

"3막은 어떻게 이루어지죠?"

"1막에서는 루드미르 출신의 처녀가 지금의 그녀가 되며 부유한 하시디즘 신봉자가 그녀와 사랑에 빠지죠. 2막에서는 죽은 음악가가 나타나면서 갈등이 생겨나요."

"내 생각에 죽은 음악가는 1막에서 나타나야 할 것 같아요." 잠시 머뭇거린 후 베티가 말했다.

"맞는 말이에요."

"내 말에 그렇게 쉽게 동의하지 말아요. 먼저 생각을 해봐요. 극작가는 남의 말을 그렇게 쉽게 들어서는 안 돼요."

"나는 극작가가 아녜요."

"한 편의 희곡을 쓰게 되면 극작가가 되는 거예요. 스스로를 진지하게 받아들이지 않으면 다른 누구도 당신을 받아들이지 않을 거예요. 이런 식으로 말해서 미안해요. 하지만 내가 몇 살 더 많죠. 사실 당신에게 하는 모든 말은 내 자신에게 하는 말이기도 해요. 샘 드라이만은 나를 믿어요. 지나치게 많이 믿죠. 어쩌면 그가 나와 내 재능을 믿는 유일한 사람일 거예요. 바로 그 이유로……."

"나도 당신을 믿어요."

"그래요? 정말요? 그렇다면 고맙군요. 내가 그럴 만한 일이라도 했나요? 분명 나의 모든 것이 끝나기를 바라지 않는 사람이 어딘가에 있을 거예요. 섭리라고 할 수 있는 어떤 것이 당신을 내게로 데려왔어요."

3

1

샘 드라이만은 그가 처음 얘기한 오백 달러를 선불금으로 주려고 했지만 나는 그렇게 큰돈을 받는 것을 거절했다. 우리는 이백 달러를 주고받는 것에 동의했다. 나는 환전소에서 그것을 천팔백 즈워티가 넘는 돈으로 바꿨다. 정말이지 뜻밖의 횡재였다. 나는 레스즈노 가에서 한 달에 팔십 즈워티를 내는 새 방을 구했다. 나는 세 달치 집세를 내고 중앙난방이 되고, 가구가 비치되어 있고, 동양의 카펫이 깔려 있고, 벽지가 있는 방을 구했다. 전직 제조공이었던 집주인 이시도레 카첸베르그는 터무니없는 세금 때문에 망했다는 말을 했다. 아파트는 이론 가에서 가까웠고 비교적 새롭고 현대적이었다. 한 층에는 김나지움이 있었는데 현관 입구에는 엘리베이터가 있었고, 나는 엘리베이터를 탈 수 있는 열쇠를 받았다.

모든 것이 순식간에 일어났다. 어느 날 저녁 샘 드라

이만이 돈을 주었고, 그 이튿날 나는 새 집으로 이사를 갔다. 가방 두 개에 물건을 챙겨 온 것이 이사의 전부였다. 머리가 갈색이고 뺨이 발그레한, 시골 출신의 젊은 하녀 테클라는 광택이 나도록 바닥을 닦았다. 내 방에는 침대와 가죽을 댄 의자가 있었고, 길고 넓은 복도에는 한 통화에 8그로시를 주고 쓸 수 있는 전화기가 있었다. 나는 온갖 사치를 누리게 된 것이다. 나는 양복점에 가 양복을 한 벌 맞췄다. 또 파이텔존에게 오십 즈워티를 빌려주기도 했다. 그는 사양했지만 억지로 떠맡겼다. 나는 저녁 식사를 하자며 비엘란스카 가에 있는 한 카페로 그를 초대했다. 내가 희곡의 주제에 대해 얘기하자 그는 몇 가지 제안을 했다. 파이텔존 역시 이 작업에서 돈을 벌 수 있을 것이었다. 샘은 그에게 '홍보publicity'를 부탁했다. 나는 그 단어를 들은 적이 없었기 때문에 누군가의 설명이 필요했다.

파이텔존은 차를 홀짝이고 시가를 피우면서 말했다. "그런데 내가 홍보를 어떻게 할 것 같은가? 희곡이 마음에 들지 않으면 좋게 얘기를 하지 않을 걸세. 하지만 샘 드라이만이 백만장자인 건 분명해. 그는 칠십을 조금 넘겼지. 상대하기 힘든 아내와, 나름대로 부유한, 서로 사이가 틀어진 자식들이 있지. 그가 돈으로 다른 뭘 하고 싶어 할 것 같은가? 쓸 수 있는 한 쓰고 싶어 하지. 이 베티라는 여자가 그에게 다시 힘을 불어넣어 준 게 틀림없어. 내가 미국에 있을 때 나는 두 사람 다 알지 못했어. 하지만 그들에 대한 소문은 들었지. 카페로열에서 한 번 만난 적이 있는 것도 같고. 그의 직업은 목수였어. 그는 1880년대에 미국으로 건너가 디트로이트에서 건축업자가 되었지. 포드가 그곳에 자동차 공장을 지어 근로자들에게 하루에 5달러씩을 지급하기 시작하자 미국뿐만 아니라 전 세계에서 사람들이 몰려왔지. 샘 드라이만은 집과 공장을 지었어. 미국에서는 돈이 누군가에게로 흘러들게 되면 끝이 없지. 1929년에 그는 큰돈을 잃었지만 여전히 많이 남아 있어. 자네는 오백 달러 전부를 받았어야 했어. 그에게 그것은 아무것도 아니야. 그는 자네를 바보로 생각할 거야."

"아직 존재하지도 않는 작품을 두고 돈을 받을 수는 없어요."

"그렇다면 훌륭한 희곡을 쓰게나. 미국인들은 자신이 지불하는 것에 대해 믿음을 갖고 있지. 자네가 그에게 엉터리 희곡을 줄 수도 있네. 하지만 그 희곡에 많은 돈을 지불하게 되면 그는 그것을 아주 훌륭한 작품으로 생각할 걸세."

나는 집에 가서 일을 하고 싶었지만 파이텔존은 자신이 쓸 준비를 하고 있는 '영혼의 탐험'에 대해 얘기하기 시작했다. 그는 정신분석만이 해답은 아니었다고 말했다. 환자는 치료를 위해 분석가에게 온다. 다시 말해 다른 사람들처럼 되고자 하는 것이다. 그는 자신의 콤플렉스를 없애고자 하며 분석가는 그의 그러한 노력을 돕게끔 되어 있다. 하지만 치료가 병보다 낫다는 얘기는 어디에 쓰여 있는가? 자신의 영혼의 탐험에 참가하는 사람은 어떤 제약에도 묶여 있지 않다. 우리는 저녁에 방에 모여 불을 끈 후 영혼의 족쇄를 풀 수도 있을 것이다. 사람에게는 자신이 진정으로 원하는 것을 자신과 타인에게 드러낼 수 있는 용기가 허용되어야 한다. 진짜 폭군은 육체(어쨌든 제한적인)를 억압한 사람이 아니라 영혼을 노예로 만든 사람이었다. 해방자로 여겨지는 사람들은 모두 영혼을 정복한 사람들이었다! 파이텔존은 말했다. "모세, 예수, 바가바드 기타[1]의 저자, 스피노자, 칼 마르크스, 그리고 프로이트. 영혼은 규칙과 법에 의해 통제되지 않는 게임이야. 쇼펜하우어가 맞다면 – 맹목적인 의지라도 그 자체로 의지가 있는 사물이며 모든 것의 정수라면 – 뭔가를 갈망하는 사람이 그 뜻대로 행동한다고 해서 안 될 이유가 없지."

"갈망의 목적은 뭐죠?" 내가 물었다.

"목적이 있어야 한다는 말은 어디에 쓰여 있지? 어쩌면 혼돈이야말로 목적인지도 몰라. 자네는 카발라를 봤을 테고, 아인 소프가 세상을 창조한 후 처음으로 불을 밝히고 공허를 만들었다는 사실을 알고 있을 거야. 대창조가 시작된 것은 이 공허 속에서였어. 이 신성한 무無가 창조의 본질 자체야."

저녁이 되었지만 파이텔존은 계속해서 얘기를 했다. 우리가 밖으로 나갔을 때에는 밤이었다. 비엘란스카 가에는 가로등이 켜져 있었고 가는 눈이 내리고 있었다. 긴 얘기를 한 후면 늘 그렇듯이 파이텔존은 자신의 장광설에 부끄러워진 듯 조용해졌다. 그는 악수를 한 다음 들루가 가 쪽으로 갔다. 나는 레즈스노 가 쪽으로 걸어갔다. 갑자기 호주머니 가득 돈이 생기고, 멋진 방을 갖게 되고, 심지어는 침대를 정리해 주고 아침 식사를 갖다주는 하녀까지 두게 되자 기분이 묘했다. 파이

1 힌두교 3대 경전 중 하나(편집자 주)

텔존의 말에 마음이 산란스러웠다. 그래, 내가 정말 바라는 것은 무엇인가? 나는 베티 슬로닙에게 이끌렸다. 셀리아의 키스와 고백이 지금 이 새로운 연애의 전조라고나 할까. 그렇다고 나는 도라가 떠나기를 바라지도 않았다. 그렇다면 나는 이 여자들과 사랑에 빠진 것인가? 나는 다른 무엇을 원하는 것인가? 나는 완벽한 책을 쓰기를 꿈꿨고, 이제는 완벽한 희곡도 쓰고자 한다. 눈발이 더욱 굵어졌다. 눈발은 내 눈을 깜빡이게 했고, 가로등과 쇼윈도에서 나오는 빛은 창처럼 보였다. 파이텔존이 계속 셀리아가 나를 원하고 있다고 넌지시 말한 것이 잘 이해가 되지 않았다. 그는 그녀를 내게 떠넘기려는 것인가, 아니면 나와 공유하려는 것인가? 나는 그가 남자들은 질투의 본능을 참가의 본능으로 바꾸려 하고 있다고 말하는 것을 들은 적이 있다.

나는 밤늦게까지 일을 하기로 마음을 먹었지만 방으로 향하는 계단을 오르자 피곤이 몰려왔다. 테클라가 문을 열어주었다. 그녀는 짧고 하얀 앞치마를 두르고, 의사의 진료실에 있는 하녀처럼 레이스가 달린 모자를 쓰고 있었다. 그녀는 친근한 미소를 지으며 내 방에 단 커튼을 보여주었다. 그녀는 이미 내 침대를 정리한 상태였다. 그녀는 차를 마시겠냐고 물었다. 나는 고맙지만 지금은 괜찮다고 말했다.

나는 피곤을 이기려 애쓰며 『루드미르 출신의 처녀』 1막을 다시 쓰기 위해 자리에 앉았다. 하지만 그렇게 하는 대신 전혀 새로운 희곡 한 편을 쓰기 시작했다. 나는 펜을 통제할 힘을 잃은 것만 같았다. 펜은 내 손가락보다도 더 빨리 굴러갔다. 집주인 여자가 초록색

펠트천이 씌워진 책상과 초록색 갓이 있는 램프를 설치해 주었지만 내 눈앞에서 모든 것이 빛을 발하고 있는 것 같았다. 내 내부의 적대자와 파괴자가 나를 공격하고 있는 것 같았다. 이제 그의 술수를 알 것 같았다. 나는 성공을 원했지만 그는 나의 몰락을 원했다. 나는 내가 철자와 단어를 빠뜨리고 있는 것을 알아차렸다. 나는 내 행동에 대한 지침이 될 수도 있는 책을 참조하기 시작했다. 파이요의 『의지의 교육』과 자기 암시에 대한 샤를 보두앵의 책, 삶의 규칙과 정신적인 건강을 유지하는 방법에 대해 메모를 해둔 공책들이 그것이었다. 하지만 피로가 몰려왔고 나는 옷을 입은 채 침대 위로 쓰러졌다.

곧 꿈을 꿨는데 악몽이었다. 눈을 뜨자 두 시 십오 분 이었다. 나는 채 옷도 벗지 못한 채로 다시 깊은 잠에 빠졌다. 꿈속에서 나는 지금 내가 겪고 있는 일들을 분석할 수 있었다. 꿈이야말로 파이텔존 박사가 인간들에게 다시 되돌려 주고자 하는 것이었다. 꿈은 무목적성, 정신적인 무정부 상태, 우상숭배자의 변덕, 광인의 도착 상태를 포함하고 있었다. 꿈속에서 베티와 셀리아는 완전히는 아니지만 하나가 되었다. 나는 이 복수의 여자들과 관계를 가졌고, 하이믈은 옆에 서서 응원을 해주었다. 이 성교 또한 희곡과 어떤 관계가 있었다. 셀리아가 루드미르 출신의 처녀인가? 베티는 죽은 요부의 영혼인가? 나 자신이 눈이 먼 음악가인가? 하지만 나는 음악에 대해서는 각별한 감정을 가져본 적이 없었다.

베티 슬로님을 알게 된 지 이틀도 되지 않았지만 그

녀는 낮 동안의 공상뿐만 아니라 꿈속에서도 모습을 나타냈다. 그녀는 나와 함께했고, 내 행동과 내 사고의 일부였다. 파이텔존은 영혼을 모든 것이 진화한 원시적인 혼돈 상태로 되돌리고자 했다. 하지만 혼돈이 어떻게 뭔가를 창조할 수 있었는가? 우연이 아닌 목적이 존재의 본질일 수 있는가? 결국 목적론자들이 옳았는가?

2

일곱 시에 일어날 계획이었지만 거실의 벽시계가 치는 소리에 잠에서 깼을 때에는 아홉 시였다. 누군가가 점각이 그려진 방문을 두드렸다. 테클라가 냅킨으로 덮인 쟁반을 가지고 들어왔다. 그녀는 계란과 롤빵, 치즈와 커피를 가져왔다. 나는 일곱 시간도 넘게 잔 것이다. 간밤의 꿈은 흐릿했지만 한 가지만은 기억이 났다. 나는 몽둥이와 창, 막대와 도끼를 든, 사나운 사람들의 무리가 기다리고 있는 어떤 산을 미끄러져 내려갔다. 그들은 반은 소리를 지르며 반은 어떤 멜로디로 노래를 했다. 그 노래 중 일부가 아직도 귓전에 맴돌고 있었다. 그것은 열정과 광기의 만가였다.

테클라는 사과를 했다. "잠에서 깬 줄 알았어요."

"오, 늦잠을 잤어요."

"쟁반을 다시 부엌으로 가져갈까요?"

"아뇨, 나중에 내가 씻을게요."

"물병과 대야가 여기 있어요. 수건도요."

"고마워요, 테클라. 정말 고마워요."

나는 과분한 대접을 받고 있다는 생각이 들었다. 이

시골 출신의 처녀가 내 시중을 들어야 하는 이유가 어디에 있는가? 그녀는 그날 아침 여섯 시부터 서 있었던 것이 분명했다. 전날 나는 그녀가 빨래를 하는 것을 보았다. 나는 그녀에게 뭔가를 주고 싶었지만 내 재킷이 걸려 있는 의자에 손이 닿지 않았다. 그녀는 완벽한 치아를 한껏 드러내며 미소를 지었다. 그녀의 다리는 남자 다리 같았고, 가슴은 풍만했다. 그녀는 접시를 테이블 위에 조심스럽게 내려놓았다. 그러고는 내 생각을 읽으려는 듯 나를 빤히 쳐다보았다. "식사 잘 하세요."

"고마워요, 테클라. 당신은 좋은 여자예요."

그녀의 왼쪽 뺨에 보조개가 생겼다. "건강하세요." 그녀는 천천히 방을 나갔다.

나는 테클라 같은 사람들이야말로 세상을 움직이는 진짜 사람들이라는 생각을 했다. 그들은 파이텔존이 아니라 카발라 신봉자들이 옳다는 것을 증명해 주었다. 테클라를 창조한 신이 무심하거나 미친 신일 수는 없었다. 나는 잠시 그 처녀에게 연정을 품었다. 그녀의 뺨은 잘 익은 사과 색이었다. 그녀는 대지와 태양과 우주 전체에 뿌리를 두고 있는 원기를 발산했다. 그녀는 도라처럼 세상을 보다 나은 것으로 만들고자 하지 않았다. 그녀는 베티처럼 역할과 비평을 필요로 하지 않았다. 그녀는 셸리아처럼 전율을 추구하지 않았다. 그녀는 뭔가를 원하는 대신 주고자 했다. 폴란드 사람들이 테클라와 같은 사람을 한 사람이라도 낳았다면 자신들의 임무를 완수한 것이 틀림없었다. 나는 물병의 물을 세면대 위에 올려놓은 대야에 부었다. 손을 씻은 다음 수건으로 닦았다. 커피를 한 잔 마시고 신선한 롤 빵을 한 입 먹었다. 밀과 커피 열매를 자라게 한 힘에, 계란을 낳은 닭에게 감사 기도를 드리고 싶었다. 나는 비참한 심정으로 잠이 들었지만 거의 행복감을 느끼며 잠에서 깼다.

누군가가 문을 두드렸다. 문을 열어보니 집주인의 아들인 블라덱이었다. 그의 아버지 말에 따르면 그는 바르샤바대학에서 법학 공부를 하다가 중단한 후 하루 종일 집에서 쓰레기 같은 책을 읽고, 라디오에서 나오는 음악과 잡담에 귀를 기울이고 있다고 했다. 블라덱은 키가 크고 야위었으며 얼굴이 창백했다. 이마는 넓고 코는 얇았다. 그는 육체적으로도 정신적으로도 병이 든 것처럼 보였다. 그의 아버지는 이디시어 억양이 들어간 폴란드어로 말했지만 블라덱은 문법적으로도 정확하고 우아하게 말했다. 그는 "식사 중에 방해해서 죄송합니다. 한데 전화가 왔거든요"라고 말했다.

나는 벌떡 일어났고, 하마터면 커피를 쏟을 뻔했다. 그 집에서 처음 받는 전화였다. 나는 복도로 나가 수화기를 낚아챘다.

셀리아였다. "모하메드가 산으로 가지 않으면 산이 모하메드에게 가야만 한다는 것을 알고 있어요." 그녀가 말했다. "문제는 나 자신을 한 번도 산으로 생각해본 적이 없다는 거예요. 당신의 성공에 대해 들었고 축하해 주고 싶어요. 나는 우리가 친구라고 생각해요. 하지만 당신이 내게 관심이 없다면 그건 당신 자유예요. 그럼에도 당신 소식에 기뻐하고 있다는 걸 알아주었으면 해요."

"나는 당신 친구일 뿐만 아니라 당신을 사랑해요!" 나는 아무 생각이나 말하는 사람들같이 가벼운 마음으로 말했다.

"오, 그래요? 듣기 좋은 말이군요. 그런데 그게 사실이라면 왜 나한테는 아무 말도 해주지 않았죠? 우리 집에 올 때면 당신은 친구이자 동생 같아요. 그런 다음 당신이 가버리고 나면 침묵만이 남죠. 그게 당신 본성인가요, 아니면 당신 방식인가요?"

"방식 같은 건 없어요. 어떤 방식도요. 나는 당신이 얼마나 바쁜지 알아요."

"바쁘다고요? 무슨 일로 내가 바쁘다는 거죠? 마리 안나가 모든 것을 해요. 나는 앉아서 책을 읽죠. 하지만 읽어봐야 얼마나 읽겠어요? 모리스는 최근에 찾아온 미국인들을 만나느라 코빼기도 비추지 않았어요. 당신들 두 사람을 빼면 대화를 할 사람이 없어요. 하이플은 포알레 시온 일로 정신이 없어요. 나는 팔레스타인과 그 밖의 모든 것을 믿어요. 하지만 영국은 자기네 이익에 충실한 일을 하고 있어요. 날이 갈수록 얘기할 사람이 없어요."

"첸트시너 부인, 나를 만나고 싶으면 전화만 주면 돼요. 나도 당신이 보고 싶어요." 내 입은 자기 멋대로 움직이고 있었다.

셀리아는 다시 말을 멈췄다. "내가 보고 싶으면 언제든 와요. 그리고 첸트시너 부인이 아니라 셀리아라고 불러줘요. 우리 집에 와서 얘기를 해요. 아니면 제과점에서 만나든가요. 희곡 작업을 하느라 바쁘겠죠. 모리스가 전부 얘기해 줬어요. 하지만 어떤 작가도 하루에 열 시간씩 글을 쓰지는 않아요. 베티 슬로님이라는 여자는 어떤 여자예요? 이미 그녀와 사랑에 빠졌겠죠?"

"그렇지 않아요."

"때로 그녀와 같은 여자가 부럽기도 해요. 그들은 목표물을 향해 곧장 가죠. 그녀는 부유한 노인을 연인으로 골랐고, 그는 그녀를 유명하게 만들기 위해서라면 뭐든 하죠. 내가 보기엔 그건 매춘이에요. 하지만 여자들이 돈을 위해 스스로를 팔지 않은 적이 있나요? 2즈워티를 위해 그 짓을 했다면 매춘부가 되지만 수천 즈워티와 다이아몬드와 모피 코트를 위해 그 짓을 하면 숙녀가 되는 거죠. 당신이 희곡을 썼는지는 몰랐어요. 모리스가 주제를 얘기해 줬어요. 흥미로운 주제더군요. 언제쯤 끝나게 되나요?"

"언제 갈까요?"

"오늘 점심을 같이해요. 하이믈은 우치에 있는 아버지 집에 갔어요. 나는 혼자 있어요."

"몇 시가 좋겠어요?"

"세 시."

"좋아요. 세 시에 집에서 봐요."

"늦지 말아요!"

나는 수화기를 내려놓았다. 그녀는 외로워하고 있었다. 나는 수년 동안 외로움으로 고통을 받았다. 그런데 갑자기 운이 트였다. 하지만 그것이 언제까지 갈 것인가? 하르트만[1]이 절대로 잘못을 저지르지 않는다고 주장한 내부의 목소리인 '무의식'은 그것이 오래가지 않

---

1 『무의식의 철학』의 저자 에두아르트 폰 하르트만을 지칭함(편집자 주)

을 거라고 말하고 있었다. 모든 것이 파국으로 끝나게 될 것이다. 그렇다면 지금 이 순간을 즐기지 말란 법이 어디 있는가? 잠을 자면서 가라앉았던 긴장이 되살아났다. 나는 셀리아를 내 쪽에서 먼저 유혹하지는 않겠다고 결심했다. 그녀가 주도하게 할 것이다.

나는 다시 아침 식사를 했다. 죽어서 무로 돌아가기 전에 쾌락을 찾아야 한다. 간밤에 재킷 호주머니 속에 넣어둔 돈을 확인해 보지 못했다는 생각이 들었다. 내가 자는 사이 누군가가 훔쳐갔을 수도 있었다. 테클라가 전부 가져갔을 수도 있었다. 나는 벌떡 일어나 호주머니 속에 손을 집어넣었다. 아무도 돈을 훔쳐가지 않았다. 테클라는 정직한 처녀였다. 사람을 불신한 것에 대해 창피해하면서도 나는 지폐를 세기 시작했다.

누군가가 또다시 문을 두드렸다. 테클라는 커피를 더 들겠냐고 물었다.

"아뇨, 테클라. 충분히 마셨어요." 내가 1즈위티를 주자 그녀의 뺨이 빨갛게 되었다.

3

나는 세 시 정각에 즐로타 가에 있는 하이믈의 집에 도착했다. 나는 이론 가에서 트와르다 가와 즐로타 가가 만나는 곳까지 걸어간 다음 왼쪽으로 방향을 틀었다. 상점이 없는 주택가인 즐로타 가는 거의 항상 인적이 드물었다. 그곳 주민들은 대부분 돈이 많았는데 아이들은 거의 없었고, 있다 해도 결혼해 나가 따로 살았다. 하이믈이 사는 오 층 건물은 짙은 회색으로 신화에 나오는 인물들의 어깨가 발코니를 받치고 있었다.

정문 현관으로 들어가기 위해서는 초인종을 눌러야 했다. 계단은 대리석이었지만 닳아 있었고, 층계참에서는 침을 뱉는 곳이 있었다. 거기에서는 정사각형 안뜰과 눈이 쌓인 작은 쓰레기통, 그리고 서리로 반짝이며 무지개색을 반사하고 있는 나뭇가지들이 있는 작은 정원이 보였다. 초인종을 누르자 셀리아가 대답했다. 하녀 마리안나는 언니 집에 갔다고 했다. 그녀는 나를 안으로 들어오게 했다. 아파트는 너무나 깨끗한 나머지 반짝일 정도였다. 식당에는 테이블이 차려져 있었다. 커다란 찬장에는 크리스탈과 은식기가 즐비했다. 하얀 수염이 난 남자들과 가발을 쓰고 보석으로 장식한 여자들의 초상화가 벽에 걸려 있었다.

셀리아는 "당신이 제일 좋아하는, 빨간 순무가 든 러시아식 수프와 미트볼을 곁들인 감자를 준비했어요"라고 말했다.

그녀는 테이블의 상석인 하이믈의 자리에 나를 앉게 했다. 전화할 때의 어투로 보아 내가 집에 들어선 순간 육체적인 친밀감을 보여주는 키스를 할 것 같았지만 그녀의 표정은 그럴 기분이 아니라고 말하고 있었다. 그녀는 지극히 형식적인 태도로 나를 대했다. 우리는 멀리 떨어진 채 서로를 마주보고 앉았다. 셀리아가 음식을 덜어주었다. 나는 그녀가 하녀를 멀리 보낸 것이 우리끼리만 있기 위해서는 아닐까 하는 생각을 했다. 추운 날씨에 걸어온 후라 식욕이 났으므로, 나는 많이 먹었다. 셀리아는 희곡에 대해 물었다. 나는 주제를 요약해 주면서 생각지도 못한 수정을 가했다. 그 주제는 요술처럼 여겨졌다. 토라와 마찬가지로 그것은 칠십

개의 다른 얼굴을 갖고 있는 것 같았다.

"그런 희곡을 연기할 배우를 어디서 찾죠? 연출은요? 제대로 되지 않는다면 아주 저속한 것이 되고 말 거예요. 바르샤바에 있는, 이디시어를 구사하는 남녀 배우들은 혈통이 좋지 못해요. 당신도 그 사실을 알고 있죠. 무대에 올릴 만한 가치가 있는 작품을 본 적이 없어요." 셀리아가 말했다.

"나는 덫에 걸린 것 같아요."

"스스로 만족스러울 때까지는 희곡을 누구에게도 주지 말아요. 그게 내 충고예요."

"샘 드라이만은 극장을 임대하고 배우들을 고용하려 하고 있어요."

"그 사람에게 맡기지 말아요. 모리스 말로는 그는 전직이 목수인 평범한 사람이라더군요. 잘못되면 상처받는 건 당신 명성이에요."

그것은 이전에는 보지 못한 셀리아의 모습이었다. 하지만 나는 나 자신과 타인들의 갑작스러운 변화에 점차 적응해 가고 있었다. 현대인들은 감정을 느끼는 것을 부끄러워할지 모르지만 그런 감정과 기질이 그들의 전부이다. 사람들은 사랑으로 불타다가도 얼음처럼 차가워지기도 한다. 한순간은 친밀했다가도 다음 순간에는 무심해지기도 한다. 사실 나는 가끔 나도 모르는 사이에 만나는 사람들에게 최면을 걸어 내 기분을 쏟는 것은 아닌가 하는 의심이 들기도 했다.

점심 식사 후 우리는 거실로 나갔고, 셀리아는 체리 주와 쿠키를 권했다. 벽에는 리버만, 민코프스키, 글리첸슈타인, 샤갈, 리박, 루빈리히트, 발레비와 같은 유대인 미술가들의 그림이 걸려 있었다. 유리 캐비닛에는 유대인들이 사용하는 양념통, 받침이 달린 금도금된 포도주 잔, 하누카[1] 축제에 쓰는 메노라, 유월절에 쓰는 사발, 에스더서書, 안식일에 사용하는 진주 손잡이가 있는 빵칼, 장식이 있는 결혼 서약서, 두루마리로 된 토라와 같은 골동품이 전시되어 있었다. 나로서는 유대인의 체취를 강렬하게 발산하는 이 모든 것들이 단순히 장식에 지나지 않는다는 사실을 받아들이기가 어려웠다. 그것의 본질은 오래전에 대부분의 사람들에게서 잊혔는데도 말이다.

우리는 잠시 입체파와 미래주의, 표현주의와 같은 회화의 사조들에 대해 얘기를 나눴다. 셀리아는 최근에 현대 미술 전시회에 간 적이 있었고 크게 실망한 상태였다. 정사각형의 머리와 그네처럼 생긴 코가 도대체 어떻게 인간과 그들의 딜레마를 표현하고 있단 말인가? 조화도, 현실적인 근거도 없는 거친 색채가 우리에게 말해줄 수 있는 것은 무엇인가? 문학과 관련해 셀리아는 고트프리트 벤, 트라클, 도이블러뿐 아니라 미국과 프랑스의 현대시 번역서들도 읽었다. 그녀는 그들에 대해 차가운 반응을 보였다. "그들이 원하는 건 경이로움과 충격뿐이에요." 그녀가 말했다. "하지만 우리는 금방 충격에 무감각해지죠."

그녀는 알 수 없다는 듯이 나를 보기 시작했다. 나와 마찬가지로 그녀 역시 우리가 왜 그렇게 인습적인 행

---

1 시리아의 지배에 반란을 일으킨 유대인들이 예루살렘 성전을 탈환한 것을 기념하면서 시작된, 유대교의 주요 명절이다. 히브리력 아홉 번째 달 25일부터 8일간 이어진다(편집자 주)

동을 보이고 있는지 의아한 것 같았다. 그녀는 "당신은 베티 슬로님에게 반한 게 틀림없어요. 그녀에 대해 얘기해 줘요"라고 말했다.

"말할 게 뭐가 있겠어요? 그녀는 우리 모두가 바라는 것을 원하고 있어요. 영원히 사라지기 전에 얼마간의 쾌락을 누리는 거요."

"뭐가 쾌락이라는 거죠? 이렇게 말해도 될지 모르겠지만, 칠십이나 된 목수하고 잠자리를 같이 하는 거요?"

"그건 그녀가 얻고 있는 다른 쾌락에 대한 대가예요."

"가령 뭐가 있다는 거죠? 무대 위에서 연기를 하기 위해서라면 모든 것을 포기하기도 하는 여자들을 알고 있어요. 그건 이상한 열정인 것 같아요. 이제 내가 하고 싶은 건 괜찮은 책을 쓰는 거예요. 하지만 그런 재주는 없다는 걸 일찍 깨달았죠. 작가들을 그토록 높이 사는 이유도 거기 있어요."

"작가란 뭐죠? 사람들을 즐겁게 해준다는 점에서 마술사와 다를 것이 없어요. 실제로 나는 시인보다는 발위에 병을 올려놓을 수 있는 사람을 더 높이 사요."

"오, 그 말은 못 믿겠어요. 당신은 냉소적인 태도를 보이고 있지만 실제로는 진지한 젊은이예요. 이따금 나는 당신을 꿰뚫어볼 수 있을 것 같아요."

"뭐가 보이죠?"

"당신이 늘 권태로워하는 거요. 어쩌면 당신은 모리스 파이텔존 외에는 모두를 지겨워하는 것 같아요. 그는 당신과 똑같아요. 어디에서도 자신을 위한 자리를 찾지 못하죠. 철학자가 되고 싶어 하지만 그는 기본적으로 예술가예요. 그는 장난감을 부순 후 울면서 그것을 다시 맞추는 아이 같아요. 나는 예술가는 아니지만 똑같은 병으로 고통스러워하고 있어요. 우리는 위대한 사랑을 함께할 수도 있었지만 그는 그것을 원치 않았어요. 그는 하녀들과 어떻게 놀아났는지를 얘기해 주었어요. 그는 그 어떤 뜨거운 불도 끌 수 있을 정도의 차가운 물을 내게 자꾸 끼얹었어요. 내가 한 말을 그에게 하지 않겠다고 엄숙하게 약속해 줘요. 그는 계획적으로 나를 당신의 품속으로 내몰고 있어요. 그는 제정신이 아녜요. 그는 여자의 마음에 불을 지른 후 나 몰라라 하는 게임을 하고 있어요. 하지만 그에게는 따뜻한 마음도 있죠. 가까운 누군가가 상처 입은 것을 보면 마음 아파하고요. 그는 또 병적으로 호기심이 많아요. 뭐든 하고 싶어 하죠. 그는 자신이 맛보지 못한 어떤 감정이 어딘가에 있지 않나 하는 생각을 지우지 못해요."

"그는 쾌락주의자들의 학교를 세우고 싶어 하죠."

"멍청한 환상이에요. 나는 오랫동안 난교 파티에 대해 들어왔지만 그건 아무런 만족도 주지 못할 게 뻔해요. 그건 열다섯 살짜리 소년들이나 창녀들을 위한 장난이지 어른들을 위한 건 아니에요. 그들과 함께하기 위해서는 술에 취하거나 정신이 나가야만 해요. 작가 클럽에서 그런 얘기들을 지껄이는 몇몇 작가들은 나이가 들고 병에 걸린 사람들이에요. 두 발로 서 있기도 힘든 사람들이지요."

우리는 잠시 가만히 있었다. 셀리아가 말했다. "당신의 공산주의자 애인은 어떻게 됐어요? 아직 스탈린의 땅에 가지 못했나요?"

"그녀에 대해서도 알고 있나요?"

"모리스는 끊임없이 당신에 대한 얘기를 해요."

"곧 갈 거예요. 우리 사이는 완전히 끝났어요."

"뭔가를 끝낼 때는 어떻게 하죠? 나는 그 무엇도 끝내본 적이 없어요. 마침내 괜찮은 방을 구했다면서요."

"그래요, 샘 드라이만의 돈으로요."

"발코니는 있어요?"

"없어요."

"당신이 발코니를 좋아한다는 얘기를 한 적이 있어요."

"모든 것을 다 가질 수는 없죠."

"어떤 사람들이 아무것도 갖지 못하는 건 그들에게 손을 뻗을 용기가 없기 때문이라는 생각이 들 때가 있어요. 나 또한 그런 사람들 중 하나죠."

"지금 내 손을 당신에게 뻗으면 어떻게 될까요?" 내가 물었다.

셀리아는 의자에 앉은 채로 몸을 움직였다. "해봐요."

나는 그녀에게로 가 손을 뻗었다.

그녀는 묘한 표정으로 나를 쳐다보았다. 그녀가 자리에서 일어났다. "키스해도 좋아요."

나는 그녀에게 팔을 둘렀고, 우리는 오랫동안 조용히 키스했다. 그녀는 무슨 말인가 할 것처럼 입술을 움직였다. 하지만 어떤 말도 나오지 않았다.

잠시 후 그녀가 말했다. "파이텔존에게는 얘기하지 말아요. 그는 질투심이 많은 어린 소년이에요."

4

저녁이 되었다. 겨울날–니체의 영겁회귀 이론이 맞지 않다면 다시는 반복되지 않을–은 촛불처럼 깜빡였다. 잠시 자주색 유리창이 거실 벽에 반사되었다. 서쪽 하늘로 석양이 졌다는 신호였다. 셀리아는 불을 켜지 않았다. 그녀의 얼굴은 그늘 속에 있었고, 눈은 스스로 빛을 발하고 있는 것 같았다. 그런 다음 다시 어두워졌다. 창문 사이로 구름의 틈에서 별이 반짝이는 것이 보였다. 나는 앉은 채로 그 별이 사라지기 전에 기억에 담으려고 애썼다. 나는 하늘이 항상 흐리다가 백 년에 한 번씩 단 일 초 동안만 열려 별을 볼 수 있게 되면 어떨까 하는 상상을 해보았다. 누군가가 그 얘기를 해도 아무도 그를 믿지 않을 것이다. 그는 거짓말쟁이로 불리거나 환상을 보았다는 말을 들을 것이다. 그 진실은 얼마나 많은 구름 뒤에 숨겨져 있을 것인가? 나는 내가 보았던 별에 대해 무엇을 알고 있었는가? 그것은 행성이 아닌 항성이었다. 그것은 태양보다도 더 큰 것일 수도 있었다. 얼마나 많은 행성들이 그것 주위를 도는지, 얼마나 많은 세상이 그것으로부터 자양분을 취하고 있는지는 아무도 모른다. 그곳에 어떤 종류의 생명체가 살았는지, 어떤 식물이 자랐는지, 어떤 생각들이 생겨났는지는 아무도 알 수 없다. 그런데 우리의 은하계에만 그런 항성들이 수십억 개나 있다. 그것들이 단순한 물리적 또는 화학적 우연일 수만은 없다. 무한한 우주를 통제하는 누군가가 있을 수밖에 없다. 그의 지시는 빛보다도 더 빨리 전달된다. 너무도 전지전능한 그는 모든 원자와 분자와 미립자와 미생물을 다스린다. 그는 아론 그라이딩거가 셀리아 첸트시너와 연애를 시작했다는 것까지도 알고 있다.

전화기가 울렸다. 안락의자에 조용히 앉아 자신의 생각에 빠져 있던 셀리아는 작은 테이블 위로 천천히 손을 뻗었다. 그녀는 바르샤바에서 전화 통화에서만 쓰이는 단조로운 목소리로 천천히 말했다. "하이플? 왜 그렇게 늦어요? 좀더 일찍 전화하리라고 생각했는데…… 뭐라고요? …… 아무 일 없어요. 하이플, 손님이 왔어요…… 우리의 젊은 친구가 점심 식사를 하러 왔어요…… 아뇨, 내가 전화했어요. 나 말고 누가 그의 자랑을 들어주겠어요. 내가 누구죠? 그냥 주부죠. 그는 작가죠. 극작가요. 누가 알겠어요…… 그래요, 점심을 먹었고, 저녁까지 있으라고 했죠…… 오, 이제 그에게는 유명한 여배우가 있어요. 젊고, 아마 예쁘기도 할 거예요. 그에게 내 나이 여자가 무슨 필요가 있겠어요? 당신 아버지는 어때요? …… 그래요? 잘됐네요. 약을 드시라고 해요…… 내일요? 내일 언제요? 열두 시 열차로요?…… 잘됐네요. 역에서 만나요…… 혼자서 다른 뭘 하겠어요. 어제는 전화 한 통 못 받았어요. 그래서 자존심을 꺾고 전화를 했죠…… 누구요? 연출을요? 말도 안 되는 얘기예요. 내가 천문학에 대해 아는 게 없는 만큼 그는 연극에 대해 몰라요…… 나를 비웃어도 좋아요. 하지만 유대인이 아닌 연출가라면 시골뜨기 유대인 연출가보다는 더 잘 이해할 거예요. 그들은 최소한 공부를 했고, 연극을 보았으니까요…… 모리스? 그 사람 소식은 전혀 듣지 못했어요. 그는 우리를 잊은 거예요…… 오, 하이플, 당신도 그런 사람 중 하나예요…… 그와 얘기하고 싶어요? 전화기를 줄게요. 여기 있어요!"

셀리아는 전화기를 내게 주었다. 전화선은 아주 길었다. 그 방에 있는 모든 것이 수고를 아끼게끔 되어 있었다. 나는 직접 얘기할 때보다도 더 가늘고 날카롭게 들리는 하이플의 목소리를 들었다.

"추칙! 어떻게 지내나? 희곡 작업을 하고 있다는 얘기를 들었네. 잘된 일이야. 그럼. 젊은 사람이 희곡을 쓰기에 딱 좋은 때야. 세상은 앞으로 나아가고 있는데 우리는 아직도 「친케 핀케」나 「도스 핀텔레 이드」 같은 작품을 벗어나지 못하고 있어. 셀리아와 나는 이디시어 극장에 갈 때마다 다시는 오지 않겠다는 말을 하지. 그래, 극장에 가지 않는다고 될 일은 아니지. 우리의 보수적인 시온주의자들은 이스라엘 밖의 유대인 거주지를 포기했네. 그들 말로는 모든 행운은 팔레스타인에서 온다는 거야. 하지만 팔레스타인은 우리의 요람일 뿐이라는 사실을 잊지 말게. 우리는 지난 이천 년 사이에 성장해야 했어. 사람들은 추방된 사실을 잊으면서 동화되어 갔지. 우리 집에 와 셀리아와 함께 시간을 보내줘서 고맙네. 그녀가 누구와 즐겁게 시간을 보낼 수 있겠나? 그녀는 여자들과는 할 말이 없어. 여자들과 함께 있으면 항상 똑같지. 이 옷, 저 옷, 이 모자, 아니면 다른 것에 관한 얘기를 하겠지. 온갖 소문들을 얘기하고. 서둘러 돌아가지 말게. 창피해할 것 없어…… 질투라고 했나? 말도 안 되는 소리! 서로를 즐기는 사람들은 창조자 또한 기쁘게 한다는 말을 한 게 누구였지? 우리가 결혼을 했을 때, 아니 그 훨씬 전에도, 아직 약혼을 한 상태였을 때에도 나는 질투가 심했지. 그녀가 다른 남자에게 말을 하거나 미소만 지어도 그들 둘을 짓밟아 주고 싶었어. 하지만 언젠가 읽은 하시디즘 서적에는 좋지 않은 어떤 성질을 극복하게 되면, 그것이 완전히 정반대로 바뀔 수 있다는 얘기가 있네. 이제 나는 어떤 여자를 진정으로 사랑하게 되면 그녀의 친구 또한 내 친구가 되고, 그녀의 쾌락 또한 나 자신의 쾌락이 되고, 그녀의 황홀함 또한 나의 황홀함이 될 수 있다는 것을 알고 있네. 추칙, 셀리아에게 할 말이 있네. 그럼……."

나는 전화기를 셀리아에게 준 다음 첸트시너 부부가 서재로 사용하고 있는 방으로 갔다. 길 건너 창문에서 비치는 빛 외에는 어두웠다. 나는 선 채로 자신에게 "지금 행복해?"라고 물었다. 나는 내부의 존재, 자아, 초자아, 영혼 등 그 무엇으로도 불릴 수 있는 깊은 근원으로부터의 해답을 기다렸지만 어떤 답도 듣지 못했다.

셀리아가 문을 열었다. "어둠 속에서 상심한 영혼처럼 뭘 하고 있는 거예요? 비밀이 있으면 털어놓아요."

나는 대답을 찾을 수 없었다. 그녀가 말했다. "자살을 심각하게 생각하고 있는 때에 어떻게 연애를 시작할 수 있는 거죠? 어느 나이에 이르면 자연스럽게 죽음을 맞는 사람들도 있죠. 모든 말을 다 하고, 모든 짓을 다 하고, 그래서 죽음 외에는 아무것도 남아 있지 않게 되는 거죠. 나는 매일 아침 희망에 차 일어나곤 했어요. 오늘 나는 더 이상 아무것도 원치 않아요."

"왜 그래요, 셀리아, 왜?"

"오, 나는 어디에도 어울리지 않아요. 하이믈은 점잖은 사람이고 나는 그를 사랑해요. 하지만 그가 입을 열기도 전에 무슨 말이 나올지 알아요. 모리스는 정반대죠. 하지만 당신은 그와 어떤 부분이 일치하고 있는지 결코 알 수 없을 거예요. 그는 자포자기와 다름없는 상태 속에서 살고 있어요. 내게 당신은 너무 어려요. 불안정하고요. 당신은 이곳 바르샤바에 오래 있지 않을 것 같아요. 어느 날 그냥 물건들을 챙겨 사라지겠죠. 모리스 말로는 샘 드라이만이 당신을 미국으로 데려가려 한다더군요."

"그는 허풍이 심해요."

"그런 일은 아주 빨리 일어나죠. 이곳에서 벗어날 기회가 생기면 기다리지 말도록 해요. 우리는 히틀러와 스탈린 사이에서 꼼짝 못 하고 있어요. 누가 이 나라를 침범하든 커다란 변화가 올 거예요."

"당신은 왜 떠나지 않는 거죠?"

"어디로 간단 말이에요? 미국에 있는 내 모습은 상상이 안 돼요."

"팔레스타인은 어때요?"

"어찌 된 일인지 팔레스타인도 마찬가지예요. 그곳은 메시아가 오면 구름에 실려 가게 될 곳이에요."

"그걸 믿어요?"

"아뇨, 내 사랑."

4

1

올해는 봄이 일찍 왔다. 삼월이 되면서 삭소니 공원의 나무들에 꽃이 피었다. 희곡은 아직 준비되지 않았다. 설사 준비되었다 하더라도 너무 늦었다. 오월이 되면서 돈 많은 가족들은 모두 여름휴가를 보내기 위해 오트보츠크, 슈이데르, 미칼린, 유세포프로 떠났다. 희곡만이 문제가 아니었다. 샘 드라이만은 극장을 임대하는 데 어려움을 겪고 있었다. 그래서 초연은 이디시어 극장들이 정기 공연을 시작하는 때로 연기되었다. 샘 드라이만은 나머지 선불금 삼백 달러를 주었는데, 나는 그 돈이면 가을까지는 버틸 수 있을 것 같았다. 그는 오트보츠크에서 여름 별장을 빌리는 문제를 생각 중이었고, 나는 그곳에 방을 하나 얻으면 베티의 감독하에 일을 할 수 있을 것이었다. 샘은 바르샤바에서 아무것도 하지 않고 앉아 있기만 해도 매주 수천 달러는 벌어들이고 있다고 털어놓았다.

그가 말했다. "필요한 만큼 가져가게. 어쨌든 그 돈을 전부 쓰게 되지는 않을 테니까."

이제 나는 샘과 베티라는 이름으로 그들을 불렀으며 그들은 나를 추칙으로 불렀다. 그럼에도 나는 희곡에 모든 것이 달려 있음을 알고 있었다. 샘 드라이만은 '성공'이라는 말을 종종 사용했다. 그는 연극이 바르샤바와 뉴욕 양쪽에서 관객을 끌어야 한다는 말을 계속해서 했다. 그는 여전히 뉴욕에서도 연극을 상연할 계획을 갖고 있었다. 그리고 희곡 저자인 나도 데려갈 작정이었다.

"미국의 이디시어 극장은 내 손바닥만큼이나 잘 알고 있네. 극장과 이디시어 신문을 빼면 우리 이민자들이 다른 뭘 갖고 있겠나? 디트로이트에서 뉴욕에 갈 때마다 하루 저녁은 극장에서 시간을 보낸다네. 나는 아들러 부부와 리프친 여사, 케슬러, 그리고 토마셰프스키를 알고 있네. 그의 아내 베시는 말할 것도 없고. 그들은 평이한 이디시어로 말한다네. 선전선동으로 관객들을 지겹게 만드는, 예술 극장에서 듣게 되는 딱딱한 투로는 말하지 않지. 사람들이 극장을 찾는 건 즐기기 위해서지 자본가에게 저항하기 위해서는 아니라네."

베티와 나는 이미 샘 뒤에서는 물론 앞에서도 키스를 할 정도가 되었다. 우리가 앉아 원고를 볼 때면 그녀는 내 손을 가져가 무릎 위에 올려놓았다. 인간의 질투 본능은 책의 부록이나 꽁무니뼈, 또는 남자의 가슴처럼 퇴화해 흔적만 남게 된다는 파이텔존의 주장은 하이믈과 셀리아만큼이나 이 커플에게도 사실인 것처럼 보였다. 베티가 내게 키스를 할 때면 샘 드라이만은 미소를 지으며 선의의 농담을 했다. 그는 종종 우리를 내버려두고 영사관에 있는 아는 사람과 카드를 친다며 나가기도 했다.

파이텔존도 그곳에 갔다. 최근에 그는 작가 클럽에서 '영적 비타민'이라는 주제의 강연을 했으며 영혼의 탐험과 관련한 일련의 저작을 준비 중이었다. 최면술사인 그의 친구 마크 엘빙거가 파리에서 바르샤바로 왔다. 파이텔존은 그 사람에 대한 놀라운 사실들을 말해주었다. 그는 환자들에게 전화상으로, 아니면 그냥 텔레파시로도 최면을 걸 수 있다는 것이었다. 그는 또한 투시력이 있었다. 그는 베를린과 런던, 파리, 뉴욕, 남미에서도 강령회를 가졌다. 그는 영혼의 탐험에 참가하기로 되어 있었다.

오트보츠크 지역의 아직도 비어 있는 리조트 마을에서 여름휴가를 보낼 곳을 찾는 데 시간을 보내기보다는 카드 치는 것을 더 좋아한 샘은 베티와 나를 보내 적당한 빌라를 찾게 했다. 샘은 그곳에서 희곡 리허설을 할 계획이었다. 파이텔존은 자연 속에서 영혼의 탐험을 하겠다고 약속한 상태였다. 작가 클럽에서는 그 유명한 환락의 대가인 프리츠 반더가 난교 파티를 준비하고 있다는 얘기가 나돌기도 했다.

어느 날 나는 단치히 역에서 베티를 만났다. 그녀가 표를 샀고, 우리는 함께 줄을 서서 기다렸다. 맥주와 소시지, 석탄 연기, 그리고 땀 냄새가 났다. 완전군장을 한 병사들이 열차를 기다리면서 어떤 소녀가 나무통에서 뽑아주는, 커다란 잔에 담긴 맥주를 마시며 시간을 보내고 있었다. 소녀의 얼굴은 붉었고, 가슴 위로 딱

붙는 블라우스를 입고 있었다. 병사들은 그녀와 농담을 주고받으며 음탕한 말을 지껄였다. 소녀의 연한 파란색 눈은 반은 오만으로, 반은 수치로 미소 짓고 있었다. 그 눈은 "여긴 나뿐이야. 너희들 모두가 나를 가질 수는 없어"라고 말하는 것 같았다.

신문에서는 독일군이 얼마나 현대적이 됐는지 얘기하고 있었다. 그들은 최신 무기로 무장했고 최고의 기동성을 갖고 있다고 했다. 하지만 이 폴란드 병사들은 1914년의 러시아 군인들 같아 보였다. 그들은 두꺼운 방한 외투를 입고 있었고, 얼굴에서는 땀이 흘렀다. 그들의 총은 너무 길고 커 보였다. 그들 모두 살해될 운명이었음에도 긴 능직 옷을 입고 있는 유대인들을 두고 농담을 했다. 그중 한 명은 한 유대인의 수염을 잡아당기기도 했다.

나는 최근 몇 년 동안 열차를 타본 적이 없었다. 이등칸에는 타본 적이 없었고 항상 삼등 혹은 사등칸에만 탔었는데 이제는 미국인 여배우와 함께 천을 씌운 장의자에 앉아 흙이 쌓여 있고 잡초가 무성하게 자라고 있는, 요새의 붉은 벽돌 건물들을 내다보고 있었다. 이 오래된 요새는 바르샤바를 방어할 목적으로 만들어진 것이었다. 그곳에는 감옥도 있었다. 열차는 다리를 지나갔다. 제법 센 바람이 불어왔다. 태양이 물속에서 크고 붉게 반사되고 있었다. 해가 지려면 아직 시간이 많이 남아 있었지만 하늘에는 희미한 달이 모습을 나타냈다. 우리는 바베르, 미드제스진, 팔레니카, 미칼린을 지나갔다. 역마다 추억들이 있었다. 미드제스진에서 나는 처음으로 소녀와 잠자리를 했다. 그냥 같이 자기만 했을 뿐 다른 행동은 하지 않았다. 그녀는 미래의 남편을 위해 처녀로 남아 있고자 했다. 팔레니카에서는 강의를 했는데 완전한 실패로 끝이 났다.

우리는 유세포프 다음 역인 슈이데르에서 내렸다. 그곳에는 하이믈과 셀리아의 여름 별장이 있었다. 부동산 중개업자가 역에서 우리를 기다리고 있었다. 우리는 모래사장을 힘겹게 지나 베란다와 발코니, 화단뿐 아니라 온실까지 있는, 너무나도 사치스러워 보이는 한 집에 도착했다. 주위는 온통 숲이었다. 베티는 중개업자가 가기를 간절히 바라는 것 같았다. 그녀는 곧 그에게 이백 즈워티를 주었다. 그제서야 우리는 그곳에 전등도, 침대보도 없으며 가장 가까이 있는 식당과 커피숍도 수 킬로미터나 떨어져 있다는 것을 알게되었다. 여름 호텔은 아직 열지 않은 상태였다. 우리는 바르샤바로 돌아가, 서명해야 할 계약서가 샘 드라이만에게 보내지기를 기다려야 했다. 수염이 노랗고 눈도 노란, 키 작은 남자 중개업자는 우리의 의도를 의심하는 것 같아 보였다. 그는 "너무 일러요. 밤은 차고 어둡죠. 여긴 아직 여름이 시작되지 않았어요. 모든 것에는 때가 있는 법이죠"라고 말했다.

근처 어떤 오두막에서 관리인이 개 두 마리를 데리고 나왔다. 그는 중개업자에게 열쇠를 돌려달라고 했다. 우리는 역으로 다시 돌아가라는 얘기를 들었다. 이시기에는 열차가 자주 다니지 않는다는 것이었다. 하지만 베티는 슈이데렉 강과 그곳에 있는 폭포를 봐야한다고 고집을 피웠다. 바르샤바에 있는 부동산 중개업자가 그녀와 샘에게 그 얘기를 해준 것이다. 우리가 걷는 동안 살을 에는 차가운 바람이 겨울을 다시 되돌려 놓는 것처럼 불었다. 몇 분도 되지 않아 하늘에 구름이 끼며 달이 사라지고 비와 돌풍이 얼굴을 때렸다. 베티가 뭐라고 말을 했지만 사나운 바람 때문에 들을 수가 없었다. 우리는 슈이데렉 강에 도착했다. 우리 앞의 강변은 텅 빈 채로 젖어 있었다. 야트막한 폭포는 천둥소리를 내며 떨어졌다. 좁은 개울은 이상하면서도 신비하게 빛났고, 커다란 겨울 철새 두 마리가 폭풍이 부는 황혼 속에서 길을 잃지 말라고 경고하는 듯, 날카로운 소리를 내며 수면 위를 날고 있었다. 베티의 밀짚 모자가 공중으로 떠올라 건너편 강변에 떨어진 뒤 굴러다니다가 관목 숲속으로 사라졌다. 베티는 그것이 가발이라도 되는 듯 깍지 낀 양손을 헝클어진 머리 위로 올린 채 "가요! 악마들이 나를 뒤쫓고 있어요. 행복한 순간이 찾아오려면 항상 이런 식이야!"라고 소리쳤다.

그녀는 지갑을 모래 위로 집어던진 후 내게 팔을 두르며 밀착해 왔다. 그녀는 "나를 멀리해요! 나는 저주받았어요. 저주를!" 하고 소리쳤다.

2

잠시 겨울이 다시 돌아왔고, 베티는 담비 코트를 다시 입었다. 그런 다음 완연한 봄이 찾아왔다. 프라가 숲에서 불어온 따스한 미풍이 열어놓은 내 방 창문 사이를 스치며 풀과 꽃과 새롭게 일군 흙냄새를 풍겼다. 독일에서는 히틀러가 권력을 공고히 했지만 바르샤바에서는 유대인들이 사천 년 전에 있었던 출애굽을 기리는 축제를 하고 있었다. 그날 나는 브리스톨 호텔에 있는 베티에게 가지 않았다. 대신 그녀가 내게로 왔다. 샘 드라이만은 사촌의 장례식에 참가하기 위해 플라바에 간 상태였다. 베티는 함께 가기를 거절했다. 그녀는 "알지도 못하는 어떤 여자의 죽음을 애도하기보다는 인생을 즐기고 싶어요"라고 말했다. 그녀는 다시 여름 복장을 하고 있었다. 연한 파란색 옷을 입고 밀짚모자를 썼다. 테클라는 그녀가 가져온 꽃다발을 받아 화병에 꽂았다. 나는 여자가 남자에게 꽃을 갖다준 얘기는 한 번도 들은 적이 없었다.

봄은 우리가 일을 하는 것을 허락지 않았다. 새들이 열어놓은 창문을 지나며 지저귀었다. 우리는 원고를 테이블 위에 둔 채로 창가로 갔다. 좁은 골목길은 보행자들로 가득했다.

베티가 말했다. "바르샤바의 봄은 나를 미치게 해요. 뉴욕에는 봄이라는 게 없어요."

잠시 후 우리는 거리로 내려왔다. 베티는 장갑 낀 손으로 내 팔을 잡았고, 우리는 목적지도 없이 어슬렁거렸다. 그녀는 "당신은 항상 크로크말나 가에 대한 얘기를 하죠. 왜 나를 그곳에 데려가지 않는 거죠?"라고 말했다.

나는 즉시 대답하지 못했다. "그 거리는 내 젊은 시절의 기억들이 얽혀 있는 곳이에요. 당신에게는 지저분한 빈민가에 지나지 않을 거예요."

"그래도 한번 보고 싶어요. 택시를 타고 가요."

"아뇨, 멀지 않아요. 1917년에 그곳을 떠난 이후로 단 한 번도 그곳에 가지 않았다는 게 믿기지 않아요."

우리는 이론 가를 지나서 갈 수도 있었지만 나는 프레제자즈드까지 걸어가 그곳에서 남쪽으로 가는 편을 택했다. 우리는 뱅크 광장에서 육중한 기둥들이 있는 오래된 은행 문 앞에 잠시 멈췄다. 내가 어렸을 때와 마찬가지로 돈을 실은 마차들이 무장한 경찰의 호위를 받으며 들락거리고 있었다. 자비아 가는 여전히 여성용 모자의 중심지였다. 줄지어 있는 창문 너머에는 현대적인 모자와 노파들만 쓰는 모자들이 함께 진열되어 있었다. 그곳에는 베일, 그물 망사, 타조 깃털, 나무 체리, 포도가 달린 모자뿐 아니라 장례식 때 쓰는 망사 달린 모자도 있었다. 삭소니 정원의 철제 울타리 뒤로는 밤나무가 꽃을 흩날리고 있었다.

철문 광장에는 벤치가 있었고, 노쇠한 행인들이 햇빛 속에 앉아 있었다. 그 산책은 소년 시절의 열정을 일깨워주었다. 우리는 돈 많은 사람들이 딸들을 결혼시키는, 비엔나 홀이라 불리는 건물 앞에서 멈춰 섰다. 그 아래의 기둥들 사이에서는 아직도 여자들이 손수건, 바늘, 핀, 단추, 옥양목과 리넨 같은 옷감을 팔고 있었다. 우리는 그노이나 가로 다시 나왔다. 비누와 기름과 말똥의 익숙한 냄새가 코를 찔렀다. 내가 토라를 공부한 유대교 학당과 하시디즘 예배당이 그 동네에 있었다.

우리는 크로크말나 가에 도착했다. 어린 시절의 기억을 떠올릴 수 있는 냄새들이 먼저 나를 맞이했다. 태운 기름과 썩은 과일과 공장 굴뚝 연기가 뒤섞인 냄새였다. 자갈 포장길, 가파른 낙수 홈통, 빨래를 내건 발코니, 그 모든 것이 옛날과 똑같았다. 우리는 격자 철망이 달린 창문과 공장을 지나갔다. 그 공장의 막다른 벽에는 어린 시절 한 번도 열려 있는 것을 본 적이 없는 나무 문이 있었다. 그곳의 모든 집들이 추억에 얽혀 있었다. 5번지에는 내가 한 학기 동안 공부를 한 탈무드 학당이 있었다. 안뜰에서는 세례 의식이 거행되었고, 저녁이면 부인들이 그곳에서 목욕을 했다. 나는 그들이 발그레한 몸으로 물에서 나오는 것을 보곤 했다. 누군가가 내게 그 건물이 수세대 전 구르 왕조의 창시자인 랍비 이체 메이르 알테르의 집이었다는 얘기를 해준 적이 있었다. 어린 시절 탈무드 학당은 그로드지스크 예배당의 일부였다. 그곳의 하급 관리는 주정꾼이었다. 술에 취하면 그는 성인과 죽은 자의 영혼, 반쯤 미친 지주, 마법사에 대해 얘기해 주었다. 그는 하루에 한 끼만 먹었는데 안식일만 빼고는 항상 썩은 빵을 부숴 러시아식 수프에 넣어 먹었다.

4번지는 커다란 상점이었으며 야나쉬의 법정이 있는 곳이기도 했다. 그곳에는 문이 두 개가 있었는데 하나는 크로크말나 가로, 다른 하나는 모로브스카 가로 이어졌다. 그곳에서는 과일과 야채, 유제품, 거위, 생선 등 모든 것을 다 팔았다. 중고 신발과 온갖 종류의 낡은 옷들을 파는 가게들도 있었다.

우리는 광장으로 갔다. 그곳은 창녀와 포주, 찢어진 재킷을 입고 챙이 달린 모자를 눈까지 내려 쓴 좀도둑들로 들끓었다. 어린 시절 그곳을 주름잡은 사람은 소매치기 대장이자 매음굴의 소유주이며 칼잡이였던 눈먼 이체였다. 11번지와 13번지 사이 어딘가에는 체중이 삼백 파운드가 넘는 여자 라이첼레가 살았다. 라이첼레는 부에노스아이레스 출신의 백인 노예 상인과 거래를 한 것으로 알려졌다. 그녀는 뚜쟁이기도 했다. 광장에서는 여러 가지 게임들을 했다. 봉지에서 어떤 숫자를 꺼내면 경찰 호루라기나 초콜릿 케이크, 크라쿠프의 풍경이 있는 펜, 자리에 앉아 "엄마"라고 부르는 인형 등을 상으로 탈 수 있었다.

나는 베티와 함께 걸음을 멈추고 주위를 둘러보았다. 옛날과 똑같은 시골뜨기와 똑같이 평탄한 발음과 똑같은 게임들, 나는 그녀가 이 모든 것에 혐오감을 느끼리라고 생각했지만 그녀는 내가 느끼는 향수에 감염된 것 같았다. "우리가 만난 첫날 나를 이곳에 데려왔어야 했어요!" 그녀가 말했다.

"베티, 나는 '크로크말나'라는 제목의 희곡을 쓸 거예요. 당신이 주역을 맡아줘요."

"당신은 약속은 잘 하는군요."

이제 무엇을 더 보여주어야 할지 알 수 없었다. 6번지에 있는 소굴에서는 도둑들이 카드와 도미노 게임을 했고, 장물아비들이 훔친 물건들을 사곤 했다. 우리 가족은 10번지에 있는 예배당에서 살았으며 나중에는 12번지에 있는 라드지민 학당으로 이사했다. 그곳의 안뜰에서 나는 유대교 교리를 배웠고, 어머니는 나를 시켜 그곳에 있는 상점에서 식료품과 등유를 사오게 했다. 유일한 변화라곤 그 집들의 석고가 대부분 떨어져 나가고, 연기로 검게 그을려 있다는 것뿐이었다. 벽의 여기저기가 통나무로 받쳐져 있었다. 시궁창은 더 깊어 보였고, 악취는 더 심했다. 나는 지나치는 대문마다 멈춰 서서 안을 들여다보았다. 쓰레기통들은 쓰레기로 넘쳤다. 염색공은 옷을 염색하고 있었고, 양철공은 부서진 단지를 때우고 있었고, 어깨에 자루를 든 사람들은 "헌옷 삽니다, 넝마 삽니다, 헌 바지, 헌 신, 헌 모자, 헌옷 삽니다"라고 외쳤다. 여기저기서 거지가 1911년 침몰한 타이타닉호와 1905년 폭탄을 던져 교수형을 당한 바루크 슐만에 대한 노래를 불렀다. 마술사들은 내가 어린 시절 보았던 묘기들을 보이고 있었다. 그들은 불을 삼켰고, 발로 통을 굴렸으며, 못이 박힌 침대 위에 맨살로 누웠다. 사실이 아니라는 것은 알고 있었지만, 나는 종이 달린 탬버린을 흔들며 구경꾼에게서 동전을 받으러 돌아다니는 소녀를 본 적이 있다는 상상을 했다. 그녀는 은색의 금속 장식이 달린, 똑같은 벨벳 바지를 입고 있었다. 머리는 소년처럼 잘랐다. 그녀는 키가 크고 말랐으며 가슴이 납작하고 눈은 반짝이는 검은색이었다. 부리가 부서진 앵무새 한 마리가 그녀의 어깨 위에 앉아 있었다.

"이 모든 것을 미국으로 옮겨갈 수만 있다면!" 베티가 말했다.

그녀에게 밖에서 기다리라고 한 후 나는 노이슈타트 기도실로 들어갔다. 안은 비어 있었지만 벽의 돌출부에 있는, 도금한 두 마리 사자가 있는 신성한 궤와 설교단, 독서 테이블과 벤치는 아직도 유대인들이 기도를 하러 이곳에 온다는 것을 말해주고 있었다. 서가에는 낡고 너덜너덜한 검정색 성경이 줄지어 꽂혀 있었다. 안에 아무도 없었으므로 나는 베티를 안으로 들어오게 했다. 내가 소리를 지르자 메아리가 울렸다. 나는 궤 앞의 커튼을 젖히고 문을 연 다음 두루마리와 오래

되어 변색된 금 자수를 보았다. 베티와 나는 머리를 안으로 집어넣었다. 그녀의 얼굴은 뜨거웠다. 우리는 신성을 모독하고 싶은 충동을 느꼈고, 키스를 했다. 동시에 나는 두루마리 앞에서 나 자신을 변호하며 그 안에 그려진 인물들에게 베티가 미혼이라는 사실을 상기시켰다.

우리는 예배실을 나와서, 안뜰 주위를 둘러보았다. 신발공 쉬메를이 한때 그곳에 살았고, 지하실에는 그의 작업장이 있었다. 그에게는 '오늘은 안 돼요. 쉬메를'이라는 별명이 주어졌다. 밑창이나 굽을 바꾸려고 신발이나 부츠를 가져가면 그는 항상 "오늘은 안 돼요!"라고 말했다. 그는 우리가 바르샤바에 살고 있을 때 죽었다. 마차가 안뜰로 들어와 그를 전염병 병원으로 싣고 갔다. 크로크말나 가에서는 그곳에서 환자들을 독살한다고 믿었다. 안뜰의 익살꾸러기들은, 눈이 천 개 달린 죽음의 천사가 날카로운 칼을 들고 왔을 때 쉬메를이 "오늘은 안 돼요"라고 말하자 천사가 "맞아, 오늘이야"라고 대답했다는 농담을 했다.

10번지에는 한때 우리 아파트였던 곳의 발코니에 빨래가 널려 있었다. 너무도 높아 보였던 그곳이 이제는 거의 손가락에 닿을 정도였다. 나는 가게 안을 들여다보았다. 식료품상 엘리와 그의 아내 젤델레는 어디에 있는 것인가? 엘리가 키가 크고 빠르고 민첩하고 날카롭고 논쟁적인 것만큼이나 젤델레는 작고 굼뜨며 무디고 마음이 착했다. 손님은 젤델레에게 원하는 것을 두 번씩 얘기해 주어야 했다. 그녀가 손을 내밀고, 종이를 집고, 치즈 덩어리를 자르고 무게를 재는 데에는 한참이 걸렸다. 가격을 물으면 그녀는 한참 동안 생각하며 머리핀으로 가발 아래를 긁었다. 손님이 외상으로 가져간 물건값을 적어놓은 후에는 자신이 쓴 것을 알아보지 못했다. 전쟁이 시작되어 독일의 마르크와 페니히가 사용되자 그녀는 완전히 당황해했다. 엘리는 손님들 앞에서 그녀를 욕하며 '암소'라고 불렀다. 전쟁 동안 그녀는 병이 났고, 사람들은 그녀를 병원으로 데려가지 못했다. 그녀는 침대에 누워 병아리처럼 죽었다. 엘리는 울부짖으며 머리를 벽에 찧었다. 석 달 후 그는 젤델레만큼이나 굼뜨고 뚱뚱한 하녀와 재혼했다.

3

우리는 야나쉬 안뜰로 들어가 도살장으로 향했다. 동물들의 피가 튀어 있던 벽은 옛날 그대로였다. 암탉과 수탉은 똑같은 소리를 지르며 죽어가고 있었다. "내가 왜 이렇게 죽어야 하지? 이 살육자들!" 저녁이 되자, 전등의 불빛이 도살꾼의 칼날을 비추었다. 손에 닭을 움켜쥔 여자들이 앞으로 밀치고 나왔다. 짐꾼이 죽은 닭으로 가득한 바구니를 털 뽑는 사람에게 가져갔다. 그 지옥 같은 곳은 인본주의는 모두 헛소리라며 비웃고 있었다. 오래전부터 채식주의자가 되는 것을 고려해 온 나는 그 순간 다시는 고기나 생선은 입에도 대지 않겠다고 맹세했다. 도살장 밖에서는 안뜰을 비추는 등이 기능을 상실한 채 어둠을 더 짙게 만들고 있을 뿐이었다. 우리는 물통과 산 잉어와 창꼬치가 들어 있는 수반 옆을 지나갔다. 부인들은 안식일이면 몸을 썻고 생선을 잘랐다. 우리는 밀짚과 깃털과 진흙을

밟고 지나갔다. 가게 주인들은 오래된 욕을 했다. "네 놈한테 흑사병이 붙기를!" "내장에 열이 나기를!"

우리는 시장을 나와 다시 거리로 들어섰다. 정문과 가로등 앞에는 창녀들이 서 있었다. 어떤 여자들은 큰 가슴에 살이 찌고 엉덩이가 처졌고 다른 여자들은 날씬한 몸매에 숄을 걸치고 있었다. 볼라 가와 이론 가에 있는 공장과 가게에서 온 노동자들이 걸음을 멈추고 창녀들과 얘기하며 흥정하고 있었다.

베티는 "여길 벗어나요! 게다가 배도 고파요"라고 말했다. 그때 문득 7번지 건물이 보였다. 그곳은 바셸레와 세 딸이 이사를 간 곳이었다. 아직 그 가족들이 살아 있다 해도 오래전에 그 아파트를 떠났을 것이었다. 한데 이사를 가지 않았다면? 쇼샤는 내가 해준 얘기들과 놀이집, 숨바꼭질, 술래잡기를 기억하고 있을 것인가? 나는 정문 앞에 멈춰 섰다.

베티가 말했다. "왜 거기 서 있는 거예요? 가요."

"베티, 혹시 바셸레가 아직 이곳에 사는지 알아봐야겠어요."

"바셸레가 누구예요?"

"쇼샤의 어머니예요."

"그런데 쇼샤는 누구예요?"

"기다려요, 설명해 줄 테니."

한 여자가 정문 안으로 걸어 들어가고 있었다. 나는 그녀에게 바셸레가 그 안에 사는지 물었다.

"바셸레라고? 남편이 있나? 성은 뭐지?" 여자가 물었다.

기억이 나지 않았다. 아니 그보다도 그 가족의 성을

알았던 적이 없는 것 같았다. "남편은 둥근 수염을 기르고 있었죠." 내가 대답했다. "어느 상점의 점원이었어요. 딸이 하나 있었는데 이름이 쇼샤죠. 그들이 살아 있기를 바라요."

여자는 손바닥을 쳤다. "자네가 말하는 사람을 알겠어. 바샤 슐디네르야. 정문 왼쪽 맞은편 일 층에 살고 있지. 자네는 미국인인가?"

나는 베티를 가리켰다. "이분은 미국인이에요."

"바샤는 가족인가?"

"그냥 친구예요. 거의 이십 년 동안 못 봤죠."

"이십 년 동안이나? 곧장 가게. 하지만 조심하게. 아이들이 뜰 한가운데 구멍을 파놓았으니까. 떨어져 다리가 부러질 수도 있어, 어두우니까. 집주인은 집세는 꼬박꼬박 챙기면서도 밤에 전등은 안 켜지."

베티는 투덜거리기 시작했지만 나는 "이건 기적이에요! 기적! 하느님 고맙습니다!"라고 소리쳤다. 나는 베티를 불렀다. 나는 7번지 안뜰에 서서 가스등이 켜진 창문을 들여다보았다. 그 뒤에서 어쩌면 곧 바셸레와 쇼샤를 만날 수도 있었다. 내게 곧 무슨 일이 일어나게 될지를 마침내 깨달은 듯 베티가 조용해졌다. 나는 그녀의 팔을 잡고 안내했다. 어두웠지만 구멍 같은 것들을 알아볼 수 있어 피해갔다. 우리는 일 층으로 이어지는, 불이 켜지지 않은 짧은 층계에 이르렀다. 문손잡이를 잡아 문을 열었다. 두 번째 기적이 내 앞에 펼쳐졌다. 바셸레가 보인 것이다. 그녀는 부엌 테이블 앞에 서서 양파를 까고 있었다. 그 오랜 시간에도 불구하고 그녀는 별로 늙지 않았다. 그녀의 가발은 여전히 금발이었다. 넓고 하얀 얼굴은 약간 주름이 졌지만, 그녀는 어린 시절 기억하던 그 다정스러운 미소를 머금은 채 눈길을 들었다. 그녀가 입고 있는 옷 또한 오래전 것으로 보였다. 나를 본 그녀의 윗입술이 치켜 올라갔다. 그녀의 치아는 여전히 넓었다. 절구와 공이, 조리 기구, 조각된 장식 쇠시리가 있는 찬장, 의자, 테이블, 그 모든 것이 눈에 익었다.

"바셸레! 저를 못 알아보는군요. 하지만 저는 알아보겠어요!" 내가 말했다.

그녀는 양파와 칼을 내려놓았다. "알아보고 말고. 아렐레구나."

모세 오경에 따르면 형제들을 알아본 요셉은 입을 맞추고 껴안았다고 되어 있지만 바셸레는 낯선 남자뿐만 아니라 어릴 적 알았던 사람과도 입을 맞추거나 하는 여자가 아니었다.

베티가 눈살을 찌푸렸다. "거의 이십 년 동안 서로 보지 않은 게 사실이에요?"

"잠깐만요. 그래요. 거의 그 정도 되었어요." 바셸레는 평범한 여자의 목소리로 말했다. 그 목소리는 어머니같이 친절하면서도 독특했다. 그것은 백만 가지 다른 목소리 중에서도 구별이 가능한 목소리였다. "오래되었죠." 그녀가 덧붙였다.

"이 사람은 아직 어린아이였을 텐데요." 베티가 말했다. "그래요, 아렐레와 쇼샤가 같은 나이였죠." 바셸레가 말했다.

베티는 "어려서 이곳을 떠난 사람을 어떻게 알아볼 수 있는 거죠?"라고 물었다.

바셸레는 어깨를 으쓱했다. "입을 떼는 순간부터 아렐레라는 걸 알았죠. 자네가 신문에 글을 쓴다는 소식은 들었네. 거기 문간에 서 있지 말고 안으로 들어오게. 자네 아내인 모양이지?" 그녀는 베티를 향해 고갯짓을 하며 말했다.

베티는 미소를 지었다. "아뇨, 아내가 아니에요. 나는 미국에서 온 여배우고, 이 사람은 나를 위한 희곡을 쓰고 있죠."

"알고 있어요." 바셸레가 말했다. "자네가 쓴 글을 읽는 이웃이 있지. 신문에 자네 이름이 날 때마다 가져와 읽어줘. 한번은 자네가 쓴 작품이 극장에서 공연될 거라는 얘기도 하더군."

"쇼샤는 어디 있어요?" 내가 물었다.

"설탕을 사러 가게에 갔어. 금방 올 거야."

바셸레가 얘기를 하는 동안 쇼샤가 들어왔다. 그날은 놀라운 일들이 연속적으로 벌어졌고, 그때마다 더 놀라운 일이 벌어졌다. 내 눈이 의심스러웠다. 쇼샤는 더 자라지도 나이를 먹지도 않았다. 그 수수께끼 앞에서 나는 입이 벌어졌다. 잠시 후에야 나는 그녀의 얼굴과 키가 약간 변했다는 것을 알아차렸다. 그녀는 삼에서 오 센티미터 정도 더 자라 있었다. 그녀는 이십 년 전에 입었던 것 같은, 색 바랜 치마와 소매가 없는 재킷을 입고 있었다. 그녀는 식료품점에서 설탕 사 분의 일 파운드를 담아준 종이 봉지를 든 채로 서서 우리를 쳐다보았다. 그녀의 눈에는 옛날 내가 얘기를 들려줄 때처럼 어린아이 같은 황홀한 표정이 그대로 담겨 있었다. "쇼샤, 누군지 모르겠니?" 바셸레가 물었다.

쇼샤는 대답을 하지 않았다.

"아렐레야, 랍비의 아들."

"아렐레." 하고 쇼샤가 반복했다. 기억과 정확히 똑같 지는 않았지만 쇼샤의 목소리였다.

"설탕은 내려놓고 재킷을 벗도록 해라." 바셸레가 말 했다.

쇼샤는 설탕 봉지를 천천히 테이블에 내려놓은 다음 재킷을 벗었다. 가슴이 약간 나온 게 보이긴 했지만 전 체적인 모습은 여전히 아이 같았다. 치마는 유행하는 스타일에 비해 더 짧았고, 가스등 때문에 파란색인지 검정색인지 분명치 않았다. 전쟁 동안 소독실을 드나 든 옷들은 그렇게 줄어들고, 흐릿해지고, 색이 바랬다. 쇼샤는 목이 길고 팔다리가 가늘었다. 바르샤바의 모 든 사람들이 얇게 비치고 광택이 나는 요란한 색상의 스타킹을 신었지만 쇼샤의 것은 조잡한 면으로 만들어 진 것처럼 보였다.

바셸레가 말했다. "그 비참한 전쟁이 우리를 망쳤 지. 자네가 시골로 옮겨간 직후 이페가 죽었어. 열이 나 침대로 옮겼는데 누군가가 고자질을 해 병원 마차 가 왔지. 이페는 8일 동안이나 열이 나서 녹초가 되었 어. 병원에서는 우리를 안으로 들여보내 주지 않았어. 마지막 날 안부를 물으러 가자 문지기가 죽었다고 하 더군. 젤리그는 바르샤바에 없었어. 그는 딸아이의 장 례식에도 가지 못했네. 몇 년이 지나서야 묘비를 세워 줄 수 있었지. 타이벨레는 숙녀로 자랐어. 똑똑하고 예 쁘고 교육도 받았지. 원하던 대로 된 거야. 김나지움을 나와 매트리스 회사에서 경리 일을 하고 있는데 거기서는 모두 도매로 팔아. 목요일이면 직원 월급을 정산해 출납원에게 영수증을 줘. 그 아이가 서명을 하지 않으면 아무도 급여를 받지 못해. 남자아이들이 뒤를 쫓아다니지만 그 아이는 '시간은 많아'라고 말한다네. 우리와 함께 살지는 않고, 안식일과 휴일에만 와. 친구와 함께 그지보프스카 가에서 아파트를 빌려 살고 있어. 사람들에게 크로크말나 가에 살고 있다는 얘기를 하면 체면을 잃게 돼. 자네도 보다시피 쇼샤는 이 집에 살고 있고. 아렐레, 그리고 당신, 숙녀분, 코트를 벗어요. 쇼샤, 거기 그렇게 목석처럼 서 있지 말거라! 이 숙녀분은 미국에서 왔단다."

"미국에서요." 쇼샤가 반복했다.

"앉아요. 차를 만들어줄 테니까. 저녁은 먹었소?" 바셸레가 물었다.

"고마운데 배가 고프지 않군요." 베티가 내게 눈짓을 했다.

"앉게나. 아렐레, 자네 부모님은 아직도 지방에 살고 계시나?"

"아버님은 돌아가셨어요."

"그분은 성자같이 훌륭한 분이셨어. 나는 그분께 종교법에 대한 질문을 드리곤 했지. 한데 여자는 쳐다보지도 않으려 하셨어. 내가 들어가는 순간 고개를 돌리셨지. 항상 성서대에 서 계셨어. 학당에 있는 커다란 책처럼. 어떻게 돌아가셨지? 이제 그분 같은 유대인은 없어. 하시디즘 신봉자들조차도 요즘에는 유행 따라 짧은 옷을 입고, 광택을 낸 구두를 신지. 어머님은 아직 살아 계신가?"

"네."

"그리고 자네 동생 므와셸레는?"

"랍비예요."

"랍비가 됐다고? 들었니, 쇼샤? 아주 작았는데 말야. 당시에는 예배당에도 가지 않았지."

"예배당에는 갔어요." 쇼샤가 말했다. "여기 안뜰에서 그 정신 나간 선생한테 갔죠."

"그랬나? 오래전 일이라서. 므와셸레는 어디 있지?"

"갈리치아예요."

"갈리치아라고? 그게 어디지? 그런 먼 곳에 있는 도시들은 많아." 바셸레가 말했다. "우리가 10번지에 살 때의 바르샤바는 러시아였지. 모든 간판이 러시아어로 돼 있어야 했어. 그러다가 독일군이 들어오면서 굶주림도 함께 찾아왔지. 그 후 폴란드 사람들은 고개를 들고 '나치 만세!'를 외쳤어. 이 주변의 어떤 아이들은 피우스트스키 연대에 들어갔다가 죽기도 했어. 피우스트스키는 사람들을 이끌고 키이우로 갔어. 그곳에서 다시 비스툴라로 밀려났지만. 사람들은 무법자나 다름없는 볼셰비키들이 들어와 부자들을 전부 죽이고 재산을 뺏으리라고 생각했지. 한데 볼셰비키들은 퇴각을 당했어. 여기저기로 밀려났지. 그리고 궁핍은 더해갔어. 젤리그는 다시는 집에 오지 못했어. 무슨 일들이 일어났는지는 다음에 얘기를 또 해주겠네. 사람들은 이기적으로 변했어. 가장 가까운 사람들도 돌보지 않아. 즈워티 가치는 떨어지고 달러 가치는 치솟았어. 이곳 사람들은 달러를 '국수'라고 불러. 그리고 모든 것이 더 비싸졌어. 쇼샤, 식탁을 차려라."

"식탁보로요, 아니면 유포로요?"

"유포로 해."

그때 베티가 개인적으로 말할 게 있다는 신호를 보냈다. 나는 그녀에게로 몸을 기울였다. 그녀는 "여기서 식사를 할 수는 없어요. 이 사람들과 있고 싶다면 나 혼자서 호텔로 돌아갈게요"라고 말했다.

"바셀레, 쇼샤, 당신들을 다시 보게 되어 정말 기뻐요. 하지만 숙녀분이 이제 가야 하는데 혼자 가게 할 수는 없어요. 나중에 다시 올게요. 오늘 밤에 못 오면 내일 올게요."

"가지 마." 쇼샤가 말했다. "네가 한번 가면 다시는 안 돌아올 것 같아. 이웃인 라이저 말로는 네가 바르샤바에 있고, 신문에 이름이 나기도 했지만 주소는 나오지 않았다고 했어. 네가 우리에 대해 모두 잊어버린 줄 알았어."

"쇼샤, 너를 생각하지 않은 날이 없었어."

"그런데 왜 오지 않은 거야? 네가 쓴 어떤 글에 관한 게 - 네 이름이 적혀 있었어 - 신문에 났어. 신문이 아니라 초록색 표지가 있는 책에. 라이저는 모든 걸 읽어. 그는 시계공이야. 그가 와 읽어줘. 너는 크로크말나가를 정확하게 묘사했더라."

"그래, 쇼샤. 나는 아무것도 잊지 않았어."

"우리가 여기 7번지로 이사를 온 이후 너는 한 번도 오지 않았어. 너는 어른이 되었고, 부적을 지니고 다녔어. 몇 번 네가 지나가는 것을 봤어. 너한테 가고 싶었지만 너무 빨리 걸어갔어. 너는 하시디즘 신봉자가 되었고 여자아이들은 쳐다보지도 않았어. 나는 부끄러웠어. 그 후 사람들 말로는 네가 이 도시를 떠났다고 하더라. 이페가 죽었고 장례식이 있었어. 그 애가 죽어 있는 것을 보았는데 주위가 온통 흰색이었어."

"쇼샤, 조용히 해!" 그녀의 어머니가 그녀를 나무랐다.

"분필처럼 하얗게……. 매일 밤 그 애에 관한 꿈을 꿔. 사람들이 내 셔츠로 수의를 만들었어. 나는 병이 났고, 더 이상 자라지 않았어. 사람들이 나를 크니아스터 박사에게 데려갔고, 그가 처방을 해주었지만 소용이 없었어. 타이벨레는 키도 크고 예뻐."

"너도 예뻐, 쇼샤." 내가 말했다.

"나는 난쟁이 같아."

"그렇지 않아, 쇼샤. 네 모습은 멋져."

"나도 자라긴 했지만 아이 같아 보여. 학교에도 갈 수가 없었어. 책들이 너무 어려웠어. 독일군이 들어온 후로는 독일어를 배워야 했어. 독일어로는 소년을 크나베라고 하는데 그런 모든 단어를 내가 어떻게 외울 수 있었겠어? 독일어 책을 사야 했는데 엄마한테는 그럴 돈이 없었어. 학교에서는 나를 두 번 집으로 돌려보냈고 그걸로 끝이었어."

"모든 게 제대로 먹질 못해서야." 바셸레가 덧붙였다. "사람들은 빵을 순무나 톱밥과 함께 섞었어. 진흙 맛이 났지. 그해 겨울에는 감자가 얼어서 먹을 수도 없었어. 하루에 감자를 세 번 요리했다네. 크니아스터 박사는 쇼샤에게 피가 없다며 갈색 약을 처방해 주었어. 하루에 세 번 먹었지만 배가 고플 때는 아무것도 도움이 되지 않지. 타이벨레가 - 악마가 그 아이는 보지 못했나 봐－그렇게 예쁘게 자란 건 하느님의 기적이야. 언제 다시 오겠나?"

"내일요."

"내일 점심 먹으러 오게. 콩을 넣은 국수를 좋아했지. 두 시에 와. 이 숙녀분도 데려와도 좋아. 쇼샤, 이 숙녀분은 여배우란다." 바셸레가 베티를 가리키며 말했다. "어디서 공연을 하죠? 극장에서 하나요?"

"러시아와 미국에서 공연을 했죠. 이곳 바르샤바에서도 공연하기를 바라고 있어요." 베티가 말했다. "그모든 게 그라이딩거 씨에게 달렸죠."

"아렐레는 항상 글을 쓸 줄 알았어요." 쇼샤가 말했다. "아렐레가 공책과 연필을 사면 바로 세 페이지는 채웠죠. 그림도 그릴 줄 알아요. 한번은 불이 난 집을 그리기도 했어요. 모든 창문에서 불길이 새어 나왔죠. 집은 검정색 연필로, 불은 빨간색 연필로 그렸어요. 굴뚝에서는 불과 연기가 솟구쳤어요. 기억나, 아렐레?"

"기억나. 잘 자. 내일 두 시에 올게."

"또다시 그렇게 오랫동안 어디 멀리 가 있지 마." 쇼샤가 말했다.

4

나는 걷고 싶었지만 베티는 마차를 불렀다. 그녀는 마부에게 우리가 샘 드라이만과 파이텔존과 함께 처음 식사를 했던 레스즈노 가에 있는 식당으로 가자고 했다.

마차 안에서 베티는 손을 내 어깨 위에 올려놓았다. "그 여자애는 백치예요. 보호 시설에 있어야 할 것 같아요. 하지만 당신은 그녀를 사랑하고 있어요. 그녀를 본 순간 당신의 눈이 이상하게도 빛이 났어요. 당신이 제정신이 아니라는 생각이 들어요."

"그럴 수도 있어요, 베티."

"작가들이란 약간 제정신이 아니니까요. 나도 마찬가지예요. 재능 있는 모든 사람들이 그렇죠. 그런 얘기를 언젠가 책에서 읽은 적이 있어요. 저자의 이름은 잊어버렸지만."

"롬브로소예요."

"그래요, 그럴 수도 있어요. 아니면 그 책이 그에 관한 것일 수도 있어요. 하지만 우리 모두가 다른 방식으로 미쳤기 때문에 다른 사람의 광기를 관찰할 수 있죠. 그 여자애 얘기는 말아요. 그녀는 병에 걸렸어요. 그녀에게 뭔가를 약속한 후 그것을 지키지 않으면 그녀는 혼란에 빠지고 말 거예요."

"알아요."

"그녀에게서 뭘 봤어요?"

"나 자신을 봤어요."

"그렇다면 결코 혼자서는 빠져나올 수 없는 그물에 빠지게 될 거예요. 나는 그런 여자가 남자와 살 수 있으리라 생각지 않아요. 아이도 못 가질 거예요."

"나는 아이가 필요 없어요."

"당신이 그녀를 높은 곳으로 이끌어주기보다는 그녀가 당신을 자기 수준으로 끌어내릴 거예요. 그런 경우를 알고 있어요. 아주 지적인 기술자였는데 나이가 더 많은, 어떤 이상한 여자와 결혼을 했죠. 살 수도 죽을 수도 없는 살덩어리에 불과한 불구 아이를 낳았죠. 그들은 그 아이를 보호 시설에 넣는 대신 병원과 온천, 그리고 돌팔이 의사에게 데리고 갔어요. 아이는 끝내 죽었고, 남자는 황폐해졌어요."

"쇼샤와의 사이에서 그런 이상한 애를 갖게 되지는 않을 거예요."

"뭔가 흥미로운 것이 내 앞에 나타날 때 운명은 항상 나를 무시하죠."

"베티, 당신에게는 착하고 부자인 데다 당신을 위해서라면 무엇이든 할 연인이 있어요."

"내가 무엇을 갖고 있는지는 알아요. 이번 일로 인해 연극을 위한 우리의 계획에 차질이 생기지 않았으면 좋겠어요."

"그렇게 되지는 않을 거예요."

나는 마차 뒤쪽에 머리를 기댄 채로 양철 지붕 위 바르샤바의 하늘을 보았다. 도시 자체가 변한 것처럼 보였다. 하늘에는 부림절[1] 때 같은 축제의 분위기가 감돌고 있었다. 우리는 다시 이론 게이트 광장을 지나갔다. 비엔나 홀의 창문들에 전부 불이 밝혀져 있었고, 음악 소리가 들렸다. 오늘 저녁 그곳에서 누군가가 결혼을 하는 게 틀림없었다. 나는 눈을 감은 채로 베티의 무릎에 손을 올려놓았다. 하루 동안 쌓인 쓰레기를 들판으로 실어나르는 쓰레기 마차의 악취와 함께 봄의 냄새가 맡아졌다.

마차가 멈췄다. 베티가 계산을 하려 했지만 내가 허락하지 않았다. 나는 그녀가 밖으로 나오는 것을 도우

---

1 하만이 유대인을 죽이려다 실패한 것을 기념하는 날

며 팔을 잡았다. 보통 때 같으면 그런 우아한 숙녀를 식당에 데려가는 것에 대해 스스로 많은 의식을 했겠지만 쇼샤를 만나고 난 후여서인지 아무 생각도 나지 않았다. 식당에서는 오케스트라가 미국의 재즈와 바르샤바의 캬바레에서 히트하고 있는 음악들을 연주했다. 테이블은 전부 차 있는 것처럼 보였다. 사람들은 그날 도살된 닭고기, 오리고기, 거위고기. 그리고 칠면조고기를 먹고 있었다. 구이, 마늘, 양고추냉이, 맥주, 시가 냄새가 났다. 나이 든 남자들은 커다란 냅킨을 빳빳한 칼라에 두르고 있었다. 그들은 배가 나오고, 목은 굵고, 대머리는 거울처럼 반짝였다. 여자들은 웃음을 터뜨리며 쾌활하게 잡담을 하고 있었다. 그들은 포크로는 어떻게 할 수 없는 고기를 붉은 손톱으로 발라내 먹고 있었다. 그들의 붉게 칠한 입술은 거품이 나는 맥주를 들이켜고 있었다. 매니저가 구석에 있는 자리로 안내했다. 그곳 사람들은 베티를 알고 있었다. 샘 드라이만은 팁을 달러로 주곤 했다. 웨이터들은 테이블 사이를 기술적으로 왔다 갔다 했다. 그들이 들고 가는 쟁반에서는 김이 났다. 나는 베티를 마주보는 대신 그녀 옆에 앉았다.

메뉴는 모두 생선이나 고기로 이루어져 있었다. 채식주의자가 되겠다고 맹세한 것이 얼마 지나지 않은 상태였다. 나는 잠시 고민한 후 그 맹세를 하루 연기하기로 마음먹었다. 묽은 수프와, 국수와 당근을 넣은 미트볼을 주문했지만 식욕은 나지 않았다. 베티는 칵테일과 스테이크를 주문한 후 스테이크는 덜 익혀달라고 했다. 그녀는 술을 한 모금 들이켠 다음 나를 날카롭게 쳐다보았다.

"나는 이 악취 나는 세상에서 너무 오랫동안 머물고 싶지 않아요. 사십 년이 최대한이에요. 하루도 더 살고 싶지 않아요. 뭘 위해서? 내가 바라는 대로 몇 년 더 연기를 할 수 있다면 그건 좋아요. 그렇지 않다면 좀더 빨리 끝을 내고 싶어요. 자살을 할 수 있다는 건 하느님이 주신 선물이에요."

"당신은 아흔까지 살 거예요. 그리고 제2의 사라 베르나르가 될 거예요."

"아뇨. 그리고 나는 제2인자가 되고 싶지 않아요. 최고가 아니면 아무것도 아니에요. 샘은 엄청난 재산을 물려주겠다고 약속했지만 그가 더 오래 살 게 분명해요. 그리고 진심으로 그렇게 되기를 바라요. 이곳 사람들은 칵테일을 어떻게 만드는지 모르는군요. 미국 사람을 흉내 내려 하지만 그렇게 되면 언제나 가짜일 수밖에 없죠. 음악도 어설픈 흉내 내기에 지나지 않아요. 온 세상이 미국을 흉내 내고 싶어 하고, 미국은 온 세상을 흉내 내고 있죠. 내가 왜 여배우가 되어야 하죠? 배우는 모두 원숭이나 앵무새예요. 나는 한때 글을 쓰려고 했어요. 아직도 시를 쓴 종이 뭉치가 어딘가에 나뒹굴고 있어요. 어떤 건 이디시어로, 어떤 건 러시아어로 썼죠. 누구도 그것들을 출판하려고 하지 않았어요. 잡지를 보면 그보다 더한 쓰레기들도 실리죠. 하지만 사람들은 내가 또 다른 푸시킨이나 예세닌이 되기를 바라요. 내 스테이크를 왜 그런 식으로 보죠? 오늘 당신이 채식주의에 대해 얘기한 건 헛소리예요. 하느님이 세상을 이런 식으로 만든 건 그분의 뜻에 따른 거예요."

"채식주의자들은 항의만 할 뿐이죠."

"예를 들자면 거품 한 방울이 어떻게 바다에 항의를 할 수 있겠어요? 그건 오만이죠. 암소는 젖이 나오게끔 되어 있고, 도살당하게끔 되어 있어요. 다윈도 그렇게 말했어요."

"다윈은 그런 말 하지 않았어요."

"누가 그 말을 했는지는 상관없어요. 샘이 내게 돈을 주니까 나는 그 돈을 받는 거예요. 그가 나를 혼자 내 버려두고 플라바에 갔으니까 내가 다른 누군가와 시간 을 보내고 있는 거예요."

"당신 아버지가 스스로 총에 맞아 죽는 것을 용납했 기에……."

"그런 말이 어디 있어요."

"미안해요."

"기본적으로 당신 말이 맞아요. 하지만 사람은 다른 사람을 존중해야 해요. 동물들도 자신의 종을 잡아먹 지는 않아요."

"내 삼촌 집에서는 수고양이가 새끼를 죽인 적이 있 어요."

"수고양이는 자연이 시키는 대로 해요. 아니면 그 수 고양이가 미쳤을 수도 있어요. 당신이 미친 수고양이 라면 다른 누군가를 잡아먹을 거예요. 당신은 오늘 발 육부전인 그 여자애를 카나리아를 바라보는 수고양이 의 눈으로 바라보았어요. 몇 주 동안 그녀를 기쁘게 해 주다가는 버리고 말 거예요. 지금이 밤이라는 것을 누 구나 아는 만큼 그 사실 역시 잘 알 수 있어요."

"내가 한 거라곤 내일 점심을 먹으러 가겠다고 약속한 것뿐이에요."

"내일 가 결혼을 했다고 해요. 실제로 당신에게는 아내가 있잖아요. 당신이 얘기한 공산당원 말이에요. 이름이 뭐였죠? 도라였죠. 당신이 결혼을 믿지 않으니 당신과 지금 함께하고 있는 여자가 당신의 아내예요."

"그렇다면 지금의 모든 남자들은 수십 명의 아내가 있겠군요."

"그래요. 수십 명의 아내가 있죠. 여자들도 마찬가지고요. 법이 더 이상 의미가 없는 것이라면 무법이 모든 사람에게 적용되어야 해요."

음악이 멈췄고, 우리는 말을 그쳤다. 베티는 스테이크를 한 조각 맛본 후 접시를 옆으로 치워버렸다. 매니저가 그것을 보더니 와서 다른 뭔가를 갖다줄지 물었다. 그녀는 배가 고프지 않다고 했다. 그녀는 요리사가 너무 많은 양념을 썼다며 불평을 했다. 웨이터가 왔고, 두 사람은 주방장에 대해 얘기를 나누었다. 매니저는 "주방장을 해고하도록 하죠"라고 말했다.

"나 때문에 그 사람을 해고하지는 말아요." 베티가 말했다.

"당신 때문만은 아닙니다. 후추를 너무 많이 넣지 말라는 얘기를 백 번은 했는데도 소용이 없습니다. 후추를 너무 좋아하니까요. 그는 후추를 너무 좋아해 결국에는 일자리를 잃게 될 겁니다. 정신 나간 사람 아닙니까?"

"오, 모든 주방장은 반은 정신이 나간 사람들이에요." 웨이터가 말했다.

우리가 디저트를 먹는 동안 두 사람은 테이블 주변을 얼쩡거렸다. 그들은 늘상 받던 팁을 받지 못할까 봐 노심초사하고 있었다. 베티는 이 달러를 꺼내 일 달러씩 주었다. 두 사람은 고개를 숙여 절을 했다. 일 달러면 바르샤바에서 한 가족이 삼사 일은 먹을 수 있는 돈이었다. 백만장자의 정부는 자신도 백만장자인 것처럼 행동해야 했다.

"자, 가요." 베티가 말했다.

"어디로요?"

"내 숙소로요."

5

내가 집에 도착했을 때에는 아침 여덟 시였다. 전차를 타러 가는 길에 거울을 보자 창백한 얼굴과 까칠한 수염이 눈에 띄었다. 하녀가 아침을 가져오기 전에, 일찍 호텔을 나와야 했다. 전차는 도시락을 팔에 낀 채 공장과 가게로 출근하는 남녀로 만원이었다. 나는 하품을 하며 팔다리를 뻗으려 했지만 다리를 뻗을 공간이 없었다. 밤사이 비가 왔다. 하늘은 흐렸고 석양 무렵처럼 어두웠다. 전차에는 불이 들어와 있었다. 모두들 무슨 생각에 잠긴 듯 얼굴이 음울했다. 모두들 또다른 날이 시작된 것에 대해, 이 모든 노력이 무슨 의미가 있는지에 대해, 그에 따른 보상은 뭔지에 대해 생각들을 하고 있는 것 같았다. 나는 그들 모두가 인간의 일반적인 감수성을 지니고 있음에도 똑같은 실수를 반복하고 "어떻게 그렇게 눈에 뻔히 보이는 것을 놓칠 수 있었지, 그리고 그것을 왜 제때 바로잡지 못했지?"라고 자문한다는 상상을 했다.

집에 도착하자 테클라가 문을 열어주었다. 복도에서 마주친 그녀의 눈길은 "이 바람둥이!"라고 말하며 나를 질책하는 것 같았다. 그녀는 아침을 원하는지 물었고, 나는 고맙지만 나중에 들겠다고 했다.

그녀가 말했다. "커피를 한 잔 마시면 좋을 거예요"

"그렇게 해요, 테클라." 나는 그녀에게 반 즈워티를 건네주었다.

"됐어요, 됐어요." 그녀가 사양했다.

"받아요, 테클라. 당신이 마음에 들어서예요."

그녀의 뺨이 붉어졌다. "당신은 너무 좋으신 분이에요."

방문을 열었다. 침대는 정돈된 채로 그대로 있었고, 차양이 내려져 있었다. 나는 침대 위에 사지를 뻗고 누워 잠시 휴식을 취하려 했다. 어젯밤만큼 긴 밤은 없었던 것 같았다. 언젠가 어머니가 마법에 걸린 한 소년에 대한 얘기를 해준 적이 있었다. 그 소년은 저녁 식사 전 손을 씻기 위해 세면대 위로 몸을 숙이다가 물을 한 잔 마시고는 칠십 년이라는 생을 한순간에 경험했다고 한다. 그와 비슷한 일이 내게 일어났다. 하룻밤 사이에 나는 내 잃어버린 사랑을 찾았고 곧 유혹에 굴복해 그녀를 배신했다. 나는 내게 도움을 주는 사람의 정부를 빼앗았고, 그녀에게 거짓말을 했으며, 나의 모든 외설스러운 모험을 얘기해 그녀의 열정을 자극했고, 그녀로 하여금 나를 혐오스럽게 만든 죄를 고백하게 했다. 발기부전이었던 나는 변강쇠가 되었다. 우리는 술에 취해 싸웠고, 입을 맞췄으며, 서로에게 욕을 했다. 나는 수치심이라곤 모르는 변태이면서도 진심으로 회개하는 사람처럼 굴었다. 새벽 무렵 술에 취한 어떤 사람이 우리 방문을 열려고 했다. 우리는 샘 드라이만이 우리를 놀라게 하고, 우리에게 벌을 주고, 심지어는 우리를 죽이러 왔다고 생각했다. 나는 깜빡 잠이 들었고, 테클라가 커피와 신선한 빵, 계란 프라이를 가지고 와 나를 깨웠다. 그녀는 내 갈망에는 더 이상 관심을 보이지 않았지만 아내의 자매라도 되는 양 선수를 쳤다. 그녀는 모든 것을 다 안다는 듯 나를 쳐다보았다. 그녀가 접시를 테이블에 놓는 순간 나는 뒤에서 그녀를 껴안은 채로 그녀의 목덜미에 키스했다. 그녀는 잠시 몸을 꼼짝 않고 있었다. 그런 다음 몸을 돌리며 "뭘 하고 있는 거예요?"라고 물었다.

"입술을 줘요."

"오, 그건 금지되어 있어요!" 그러나 곧 그녀는 입술을 내 쪽으로 가져왔다.

나는 길게 키스를 했다. 그녀도 내게 키스를 했고, 가슴을 내 몸에 밀착했다. 그녀는 계속해서 문을 쳐다보았다. 그녀는 자신의 이름과 일자리를 위태롭게 하고 있었다. 그녀는 숨을 헐떡이며 내 팔에서 빠져나갔다. 그녀는 세게 내 손목을 잡은 채로 거위처럼 "집주인이 들어올 수도 있어요!"라고 속삭였다. 그녀는 장딴지가 넓은 다리를 끌며 문 쪽으로 갔다. 『사제의 윤리』라는 책에 나오는 "한 가지 죄는 또 다른 죄로 이어진다"라는 문장이 떠올랐다. 나는 커피를 한 모금 들이켰고, 롤빵을 한 입 베어 먹고, 계란을 먹은 후 신발을 벗었다. 희곡이 책상 위에 놓여 있었지만 지금으로서는 글을 쓸 수 없었다. 침대에 누웠지만 잠을 잘 수도, 완전히 깨어 있을 수도 없었다. 내가 읽은 모든 소설들의 주인공들은 단 한 명의 여자만 원했지만 나는 세상의 모든 여자를 갈망하고 있었다.

나는 비몽사몽간에 희곡을 썼다. 글쓰기는 더욱 힘들어졌다. 펜은 얼룩이 졌고, 잉크가 나오지 않았다. 펜 끝이 종이를 긁었고, 나는 내 글씨도 알아볼 수가 없었다. 나는 눈을 크게 떴고 시계를 보았다. 한 시 십 분이었다. 꽤 오랜 시간을 잤다. 두 시까지 쇼샤 집에 가기로 했는데 아직 세수도 면도도 하지 않은 상태였다. 나는 쇼샤에게 사탕 한 상자를 사가기로 마음먹었다. 이제는 쇼샤에게 초콜릿을 사주기 위해 어머니에게서 1그로시나 6그로시를 훔칠 필요는 없었다. 호주머니는 샘 드라이만의 돈으로 가득했다.

나는 모든 것을 서둘렀다. 크로크말나 가까지 걸어가자면 시간이 너무 많이 걸렸다. 그래서 제과점에서 나온 후 마차를 불렀다. 7번지에 도착했을 때에는 두 시 오 분이었다. 쇼사와 그녀의 어머니가 초조해하고 있는 것을 느낄 수 있었다. 안뜰을 서둘러 지나가다가 전날 저녁 어둠 속에서 비켜간 구덩이 속으로 떨어질 뻔했다. 문을 연 나는 휴일을 보내고 있는 가족들의 집으로 들어갔다. 식탁에는 식탁보가 깔려 있었고, 도자기들이 놓여 있었다. 쇼샤는 안식일에 입는 옷을 입고 있었고, 굽이 높은 신발을 신고 있었다. 그녀는 더 이상 난쟁이처럼 보이지 않았다. 다만 키가 작은 여자아이처럼 보였다. 그녀는 키가 좀더 커 보이도록 머리를 위쪽으로 틀고 있었다. 바셸레 역시 나의 방문을 기념하는 뜻에서 치장한 상태였다. 내가 사탕을 주자 쇼샤의 파란 눈은 창피해하면서도 기쁨에 차 나를 바라보았다.

바셸레는 "아렐레, 자네는 진짜 신사야"라고 말했다.

"엄마, 열어봐도 돼요?"

"그럼."

나는 그녀를 도와주었다. 나는 제과점 주인에게 제일 좋은 사탕을 부탁했다. 상자는 작은 금색 별이 있는 검정색이었다. 초콜릿은 접힌 종이컵 속에 담겨 있었는데 크기가 각각 달랐다.

쇼샤의 얼굴색이 변했다. "엄마, 이걸 봐요!"

"왜 그렇게 돈을 많이 썼나." 바셸레가 나무랐다.

"쇼샤, 네게 초콜릿을 사주려고 어머니 돈을 훔쳤다가 나중에 집에서 혼이 나곤 했던 거 기억나?"

"기억나, 아렐레."

"점심 먹기 전에는 초콜릿을 먹지 말아라. 식욕이 없어질 테니까." 바셸레가 말했다.

"하나만 먹을게요, 엄마!" 쇼샤가 사정을 했다. 그녀는 초콜릿을 하나씩 가리키며 어떤 것을 먹을까 고민을 했지만 결정을 내리지 못했다. 그녀는 혼란스러운 듯 동작을 멈췄다.

나는 정신병리학에 관한 책에서 사소한 것을 두고도 결정을 내리지 못하는 것은 정신장애의 징후라는 얘기를 읽은 적이 있다. 난 각자 하나씩 세 개를 골랐다. 쇼샤는 초콜릿을 엄지와 검지 사이에 쥐고, 크로크말나가의 새침데기처럼 새끼손가락을 들어올렸다. 그녀는 한 입을 베어 먹었다. "엄마, 입에서 녹아요! 정말 맛있어요!"

"고맙다는 말이라도 해라."

"오, 아렐레, 정말이지……."

"키스를 해주려무나." 바셀레가 말했다.

"부끄러워요."

"부끄러울 게 뭐가 있어? 넌 숙녀야. 네게 은총이 있 길."

"여기서는 안 돼요. 다른 방에서요." 그녀가 손을 내 밀며 말했다. "이리 와."

나는 그녀를 따라 꾸러미와 자루와 낡은 가구로 가 득한 다른 방으로 갔다. 밀짚 매트리스에 시트는 없는 철제 간이침대가 있었다. 쇼샤는 발꿈치를 들고 섰고 나는 몸을 숙였다. 그녀는 아이 같은 손으로 내 얼굴을 쥔 채 입술과 양쪽 뺨 그리고 이마와 코에 입을 맞췄 다. 그녀의 손가락은 뜨거웠다. 나는 그녀를 팔로 안았 고, 우리는 서로를 안은 채 서 있었다.

나는 "쇼샤, 내 여자가 되고 싶어?"라고 물었다.

쇼샤가 대답했다. "그래"

5

1

5월로 초여름이었고, 샘 드라이만은 오트보츠크에서 멀지 않은 곳에 있는 슈이데르에 오두막을 한 채 빌렸다. 3월에 우리가 본 별장과는 달랐다. 그는 하녀와 요리사를 고용했다. 매일 아침 식사 후 샘은 슈이데렉 강으로 수영을 하러 갔다. 어깨가 둥글고, 가슴 털은 하얗게 세고, 배가 나온 그는 낮은 폭포 아래 서서 물줄기가 몸 위로 쏟아지게 했다. 그는 기쁨에 넘쳐 소리를 질렀고 재채기를 했으며 숨을 헐떡거리며 차가운 물줄기에게 고맙다는 말을 연발했다. 베티는 강변에서 파라솔 밑의 접의자에 앉아 책을 읽었다. 나와 마찬가지로 베티도 스포츠를 좋아하지 않았다. 그녀는 수영도 하지 못했다. 햇빛 아래서 그녀의 살갗은 빨갛게 익었고 물집이 생겼다. 발코니가 있는 다락방이 내 차지였는데 몇 주 동안 그곳을 사용했다. 하지만 이제 더 이상 그곳에는 가지 않았다. 바르샤바나 미국에서 손님들이 끊이지 않고 찾아왔다. 미국 영사관에서도 손님들이 왔다. 대부분의 방문객들은 영어로 말했다. 내가 온다는 것을 안 샘은 우리 연극에 출연하게 될 배우들을 초청했고, 나로 하여금 대본을 읽어주게 했다. 그들은 모두 나이가 들었지만 젊은 사람처럼 옷을 입고 있었다. 남자들은 통이 좁은 바지를, 여자들은 넓은 엉덩이 위로 야한 바지를 입고 있었다. 그들은 계속해서 내 칭찬을 했고, 나는 흥분과 과도한 칭찬을 견딜 수가 없었다. 나는 레스즈노 가에 있는 내 방의 두 달치 월세를 미리 지불한 상태였는데 그것을 비워두고 싶지 않았다. 게다가 내가 갈 때마다 샘은 내가 그 작은 강에서 수영을 하지 않는다며 불평을 했다. 나는 낯선 사람들 앞에서 옷을 벗는 것이 부끄러웠다. 나는 육체가 수치와 치욕의 도구이며, 살아서는 먼지에 지나지 않으며 죽어서는 그보다도 못한 것으로 돌아간다는, 수세대에 걸쳐 전승된 관념으로부터 자유롭지 못했다.

하지만 나를 바르샤바에 머물게 한 진짜 이유는 쇼샤였다. 이제 나는 매일같이 그녀를 보러 가고 있었다. 나는 계획을 하나 세우고 결사적으로 그것에 매달렸다. 나는 여덟 시에 일어나 세수를 해야 했다. 아홉 시부터 한 시까지는 책상에 앉아 희곡 작업에 매달렸다. 나는 소설도 한 편 쓰기 시작한 상태였는데 그 일은 하지 말았어야 했다. 게다가 몇 시간 안 되는 작업임에도 여러 가지로 방해를 받았다. 파이텔존은 매일같이 전화를 했다. 그는 첫 번째 '영혼의 탐험'을 준비했는데 샘 드라이만의 여름 별장에서 열릴 예정이었다. 그곳에서 그는 논문을 읽고, 인간의 사랑과 성에서 질투가 사라지려 하고 있다는 그의 이론을 옹호하고, 다른 사람들과 성 본능의 즐거움을 나눌 예정이었다. 셸리 아는 유세포프에서 이틀이 멀다 하고 전화를 해왔다. 그녀는 매번 똑같은 질문을 했다. "왜 더운 바르샤바에 있는 거예요? 왜 신선한 야외를 즐기지 않는 거예요?" 그녀와 하이믈은 유세포프의 공기가 얼마나 감미로운지, 밤은 얼마나 시원한지, 새들의 노랫소리는 얼마나 달콤한지 묘사했다. 그들은 내가 오길 간청했다. 셸리 아는 말했다. "또 다른 전쟁이 시작되기 전에 약간의 평화를 누려요."

나는 그들의 말이 옳다는 것을 인정했고, 샘 드라이만과 베티에게 약속을 한 것처럼 바로 그날이나 이틀날에는 그곳으로 가겠다고 약속을 했지만 한 시 삼십 분만 되면 크로크말나 가로 달려갔다. 내가 7번지 정문을 들어서면 창문에 서서 나를 보고 있는, 눈은 파랗고, 코는 짧고, 입술은 얇고, 목은 가늘고, 땋은 머리를 뒤로 묶고 있는 금발의 소녀 쇼샤가 있었다. 다행히도 그녀의 치아는 모두 성했다. 그녀는 크로크말나 가 사람들이 쓰는 이디시어로 말했다. 그녀는 자기 식대로 죽음을 부인했다. 그들 모두가 죽긴 했지만 쇼샤의 마음속에서는 엘리와 젤델레가 아직도 식료품 가게를 운영하고 있었고, 다비드와 미랄레는 신 우유와 시골 사람들이 직접 빚은 치즈뿐 아니라 버터와 생우유와 살균 우유를 팔고 있었으며, 에스더는 초콜릿과 치즈케이크, 소다수, 아이스크림을 파는 제과점을 운영하고 있었다. 쇼샤는 매일같이 뭔가로 나를 놀라게 했다. 그녀는 친숙한 그림과 시가 있는 오래된 교과서를 꺼냈다. 그녀는 내가 글을 쓰기 시작하고, 그림까지 그리려한 공책을 간직하고 있었다. 나는 그림만큼은 전혀 진전을 보지 못했다는 것을 알 수 있었다.

그녀와 있을 때면 나는, 어떻게 이런 일이 있을 수있지? 이 일을 어떻게 설명하지? 쇼샤가 시간의 진행을 막는 요술을 부린 건가? 이것이 사랑과 퇴행의 힘의 비밀인가? 하고 자문하곤 했다. 묘하게도, 쇼샤와마찬가지로 바셸레도 내가 다시 나타난 것에 대해 놀라거나 하는 것 같지 않았다. 나는 다시 돌아왔고, 이곳에 있었다. 나는 내 식사를 준비할 수 있게 바셸레에게 돈을 주었는데, 내가 두 시나 그보다 조금 늦게 도착하면 집 안은 새 감자와 버섯, 토마토, 꽃양배추-그날 그녀가 산 음식-냄새로 가득했다. 그녀가 식탁을차리면 우리 세 사람은 자리에 앉아 마치 한 번도 서로 떨어져 지낸 적이 없었다는 듯 식사를 했다.

바셸레가 차린 음식은 내가 어렸을 때 먹었던 것만큼 맛있었다. 어느 누구도 바셸레만큼 러시아식 수프를 그토록 달콤하면서도 신맛이 나게 끓이지 못했다. 그녀는 음식에 양념을 했다. 그녀는 양배추에 건포도와 타르타르 크림을 넣어 조리했다. 그녀의 부엌 선반에는 정향, 사프란, 으깬 아몬드, 시나몬, 그리고 생강이 든 단지가 있었다.

바셸레는 뭐든 척척 잘 해냈다. 내가 얼마 전부터 채식주의자가 되었다고 하자 그녀는 아무 질문도 하지않고 과일과 계란과 야채로 이루어진 식사를 내놓기시작했다. 쇼샤는 골방으로 가 옛날에 갖고 놀던 장난감들을 꺼내 이십 년 전에 그랬던 것처럼 내 앞에 늘어놓았다. 식사를 할 때면 바셸레와 쇼샤는 온갖 얘기를 다 했다. 이폐의 무덤에 있는 묘석이 다른 묘석 위로 기울고 있었다. 바셸레는 그것을 바로 세우고 싶었지만 묘지기는 오십 즈워티를 내놓으라고 하고 있었다. 시계공인 라이저는 청동 새가 반 시간마다 밖으로 뛰쳐 나와 카나리아처럼 노래를 하는 시계를 갖고 있었다. 그는 잉크를 묻히지 않아도 글씨가 써지는 펜과 햇빛 아래 들고 있으면 담배에 불을 붙일 수도 있는 렌즈를 갖고 있었다. 모피공의 딸 베를은 6번지에 있는 건달 소굴 주인의 아들과 사랑에 빠졌다. 어머니는 결혼식에 가고 싶어 하지 않았지만 내 아버지 후임으로 온 랍비이자 설교자인 조슈아는 그것이 죄가 된다는 얘기를 했다. 8번지에서는 구덩이를 파자 죽은 러시아 공병과 그의 칼과 권총이 발견되었다. 군복은 그대로였으며 견장에는 훈장도 박혀 있었다. 크로크말나 가에 있는 누구에 대해 묻든 바셸레는 그 사람에 대해 모든 것을 알고 있었다. 대부분의 사람들은 이미 죽었다. 아직 살아 있는 사람들 가운데에서도 지방이나 미국으로 간 사람들이 많이 있었다. 그 거리에서 죽은 한 거지는 금화가 들어 있는 쌈지를 지닌 채로 발견되었다. 크라쿠프에서 온 한 남자가 어떤 창녀를 찾아간 적이 있었다. 그는 1즈워티를 지불하고 그녀의 지하방으로 갔다. 이튿날 다시 온 그는 그다음 날도 그 다음다음 날도 왔다. 그는 그녀와 사랑에 빠졌다. 그는 아내와 이혼하고 그 창녀와 결혼했다.

쇼샤는 조용히 그 얘기를 들었다. 갑자기 그녀는 "그 여자는 9번지에 살고 있어. 그녀는 정숙한 여자가 됐어"라고 말했다.

쇼샤는 그런 일들을 이해하는 것처럼 보였다. 내가 그녀를 처다보면 그녀는 얼굴을 붉혔다. "얘기해 봐, 쇼샤. 누군가가 중매를 서겠다고 한 적 있어?" 내가 물었다.

쇼샤는 숟가락을 내려놓았다. "사람들이 5번지에 사는 양철공을 소개시켜 주었어. 아내가 죽고 난 후 그 사람이 나를 보러 왔어."

바셸레는 고개를 저었다. "너를 원한 가게 지배인 얘기는 왜 안 하니?"

"지배인은 또 누구예요?" 내가 물었다.

"오, 미드 가에 있는 가게에서 일하는 지배인이야. 검은 머리가 많고 키가 작은 사내지. 나는 그가 마음에 들지 않아." 쇼샤가 말했다.

"왜?"

"이빨이 검어. 웃을 때면 에크, 에크, 히, 히, 하는 이상한 소리가 나."

그 사람 웃음소리를 흉내 내며 쇼샤는 웃기 시작했다. 잠시 후 그녀는 심각한 얼굴로 "나는 사랑이 없는 결혼은 할 수 없어"라고 말했다.

2

쇼샤는 결코 성장이 멈춘 어린아이가 아니었다. 그녀의 어머니가 물건을 사러 가면 나는 그녀에게 키스를 했고, 그녀 또한 내게 키스를 했다. 그녀의 얼굴에 빛이 났다. 나는 그녀를 내 무릎에 앉혔고. 그녀는 내 입술에 키스를 하며 내 귓불을 갖고 장난을 쳤다.

"아렐레, 나는 너를 잊은 적이 없어. 엄마는 나를 비웃었어. '그는 네가 존재하고 있다는 것도 알지 못해'라고 말했어. '이제 그에게는 약혼자나 아내, 아이들이 있을 거야.' 이페는 죽었고, 타이벨레는 학교에 갔어. 서리가 내렸지만 타이벨레는 항상 일찍 일어나 세수를 하고 책을 챙겼어. 성적도 좋았어. 엄마는 내게 친절했지만 옷이나 신발을 사주지는 않았어. 화가 나면 엄마는 '네가 이페 대신 죽지 않아 화가 나!'라고 말했어. 이 말은 엄마한테 하지 마. 아마 나를 죽이려 들 거야. 전쟁 동안 엄마는 잔과 재떨이, 쟁반 같은 도기 들을 팔기 시작했어. 1시장과 2시장 사이에서. 매일 그곳에 앉아 있었지만 몇 페니나 1마르크가 고작이었어. 나는 혼자 집에 있었어. 키가 작으니까 사람들은 나를 작은 아이로 생각해. 하지만 나는 모든 것을 이해해. 아빠에게는 다른 여자가 있어. 그는 니즈카 가에서 그녀와 함께 살고 있어. 집에는 석 달에 한 번 정도 와. 집에 들어오면 돈을 몇 푼 내놓은 후 소리를 지르기 시작해. 그는 타이벨레가 사는 곳에도 가. 그는 '걔는 내 딸이야'라고 말해. 어떤 때는 타이벨레를 통해 돈을 보내기도 해."

"아버지는 뭐해? 돈은 어떻게 벌어?"

쇼샤의 얼굴이 굳어졌다. "그건 말하면 안 되는데."

"나한테는 말해도 좋아."

"누구한테도 말하면 안 돼."

"쇼샤, 아무에게도 말하지 않겠다고 맹세할게."

쇼샤는 내 옆에 있는 의자에 앉아 내 무릎을 쳤다. "죽은 사람들을 상대로 일을 해."

"장의사에서?"

"그래. 처음에는 포도주와 증류주를 파는 가게에서 일했어. 사장이 죽으면서 아들들이 아버지를 쫓아냈어. 그지보프스카 가에 '진정한 은총'이라는 장의사가 있는데 그곳 사람들은 시신을 묻는 일을 해. 그곳 주인은 아빠와 함께 예배당에 다녔던 사이야."

"네 아버지는 영구차를 모는 거야?"

"아냐. 그냥 차야. 모코투프나 슈물레비즈나에서 누군가가 죽으면 사용하는 것과 같은 차야. 아빠는 죽은 사람을 바르샤바로 데려와. 수염이 세 회색이 되었지만 염색을 해 다시 검게 되었어. 애인도 장의사에서 일을 해. 아무한테도 얘기하지 않겠다고 맹세해."

"쇼셸레, 내가 누구한테 얘기를 하겠어? 내 친구들 중에 아는 사람이 있어?"

"엄마는 아무도 그 사실을 모른다고 생각하지만 사람들은 다 알고 있어. 다락방에서 빨래를 말리는 건 문제가 많아. 안뜰에 널어놓으면 누군가가 훔쳐가. 그리고 경찰이 와서 딱지를 떼. 빨래를 할 때면 싸움이 벌어져. 여자들은 욕을 하고, 서로 치고받는 일도 일어나. 공간이 충분치 않아. 부서진 달걀을 파는 여자는 선을 긋고, 그 위에 빨래를 널었는데 셔츠가 모두 떨어졌어. 다른 여자들이 그녀를 때렸고, 그녀는 경찰에 고자질을 하러 달려갔어. 우스운 소동들이 일어나. 그 여자는 엄마한테 화가 나 '네 남편의 애인하고 죽은 사람들이 있는 곳으로 가서 썩어 없어져 버려!'라고 소리쳤어. 집에 돌아온 엄마는 발작을 일으켰고 사람들이 이발사이자 의사인 사람을 부르러 가야 했어. 이 얘기를 했다는 것을 알면 엄마는 끔찍한 비명을 지를 거야."

"쇼샤, 아무에게도 얘기하지 않을게."

"아빠는 왜 엄마를 떠난 걸까? 아빠 애인이라는 여자를 한 번 본 적이 있어. 목소리가 남자 같았어. 겨울이었고, 엄마는 병이 났지. 집에는 1그로시도 없었어. 계속 듣고 싶은 거야?"

"그래."

"의사를 불러야 했지만 약을 살 돈이 없었어. 그보다도 먹을 걸 살 돈도 없었어. 그때 식료품점 주인인 예키엘 나단은 여전히 13번지에 살고 있었어. 그 사람 기억나지? 그 가게에서 물건들을 사곤 했잖아."

"그래. 그는 노이슈타트 기도실에서 기도를 드리곤 했지."

"오, 모든 것을 기억하는구나. 너와 얘기를 하는 건 좋아. 다른 사람들은 아무것도 몰라. 우리는 항상 그 가게에 외상이 있었어. 엄마가 빵을 사오라고 나를 보냈는데 주인 여자가 긴 장부를 들여다보더니 '더 이상 외상은 안 돼'라고 말했어. 내가 집에 돌아와 얘기를 하자 엄마는 울기 시작했어. 엄마는 잠이 들었고 나는 뭘 해야 좋을지 알 수 없었어. 장의사가 그지보프스카가에 있다는 것을 알고 있었고, 아빠가 그곳에 있으리라 생각했지. 그래서 그곳에 갔어. 창문은 우유처럼 하얗고 검정색 간판에는 '진정한 은총'이라는 말이 쓰여 있었어. 안에 들어가는 것이 무서웠어. 그 안에 시신들이 누워 있다고 생각해 봐. 나는 겁이 아주 많아. 요케베드가 죽었을 때 기억나?"

"그래, 쇼셸레."

143

"그 집 식구들은 우리와 같은 층에 살고 있었는데 나는 밤에 그 집 문을 지나가는 게 두려웠어. 낮에도 마찬가지였어. 복도가 어두웠으니까. 밤에는 그녀에 대한 꿈을 꿨어."

"쇼셸레, 나는 지금까지도 요케베드 꿈을 꿔."

"그래? 그녀는 어린아이였어. 뭐가 잘못된 거야?"

"성홍열이었어."

"너는 모르는 게 없구나! 네가 멀리 가버리지 않았다면 나는 병이 들지 않았을 거야. 나는 말할 사람이 없었어. 모두들 나를 비웃었어. 그래, 검정 글씨가 적힌 하얀 창문 얘기로 다시 돌아갈게. 문을 열었지만 누워 있는 시신은 없었어. 사무실이라고 부르는 그 방은 괜찮았어. 벽에는 작은 창문이 있었고, 그 뒤로 사람들이 얘기를 하며 웃고 있었어. 한 노인이 찻잔이 놓인 접시를 가져가고 있었어. 작은 창문 옆에 있던 누군가가 '뭘 원하니?'라고 물었고, 그래서 나는 내가 누구인지와 엄마가 아프다는 사실을 알렸어. 머리칼이 노란 여자가 안으로 들어왔어. 그녀의 얼굴과 손은 주근깨투성이었어. 남자는 그녀에게 '이 소녀가 당신에 대해 묻고 있어'라고 말했어. 그녀는 나를 노려보며 '넌 누구니?'라고 물었어. 나는 얘기를 해주었어. 그녀는 '여기 다시 와 나를 귀찮게 하면 네 내장을 찢어놓을 테다, 이 어린 계집애야!'라고 소리쳤어. 그녀는 욕도 했어. 그녀는 여자애에게만 있는 어떤 신체 부위를 언급했어. 무슨 말인지 알겠지?"

"그래."

"나는 달아나고 싶었지만 그녀는 지갑을 열어 돈을

얼마 꺼냈어. 그 사실을 알게 된 아빠가 집으로 왔고 안뜰 전체에 울려 퍼지도록 소리를 질렀어. 그는 내 머리채를 잡아 집 안으로 끌고 들어와 내게 침을 뱉었어. 그 후 3년 동안은 집에 와서도 내게 한마디도 하지 않았어. 엄마도 나한테 화가 났어. 모두가 내게 소리를 질렀고, 그렇게 시간이 흘러갔어. 아렐레, 너하고는 백 년이라도 자리에 앉아 얘기를 할 수 있지만 얘기를 다 끝내지는 못할 거야. 이곳 안뜰은 10번지보다도 사정이 더 나빠. 그곳에도 나쁜 아이들이 있긴 했지만 여자아이를 때리지는 않았어. 내게 욕을 하고, 때로는 발을 걸어 넘어뜨리기도 했지만 그게 다였어. 유월절에 호두를 갖고 놀던 거 기억나?"

"그래, 쇼샤."

"구멍은 어디 있었지?"

"정문 안쪽에."

"우리는 내기를 했고, 내가 다 땄지. 너는 모두 잃었어. 내가 호두를 돌려주려 해도 너는 받지 않았어. 재단사 벨벨이 내게 새 옷을 만들어주었고, 엄마는 구두공 미카엘에게 구두를 한 켤레 주문했어. 갑자기 신앙심이 깊은 이츠즈코클이 밖으로 나와 너한테 '랍비의 아들이 여자애하고 놀고 있네! 이 끔찍한 애야, 당장 네 아버지한테 이를 테다'라고 말하며 네 귀를 잡아당 겼지. 그것도 기억나?"

"사실 그건 기억이 나지 않는데."

"그가 네 뒤를 쫓아갔고, 너는 도망을 쳤어. 그 당시 아빠는 늘 집에 왔어. 우리 집에는 무교병[1] 조각이 걸

1 유대인들이 유월절에 먹는 과자의 일종

려 있었어. 하누카가 지난 후 엄마는 닭기름을 구했고, 우리는 과자를 너무 많이 먹어 배가 터질 지경이 되곤 했어. 사람들이 네게 새 옷을 만들어주었지. 오, 내가 별 얘기를 다하고 있네! 10번지에 살 때는 나쁘지 않았어. 여기서는 깡패들이 커다란 돌을 던지기도 해. 한 번은 어떤 여자애 머리에 구멍을 내기도 했어. 한 녀석이 여자아이를 지하실로 끌고 간 적도 있어. 그녀는 비명을 질렀어. 하지만 7번지에서는 비명을 지른다 해도 누구 하나 신경도 쓰지 않아. 많은 불량배들이 칼을 지니고 다녀. 엄마는 항상 '그들과 섞이지 마'라고 말해. 여기서는 누구와 맞서다가 칼에 찔리는 경우도 있어. 그 여자애도 그렇게 되었어."

"그 불량배는 감옥에 가지 않았어?"

"경찰이 와서 수첩에 뭘 적기는 했지만 그걸로 다였어. 이름이 파이사크인 그 녀석은 도망쳤어. 그렇게 도망을 치면 경찰은 자신들이 적은 것을 잊어버려. 때로 경찰이 다른 거리나 이곳에 있는 좀더 높은 숫자의 번지로 오기도 해. 독일군이 왔을 때에는 악한들과 도둑들을 모두 감옥에 처넣었어. 그 후 그들은 다시 풀려났어. 사람들은 폴란드가 해방되면 더 나아지리라 생각했지만 경찰들은 뇌물을 받고 있어. 경찰 손에 1즈워티를 쥐어 주면 그는 적은 것을 지워버려."

쇼샤가 일어났다. "아렐레, 다시는 멀리 가지 마. 네가 이곳에 있으면 나는 몸이 좀 나아져."

3

우리는 산책을 했다. 쇼샤는 내 팔을 잡았다. 그녀는

손가락으로 내 손을 두드렸는데 각각의 손가락이 저마다의 방식으로 나를 만졌다. 내 몸 위로 따스함이 번져 나갔고 내 척추를 가로질러 살갗을 간질이는 머리칼이 휘날렸다. 길에서 그녀에게 키스를 하고 싶은 마음을 간신히 눌렀다. 우리는 가게마다 걸음을 멈췄다. 유제품을 파는 아셰르는 아직 살아 있었다. 그의 수염은 회색으로 바뀌어 있었다. 매일 우유통을 가지러 기차역 수화물 창고로 달려가곤 하던 그는 자비로운 사람으로 내 아버지의 좋은 친구이기도 했다. 우리가 바르샤바를 떠날 때 내 아버지는 그에게 25루블을 빚진 상태였다. 작별인사를 하러 간 아버지는 빚을 갚지 못해 미안하다고 했지만 아셰르는 지갑에서 50마르크를 꺼내 아버지에게 주었다.

나는 자리에 앉아 희곡을 다듬고 있어야 했지만 과거 내 단짝이자 베리쉬의 아들인 모텔을 찾으러 쇼샤와 함께 12번지의 좁은 정문을 지나고 있었다. 쇼샤는 그를 알지 못했다. 그는 그 이후에 알게 된 친구였다. 안뜰에서 나는 라드지민과 노보민스크 기도실을 지나갔다. 오후 예배가 이미 진행되고 있었다. 나는 잠시 쇼샤를 남겨놓고, 내가 알았던 사람 중 아직 살아 있는 하시디즘 신자가 안에 있나 보고 싶었지만 그녀는 팔을 잡은 채 놓으려 하지 않았다. 그녀는 안뜰에 혼자 남게 되는 것을 두려워했다. 그녀는, 마차를 타고 돌며 여자아이들을 납치해 부에노스아이레스에 노예로 팔던 옛날 포주들에 관한 얘기를 잊지 않고 있었다. 나는 예배가 진행되고 있는 하시디즘 기도실에 감히 여자아이를 데리고 들어갈 용기가 나지 않았다. 여자아이들은 심카스 토라 때에만 예배당 안으로 들어갈 수 있었다. 아니면 친척이 중병에 걸려 가족들이 신성한 궤 앞에 모여 기도를 드릴 때에만 허용되었다.

한 기독교도 남자가 끝에서 불꽃이 이는 긴 파이프를 들고 가며 가로등의 불을 밝혔다. 사람들 위로 희미한 불빛이 비쳤다. 사람들은 소리를 지르고 부딪히고 떠밀렸다. 여자아이들은 시끄럽게 웃었다. 건물의 입구마다 남자들을 부르는 창녀들이 서 있었다.

나는 친구 모텔을 찾지 못했다. 그의 아버지가 두 번째 부인과 사는 집의 어두운 계단을 올라가 문을 두드렸지만 아무도 대답을 하지 않았다. 쇼샤는 몸을 떨기 시작했다. 나는 층계참에서 걸음을 멈추고 그녀에게 키스했다. 나는 그녀의 몸에 내 몸을 밀착한 채로 손을 그녀의 블라우스 안에 넣어 작은 가슴을 만졌다.

그녀는 떨기 시작했다. "안 돼, 안 돼, 안 돼!"

"쇼셸레, 사랑을 하게 되면 이런 것들은 허용이 되는 거야."

"그래, 하지만……."

"너를 갖고 싶어!"

"정말로?"

"너를 사랑해."

"나는 너무 작아. 글도 못 쓰고."

"네가 쓴 글은 필요 없어."

"아렐레, 사람들이 너를 비웃을 거야."

"그동안 너를 원했어."

"오, 아렐레! 사실이야?"

"그래, 너를 본 순간 지금껏 어떤 여자도 진정으로

사랑하지 않았다는 사실을 알게 됐어."

"여자친구들이 많았어?"

"많지는 않았어. 하지만 몇 명과는 잠자리를 같이했어."

쇼샤는 그 문제를 곰곰이 생각해 보는 것 같았다. "미국에서 온 그 여배우와도?"

"그래."

"언제? 나한테 오기 전에?"

나는 그렇다고 말해야 했다. 하지만 나는 "우리가 만난 그날 밤에 함께 잤어"라고 말했다. 즉시 후회가 되었지만 솔직히 고백하는 것과 잘난 척하는 것이 내 습관이 되어 있었다. 어쩌면 파이텔존이나 작가 클럽에서 배웠는지도 몰랐다. 나는 그녀를 잃어버렸다고 생각했다. 쇼샤는 내게서 벗어나려 했지만 나는 그녀를 꽉 안았다. 나는 가진 모든 것을 한 게임만에 잃을 수도 있지만 겉으론 태연한 척하는 도박꾼의 심정을 알 수 있었다. 나는 쇼샤의 작은 왼쪽 가슴 뒤로 심장이 뛰는 소리를 들을 수 있었다.

"왜 그런 거야? 그녀를 사랑해?"

"아냐, 쇼셸레. 나는 사랑 없이도 잠자리를 같이할 수 있어."

"사람들은 다들 그래. 무슨 말인지 알 거야."

"창녀와 포주들이 그렇지. 우리 모두가 그렇게 되어가고 있어. 하지만 나는 아직도 너를 사랑할 수 있어."

"다른 여자들도 있어?" 잠시 말이 없던 쇼샤가 물었다.

"그래. 네게 거짓말을 하고 싶지는 않아."

"아냐, 아렐레. 나를 속일 필요는 없어. 나는 너를 있는 그대로 사랑해. 하지만 엄마한테는 말하지 마. 소동을 일으켜 내 행복을 망칠 거야."

나는 쇼샤가 베티와의 연애에 대해 자세한 것을 물을 것이라 생각했다. 나는 낱낱이 얘기할 준비가 되어 있었다. 그뿐만 아니라 테클라와 사랑을 나눈 사실도 얘기할 작정이었다. 그녀의 약혼자는 군대에 있었는데 나는 그녀를 대신해 편지를 써주었다. 하지만 쇼샤는 내가 한 말을 잊었거나, 아니면 중요하지 않다고 치부해 버리는 듯 보였다. 그녀는 파이텔존이 얘기한, 상대를 나눠가지는 본능을 타고난 것인가? 우리는 계속해서 걸었고, 미로브스카 가에 이르렀다. 과일 가게는 닫혀 있었지만 보도에는 밀짚과 깨진 상자 조각, 오렌지를 싸는 데 사용된 종이가 널려 있었다. 1시장에서는 일꾼들이 타일을 깐 바닥을 물청소하고 있었다. 상인과 손님 들은 이미 가버렸지만 그들의 외침 소리는 공기 중에서 메아리치고 있었다. 내가 어렸을 때에는 비늘이나 지느러미가 없는, 유대인 율법에서 금하는 생선들이 커다란 수족관 속에서 헤엄을 치곤 했다. 상인들은 이교도들이 먹는 새우와 개구리를 팔았다. 시장에는 밤새 커다란 전등이 켜져 있었다. 나는 쇼샤를 으슥한 곳으로 데려가 어깨를 두드렸다. "쇼셸레, 나를 원하니?"

"오, 아렐레, 아직도 그걸 물어야 해?"

"나와 함께 잘 거지?"

"그래."

"누가 너한테 키스한 적 있어?"

"아니. 어떤 시골뜨기가 한 번 그렇게 하려고 했지만 내가 달아났어. 그는 내게 나무 조각을 던졌어."

갑자기 나는 쇼샤 앞에서 돈을 쓰는 등 허세를 부리고 싶은 충동을 느꼈다. "쇼샤, 조금 전 내가 말하는 건 뭐든 하겠다고 했지."

"그래, 그럴게."

"너를 삭소니 공원에 데려가고 싶어. 함께 마차를 타고 싶어."

"삭소니 공원? 거기는 유대인은 들어가지 못하게 하는데."

그녀가 무슨 말을 하는지 알 수 있었다. 러시아 점령 시절 유대인 복장을 한 사람과 가발이나 보닛을 쓴 여자들은 정문을 지키는 경찰에 의해 출입을 저지당했다. 하지만 러시아군이 물러난 다음에는 그런 것이 없어졌다. 게다가 나는 현대적인 옷을 입고 있었다. 나는 우리가 원하면 어디든 갈 수 있다며 쇼샤를 안심시켰다. 쇼샤는 "왜 마차를 탄다는 거야? 11번 전차를 타면 되는데. 무슨 말인지 알지?"

"그래, 걷는 거지."

"돈을 낭비하는 건 창피한 일이야. 엄마는 '한 푼 한 푼이 중요하다'고 말해. 마차를 타는 데 1즈워티를 쓰겠다고? 얼마나 타는 거지? 기껏 반 시간 정도일 거야. 짐이 있다면 얘기가 다르겠지만."

"마차를 타본 적 있어?"

"없어."

"오늘 나와 같이 마차를 타게 될 거야. 내 호주머니에는 즈워티가 가득 들어 있어. 희곡을 쓰고 있다고 얘기했지. 극장에서 공연될. 삼백 달러를 받았어. 벌써 백이십 달러를 썼지만 백팔십 달러가 남아 있어. 1달러는 9즈워티야."

"너무 큰 소리로 말하지 마. 강도를 당할 수도 있어. 한번은 시골에서 온 어떤 남자가 강도를 만났는데 저항을 하자 칼에 찔렸어."

우리는 이론 게이트 광장을 향해 미로브스카 가를 따라 걸어갔다. 한쪽 편으로는 1시장이 있었고 다른 쪽으로는 기독교인 구두장이가 구두와 부츠, 굽이 높은 신발, 그리고 절름발이를 위한 굽을 파는 평평한 판잣집들이 길게 늘어서 있었다. 그곳 가게들은 밤에는 문을 닫았다.

"엄마 말이 맞아. 하느님이 직접 너를 내게 보내주신 거야. 시계공 라이저에 관해 얘기했지. 엄마는 우리 둘을 중매 서고 싶어 했어. 하지만 나는 '혼자 살 거예요'라고 말했어. 그는 바르샤바에서 솜씨가 제일 좋은 시계공이야. 부서진 시계를 갖다줘 봐. 그가 고치면 몇 년은 고장이 없어. 그는 신문에서 네 이름을 보면 우리 집에 와서 '쇼샤, 네 약혼자 소식이야.' 하고 말해. 그는 너를 그렇게 불렀어. 그가 그 말을 할 때면 네가 어느 날 내게 오리라는 것을 알 수 있었어. 그는 네 아버지를 안다고 했어."

"그는 너를 사랑하니?"

"나를 사랑하냐고? 모르겠어. 그는 오십도 넘었을 거야."

마차가 한 대 왔고, 나는 그것을 불렀다.

쇼샤는 몸을 떨었다. "아렐레, 뭘 하는 거야? 엄마

가……."

"올라타." 나는 그녀가 올라타는 것을 도운 다음 그 옆에 앉았다. 등에 금속으로 된 숫자가 붙어 있는, 유포 모자를 쓴 마부는 의심스런 눈빛으로 뒤를 돌아보았다. "어디로 가죠?"

"우야즈두프 대로로요." 내가 말했다.

"거긴 요금이 두 배인데요."

우리는 이론 게이트 광장에서 출발했다. 마차가 방향을 바꿀 때마다 쇼샤의 몸이 내게로 기울어졌다. "오, 어지러워."

"다시 집에 데려다줄게."

"마차에서 보는 거리는 달라 보여. 마치 황후가 된 것 같아. 엄마가 이 사실을 알게 되면 네가 씀씀이가 헤픈 사람이라고 할 거야. 아렐레, 마차 안에 너와 함께 앉아 있는 게 꿈만 같아."

"나도 그래."

"전차가 많기도 하네! 그리고 여긴 정말 밝아. 마치 낮 같아. 우리는 우아한 거리로 가고 있는 거야?"

"그렇게 불러도 되겠어."

"아렐레, 나는 '진정한 은총'이라는 장의사에 간 이후로는 크로크말나 가를 벗어난 적이 없었어. 타이벨레는 어디든 가. 그녀는 팔레니카와 미칼린에도 가. 그녀가 안 가는 곳은 없어. 아렐레, 나를 어디로 데려가는 거야?"

"악마들이 어린아이들을 뱀이 가득한 주전자에 넣어 요리하고, 배꼽에 젖꼭지가 있는 발가벗은 마녀들이 겨자를 뿌려 먹는 사나운 숲으로."

"농담하는 거지, 그렇지?"

"그래, 내 사랑."

"오, 무슨 일이 일어날지는 아무도 몰라. 엄마는 항상 '죽음의 천사 외에는 아무도 너를 어딘가에 데려가 주지 않을 거야'라고 놀렸어. 나는 죽어서 이페 옆에 눕게 되리라고 생각했어. 그런데 설탕을 사서 집에 오자 네가 있었어. 아렐레, 저건 뭐야?"

"레스토랑이야."

"전등이 많기도 하네!"

"고급 레스토랑이야."

"오, 저 가게 창문 안에 있는 인형들을 봐! 살아 있는 것 같아! 여긴 무슨 거리야?"

"신세계."

"여긴 공원처럼 나무들이 많이 자라고 있구나. 그리고 모자를 쓴 숙녀들은 정말로 키가 크네! 향긋한 냄새가 나지 않아? 무슨 냄새야?"

"라일락."

"아렐레, 물어보고 싶은 게 있어. 하지만 화내지 마."

"뭘 묻고 싶은데?"

"나를 정말로 사랑해?"

"그래, 쇼샤. 아주 많이."

"왜?"

"거기에는 이유 같은 건 없어. 그냥."

"네가 없다면 없는 거야. 하지만 이제 다시 네가 멀리 떠나 돌아오지 않으면 나는 천 번은 죽을 거야."

"다시는 떠나지 않을 거야."

"사실이야? 시계공 라이저는 작가란 모두 게으름뱅

이라고 했어. 라이저는 하느님이 있다는 것을 믿지 않아. 그는 모든 것이 자체에서 비롯된다고 해. 어떻게 그럴 수 있지?"

"하느님은 계셔."

"저길 봐, 하늘이 붉어. 불에서 나온 것 같아. 저 아름다운 건물에는 누가 살지?"

"부자들이."

"유대인 아니면 기독교인?"

"대부분 기독교인들이지."

"아렐레, 집에 데려다줘. 무서워."

"무서워할 이유는 없어. 우리가 죽어야 한다면 같이 죽게 될 거야." 그 말을 하면서 나 자신도 놀랐다.

"남자와 여자를 같은 무덤에 묻을 수도 있어?"

나는 대답을 하지 않았다. 쇼샤는 내 어깨에 머리를 기댔다.

4

나는 마차를 7번지로 가게 했다. 그곳에서부터 레스즈노 가까지 걸어갈 생각이었다. 하지만 쇼샤가 내 팔에 매달렸다. 그녀는 혼자서 어두운 정문과 안뜰을 지나 층계를 올라가는 것을 무서워했다. 정문은 잠겨 있었고, 수위가 와 열어줄 때까지 몇 분을 기다려야 했다. 안뜰에서 우리는 키가 작은 어떤 남자와 부딪쳤다. 시계공 라이저였다. 쇼샤는 밤늦게 밖에서 뭘 하는지 물었고, 그는 산책을 하고 있다고 말했다.

"여긴 아렐레예요." 쇼샤가 나를 소개시켰다.

"알아, 알고 있지. 안녕. 자네가 쓴 글을 읽었어. 자네가 번역한 것도."

그의 모습을 제대로 보기가 어려웠다. 하지만 창문에서 나오는 희미한 빛 속에서 눈이 크고 검고, 창백한 얼굴을 알아볼 수 있었다. 그는 재킷을 입고 있지도 모자를 쓰고 있지도 않았다. 그는 부드러운 목소리로 말했다. "그라이딩거 씨. 아니면 그라이딩거 동지라고 불러도 될까? 나는 사회주의자는 아니지만 모든 유대인은 동지라고 어딘가 쓰여 있더군. 쇼샤 가족이 이 건물로 이사 온 이래로 자네의 쇼샤를 알고 지냈지. 바셀레의 남편이 아직 존경받을 만한 사람이었을 때는 그 집에 가곤 했어. 자네 시간을 뺏고 싶지는 않네. 하지만 우리가 만난 날부터 쇼샤는 자네 얘기를 시작했고, 멈추는 일이 없었네. 자네에 관해 이것저것을 얘기했지. 나는 자네 아버지도 아네. 편히 쉬고 계시기를. 자네 집에 한 번 간 적도 있네. 율법 시간이었지. 몇 년 전 자네 이름을 잡지에서 보고는 편집부에 편지를 보냈는데 답장이 없더군. 편집부에서 일일이 답장을 해주지 않는다는 건 알고 있지. 출판사도 마찬가지고. 한번은 쇼샤와 함께 자네를 찾으러 간 적도 있네. 어쨌든 결국 자네가 모습을 나타냈고, 로미오와 줄리엣이 서로를 다시 찾게 되었다는 것을 듣게 되었지. 그런 사랑도 있지, 그럼 그렇고 말고. 이 세상에는 모든 것이 있지. 자연은 선에 여러 가지 모습을 부여했네. 광기 또한 그에 못지 않지. 자네가 어울리는 사람들은 세상에 대해 뭐라고 말하고 있나? 내 말은, 히틀러와 스탈린에 대해서 말일세."

"무슨 말을 할 수 있겠어요? 인간은 평화를 원치 않

아요."

"왜 '인간'이라는 말을 하나? 나는 평화를 원하고 쇼샤도 그래. 수백만 명의 다른 사람들도 마찬가지고. 나는 아직도 대부분의 세상 사람들은 전쟁도 혁명도 원치 않는다고 주장하고 있네. 그들은 최선을 다해 살려고 하지. 부자건 가난뱅이건, 왕궁에 살건 지하 방에 살건, 빵 한 조각과 머리를 베고 누울 수 있는 베개만 있다면 말야. 그게 사실이지, 쇼샤?"

"네, 사실이에요."

"문제는 조용하고 참을성 있는 사람들은 수동적이고, 힘이 있는 악당들은 공격적이라는 거야. 착한 다수의 사람들이 완전하게, 그리고 영원히 권력을 쥐게 된다면 세상은 평화롭게 될 거야."

"그들은 결정을 내리지도, 권력을 쥐게 되지도 않을 거예요." 내가 말했다. "권력과 수동성은 어울리지 못하죠."

"그건 자네 생각인가?"

"역사의 경험이죠."

"그렇다면 세상사는 쓸쓸할 뿐이지."

"그래요, 레브 라이저. 세상은 그다지 괜찮지 않아요."

"우리 유대인들은 어떻게 될 것 같은가? 사악한 바람이 불고 있어. 이런, 자네를 오랫동안 붙들고 있었군. 나는 하루 종일 집에 앉아 있지. 그래서 잠자리에 들기 전에 잠시 산책을 한다네. 여기 안뜰에서. 정문에서 쓰레기통까지 왔다 갔다 하지. 뭘 할 수 있겠나? 어쩌면 다른 어딘가에 보다 나은 세상이 있을지도 모르지. 잘 자게. 자네를 만나 영광이네. 나는 아직도 인쇄된 단어에 대한 존경심을 갖고 있거든."

"안녕히 주무세요. 다시 뵙기를 바라요." 내가 말했다.

그제야 나는 바셸레가 창가에 서서 우리를 지켜보고 있다는 것을 알게 되었다. 그녀는 걱정을 하고 있었던 게 분명했다. 잠시 집 안에 들어가야 할 것 같았다. 그녀가 문을 열었고, 우리가 층계를 올라가자 "어디 갔었던 거야! 왜 이렇게 늦었어? 끔찍한 일이라도 일어난 건 아닌가 하는 생각을 했단다!"라고 소리쳤다.

"엄마, 마차를 탔어요."

"마차라고? 왜 하필이면 마차를 탄 거야? 어딜 갔었던 거야? 어떻게 마차를 탄 거야?"

쇼샤는 우리가 다닌 곳을 얘기했다. 우리는 대로를 따라 마차를 타고 갔고, 제과점에 가 케이크를 먹고 레모네이드도 마셨다.

바셸레는 눈살을 찌푸리며 나무라듯 고개를 저었다. "돈을 그렇게 쓰다니 제정신이니? 네가 그곳에 가는 줄 알았다면 하얀 드레스를 다려줬을 텐데. 요즘 같은 때는 삶이 어떻게 될지 몰라. 이웃집에 갔다가 미치광이 히틀러가 연설하는 걸 라디오로 들었다. 하도 소리를 질러 귀가 멍멍하더구나. 저녁을 못 먹었을 테니 뭘 좀 만들어주마."

"바셸레, 배 안 고파요. 집에 가야 돼요."

"뭐라고? 지금? 거의 자정이 다 되었다는 걸 모르니? 이 시간에 어딜 간다는 거야? 오늘 밤은 여기서 보내도록 해. 다락방에 침대를 마련해 주마. 하지만 먼저 뭘 좀 먹어야 돼."

바셸레는 곧바로 밀가루가 들어 있는 팬에 물을 붓기 시작했다. 그녀는 스토브에 불을 붙였다. 쇼샤는 나를 다락방으로 데려가 타이벨레가 자던 철제 침대를 보여주었다. 그녀는 작은 가스 램프를 켰다. 그곳에는 옷과 빨랫감, 그리고 젤리그가 외판원이었던 때부터 모은 바구니와 상자 들이 있었다.

"아렐레, 네가 매일 밤 여기서 지냈으면 좋겠어. 항상 너와 함께 있고 싶어. 함께 먹고, 마시고, 산책하고. 죽을 때까지 오늘 밤을 잊지 못할 거야. 마차, 제과점, 그 모든 것들을. 네 발에 입을 맞추고 싶어!"

"쇼샤, 왜 그래?"

"그렇게 하게 해줘!" 그녀는 무릎을 꿇고 내 신발에 입을 맞추기 시작했다. 나는 그녀를 말리면서 일으켜 세우려 했지만 그녀는 계속해서 "그렇게 하게 해줘! 그렇게 하게 해줘!" 하고 소리쳤다.

5

더 이상 밀짚 요에는 익숙지 않았지만 그날 밤 바셸레의 다락방에서 나는 곤히 잤다. 나는 깜짝 놀라 눈을 떴다. 하얀 형체가 침대 옆에 서서 내 위로 몸을 숙이며 가는 손가락으로 내 얼굴을 만졌다. "누구세요?" 내가 물었다.

내가 어디에 있는지 기억해 내는 데 한참이 걸렸다. 룻이 보아즈[1]에게 간 것처럼 쇼샤가 내 침대로 온 것인

1 성경 속의 룻의 남편

가?

"쇼샤, 무슨 일이야?"

"아렐레, 무서워." 쇼샤는 금방이라도 울음을 터뜨리려는 아이처럼 떨리는 목소리로 말했다.

나는 자리에서 일어나 앉았다. "뭐가 무서워?"

"아렐레, 화내지 마. 깨우고 싶지 않았어. 하지만 세 시간이나 누워 있었는데도 잠이 오지 않았어. 네 침대에 앉아도 되겠지?"

"그래, 그래."

"침대에 누워 있는데 머릿속이 제분기처럼 돌았어. 엄마를 깨우고 싶었지만 그렇게 하면 소리를 지를 게 뻔했어. 하루 종일 집안일을 하느라 밤이면 곯아 떨어지거든."

"무슨 생각을 하고 있었는데?"

"네 생각을. 말도 안 되는 생각이 드는 거야. 네가 네가 아니라는 생각이. 이미 죽은 네가 너로 변장한 거야. 악마가 내 귀에 대고 '그는 죽었어, 죽었다니까!'라고 소리를 질렀어. 너무 시끄럽게 소리를 질러서 안뜰에 있는 사람들 모두가 그 소리를 듣고, 소동이 일어날 거라고 생각했어. 기도를 드리고 싶었지만 악마가 내 귀에 침을 뱉으며 이상한 말을 했어."

"무슨 말을?"

"오, 얘기하기 부끄러워."

"말해봐."

"그는 하느님이 굴뚝 청소부이며, 우리가 결혼을 하게 되면 내가 침대에 오줌을 쌀 거라고 했어. 뿔로 나를 받기도 했어. 이불을 찢고 나를 때렸어."

"쇼셸레, 신경을 많이 써서 그래. 우리가 함께하게 되면 너를 의사한테 데려갈게. 의사 선생님이 너를 건강하게 만들어줄 거야."

"좀더 앉아 있어도 돼?"

"그래, 하지만 어머니가 깨면 어떻게 생각하실지……."

"깨지 않을 거야. 눈을 감는 순간 죽은 사람들이 내게 와. 죽은 여자들이 내 머리를 뽑아. 나는 어머니가 될 수 있을 정도로 나이가 들었지만 생리도 하지 않아. 몇 번 피가 나 어머니가 면과 천을 주었지만 갑자기 멈춰버렸어. 어머니가 어떤 여자 행상에게 그 얘기를 했고-이 여자는 셔츠와 수건, 빗자루를 팔아-그 여자는 모두에게 내가 처녀가 아니고 임신을 했다고 얘기했어. 어머니는 내 머리칼을 잡아당기며 욕을 했어. 안뜰에서 못된 아이들이 내게 돌을 던졌어. 요사이가 아니라 몇 년 전 일이야. 얘기를 들은 아빠는 엄마한테 10즈워티를 주며 부인과 의사한테 나를 데려가라고 했어. 의사는 그 모든 얘기가 거짓말이라고 했어. 한 이웃이 나를 랍비에게 데려가야 한다고 했지. 랍비가 내가 남자와 관계를 가진 게 아니라 사고로 순결을 잃었다는 것을 보증하는 서류를 줄 거라고 했어. 네 아버지는 오래전에 바르샤바를 떠났고, 그래서 우리는 스모크자 가에 있는 랍비에게 갔어. 그는 내게 정화실에 가서 검사를 받으라고 했어. 나는 가고 싶지 않았지만 어머니가 끌고 갔어. 그곳에서 여자가 내 옷을 모두 벗겼고, 나는 모든 것을 보여주어야 했어. 부끄러워 죽는 줄 알았어. 그녀는 내 몸을 만졌고 여기저기를 더듬었어. 그런 다음 내가 정결하다고 했어. 랍비는 확인서를 써주는 대가로 30즈워티를 요구했는데 그만큼 돈이 없어서 그냥 두라고 했어. 네가 다시 와서 말인데 누군가가 너한테 나에 대한 나쁜 얘기를 할까 두려워."

"쇼셸레, 누구도 오지 않아. 그리고 누구의 얘기도 듣지 않을 거고. 바르샤바에 아직 그런 미치광이들이 있다는 걸 몰랐어."

"아렐레, 이상한 생각들이 들어. 이것저것이. 나는 세 살이 될 때까지 요에 오줌을 쌌어. 지금도 가끔 한밤중에 깨곤 해. 방은 추운데 나는 온몸이 땀으로 젖어 있는 거야. 베개도 젖어 있어. 잠자리에 들기 전에는 아무것도 마시지 않는데도 깨고 나면 오줌이 너무 마려운 나머지 요강이 있는 곳에 가기도 전에 방바닥에 오줌을 싸기도 해. 낮에는 안뜰에 있는 변소에 가는데 그곳은 밤처럼 어둡고 고양이만큼이나 큰 쥐들이 있어. 너도 그곳에는 못 앉아 있을 거야. 한번은 쥐가 나를 문 적도 있어. 문은 닫히지도 않아. 쇠줄이 있을 때에는 고리가 없어. 고리가 있을 때에는 쇠줄이 없고. 나는 그곳에는 안 가려고 해. 그리고 그것에 너무 익숙해져 며칠 또는 몇 주 동안 안 가기도 해. 야나쉬 시장의 짐꾼들과 깡패들도 와. 여자아이를 보면 그들은 못된 말을 해. 어떤 아파트에는 수세식 변기가 있어. 끈을 잡아당기면 물이 쏟아지지. 전등도 화장지도 있어. 하지만 여기는 아무것도 없어."

"쇼셸레, 우리가 평생 이곳에 살지는 않을 거야. 지금은 충분히 못 벌지만 책을 쓰고 있어. 무대에 올릴 희곡도 쓰고 있고. 이번에 성공을 못 하면 다음에는 하게 될 거야. 그러면 너를 딴 데로 데리고 갈게."

"어디로 데리고 갈 거야? 다른 여자아이들은 읽고
쓸 줄 알지만 나는 그런 것들을 배운 적이 없어. 학교
에서 나를 집으로 보낸 걸 기억하겠지. 나는 교실에 앉
아 있었고, 선생님이 뭔가를 읽어주셨는데 머릿속에
들어오지 않았어. 내게는 항상 기묘한 얼굴들이 보였
어. 칠판 앞으로 불려나가면 나는 아무것도 몰라 울음
을 터트렸어."

"뭘 본 거야?" 내가 물었다.

"오, 말하기 무서워. 예쁜 빗으로 딸의 머리를 빗겨
주고, 이를 잡기 위해 등유를 붓는 여자가 보였어. 갑
자기 사방에서 이와 빈대가 나오고 소녀는 미친 듯이
비명을 지르기 시작해. 그 아이가 유대인 여자아이인
지 아닌지는 기억이 안 나. 이가 순식간에 어머니와 소
녀를 먹어치우고 뼈만 남게 돼. 길을 걸을 때면 발코니
가 내 머리 위로 떨어져 내리면 어떻게 하지, 하는 생
각을 해. 경찰관 옆을 지나갈 때면 내가 뭔가를 훔쳤다
며 감옥에 데려갈 거라는 생각을 해. 내가 미친 것 같
지?"

"아냐, 쇼셸레, 신경이 예민해서 그럴 뿐이야."

"신경이 뭐야? 얘기해 줘."

"인간에게 일어날 수 있고 일어나는 모든 불운에 대
한 두려움이야."

"라이저는 신문을 읽어주며 매일같이 끔찍한 일들이
일어나고 있다고 해. 한 남자는 길을 건너다 마차에 치
였어. 9번지에 사는 어떤 소녀는 전차가 멈추기 전에
타려고 하다가 다리를 잃었어. 지난주에는 지붕을 고

치던 양철공이 떨어져 하수구가 피로 붉게 물들었어. 그런 생각들이 머리를 떠나지 않아서 수업에 주의를 기울일 수가 없었어. 엄마가 뭘 사오라고 심부름을 시키면 돈을 주먹에 꼭 쥐고 가는데도 가게에 도착하면 없는 거야. 어떻게 그럴 수 있어?"

"모든 사람의 내부에는 스스로를 괴롭히는 적이 있어."

"그런데 타이벨레에게는 왜 없어? 아렐레, 우리 식구가 너를 속이고 있다는 생각이 들지 않도록 네가 진실을 알기를 바라."

"쇼셸레, 누구도 나를 속이지 않았어. 너를 도와줄게."

"어떻게? 지금도 이렇게 상황이 나쁜데 히틀러라도 쳐들어오면 어떻게 되지? 이런, 어머니가 일어나고 있나 봐!"쇼샤는 다락방을 달려 나갔다. 그녀의 셔츠가 문에 박힌 못에 걸려 찢어지는 소리가 들렸다.

6

1

매일같이 – 아니, 시시각각 – 새로운 위기가 닥쳤지만 나는 나를 기다리고 있는 위험에 익숙해져 갔다. 나는 스스로를, 벌을 받게 되리라는 것을 알고 있지만 체포되기 전까지 훔친 돈을 흥청망청 써버리는 범죄자에 비유했다. 샘 드라이만은 다시 선불금을 주었고, 베티는 희곡을 자신의 변덕대로 고쳤다. 그녀는 새로운 인물들을 도입했고, 내 언어까지 편집했다. 나는 펜만 잡을 수 있다면 누구에게나 글을 쓰고자 하는 열정이 생겨날 수 있다는 사실을 깨닫고는 놀랐다. 베티는 극에 좀더 많은 행위를 창조해 넣었고 '서정시'를 추가했지만 연극은 더 이상 통일성이 없게 돼버렸다. 베티는 미국에서 사용되는 이디시어를 조롱하고 흉내 내었음에도 불구하고 내 이디시어를 영어화했다. 이제 맹인 음악가는 멜로드라마 속의 악당처럼 대사를 했다. 루드미르 출신의 처녀와 사랑에 빠진 부유한 하시드를 연기하기로 했던 프리츠 반더는 자신의 역할을 늘려 달라고 했고, 베티는 긴 독백을 통해 그렇게 하게 했다. 그는 아직도 독일어와 뒤섞인 갈리치아 지방의 이디시어를 쓰고 있었다. 프리츠 반더는 이디시어를 모르는, 자신의 독일인 정부 그레텔에게도 배역을 주라고 요구했다. 그는 유대인들이 독일인 하녀를 고용하는 경우가 종종 있으며 그녀가 그 역을 할 수 있다고 했다.

베티는 희곡을 몇 벌 복사했다. 그녀가 하나를, 드라이만이 하나를, 프리츠 반더가 하나를, 다비드 리프만이 하나를, 내가 하나를, 그리고 다른 사람들이 몇 벌을 나눠 가졌다. 각각의 사람들이 수정을 가했고, 원고는 다시 타자로 쳐져 전체적으로 수정되었다. 샘 드라이만은 스모크자 가에 극장을 하나 임대했고, 무대를 주문했다. 하지만 제작에 관한 기본적인 결정은 아직도 해결이 되지 않은 상태였다. 배우조합은 추가로 배우와 엑스트라까지 채용하라고 요구했다. 나는 교구의 하급 관리와 미치광이, 그리고 하시디즘을 나무라는 반하시드를 위한 부분을 써야 했다. 배역이 너무 많아져 내용에 필수적인 대화가 삭제되어야 했다.

처음에는 내 나름대로 저항을 했다. 나는 베티와 반더가 쓴 수정본을 다시 썼고, 문법과 철자를 고쳤다. 그러나 모순과 엉뚱한 스타일과 그로테스크한 부분들은 내가 손댈 사이도 없게 너무나 빠르게 많아졌다. 믿기 힘든 사실이지만 샘 드라이만 역시 글쓰기에 가담했다. 어릴 적 어머니에게서 들은, 어느 마을을 점령해 모든 것을 뒤바꿔 놓은 일단의 악당들에 관한 얘기가 떠올랐다. 물장수는 랍비로, 랍비는 목욕탕 안내인으로, 말 도둑은 필경사로, 필경사는 말을 부리는 사람으로 바뀌었다. 도깨비가 예시바[1]의 수장이 되어 학당에서 불경스런 얘기로 가득한 설교를 했다. 흡혈귀와 악마는 아픈 사람들에게 염소 똥과 송아지 털과 달 주스와 칠면조의 정액을 처방했다. 수탉의 다리와 수사슴의 뿔이 달린 악마는 성가대 지휘가가 되어 심카스 토라를 티샤 보브의 탄식으로 바꿔놓았다. 내 희곡을 바탕으로 그런 수수께끼 같은 작품을 재창조해 낼 수도 있다니…….

내 방 밖 복도에 있는 전화기는 끊임없이 울려댔다. 테클라가 수화기를 일부러 들 필요도 없었다. 모두가 내 전화였다. 남배우들과 여배우들은 자기들끼리, 또는 베티와, 또는 그만두겠다고 엄포를 놓는 다비드 리프만과 언쟁을 일삼았다. 조합의 비서는 거의 매일같이 새로운 요구를 해왔다. 배우들은 미국의 백만장자가 급여를 속였다고 불평을 했다. 극장주는 공정치 못한 계약을 했다며 더 많은 돈을 달라고 했다. 샘 드라이만은 고함을 질렀고, 나는 수화기를 귀에서 멀리 대고 있어야 했다. 그는 유대인이 그런 사기와 음모를 꾸밀 수 있다면 히틀러의 말이 맞는다고 했다.

나는 다른 사람들을 진정시키려 노력했지만 나 자신이 신경쇠약에 걸리지나 않을까 걱정스러웠다.

하루하루가 혼란 속에서 지나갔다. 나는 쇼샤와 바셀레에게도 더 이상 얘기를 하지 않았다. 점심을 먹으러 그 집에 가면 아무 말도 않고 식탁에 앉아 있었다.

---

1 유대인 전통 학당(편집자 주)

식사를 하는 것도 잊어버려 수프가 식어가고 있다는 얘기를 들어야 했다. 밤에는 두세 시간만 자면 깨곤 했는데, 심장이 두근거렸고 베갯잇은 땀으로 젖어 있었다. 자면서도 나 자신의 복잡한 문제들이 세상의 문제들과 뒤섞였다. 히틀러와 무솔리니, 그리고 스탈린이 내 희곡에 대해서 논쟁을 했고, 결국에는 전쟁을 벌였다. 쇼샤는 나를 방어하려 했다. 나는 자리에 앉은 채로 머릿속을 떠나지 않는 비명과 폭력의 메아리를 들었다. 머리칼이 내 두개골을 뚫었다. 나는 가려웠고 몸을 긁었다. 잠에서 깨면 목이 말랐고, 속이 쓰렸으며, 방광에 통증이 느껴졌다. 코가 막혔고 등골이 오싹했다.

날이 밝아도 나는 그대로 앉아 생각에 잠겼다. 샘 드라이만으로부터 생각했던 것보다 많은 돈을 받은 상태였다. 바셸레에게 내 식비로 돈을 주었고 방세를 내는 데 도움을 주었다. 도라에게도 돈을 빌려주었지만 다시 돌려받지 못할 거라는 것을 알고 있었다.

그날 밤 나는 세 시에 잠이 들었다. 아홉 시 십 분전에 전화벨 소리에 잠을 깼다. 테클라가 문이 열린 틈으로 고개를 들이밀었다. "당신 전화예요."

베티였다. 그녀는 "내가 깨웠나요?"라고 물었다.

"그렇기도 하고 아니기도 해요."

"끔찍한 밤을 보냈어요. 내가 가장 싫어하는 사람에게도 그런 일은 일어나지 않았으면 할 정도로요."

"무슨 일이 있었죠?"

"오, 샘 드라이만이 나를 괴롭혀요. 추한 꼴도 보였어요. 내 입으로 '당신은 미쳐가고 있어요'라는 심한 말까지 할 정도로요. 어제 그는 코냑을 반 병은 마셨을 거예요. 술을 입에 대서는 안 되는데 말이에요. 심장이 좋지 않고 전립선도 늘어났는데."

"뭘 원하는 거예요?"

"자신과 모든 것을 망쳐버리고 싶어 하죠. 더 이상 연극을 원하지 않아요. 매순간 그는 생각이 바뀌어요. 호텔에 투숙한 모든 사람들에게 들릴 정도로 심한 소동을 피웠어요. 오늘 연습이 있다는 거 알고 있죠? 어젯밤 이후로는 연기를 할 기운이 없어져 버렸어요. 아무것도 결정되지 못한 상태를 더 이상은 견딜 수가 없어요. 때로 기운을 내 세상 끝까지 도망치고 싶어요."

"당신도 그래요?"

"그래요, 나도 그래요. 그는 갑자기 질투를 하기 시작했어요. 우리 관계에 대해 아는 것 같아요!" 베티는 목소리를 바꿔 말했다.

"뭘 알고 있죠?"

"지금 듣고 있어요. 끊어야겠어요."

나는 곧 다시 전화벨이 울리리라는 생각에 전화기 옆에 서 있었다. 역시 전화벨이 울렸다. 나는 수화기를 들고 "네, 셸리아?"라고 말했다.

아무런 반응이 없어 나는 말을 잘못 했다고 생각했지만 잠시 후 셸리아의 목소리가 들렸다. "예언가라도 된 거예요, 아니면 짐시라도?"

"게마라에는 사원이 파괴되면 하느님이 미친 자에게 예언의 능력을 주신다고 쓰여 있죠."

"게마라에 그렇게 쓰여 있다고요? 당신은 미쳤어요. 그리고 문학적으로 자살 행위를 하고 있어요. 당신 걱정으로 밤을 거의 샜어요. 하이믈은 죽은 듯이 자고 있어요. 일단 베개를 베면 코를 골며 아침까지 자죠. 하지만 나는 계속해서 깨요. 때로는 당신이 나를 깨우는 것 같아요. 당신이 '셀리아!'라고 외치는 소리가 들려요. 신경쇠약 때문이에요. 한번은 당신이 문간에 있는 게 보이는 것 같았어요. 당신의 영체였을까요? 당신에게는 일반적이지 않은 어떤 게 있어요. 모리스가 당신의 희곡을 읽었어요. 샘 드라이만이 한 부를 줬어요. 그가 한 말을 반복하고 싶지는 않아요. 모든 것이 왜곡되어 더 이상 당신의 희곡이 아니라는 말을 들었어요. 어떻게 그럴 수 있죠?"

"중요한 건 내가 이성을 잃어가고 있다는 거예요."

2

연습을 보러 극장에 들어간 나는 갑자기 어두워져 의자에 부딪히며 넘어질 뻔했지만 점차 어둠에 익숙해졌다. 나는 앞자리에 앉았다. 샘 드라이만은 두 줄 뒤에 앉아 있었다. 그는 기침을 하면서 영어로 뭐라고 투덜거렸다. 셀리아와 하이믈도 와 있었다. 일반적으로 비평가들은 연습에 초대되는 일이 드물었지만 관객 중에 한 명이 눈에 띄었다. 비평가들은 기사를 통해 이디시어 극장의 상태를 깎아내리고, 젊은 작가들이 싸구려 희곡으로 무대를 장악하며 진지한 작품은 쓰지 않는다고 비난하는 경우가 종종 있었다. 나는 그들이 내 희곡이 실패하기를 원하고 있다는 걸 알고 있었다. 그들은 베티 슬로님을 비난하는 선전에 착수한 상태였다. 좌파 쪽 출판물들은 샘 드라이만을 미국의 '극우파'

이자 '금송아지'로 일컬었다. 어떤 극작가들은 얼굴에 베일을 드리운 처녀가 하시디즘 연회장을 주재하며 토라를 설교하는 것도, 그녀의 역이 창녀와 음악가의 영혼에 씌인 것도 폴란드 유대인의 비극적인 상황과는 맞지 않는다고 지적했다. 파시즘과 나치즘의 위험을 경고하고 유대인 대중에 의한 저항의 필요성을 반영하는 희곡이 필요하지, 중세 시대의 미신을 되살리는 것은 필요 없다는 것이었다.

두 자리 건너편에는 다비드 리프만과 그의 아내 에스투시아가 앉아 있었다. 그녀는 오렌지를 까 몇 조각을 그에게 건네주었다. 심장이 좋지 않은 그는 계속해서 영양을 섭취해야 했다. 그는 벨루어 재킷을 입고 매끈한 넥타이를 매고 있었다. 연극 전체는 공연되지 않았고, 개별적인 장면들만 공연이 되었다. 레브 에제키엘 프라거를 맡은 프리츠 반더가 베티가 분한 루드미르의 처녀에 대한 사랑을 털어놓고 있었다.

그에게 소리를 지르지 말라고 여러 번 말했건만 그는 고함을 지르고 있었다. 목소리를 낮춰야 하는 곳에서는 소리를 질렀고 힘이 들어가야 하는 곳에서는 속삭이듯 말했다. 대사를 빼먹기도 했고 때로는 말을 삼키며 임기응변으로 대사를 지어내기도 했다. 그가 대사를 기억하지 못해 프롬프터가 계속해서 알려주어야 했다. 반더는 게마라와 미드라시, 카발라 서적들에서 인용한 문장들을 뒤죽박죽으로 만들었고 문법을 무시하기도 했다. 이런 문제에 정통한 것으로 생각되는 다비드 리프만은 그의 잘못을 고쳐주지 않고 가만히 있었다. 베를린에서 공연을 한 그는 프리츠 반더를 두려워하고 있었다. 다비드 리프만은 이따금 뭐라고 지시를 했지만 본질적인 부분은 무시하고 사소한 세부에 대해서만 얘기를 했다. 베티 역시 대사를 외우지 못했다. 그녀는 히브리어를 말하면서 실수를 했고, 이디시어를 말할 때도 그랬다. 그녀는 어떤 말은 폴란드어 억양으로, 어떤 말은 리투아니아어 억양으로 말했다. 창녀와 맹인 음악가를 연기하는 부분에서 그녀는 완전히 인내력을 잃어버렸다.

의기소침해진 나는 그 치욕적인 광경을 더 이상 보고 싶지 않아 이따금 눈을 감았다. 베티는 미국의 이디시어 극장의 쓰레기들에 대해 비판을 했지만 그곳의 매너리즘을 그대로 받아들인 상태였다. 어머니가 '죽마로 걷는 말[註]'이라는 말을 했던 것이 생각났다. 이상하게도 베티는 나와 개인적으로 얘기를 할 때에는 유창하고 정확한 이디시어를 구사했다. 무대를 보면서 나는 완전히 실패했다는 것을 알았다. 내가 저지른 실수가 뭔지는 분명했지만 그것을 어떻게 고쳐야 할지는 도무지 알 수 없었다.

불이 켜지자 샘 드라이만이 나를 비난하기 시작했다. "이런 엉터리를 올릴 수는 없어!"

"안 된다면 안 되는 거죠."

"저기 앉아 있었지만 무슨 말들을 나불거리는지 도무지 알아들을 수가 없었어. 내가 알아들을 수 없다면 다른 사람들도 모두 알아듣지 못하는 거야. 나는 자네가 쉬운 이디시어로 쓰리라고 생각했어."

---

1 과장된 말에 대한 비유

"죽은 자는 쉬운 이디시어로 말하지 않아요."

베티와 프리츠 반더, 그리고 그레텔이 왔다.

"베티, 공연을 연기해야 할 것 같아!" 샘 드라이만이 소리쳤다.

"연기한다고요? 언제까지요?"

"언제까지가 될지는 모르겠어. 나는 당신이 이곳에서 성공하기를 바라며 데려왔지, 사람들이 당신에게 썩은 감자를 던지라고 데려온 건 아냐."

"샘, 그런 말 하지 말아요."

"베티, 실수는 되도록 빨리 고치는 게 나아. 사십 년 전 디트로이트에서 건물을 지은 적이 있는데 공사 중에 배관을 비롯한 모든 것에 문제가 있다는 게 밝혀졌어. 그 프로젝트에 많은 돈을 투자했지만 건물을 모두 허물고 다시 지으라고 지시했지. 만약 그렇게 하지 않았으면 감옥에 갔을 거야. 건축업자인 친구가 있었는데 6층짜리 공장을 지었지. 건물에 직원들이 가득 들어 있었는데 갑자기 무너져 열일곱 명이 죽었어. 그 친구는 감옥에서 죽었어."

"그래요, 그 얘기는 알아요! 모두 알아요! 사악한 힘이 다시 술책을 쓰기 시작했어요. 나는 배우로서는 끝이 났어요. 내 운은……."

"당신의 운은 하늘의 태양만큼이나 밝아!" 샘 드라이만이 소리를 질렀다. "당신은 바르샤바, 파리, 런던, 그리고 뉴욕에서 공연을 할 거야. 베티 슬로님이라는 이름이 브로드웨이에서 커다란 글씨로 빛날 거야. 하지만 사람들이 보고 싶어 하는 연극 속에서지, 정신 나간 카발라주의자를 위한 미친 소극 속에서는 아냐. 그라이딩거 씨, 자네한테 잔인하게 굴고 싶지는 않네. 하지만 자네가 쓴 희곡은 대중에게는 맞지 않아. 베티, 다른 희곡을 구하도록 해. 이 친구가 바르샤바에 있는 유일한 작가는 아냐."

"당신이 원하는 희곡을 무대에 올리도록 해요. 하지만 나는 빠지겠어요." 베티가 말했다. "이건 내 마지막 카드예요. 운이 없어진 나를 무대에 올리게 되면 실패하고 말 거예요. 모두 내 잘못이에요! 내 잘못이에요!"

"내 잘못이기도 해." 샘 드라이만이 말했다. "이 친구가 첫 2막을 가져와 읽었을 때 즉시 우리에게는 맞지 않는 것이라는 것을 알았어. 고칠 수 있으리라 생각했지만 모든 것을 고칠 수는 없지. 그건 건물하고 비슷해. 처음부터 기초가 단단하지 않았던 거야. 나는 건축가를 해고하고 다른 사람하고 작업을 시작했어. 지금 당장 다시 그렇게 할 거야."

"그렇게 해도 좋지만 나는 빼줘요."

"당신하고 같이할 거야. 당신하고만."

7

1

　당시 내 자존심은 이 일과 관련된 모두로부터 내 자신을 숨기고 싶게 만들었다. 아직 샘 드라이만이 세 번째 선불금으로 준 백 달러가 남아 있긴 했지만 그것은 스스로를 도둑으로 생각하지 않는다면 돌려줘야 하는 돈이었다. 그것은 구백 즈워티쯤 되는 돈이었다. 레스즈노 가에 있는 내 방의 주인과 합의한 바에 의하면 이사를 하기 한 달 전에는 얘기를 해야 했고, 나로서는 그 약속을 어기고 싶지 않았다. 자살을 생각하기도 했지만 그것은 내게 희망을 걸고 있는 모두를 함께 데리고 갈 수 있을 때에만 가능한 일이었다. 어쨌든 나는 한 푼이라도 아껴 써야 했다. 나는 더 이상 레스즈노 가에서 자지 않았다. 그렇게 함으로써 저녁 늦게 집에 가느라 택시비를 지출할 필요가 없어졌다. 바셸레의 집 다락방에 있는 침대 위에서 나는 숫자들이 적힌 종잇장을 펼쳤다. 독일어 책을 번역해 준 출판사에서 받을 돈이 있는 것 같았지만 확실치는 않았다. 문예지 일을 도왔지만 벌써 몇 주째 한 푼도 들어오지 않고 있었다. 나는 폴란드에 삼백만 정도의 유대인이 살고 있으며 그들이 어떻게든 살아가고 있다는 사실을 나 자신에게 상기시켰다. 나는 바셸레를 속이지 않았다. 그녀는 내 상황이 어떤지 알고 있었다. 나는 그녀의 딸과 결혼하겠다고 약속했지만 날짜를 잡은 적은 없었다. 내가 사라진다 해도 경찰은 체포 영장을 발부하지 않을 것이었다. 히틀러가 갈수록 넓은 지역을 점령하고 있지만 연합군은 팔짱을 낀 채로 앉아 아무것도 하지 않는 사실에 비춰보면 폴란드의 유대인들에게는 희망이 없었다. 하지만 내게 소중한 사람들로부터 도망을 치는 것은 내 본성에 어긋나는 것이었다.

바르샤바의 이디시어 신문들은 미국 출신의 백만장자인 샘 드라이만이 제작을 계획한 연극이 취소되었다고 보도했다. 이디시어 극장의 시즌이 시작되었지만 그에게는 새로운 희곡을 찾을 시간이 없었다. 신문에서는 그가 미국에 있는 한 극작가와 협상을 하고 있다는 말도 했다. 한 기자는 유머란에서 「루드미르 출신의 처녀」에 관해 얘기하면서, 그 희곡이 죽은 자의 영혼에 사로잡혀 제작되지 못했다고 썼다. 시계공 라이저는 나의 실패에 관한 그 모든 얘기들을 쇼샤와 바셸레에게 읽어주었다.

8월에는 무더위가 바르샤바를 덮쳤다. 내 어린 시절에는 크로크말나 가에 사는 사람 중 여름휴가를 시골로 가는 사람이 드물었다. 돈이 많은 사람들만이 그렇게 할 수 있었다. 하지만 시대가 변했다. 이제 노동자들도 휴가를 받아 미드제스진, 팔레니카, 심지어는 산속에 있는 자코파네까지 갔다. 노동조합은 독일 동쪽과 서쪽을 분리하고 있는, 히틀러가 되찾겠다고 맹세한 '회랑 지대'인 발틱해의 카르비아에 여름 휴양지를 갖고 있었다. 나는 파이텔존이 유세포프에서 셸리아와 하이믈과 함께 몇 주 머물고 있다는 얘기를 들었다. 나는 전화로 테클라와 얘기를 했는데 그녀는 셸리아가 계속해서 전화를 하고 있다는 얘기를 했다. 테클라는 왜 한참 동안 집에 오지 않는지 물었다. 그녀는 사람들이 나와 연락을 취할 수 있도록 내가 머물고 있는 곳의 전화번호와 주소를 가르쳐달라고 했다. 나는 일로 바쁘며 방해받고 싶지 않다고 말했다. 테클라도 내 희곡이 제대로 풀리지 않았다는 것을 알고 있었다. 그녀는 폴란드의 유대인 신문인 〈나스 셰그와트〉에서 기사를 읽은 블라덱을 통해 그 얘기를 들은 상태였다.

낮에는 크로크말나 가에 있는 아파트를 거의 떠나지 않았다. 과거의 수줍음이 다시 찾아왔다. 생각이 복잡해졌고 신경도 쇠약해졌다. 7번지에 사는 사람들 중 일부는 나를 알아보았다. 그들은 라이저에게서 나와 쇼샤에 대한 나의 사랑에 대해 듣게 된 것이었다. 그들은 내가 새로 쓰고 있는 희곡도 읽었다. 내가 쇼샤와 함께 정문을 향해 갈 때면 여자아이들이 창밖을 내다보았다. 이제 그 소녀들 앞을 지나가는 것이 부끄러웠고, 그들이 나를 비웃고 있다는 생각이 들었다. 나는 낮에는 변소에 가는 것도 피했다. 구두 굽이 닳았지만 수선할 돈이 없었다. 모자는 색이 바래고 얼룩이 졌다. 새셔츠를 입어도 몇 시간 후면 땀에 절어 더러워졌다.

얼마 남아 있지 않던 머리칼이 빠지기 시작했다. 머리의 땀을 닦아내면 손수건에 붉은 머리칼이 달라붙어 있었다. 집 안에서도 온갖 좋지 않은 일들이 일어나기 시작했다. 바셸레가 찻잔을 주면 어느새 내 손에서 떨어졌다. 면도를 할 때마다 상처가 났다. 만년필과 공책을 계속해서 잃어버렸고 호주머니에서 돈이 떨어졌다. 어금니가 흔들리기 시작했지만 치과에 갈 돈이 없었다. 어쨌든 살날이 몇 주 혹은 며칠밖에 남아 있지 않은데 치과에 갈 필요가 있는가 하는 생각이 들었다.

나는 이따금 위기에 빠질 때면 위안을 구했던 책 몇 권을 가져온 상태였다. 하지만 이번에는 그 책들로부터 어떤 안식도 찾을 수가 없었다. 스피노자의 '실체'는 의지도 연민도 정의감도 없었다. 그는 자신의 법의 포로였다. 헤겔의 『시대 정신』에도, 니체의 『차라투스트라는 이렇게 말했다』 속에도 나를 위한 희망은 없었다. 파이요의 『의지의 교육』은 기숙사비와 수업료를 내주는 돈 많은 부모를 둔 학생들을 위한 것일 뿐이었다. 쿠에[1]와 샤를 보두앵의 환자들은 집과 직업, 부유한 가족, 그리고 은행 구좌를 갖고 있었다. 나는 하루 종일 침대 모서리에 앉아 있었다. 땀이 뜨거운 몸 위로 흘러내렸다. 쇼샤는 내 가까운 곳, 등받이가 없는 작은 의자에 앉아 내게 얘기를 하거나 혼잣말을 했다. 이따금 이페에게 얘기를 하기도 했다. 무슨 이유에서인지는 모르겠지만 바셸레는 자주 집을 비웠다. 쇼샤는 "엄마, 어딜 가는 거예요?"라고 물었다. 그러면 바셸레는 "아

---

1 에밀 쿠에(1827-1926). 낙관적 자기 암시로 심리·정신 문제를 해결할 수 있다고 주장한 심리학자(편집자 주)

무 데나 가는 거야"라고 말했다.

모두가 보기에도 실패한 나는 이제 그 실패가 나 자신의 잘못이라는 사실을 깨닫게 되었다. 희곡 작업을 하는 대신 나는 매일같이 몇 시간을 쇼샤와 함께 보냈다. 베티는 희곡 작업을 하는 것이 가장 중요한 일이라고 계속 경고를 하면서도 나를 박물관이나 카페에 데려갔고, 긴 시간 산책을 해 내 작업 계획을 망쳤다. 나는 그녀와 함께 희곡의 구성에 대해 배울 수 있는 진지한 공연을 보러 갔어야 했다. 하지만 그녀는 아무것도 배울 것이 없는 할리우드의 멍청한 영화들을 보러 갔다. 나는 작가 클럽에서 체스를 두고 농담을 하며, 이디시어 문학에 대해 토론을 벌이느라 귀중한 시간을 낭비했다. 심지어는 테클라와 함께 시간을 허비하기도 했다. 나는 그녀가 애인에 대해 불평하는 것을, 고향 마을과 애정이 없던 계모, 약혼을 했지만 그녀를 떠나 프랑스의 탄광에 일을 하러 간 볼렉이라는 청년에 대해 얘기하는 것을 들어주었다. 우리의 대화는 항상 함께 침대 위로 넘어지는 것으로 끝이 났다. 그 몇 달 동안 나는 제대로 깨어 있지 못했다. 게으름과 열정과 공허한 환상이 나를 최면 상태와 같은 기억상실증 속에 빠지게 했다. 이제 나는 내 어머니가 "어떤 적도 자기 자신만큼 해로울 수는 없다"라고 말했던 것을 이해할 수 있었다.

"아렐레, 무슨 생각을 해?" 쇼샤가 물었다.

"아무것도, 쇼셸레. 네가 있는 한 아직 내 인생은 의미가 있어."

"나를 혼자 남겨놓지 않을 거지?"

"그래, 쇼셸레, 살아 있는 한 네 곁에 있을게."

2

밤이면 나는 몇 시간씩 누워 있었다. 더위 때문에 계속해서 싱크대로 달려가 물을 마셨고, 그런 다음이면 오줌을 눠야 했다. 바셸레는 내 침대 밑에 요강을 두었지만 곧 차버렸다. 나는 알몸으로 다락방 창문 - 유리창이 네 개인 작은 창문이었다 - 앞에 서서 안뜰로 들어온 바람을 쐬었다. 나는 별들이 한쪽 지붕에서 다른쪽 지붕으로 천천히 이동하는 것을 바라보았다. 나치가 들어오면 굶주림과 강제 수용소밖에는 기대할 것이 없었지만 천체에는 어떤 희망의 불꽃이 있다고 생각한 것일까? 하지만 나는 대중적인 천문학 책을 통해 별들이 태양과 지구와 똑같은 요소들로 구성되어 있다는 것을 알고 있었다. 다른 행성들에도 생물이 존재한다면 그 상태는 지구와 다르지 않을 것이다. 그곳에도 음식과 몸을 눕힐 수 있는 안전한 장소를 위한 투쟁이 있을 것이다. 나는 창조와 하느님, 자연 - 이 비참함을 뭐라 부르건 - 을 향한 분노에 압도당했다. 우주적인 폭력에 저항하는 유일한 길은 삶을 거부하는 것으로 느껴졌다. 물론 그 경우에는 쇼샤를 함께 데려가야 할 것이었다. 동물과 곤충은 그런 선택을 할 수 없었다.

하지만 이 일을 어떻게 해낼 것인가? 레스즈노 가에 있는 내 방 창밖으로 몸을 던질 경우 척추가 부러진 채로 살아가게 될 위험이 있었다. 전차나 열차 아래로 몸을 던질 경우에는 발이나 팔이 잘릴 수도 있었다. 쥐약을 먹어 천천히 내장이 녹게 만들어야 하는 것인가?

목을 매달아 나를 사랑하는 사람에게 장례식을 치르는 부담을 안겨야 하는 것인가? 많은 생각 끝에 나는 끝을 내는 최선의 방법은 깊은 물속에 몸을 던져 누구도 성가시게 하지 않으면서 물고기 밥이 되는 것이라는 결론을 내렸다. 비스툴라 강은 여름에는 너무 얕았다. 신문에는 매일같이 모래에 갇힌 배에 관한 기사가 실렸다. 제대로 할 수 있는 유일한 방법은 단치히나 그디니아에 가 발틱해를 항해하는 배를 타는 것이었다. 여행사에서는 외국 여권이나 비자가 필요 없는, 덴마크로 가는 유람선에 관한 광고를 하고 있었다. 가격은 적당했다. 폴란드의 내국인 여권을 보여주기만 해도 되었다. 문제는 내게 그런 서류가 없다는 것이었다. 책과 어지러운 원고 들을 갖고 가구가 딸린 한 방에서 다른 방으로 이사를 다니는 사이에 징용 카드와 출생증명서, 시민임을 증명할 수 있는 모든 서류들을 잃어버린 것이다. 내가 태어난 마을로 가 내 출생일이나 할례식을 증명해 줄 누군가를 시청에 데리고 가야 했다. 출생과 사망을 증명하는 보관소는 1915년 독일군의 폭격으로 불탄 상태였다. 여러 가지 걱정거리가 많았음에도 불구하고 웃음이 났다. 자살을 하기 위해서도 관료주의의 많은 절차들을 거쳐야 했다.

그날 밤에는 새벽 무렵이 되어서야 잠이 들었다. 나는 눈을 떴다. 쇼샤가 어깨를 떨고 있었다. 나는 당황해 그녀를 쳐다보았다. 내가 어디에 있는지 누가 나를 깨우고 있는지 기억해 내는 데 한참이 걸렸다. "아렐레." 그녀가 말했다. "젊은 여자가 너를 기다리고 있어. 미국에서 온 여배우가."

잠시 후 바셸레가 방 안으로 머리를 내밀었다. 나는 그녀와 쇼샤에게 나가 달라고 한 다음 문을 닫았다. 나는 서둘러 속옷과 바지와 셔츠와 재킷을 입었다. 나는 잠시 바지 왼쪽 호주머니에 갖고 다니던 백 달러를 잃어버린 줄 알았다. 계획을 실행에 옮기기 위해서는 열차표와 배표를 살 돈이 필요했다. 누가 내 돈을 훔쳐간 것인가? 나는 죽기보다는 살고자 하는 사람처럼 정신없이 호주머니를 뒤지기 시작했다. 다행히도 돈이 조끼 호주머니에 들어 있었다. 셔츠는 구겨져 있었고, 칼라에는 얼룩이 묻어 있었다. 오른쪽 소매의 커프스 단추가 떨어져 나가 있었다. 나는 닫힌 문 너머로 "베티, 기다려요! 곧 나갈게요"라고 소리쳤다. 열어놓은 창문 사이로 햇빛은 이미 이글거리고 있었다. 안뜰에서 "베이글, 뜨거운 베이글 있어요! 자두 있어요, 신선한 자두 있어요!"라고 외치는 소리가 들렸다. 한 거지가 바이올린으로 애조 띤 멜로디를 연주하고 있었고, 그의 여자 동료는 종이 달린 작은 북을 치며 적선을 구하고 있었다. 나는 뺨에 손을 대어보았다. 머리칼은 빠지는데 수염은 사납게 자라고 있었다. 수염은 뻣뻣하고 까칠했다. 정신은 산만하고 행색은 추레한 채로 문을 열자 초록색 리본이 달린 밀짚모자를 쓰고, 내가 보지 못한 옷을 입고, 발가락이 드러나는 하얀 신발을 신은 베티의 모습이 보였다. 고상한 모습이었다. 나는 내 모습에 대해 사과를 하기 시작했다.

베티가 말했다. "다 괜찮아요. 미인 선발 대회에 나가는 것도 아니잖아요."

"아침이 되어서야 잠이 들었거든요, 그리고⋯⋯."

"그만해요. 당신을 구경하기 위해 온 건 아니니까요."

"앉지 그래요?" 바셸레가 베티에게 말했다. "계속해서 앉으라고 했지만 서 있기만 하는구나. 사치스럽게 살지는 않지만 의자는 깨끗하다오. 매일 아침 먼지를 털어내니까. 차를 만들어주고 싶었는데 숙녀분께서는 아무것도 들지 않겠다고 하는구나."

"미안해요, 방금 아침을 먹었거든요. 고마워요. 추칙, 이렇게 아침 일찍 온 걸 용서해 줘요. 사실 내 시계는 열 시 십 분 전으로 되어 있어요. 미국 사람들이 말하는 것처럼 사업상 온 거예요. 괜찮다면 어디 다른 데로 가 얘기를 나누도록 해요."

"아렐레, 너무 오래 있지는 마." 쇼샤가 말했다. "아침을 준비해 놓았어. 나중에 먹어. 엄마가 소렐 허브와 감자와 사워크림을 샀어. 이분도 함께 먹어도 되는데."

"두 사람 모두 먹어도 될 만큼 충분해요." 바셸레가 맞장구를 쳤다.

"벌써 아침을 먹었는데 어떻게 또 먹겠어요?"

"쇼셸레, 반 시간만 나갔다 올게." 내가 말했다. "여기서 얘기를 하는 건 불편해. 커프스 단추를 찾고 칼라를 바꿔야겠어요. 잠시만요, 베티."

나는 다락방으로 달려갔고 쇼샤가 뒤따라 들어왔다. 그녀는 문을 닫았다. "아렐레, 저 여자하고 가지 마." 그녀가 말했다. "너를 나한테서 뺏어가려 하고 있어. 마녀 같아 보여."

"마녀라고? 말도 안 되는 소리 하지 마."

"눈이 아주 날카로워. 저 여자하고 잤다고 했지."

"그랬어? 신경 쓰지 마. 우리 사이는 끝났으니까."

"다시 시작하고 싶다면 먼저 나를 죽이는 게 나을 거야."

"요즘 돌아가는 걸로 봐서는 어쨌든 너를 죽여야 할 것 같아. 같이 배에 타 바다에 뛰어들도록 해."

"바르샤바에 바다가 있어?"

"바르샤바에서는 아냐. 그디니아나 단치히로 갈 거야."

"그래. 아렐레, 뭐든 원하는 대로 해. 먼저 나를 밀어넣은 다음 나를 이페의 무덤에 데려가 그곳에 묻어줘. 네가 그렇게 하는 건 괜찮아. 하지만 나를 혼자 있게 내버려 두지는 마. 커프스 단추 여기 있어."

쇼샤는 몸을 숙여 그것을 내게 주었다. 나는 그녀의 몸에 팔을 두른 채로 키스를 했다. "쇼셸레, 절대로 너를 버리지 않겠다고 하느님과 내 아버지의 영혼에 맹세했어. 나를 믿어야 할 때야."

"그래, 믿어. 하지만 저 여자를 보면 가슴이 두근거려. 마치 결혼식에라도 가는 듯 옷을 빼입었어. 너한테 잘 보이려고 모두 새것으로 입었어. 저 여자는 내가 이해를 못 한다고 생각하는 것 같은데 나는 다 이해해. 언제 돌아올 거야?"

"가능한 한 빨리."

"나만큼 너를 사랑하는 사람은 없다는 거 잊지 마."

"나도 사랑해."

"잠시만, 새 손수건이 있어."

3

베티와 나는 안뜰을 지나갔다. 안뜰은 시장을 방불

케 했다. 행상들이 훈제 정어리와 블루베리, 수박 등을 팔고 있었다. 이륜마차를 끌고 온 소작인은 닭, 달걀, 버섯, 양파, 당근, 파슬리를 팔고 있었다. 다른 거리에서는 이런 장사를 하는 것이 금지되어 있었지만 크로크말나 가는 자체의 법으로 허가되었다. 등에 자루를 멘 한 노파가 쓰레기통 근처에 서서 막대기로 쓰레기를 뒤지고 있었다. 베티는 팔짱을 끼려 했지만 나는 그렇게 하지 말라는 신호를 보냈다. 바셸레와 쇼샤가 창가에서 우리를 보고 있을 게 틀림없었다. 다른 창문들 너머에서도 우리를 보는 사람들이 있었다. 커다란 젖가슴 위로 헐렁한 옷을 걸친 여자아이들이 해진 카펫과 깃털 침대, 베개 그리고 겨울이 시작되면 입게 될 더러운 털외투를 털고 있었다. 재봉틀과 구두장이의 망치 소리, 목수의 대패질 소리와 톱질 소리가 들렸다. 하시디즘 학당에서는 탈무드를 낭송하는 젊은이들의 목소리가 들렸다. 예배당에서는 어린 소년들이 모세 오경을 외고 있었다. 정문 밖으로 나온 베티는 내 팔짱을 꼈다. "집 번지는 몰랐어요. 레스즈노 가에 있는 당신 집에 여러 번 전화를 했는데 하녀가 항상 당신이 집에 없다고 하길래 여기 당신이 좋아하는 크로크말나 가에 있을 거라고 생각했죠. 여긴 늪 같아요. 냄새가 지독해요! 용서해요. 하지만 당신의 쇼샤는 완전히 백치예요. 나더러 앉으라는 말을 열 번은 했을 거예요. 그냥 서 있겠다고 해도 계속해서 앉으라고 했어요. 당신도 제정신이 아닌 것 같아요."

"맞아요. 그래요."

"내 말이 얼마나 맞는지는 얘기하지 말아요. 당신

은 스스로 침몰하고자 하는 사람들 중 하나예요. 러시아에서는 그들을 낙오자라고 부르죠. 고리키는 그들에 대한 얘기를 쓰기도 했어요. 뉴욕에 보워리라는 거리가 있는데 술에 취해 반라 상태로 누워 있는 사람들이 있어요. 그들 중 일부는 고등교육을 받은 지적인 사람들이에요. 자, 이 하수구에서 벗어나도록 해요. 어떤 못된 녀석이 벌써 내 지갑을 가로채려 했어요. 아침 안 먹었죠? 나도 집을 찾느라 한참 동안 걸어 다녔더니 배가 고파요. 지난번에 온 후로 안뜰에 도랑이 있다는 것밖에는 기억이 나지 않았어요. 하지만 도랑도 막혀 있는 것 같더군요. 커피 마실 데 없어요?"

"6번지에 커피숍이 있긴 한데 범죄자들이 드나드는 곳이에요."

"이 거리에는 한시도 있고 싶지 않아요. 서둘러요. 여기 마차가 있네요. 이봐요! 멈춰요!"

베티가 올라탔고, 나도 그녀를 뒤따라 탔다. 그녀가 물었다. "작가 클럽에 가서 아침을 먹을래요?"

"전혀 그러고 싶지 않아요."

"누구하고 다투기라도 했어요? 더 이상 그곳에 오지 않는다고 하던데. 우리가 처음 만난 게르트너 레스토랑은 어때요? 이런, 아주 오래전 일로 여겨지는군요."

"부인, 어디로 갈까요?" 마부가 고개를 돌렸다.

베티는 주소를 알려주었다. "추칙, 왜 모든 사람을 피해요? 당신 친구 파이텔즌 박사를 만났는데 당신이 그를 포함한 모두와 관계를 끊었다고 하더군요. 나와 관계를 끊으려는 건 이해해요. 내 책임도 있으니까요. 하지만 나는 좋은 의도를 갖고 그렇게 했을 뿐이에요.

그렇지만 젊은 작가가 그렇게 스스로를 매장하면 어떻게 해요? 왜 최소한 레스즈노 가에 있는 당신 방에서 지내지 않는 거예요? 어쨌든 방세는 냈잖아요. 샘은 당신이 이런 식으로 우리에게서 달아난 것에 대해 아주 화가 나 있어요."

"그가 뉴욕 출신의 어떤 쓰레기 같은 작가와 작품을 놓고 협상 중이라는 얘기를 들었어요."

"아무것도 나오는 건 없을 거예요. 그런 쓰레기 같은 작품은 절대로 공연하지 않을 거예요. 전적으로 내 불운 때문이라고 얘기했죠. 나와 관계하는 모든 사람이 내 불운을 나눠 가져요. 하지만 사업 일로 왔다고 했죠. 거짓말하는 게 아녜요. 내가 하고 싶은 얘기는 이거예요. 샘은 몸이 안 좋아요. 내가 생각했던 것보다도 더 아픈 것 같아요. 그는 미국으로 돌아갈 계획이에요. 지난 며칠 동안 많은 얘기를 했는데 주로 당신에 관한 것이었어요. 이제는 더 이상 시간을 맞출 필요가 없으니까 여유를 갖고 편안하게 당신 작품을 다시 읽어 보았어요. 작품은 주석 테 안경을 쓴 그 키 작은 비평가가 얘기한 것만큼 나쁘지 않아요. 공연이 되기도 전에 작품을 비난하는 그 오만함이라니! 그런 일은 이디시어를 사용하는 사람들 사이에서나 있을 법한 일이에요. 사악한 벌레 같으니라고. 누가 나를 그에게 소개시켜 주기에 솔직하게 내 생각을 털어놓았어요. 그는 사과를 하고 내게 아첨을 하며 뱀처럼 혀를 꼬았어요. 사실 나는 그것이 문학적으로 훌륭한 희곡이라고 생각해요. 문제는 당신이 무대를 모른다는 거예요. 미국에는 무대 의사라고 불리는 사람이 있어요. 그들은 대사는 단 한 줄도 못 쓰지만 작품을 수정해 무대에 맞게 만드는 법은 알고 있어요. 간단하게 얘기할게요. 우리는 당신 희곡을 사서 미국에서 무대에 올리고 싶어요."

"희곡을 산다고요? 드라이만 씨는 이미 나한테 칠팔백 달러를 줬어요. 희곡을 원하면 그냥 가지라고 해요. 돈을 돌려주지 못해서 정말 미안해요. 하지만 그는 그 희곡을 원하는 대로 할 수 있어요."

"당신은 사업가로는 별로예요. 내 얘기를 들어봐요. 그는 돈이 엄청 많아요. 미국은 새로운 번영의 시대로 접어들고 있고, 그는 손가락 하나 까딱하지 않고도 많은 돈을 벌고 있어요. 그가 돈을 지불하고 싶어 하면 돈을 받도록 해요. 그는 내게 막대한 유산을 남겨주기로 약속했어요. 하지만 법에 의하면 재산 일부를 그의 크산티페[1]와 아이들에게도 물려줘야 해요. 물론 그들은 그를 싫어하고 경멸하지만요. 어쩌면 나는 아무것도 받지 못할지도 몰라요. 당신에게 얼마를 주고자 한다면 거절할 이유가 없어요. 계속 지금 상태로 있으면 글도 쓰지 못할 거예요. 당신 다락방을 봤어요. 그건 방이 아니라 구멍이에요. 그 안에서 질식해 죽을 거예요. 도대체 뭘 하는 거예요? 자살을 하고 싶다 해도 그런 죽음은 너무 추해요. 게르트너 레스토랑에 다 왔네요."

베티는 지갑을 열려고 했지만 손에 요금을 준비하고 있던 내가 냈다.

베티는 화가 난 듯한 표정을 지었다. "왜 그래요? 샘 드라이만에게 돈이라도 대고 싶은 건가요?"

---

1 소크라테스의 아내. 일반적으로 희대의 악처라 알려져 있다(편집자 주)

"그에게서는 더 이상 받고 싶지 않아요."

"모두가 나름대로 제정신이 아네요. 거지 떼가 샘을 뒤쫓고 있는데 당신은 그를 도우려 하고 있어요. 가요, 이 정신 나간 사람. 오랫동안 여길 못 왔어요. 이렇게 일찍은 열지 않을 거라고 생각했었어요. 뉴욕에는 점심시간에 영업을 시작하는 레스토랑들이 있어요. 이제 내게 키스해도 돼요. 우리는 완전히 낯선 사람들이 되지는 않을 거예요."

4

매니저가 달려와 샘과 베티가 항상 식사를 하던 테이블을 내주었다. 그는 최근에 그녀와 샘을 보지 못해 섭섭했다는 말을 했다. 아직 이른 시간이었지만 사람들이 테이블에 앉아 생선과 고기를 먹으며 맥주를 마시고 있었다. 베티는 자신은 커피와 케이크를, 내게는 롤빵과 계란과 커피를 시켜주었다. 웨이터는 이른 점심 대신 늦은 아침 식사를 주문하는 데 대해 나무라는 듯한 표정을 지었다. 다른 테이블에 있던 사람들이 궁금한 듯 우리를 쳐다보았다. 베티는 내 동행이기에는 너무 우아해 보였다.

"우리가 마지막으로 본 게 언제죠? 아주 오래전 일 같아요. 샘은 내가 미국으로 돌아가기를 원하지만 그 모든 실망스러운 일들에도 불구하고 나는 바르샤바와 사랑에 빠졌어요. 미국에서 내가 뭘 하겠어요? 뉴욕 사람들은 세계 곳곳에서 일어나는 모든 일을 알고 있어요. 배우조합 사람들은 틀림없이 내 실패에 대해 들었을 거예요. 이제 내 주가는 그 어느 때보다도 떨어졌어요. 그들은 카페 로열에 앉아 허풍을 떨고 있을 거예요. 그들에게 잡담 말고 뭐가 남아 있겠어요? 그들 중일부는 시절이 좋을 때 저축을 했죠. 아무것도 없는 사람들은 정부에서 보조금을 타고요. 여름이면 그들은 캣스킬 산에 있는 호텔에서 몇 주 동안 공연을 해요. 미국은 원하지 않으면 일을 할 필요가 없는 나라가 되어가고 있어요. 그들은 커피를 마시며 잡담을 하죠. 그리고 카드를 쳐요. 카드와 잡담이 아니면 그들은 지루해 죽고 말 거예요. 내게 있어 문제는 카드를 치지 않는다는 거예요. 샘이 가르치려 했지만 카드의 이름조차도 외우지 못했어요. 내 안에 있는 어떤 고집스러운 본능이 배우기를 거부하고 있어요. 추측, 나는 끝장난거나 마찬가지예요. 이건 내 마지막 게임이에요. 자살을 하는 것 외에는 아무것도 남아 있지 않아요."

"당신도 그래요?"

"그럼 또 누가 그렇죠? 쇼샤를 과부로 만드는 게 그녀와 결혼하려는 이유인가요?"

"나와 함께 데리고 갈 거예요."

"당신은 그들 말대로 건강하고 신선하고 그리고 정신이 나갔어요. 내 경우에는 오랫동안 공연을 하려 했고, 항상 실패를 했어요. 게다가 나는 당신보다 나이가 많아요. 하지만 당신은 왜 그런 절망에 빠지는 거예요? 당신은 극작가가 아니라 이야기를 쓰는 작가예요. 무대와 관련해서 당신은 초보예요. 오, 내 케이크와 당신 계란이 나왔네요. 나는 전기의자에 앉게 될 사람들이 왜 마지막 만찬으로 특별한 음식을 고르곤 하는지 궁금했어요. 그들은 덜 익힌 스테이크와 맛있는 디저트를 요구하죠. 한 시간 후면 죽게 되는데 뭘 먹을지에 대해 왜 신경을 쓰는 거죠? 삶과 죽음 사이에는 공통점이 없는 것 같아요. 사람들은 내일 죽으리라 결심을 하고도 오늘은 맛있는 것을 먹고 따뜻한 침대에서 잠들고 싶어 하죠. 당신의 진짜 계획은 뭐예요?"

"이 엉망진창에서 벗어나는 거요."

"이런, 유럽에 오는 배를 탔을 때만 해도 나의 멍청한 야망 때문에 누군가를 그런 상태에 빠뜨리리라고는 생각도 못 했어요."

"베티, 당신 잘못이 아네요."

"누구 잘못이죠?"

"오, 모든 게 잘못되었어요. 폴란드의 유대인은 덫에 갇혔어요. 작가 클럽에서 그 말을 하자 나를 공격하더군요. 그들은 멍청한 낙관주의에 빠져 있어요. 하지만 나는 우리 모두가 끝장나리라는 것을 알고 있어요. 폴란드의 비유대인들은 우리를 제거하려 하고 있어요. 그들은 우리를 국가 안의 국가로, 낯설면서도 악의에 찬 존재들로 생각하죠. 그들은 우리를 손수 없앨수 있는 용기가 부족해요. 하지만 히틀러가 대신 그 일을 해준다면 눈물을 흘리지는 않을 거예요. 스탈린도 우리를 보호해 주지는 않을 거예요. 트로츠키주의자들의 저항이 시작된 이후로 공산주의자들은 우리의 최악의 적이 되었어요. 러시아에서는 트로츠키가 유다로 불리고 있어요. 트로츠키주의자들은 거의 대부분 유대인이에요. 유대인들로 하여금 한 번의 혁명을 이루게 하면 그들은 또 다른 혁명을 원해요. 영구 혁명을 원하죠. 그들에게 메시아를 보내주면 또 다른 메시아를 원하죠. 팔레스타인에 대해 말하자면, 세상은 우리가 국가를 건설하기를 원하지 않아요. 더 쓰라린 진실은 오늘날 많은 유대인들이 더 이상 유대인이고자 하지 않는다는 거예요. 하지만 완전히 동화되기에는 너무 늦었어요. 다가오는 이 전쟁에서 누가 이기건 우리를 제거할 거예요."

"어쩌면 민주주의가 승리할 수도 있죠."

"민주주의는 자살을 하고 있어요."

"커피 식지 않도록 해요. 그 멍청한 쇼샤를 책임지기로 하지 않았다면 당신은 쉽게 미국으로 갈 수도 있을 거예요. 그곳에서는 유대인들이 아직도 그럭저럭 헤쳐 나가고 있어요. 나는 돌아갈 수 있지만 그 생각만 해도 소름이 돋아요. 샘은 하룻밤도 집에 머물지 못해요. 그는 항상 어딘가를 가야 해요. 항상 카페 로열에 가죠. 그곳에서 자신이 지원하는 작가와 연애를 하곤 하는 여배우들을 만나죠. 그가 행세를 할 수 있는 곳은 그곳뿐이에요. 웃기는 일이지만 그가 편안해하는 곳은 세상에 단 한 곳밖에 없어요. 바로 삼류 레스토랑이죠. 그는 의사들이 금한 블린츠[1]를 먹어요. 그리고 하루에 커피를 스무 잔씩 마셔요. 해롭다는 것을 알면서도 시가를 피우죠. 나도 함께 가자고 하지만 내게 그 카페는 뱀의 소굴이에요. 그곳에 오는 사람들은 항상 나를 미워했죠. 하지만 내가 샘과 함께하게 되자 나를 산 채로 핥아먹으려 들었어요. 그가 일주일에 두 번 나를 데려간 이디시어 극장은 최악이었어요. 샘과 그곳에 앉아

---

1 얇은 팬케이크로 치즈, 잼 등을 넣은 유대식 요리

지저분한 농담을 듣고, 육십이나 된 수다스러운 여자가 열여덟 살짜리 소녀를 연기하는 걸 보는 건 육체적으로도 고통스러운 일이었어요. 슬픈 진실은, 나에게는 세상에 단 한 곳도 편안한 곳이 없다는 거예요."

"그렇다면 우리는 잘 어울리는 한 쌍이네요."

"그렇게 되었을 수도 있었지만 당신이 원하지 않았죠. 쇼샤한테 하루 종일 무슨 말을 해요?"

"별로 하지 않아요."

"그럼 뭐죠? 스스로를 학대하는 행동인가요?"

"아녜요, 베티, 그녀를 정말로 사랑해요."

"믿기 위해서는 직접 봐야 하는 일이 있어요. 상상으로는 내다볼 수 없는 것들이 있죠. 당신과 쇼샤, 나와 샘 드라이만이 그래요. 최소한 샘은 친구들 사이에서 얼마간의 안식을 구하고는 있죠. 추칙, 여기 누가 있나 봐요."

나는 눈을 들었고 파이텔존을 보았다. 그는 몇 걸음 떨어진 곳에서 시가를 입에 문 채 서 있었다. 파나마 모자는 뒤로 젖혀져 있었고, 어깨에는 지팡이가 걸려 있었다. 그가 지팡이를 갖고 있는 것은 처음 보았다. 그는 나이가 더 들고 변한 것처럼 보였다. 그는 늘 보아오던 교활한 미소를 지었지만 그의 뺨은 이빨이 빠지기라도 한 듯 수척해 보였다. 그가 잰걸음으로 우리 테이블로 왔다. "이런 거였던 거야?" 그는 목소리를 낮춰 말했다. 그런 다음 시가를 꺼냈다. "정말이지, 추칙, 자네의 숨겨진 힘을 믿게 되었네." 그는 시가를 테이블 위의 재떨이에 세웠다. "지나가던 길이었는데 '어쩌면 추칙이 있을지도 몰라'라는 생각이 들었어. 안녕하시오, 슬로님 양. 너무 정신이 없어 인사하는 것도 잊었군요. 어떻게 지내나요? 다시 만나서 반가워요. 내가 하고자 했던 얘기가 뭐였지? 그래, 추칙. '이 이른 시간에 그가 여기서 뭘 하고 있을까? 그는 샘 드라이만과 오지만 이런 이른 시간에는 오지 않는데'라고 혼잣말을 했지. 계속해서 산책을 할 작정이었지만 어쩐 일인지 발걸음이 이곳으로 향하더군. 부끄러운 줄 알게, 추칙. 왜 친구들을 피하는 건가? 모두들 자네를 찾고 있는데. 하이믈도, 셀리아도, 나도. 아마 스무 번은 전화를 했을 걸세. 하지만 하녀는 '집에 없어요'라는 대답밖에는 하지 않더군. 뭐가 잘못된 건가? 바르샤바에 더 나은 친구들이 있나?"

"파이텔존 박사님, 자리를 같이해요." 베티가 말했다. "서 있지 말고요."

"구석 쪽에 웅크리고 있는 걸 보니 비밀이 있는 게 틀림없어 보이는구만. 그렇다 해도 인사는 할 수 있지."

"비밀 같은 건 없어요. 사업 얘기를 하고 있었는데 다 했어요. 앉도록 해요."

"뭐라 얘기를 해야 좋을지 모르겠군요." 나는 더듬거리기 시작했다.

"모르겠다면 아무 말 말게. 자네 대신 내가 말하지. 자네는 어린 소년이었고, 앞으로도 그렇게 남을 걸세. 자네를 보게." 파이텔존이 말했다.

"갑자기 지팡이는 어디서 났어요?" 대화를 바꾸기 위해 내가 말했다.

"오, 훔쳤네. 미국인 친구 하나가 남겨 주었어. 최근 들어 내 발이 장난을 치고 있다네. 평평한 길을 걷는데도 갑자기 마치 스케이트를 타거나 언덕을 내려갈 때처럼 발이 제멋대로 가기 시작한다네. 이건 무슨 종류의 병이지? 문학에 대해서만큼이나 의학에 대해서도 잘 아는 리프킨 박사한테 물어봐야겠어. 그건 그렇고, 이 지팡이는 괜찮은 것 같아. 추칙, 자네 창백해 보이는데 무슨 일인가? 아프기라도 한 건가?"

"아주 괜찮아요. 하지만 미쳤죠." 베티가 말했다. "일류 정신병자죠."

5

파이텔존은 아침을 먹었다고 했다. 베티가 그에게 롤빵과 오믈렛과 커피를 주문해 주었다. 그는 미소를 지으며 말했다. "미국에서 몇 년 살게 되면 다들 미국인이 되지. 미국이 없으면 세상이 뭘 할 수 있을 것 같나? 그곳에 사는 동안엔 미국에 대해 계속해서 불평을 했지. 결점만 얘기를 했어. 하지만 이제 이곳에 있게 되자 미국이 그리워. 원하면 관광 비자로 돌아갈 수도 있지. 교수 신분으로 비자를 얻을 수도 있을 거야. 하지만 뉴욕과 보스턴의 어떤 대학도 영구적인 일자리를 주지는 않을 거야. 그리고 중서부에 있는 작은 대학들에서 가르치는 일은 너무 지루해. 나는 하루 종일 앉아 책벌레처럼 독서만 할 수는 없어. 그곳 학생들은 이곳의 예배당에 다니는 소년들보다도 더 어린애 같아. 그들이 하는 얘기라곤 풋볼에 관한 것뿐이지. 교수들도 별반 다르지 않고. 미국은 아이들의 나라야. 뉴욕 사람들은 좀더 성숙하긴 했지만 많이는 아니지. 한번은 내 친구가 나를 코니아일랜드에 가는 페리에 태운 적이 있어. 추칙, 자네가 이걸 이해할 수 있으면 좋겠네. 그곳은 모든 것이 놀이를 위해 존재하는 곳이네. 사람들은 주석으로 만든 오리 새끼를 총으로 쏘고 머리 두 개 달린 소녀가 전시된 박물관을 방문하고 점성술사에게 운을 맞추게 하고 영매에게 죽은 할아버지의 영혼을 불러오게 하지. 모든 곳이 저속하지만 코니아일랜드의 저속함은 특별한 종류의 것이네. 친근하기도 하고. '나는 내 게임을 할 테니, 너는 네 게임을 해'라고 말하는 관용이 있지. 그곳을 돌면서 핫도그ー그곳에서는 소시지를 그렇게 부르지ー를 먹는데 문득 인류의 미래를 보고 있다는 생각이 들더군. 그것을 메시아의 시대라고 부를 수도 있을 거야. 언젠가는 모든 사람이 진리라고 일컬어질 수 있는 단 하나의 관념이라는 것은 없다는 사실을 깨닫게 될 거야. 모든 것은 게임이야. 국가주의도, 국제주의도, 종교도, 무신론도, 정신주의도, 물질주의도. 심지어는 자살마저도. 추칙, 자네는 내가 데이비드 흄을 아주 높이 산다는 것을 알고 있지. 내가 보기에 그는 폐물이 되지 않은 유일한 철학자야. 그는 그의 시대에 그랬던 것만큼이나 지금도 신선하고 명료하지. 코니아일랜드는 데이비드 흄의 철학에 맞는 곳이야. 아무것도 확신할 수 없고. 내일도 태양이 떠오르리라는 증거가 없다면 유희야말로 인간들의 노력의, 어쩌면 심지어는 그 자체로의 정수지. 하느님은 놀이를 하는 사람이고 우주는 운동장이야. 오랫동안 나는 윤리학의 기초를 찾았지만 희망을 포기했네. 그런데 갑자기 그것이 분명해졌어. 윤리학의 기초는 스스로 선택한 놀이를 할 수 있는 인간의 권리야.

서로 상대의 장난감을 부수지 않으면 되는 거지. 서로의 우상에 침을 뱉지도 않고. 육욕주의와 카발라, 다부다처, 금욕주의, 심지어는 우리 친구 하이믈이 주장하는 에로티시즘과 하시디즘의 혼합이 놀이 도시나 놀이 세상 안에 존재해서 안 될 이유는 없어. 그곳은 모두가 자신의 욕망에 따라 놀이를 하는, 일종의 우주적인 코니아일랜드지. 슬로님 양, 코니아일랜드는 가봤겠죠?"

"그래요. 하지만 당신의 철학적인 결론에는 이르지 못했어요. 한데 데이비드 흄은 누구죠? 들어본 적이 없는데."

"데이비드 흄은 영국의 철학자로 혐오스러운 거지가 되기 전에는 장 자크 루소의 친구였죠."

"당신 오믈렛이 나왔어요, 파이텔존 박사님." 베티가 말했다. "장 자크 루소는 들어봤어요. 그의 『고백록』이라는 책도 읽었죠."

"데이비드 흄의 책도 쉽게 읽을 수 있어요. 어린아이도 이해할 거예요. 추측, 7+5=12가 분석적인 문장이지 종합적이며 선험적인 문장은 아니라 판단되었던 것을 알고 있지. 칸트가 아니라 흄이 옳았어. 하지만 자네는 자네에게 일어난 일을 아직 설명하지 않았네. 자네는 요술 반지처럼 사라져버렸어. 나는 자네가 예루살렘의 동굴에 앉아 세상에 구원을 가져오려 애쓰고 있다는 생각을 하기 시작했었네."

"파이텔존 박사님. 이 사람의 동굴은 크로크말나 가에 있어요." 베티가 내게로 고개를 돌렸다. "사실을 말해도 돼요?"

"그러고 싶으면요. 상관없어요."

"파이텔존 박사님, 당신의 추측은 크로크말나 가에서 신부가 될 여자를 직접 찾았어요."

파이텔존은 포크를 내려놓았다. "그게 사실인가요? 자네가 그 미친 오토 바이닝거를 예찬하는 걸로 보아서 나이가 들어서도 독신으로 남을 거라고 생각했는데."

나는 대답을 하려 했지만 베티가 가로막았다. "독신으로 남을 수도 있었죠. 하지만 보물을 찾았죠. 그녀의 이름은 쇼샤예요. 그래서 모든 원칙과 확신을 깨뜨릴 수밖에 없게 되었죠."

"나를 놀리는 거예요." 나는 간신히 말했다.

"뭐라고? 자네는 여자라는 종족으로부터 벗어날 수 없네. 조만간 그들의 그물에 걸리게 될 거야. 셀리아가 자네를 절망적으로 찾고 있더군. 쇼샤라고? 구식 이름에 현대적인 여자인가? 뭐 하는 여자인가? 이디시어를 말하는 전투적인 여성인가?"

나는 다시 대답하려 했지만 베티가 재차 가로막았다.

"그녀가 누구인지는 말하기 어려울 거예요. 하지만 당신의 추측처럼 여자에 까다로운 사람이 결혼하려는 여자라면 뭔가 특별해야 한다는 것은 알고 있죠. 만약 데이비드 흄이 그녀를 만났다면 아내와 이혼하고 쇼샤와 함께 코니아일랜드로 달아났을 거예요."

"데이비드 흄에게 아내가 있었던 것 같지는 않네요." 잠시 망설인 후 파이텔존이 말했다. "어쨌든 축하하네, 추측, 축하해."

이제야 베티는 내가 말을 할 수 있게 해주었다. "나

를 놀리는 거예요. 쇼샤는 어린 시절 친구예요. 내가 예배당에 가기 전에 함께 놀곤 했죠. 크로크말나 가 10번지에 함께 살았어요. 그 후 내가 그곳을 떠났고, 오랫동안⋯⋯."

파이텔존은 포크를 집었다. "어쨌든 친구들에게서 달아나지는 말게. 결혼을 하게 되더라도 비밀리에 하지는 말고. 자네가 그녀를 사랑한다면 우리는 그녀를 알고 싶고 우리 중 한 사람으로 받아들이고 싶네. 셀리아에게 전화를 해 희소식을 전해도 되겠나?"

나는 베티가 새로운 농담을 하려고 하는 것을 보았다. "제발, 베티, 내 얘기는 하지 말아줘요. 그리고 그렇게 빈정거리지 말아요. 파이텔존 박사님, 그건 그렇게 희소식은 아니고, 셀리아는 몰랐으면 좋겠어요. 아직은요. 쇼샤는 아무런 교육도 받지 않은 불쌍한 소녀예요. 어렸을 때 좋아했는데 결코 잊을 수가 없었어요. 그녀가 죽었다고 생각했는데 다시 찾은 거예요. 베티, 고마워요."

"빈정거리는 게 아녜요. 진지하게 얘기한 거예요." 베티는 스스로를 방어하려 했다.

"셀리아가 그 사실을 알아서는 안 되는 이유는 뭐지?" 파이텔존이 물었다. "인생이 현상을 유지하기를 기대할 때마다 뭔가 예상치 못한 일이 벌어진단 말야. 세계사는 베이글과 똑같은 밀가루 반죽으로 이루어져 있어. 우선 신선해야 하지. 민주주의와 자본주의가 실패하는 이유가 거기에 있다네. 그것들은 부패하게 되어 있어. 우상숭배가 그토록 흥미로워지는 이유도 거기에 있지. 매년 새로운 신神을 살 수도 있어. 우리 유대인들은 영원한 신으로 세계에 부담을 줬고, 그래서 그들은 우리를 미워하지. 기번은 로마 제국이 몰락한 이유를 밝히려고 무척이나 애를 썼네. 로마가 멸망한 이유는 단 한 가지야. 낡게 되면서지. 하늘에도 새로운 것을 향한 열정이 있다는 얘기를 들은 적이 있어. 별은 스스로가 별인 게 싫어 결국에는 신성이 되지. 은하수는 자신에게 싫증이 나 알 수 없는 곳으로 날아가기 시작했고. 그녀에게 직업은 있나? 자네 약혼녀 말일세, 은하수가 아니라."

"아뇨, 앞으로도 못 가질 거예요." 내가 말했다.

"어디 아프기라도 한 건가?"

"네."

"건강한 것에 싫증이 나면 몸이 아프게 되지. 사는 것에 싫증이 나면 죽게 되고. 그러다 죽은 상태로 충분히 있게 되면 개구리나 풍차로 환생하게 된다네. 여기 커피는 바르샤바에서 최고야. 한 잔 더 주문해도 될까요, 슬로님 양?"

"열 잔을 주문해도 돼요. 하지만 제발 슬로님 양이라고는 부르지 말아요. 내 이름은 베티예요."

"나는 커피를 너무 많이 마시고 시가를 너무 많이 피워. 그런데도 담배와 커피에는 싫증이 나지 않는단 말이야. 이거야말로 진짜 수수께끼지."

2부

8

1

속죄일[1] 저녁 이틀 전 바셸레는 희생제를 지내기 위해 암탉 두 마리를 사왔다. 한 마리는 자신을, 다른 한 마리는 쇼샤를 위한 것이었다. 그녀는 나를 위해서 수탉을 사고 싶어 했지만 나는 내 죄 때문에 한 생명이 죽게 되는 것을 반대했다. 어떤 작가들은 이디시어 신문을 통해 이 의식이 우상숭배적인 성격이 있다며 반대를 했다. 시온주의 지지자들은 대신 헌금을 낼 것을 제안했는데 그 돈은 팔레스타인 건설을 위한 유대인 국가 기금으로 사용될 것이었다. 그럼에도 크로크말나 가에 있는 모든 아파트에서 암탉이 울고 수탉이 비명을 지르는 소리를 들을 수 있었다. 암탉을 잡기 위해 야나쉬 시장에 간 바셸레는 두 시간 동안 돌아오지 않

---

1 유대력으로 7월 10일. 단식을 하고, 대제사장이 산 제물을 바치며 인류의 죄를 속죄하기 위한 의식을 거행한다(편집자 주)

았다. 사람이 너무 많아 도살장에 갈 수가 없었던 것이다. 저녁 무렵이 되자 거리에는 소매치기들조차 보이지 않았다. 6번가에 있는 소굴은 폐쇄되었다. 매음굴에는 촛불이 켜졌지만 방문객은 허용되지 않았다. 공산주의자들조차도 어딘가에 숨어 있었다. 바셸레는 유대교 회당에서 자리 하나를 샀다. 저녁 식사 무렵 그녀는 모래가 담긴 단지 속에 커다란 촛불-영혼의 촛불-을 꽂은 다음 우리가 10번지에 살 때 휴일에 입었던 비단옷을 입었다. 그녀는 서랍에서 결혼 선물로 받은 기도서 두 권을 꺼내 예배를 드리러 갔다. 떠나기 전 그녀는 쇼샤와 나를 축복해 주었다. 그녀는 내 머리에 손을 얹고, 내가 마치 아들이라도 되는 듯 축복을 해주었다. "하느님이 자네를 에브라임과 므낫세[1]로 만들어주시기를."

나는 쇼샤와 잠시 있었다. 키스를 하려 했지만 그녀는 금지된 것이라며 경고를 했다. 그녀는 속죄일이 끝난 다음 먹을 식사를 준비하는 어머니를 돕느라 하루 종일 바빴고, 계속해서 하품을 하더니 잠이 들어버렸다. 그녀는 안색이 좋지 않았다. 그녀는 색이 바래고 촛농과 눈물로 얼룩진 어머니의 기도서에 있는 기도를 읽어달라고 했지만 나는 거절했다. 잠시 후 나는 휴일을 잘 보내라고 한 다음 파이텔존이 저녁을 함께 보내자고 초대한 곳에 가기 위해 집을 나섰다.

유대인 거리에는 침묵이 흘렀다. 전차가 텅 빈 거리를 지나가고 있을 뿐 가게들은 문을 닫은 상태였다. 머

---

1 성경에 나오는 인물들. 요셉의 두 아들로 할아버지인 야곱에게 축복을 받았다(편집자 주)

리 위로는 별들이 촛불의 불꽃처럼 펄럭거렸다. '병기고'라 불리는, 들루가 가에 있는 감옥조차도 철창 뒤로 희미한 빛을 내뿜으며 경건한 우수에 젖어 있는 것처럼 보였다. 밤 자체가 어떤 신성한 의무를 다하고 있는 것 같았다. 파이텔존의 아파트는 프레타 가 근처에 있는 어떤 건물 안에 있었다. 그는 자신 외에 다른 유대인 세입자는 살지 않는다고 말했다. 그곳은 유대인이 아닌 다른 사람들도 살지 않는 것처럼 보였다. 정문 입구엔 불이 켜져 있지 않았고, 저녁에도 앞쪽 유리창 불이 켜지는 일이 없었다. 나는 돌로 된 계단을 따라 층계참 네 곳을 올라 그의 방으로 갔지만 문 안쪽에선 어떤 소리도 들리지 않았다. 나는 종종 그곳이 유령의 집은 아닌가 하는 생각을 하곤 했다.

문을 두드리자 파이텔존이 문을 열어주었다. 회색 벽에, 천장은 높고, 램프가 하나밖에 없는 아파트는 커다란, 거의 텅 빈 방 하나로 이루어져 있었다. 문을 열면 바로 작은 부엌으로 이어졌다. 이 박식한 남자가 낡은 독일어 백과사전 외에 거의 어떤 책도 갖고 있지 않다는 것이 무척 이상했다. 그에게는 책상도 없었다. 그는 침대 대신 검은 담요가 덮인 긴 의자에서 잠을 잤다. 마크 엘빙거가 긴장한 듯 몸을 꼿꼿이 한 채로 긴 의자에 앉아 있었다.

내가 그들 사이의 논쟁을 방해한 것이 틀림없었다. 한참 동안 아무 말이 없던 파이텔존이 말했다. "마크, 유대인이 저지른 모든 잘못 중에서도 가장 큰 잘못은 그들이 스스로를 속였다는 거네. 그리고 나중에는 다른 사람들도 속였지. 하느님은 자비롭고, 자신의 창조물을 사랑하며, 악을 저지르는 자들을 미워한다고 말야. 그리고 우리의 성자들과 예언가들은 그 나머지 모든 것들을 설파했지. 모세에서부터 하페츠 하임에 이르기까지. 고대 그리스인들은 이런 속임수를 부추기지 않았는데 거기에 그들의 위대한 점이 있어. 유대인들은 다른 민족들이 우상숭배를 한다고 비난하면서도 스스로 정의라는 우상에 봉사했지. 기독교의 교리는 소망에서 비롯된 생각의 결과물이네. 히틀러는 야만적이긴 하지만 이제 이렇듯 잘못된 생각에 빠진 세상 사람들을 최면에서 깨어나게 하려고 애를 쓰고 있네. 하지만…… 오, 또 전화가 왔군! 속죄일에 말야!"

나는 논쟁에 끼어들 기분이 아니었고, 그래서 창가로 갔다. 오른쪽으로 비스툴라 강이 보였다. 4분의 3 정도 찬 달이 어두운 물 위로 은빛 그물을 드리우고 있었다. 엘빙거가 내 옆으로 왔다. 그는 "우리 파이텔존 선생은 이상한 사람이야"라고 말했다.

"그가 어때서요?"

"삼십 년 넘게 알아왔지만 속을 모르겠어. 그가 하는 모든 말은 한 가지 목적밖에는 없어. 그가 정말로 생각하는 것을 감추기 위한 거지."

"그가 정말로 생각하는 건 뭔데요?"

"우울한 생각들이지. 그는 모든 것에 실망하고 있는데 주로 자신에 대해 그렇다네. 그의 아버지는 금욕주의자였어. 어딘가에 아직 살아 있을지도 몰라. 모리스에게는 딸이 하나 있는데 기저귀를 하고 있는 걸 본 게 마지막이야. 모리스 때문에 자살한 여자를 두 명 알고 있지. 하나는 베를린에 살던 독일인이었고, 다른 하나는 런던에 살던 선교사의 딸이었지……."

파이텔존은 투덜대며 수화기를 내려놓았다. "내 생각에는 여자들의 제일가는 열정은 섹스가 아니라 얘기를 하는 것 같아." 그가 말했다.

"뭘 원해?" 엘빙거가 물었다.

"잘 알잖아, 자네는 마음을 읽는 사람이잖아."

대화는 다시 신비주의로 돌아갔다. 파이텔존이 말했다. "여기에는 알려지지 않은 힘이 있어. 그래. 하지만 그것들 모두는 자연이라고 불리는 신비의 일부이지. 자연이 뭔지는 아무도 알지 못하지만 그것 자신도 스스로를 모르는 것 같아. 나는 전지전능한 존재가 제7천국의 영광의 왕좌에 앉아 있는 것을 — 오른쪽에는 메타트론이, 왼쪽에는 산달폰[1]이 있지 — 어렵지 않게 그려볼 수 있어. 하느님은 그들에게 묻지. '나는 누구지? 나는 어떻게 생겨나게 되었지? 내가 나 자신을 창조했나? 내게 이런 힘을 준 건 누구지? 결국 내가 영원히 존재할 수는 없지. 나는 지난 억겁의 세월을 기억할 뿐이야. 그 이전의 모든 것은 흐릿해. 그래, 얼마나 더 오래갈 것 같나?' 잠깐만, 마크, 코냑을 갖다주겠네. 뭘 좀 먹어야 할 것 같지 않나? 므두셀라[2]만큼이나 오래된 과자가 있지."

파이텔존은 부엌으로 갔다. 그는 한참 후 코냑 잔 두 개와 비스킷이 조금 든 접시를 가져왔다. 나는 금식 중이라고, 그리고 그 이유는 그것이 하느님의 뜻이라고

---

1 유대교 및 일부 기독교 저술에서 등장하는 천사들의 이름(편집자 주)
2 구약성서에 나오는 인물로 노아의 할아버지. 성서에 나오는 인물 중 최고령인 969년을 살았다고 한다(편집자 주)

믿어서가 아니라 어떤 식으로든 내 가족과 다른 모든 유대인들의 일부로 남기 위해서라고 했다. 파이텔존은 엘빙거와 잔을 부딪혔다. "축배를! 우리 유대인들은 계속해서 영생을, 아니면 최소한 영혼의 불멸을 원하고 있지. 사실 영생은 재앙일 수도 있는데 말야. 어떤 키 작은 상점 주인이 죽어가고 있는데 그의 영혼이 수백만 년 동안 날아다니며 여전히 자신이 치커리와 이스트, 콩을 판 적이 있으며 한 고객에게 18그로시를 받을 게 있다는 것을 잊지 않고 있다고 상상해 보게. 아니면 어떤 작가의 영혼이 천만 년 후에 그에게 쏟아진 나쁜 평에 대해 분개하고 있는 것을."

"영혼은 똑같은 상태로 머물지 않아. 성장하지." 엘빙거가 말했다.

"과거를 잊는다면 더 이상 똑같지 않겠지. 그리고 인생의 모든 사소한 것들을 기억한다면 성장할 수 없을 거네. 영혼과 육체가 똑같은 동전의 양면이라는 데에는 의심의 여지가 없네. 이 점에서 스피노자는 칸트보다 용기가 있었지. 칸트의 영혼은 잘못된 부기 체계의 잘못된 숫자에 지나지 않아. 건배! 앉지."

대화는 다시 비밀스러운 힘으로 돌아갔다. 엘빙거가 말했다. "그래, 그것들은 존재하지. 하지만 그것들이 무엇을 나타내는지는 모르겠어. 그것과 관련한 나 자신의 경험은 내가 어렸을 때 시작되었네. 우리는 센시민이라는, 지도상에서도 찾을 수 없는 아주 작은 마을에 살고 있었지. 사실 그곳은 유대인 20~30가구가 이주를 한 작은 마을이었네. 내 아버지는 가난뱅이였지. 우리는 방 두 개를 썼는데 하나는 예배를 드리는 곳이

었어. 다른 하나는 침실이자 다른 모든 것을 하는 곳이
었지. 내게는 치파라는 누나와 욘켈이라는 형이 있었
다네. 나는 증조부 이름을 따 모쉬 모텔이라는 이름을
갖게 되었지만 모텔레라 불렸고, 나중에는 마크로 바
뀌었지. 나는 두 살 때 일도 몇 가지 기억이 나. 내 침
대는 아이들이 낮에 공부를 하는 예배실에 있었어. 차
양이 있는 창문 두 개는 동쪽으로 나 있었는데 아침에
그 사이로 햇빛이 들어와야 했기 때문이야. 지금 내가
하는 얘기는 소위 말하는 신비가 아니라, 모든 것이 신
비로 가득 차 있다는 어떤 느낌과 관련이 있어. 한번
은 아주 일찍 일어난 게 기억나. 부모님과 형과 누이는
아직 자고 있었지. 떠오르는 해가 차양 틈 사이로 비
쳐 들었고, 햇빛에 먼지 기둥이 솟아오르는 것이 보였
어. 그날 아침은 놀랍도록 명료하게 기억이 나. 문맥을
이루는 언어로 그 생각을 나타내기에는 너무 어렸던
게 분명하지만 나는 '이 모든 것이 뭐지? 이 모든 것이
어디에서 왔지?' 하고 궁금해했어. 다른 아이들도 그
런 경험이 있을 테지만 그날 아침 내 감정은 너무 강
렬했고, 나는 본능적으로 부모님이 어떤 해답도 제공
해주지 않을 테니 그것에 대해 물어서는 안 된다는 것
을 알았지. 천장에 광선이 비쳤어. 햇빛과 그림자의 그
물이 그것을 가로지르며 어른거렸어. 나는 나 자신과
내가 보고 있는 것들—벽과 바닥, 내가 머리를 베고 있
던 베개—이 모두 하나라는 것을 깨달았지. 그 후 우주
적인 의식, 일원론, 범신론에 대해 읽게 되었지만 그토
록 큰 충격은 경험하지 못했어. 게다가 그것은 내게 드
문 쾌감을 주었지. 나는 영원과 하나가 되었고, 그것을

즐겼다네. 때로 그것이 삶에서, 우리가 죽음이라고 부르는 것으로 넘어가는 상태처럼 여겨지기도 해. 우리는 그것을 마지막 순간이나 어쩌면 죽음 직후에 경험할 수도 있을 거야. 내가 이 얘기를 하는 이유는 내가 살면서 죽은 사람을 얼마나 많이 봤건 간에 그들 모두가 똑같은 표정을 지었다는 것 때문이야. '아하, 이게 바로 그거군! 이게 뭔지만 알 수 있었다면! 다른 사람들에게 이 얘기를 해줄 수 없다니 정말 안타깝군!' 하는 표정 말야. 심지어는 죽은 새나 생쥐도 이런 표정을 짓지. 인간만큼 분명하게는 아니지만.

내 첫 번째 영적인 경험―그렇게 부를 수 있다면 말이지만―은 깨어 있을 때 찾아올 수도 있는 어떤 거였다네. 물론 그것이 꿈이 아니었다는 건 내가 자네들과 여기 앉아 있는 게 꿈이 아니라는 것만큼이나 확실한 것이지만. 한번은 밤에 집을 나선 게 기억나. 우리 집은, 아니 사실상 그곳에 살던 모든 유대인들의 집이 시장이라 불리는 모래 지대 근처에 지어져 있었어. 가게, 기도를 드리는 곳과 세례식을 거행하는 곳, 술집도 그곳에 있었지. 얼마나 늦은 시간이었는지는 알 수 없었지만 시장은 인적이 드물었어. 가게는 모두 닫혀 있었고 셔터가 내려져 있었지. 침대에서 나온 나는 문을 열었어. 밤이 환했어. 달은 아니고, 아마 별빛 때문이었을 거야.

우리 집 건너편에는 다른 집이 있었어. 그 소작인의 오두막은 밀짚 지붕이었는데 유대인들 집은 굽은 판자 지붕이었지. 말할 필요도 없이 그 집은 낮았어. 바깥으로 걸음을 내딛는 순간 건너편 지붕 위에 뭔가가 앉아 있는 것을 보았지. 사람일 거라고 생각했지만 달랐어. 우선 그는 팔도 다리도 없었어. 그리고 그는 지붕 위에 서 있지도, 앉아 있지도 않았어. 그는 그 위에 떠 있었어. 그가 내게 말을 하지는 않았지만, 나는 그 위로 올라가는 것은 내 죽은 형제들이 간 곳에 가는 것이라는 것을 알고 있었지. 그럼에도 그에게 가고 싶은 강렬한 충동을 느꼈어. 내 눈을 믿을 수 없었던 나는 겁에 질려 갈팡질팡하며 숨을 헐떡이는 채 서 있었지.

문득 나는 인간인지 괴물인지 알 수 없는 그자가 나를 꾸짖기 시작하는 것을 알 수 있었어. 물론 그는 아무 말도 하지 않았지만 말야. 그는 나를 향해 무슨 삽 같은 걸 기울였어. 그건 삽은 아니었고, 그의 몸에서 나온 어떤 것이었어. 일종의 혀 같았는데 너무 길고 넓어 입에서는 나올 수 없는 것이었지. 그게 아주 가까이까지 뻗어왔고, 금방이라도 나를 붙잡을 것 같았어. 나는 끔찍한 두려움에 질려 비명을 지르며 집 안으로 달려 들어갔지. 사람들이 깼어. 그들은 내게 숨을 불어넣으며 주문을 외웠어. 어머니와 아버지, 치파와 욘켈이 맨발에 잠옷을 입은 채로 왜 그렇게 소리를 질렀는지 물었어. 하지만 대답을 할 수도 없었고, 하고 싶지도 않았어. 마땅한 말을 찾을 수 없을 뿐만 아니라 그들이 내 말을 믿지도 않을 테고, 무엇보다도 아무 말도 하지 않는 게 나을 것 같아서였어. 사실 이 얘기를 하는 건 오늘 밤이 처음이야. 그때부터 나는 비밀스러운 몽상가가 되었지. 낮에도 종종 빛과 그늘로 인한 현상과는 상관없는 그림자를 내 집 벽에서 보곤 해. 이것들은 벽을 기어 다니고 벽 안으로 들어가기도 하는 존재들이야. 때로는 반대쪽에서 두 그림자가 나와 하나가 다른 하나를 삼키기도 하지. 어떤 것들은 키가 커. 머리가 천장에 닿기도 해. 그것을 머리라고 부를 수 있다면 말이지만. 다른 것들은 작아. 때로는 바닥에 있는 것도, 다른 집의 바깥에 있는 것도, 공중에 있는 것도 봤어. 그것들은 항상 바빠. 왔다 갔다 분주하지. 잠시라도 멈추는 일이 드물어. 오늘 유령을 보았다는 말을 하고 있지만 그것은 단순히 그렇게 부른 것뿐이야. 한 가지 생각이 들어. 나는 그것들을 남자와 여자로 나누었지. 그것들이 두렵지는 않아. 그냥 호기심이 있다고 하는 편이 더 정확할 거야.

어느 날 밤 내가 잠자리에 들고 어머니가 불을 끈 후 달빛이 차양 틈 사이로 비쳐들었을 때 뭔가 부석거리는 소리를 들었어. 그것을 어떻게 묘사해야 할까? 마른 종려나무 잎이 흔들리는 것 같기도 했고, 버드나무 가지를 때리는 것 같기도 했고, 물을 뿌리는 것 같기도 했고, 뭔가에 비교할 수 없는 다른 어떤 것 같기도 했어. 벽이 콧노래를 하며 웅웅거렸는데 특히 구석에서 그랬어. 그리고 그때까지만 해도 낮에만 보았던 형태들이 두꺼운 소용돌이를 일으키며 달려가기 시작했어. 그것들은 여기저기로 서둘러 갔고, 소음이 들려오는 구석에서 만났고, 빛줄기 위를, 바닥을 가로질러 달렸어. 내 침대가 요동치기 시작했어. 내 아래 있는 모든 것들이 흔들리며 튀어 올랐고 매트리스 안을 채운 밀짚이 살아 있는 것처럼 보였어. 잠시 겁에 질렸지만 이번에는 소리를 지르지 않았어. 매를 맞거나 다른 벌을 받을까 두려워서였지. 나이가 들면서 그 진동이 지진으로 인한 것일 수도 있었다는 생각을 하게 되었지만 부모님과 다른 마을 사람들에게 지진을 경험한 적이 있냐고 물었더니 그런 적이 없다고 대답했어. 폴란드에도 지진이 있었는지는 모르겠어. 그 소음과, 여기저기를 달려가던 형체는 오랫동안 잊히지 않았지. 집 밖에서 있었던 일과 그날 밤 집 안에서 경험한 것이 꿈이나 악몽이었다고 할 수도 있겠지만 나는 그렇지 않다는 것을 알고 있어.

그 후로는 이런 환영들을 – 그것이 무엇이었든 간에 – 거의 경험하지 못했지만 다른 것들이 생겨났지. 여자아이들 – 유대인이 아닌 여자아이들까지 포함해서 – 에 대한 충동이 생겨났어. 점차 나는 어떤 소녀에 대해 충분히 오랫동안, 또는 충분히 강렬하게 생각하면 그녀가 자석에 끌리듯 내게로 오게 된다는 것을 깨닫게 되었어. 나한테 특별한 힘이 있다고는 생각지 않아. 기본적으로 나는 합리주의자야. 확률적으로는 일어날 수 없는 우연한 일들이 일어나고 있다는 걸 알아. 원판 돌리기 놀이를 할 때면 내가 원하는 글자에 대여섯 번이 떨어져. 그건 우연이라고 볼 수 있지. 하지만 열 번을 돌렸는데 똑같은 글자가 나올 때는 우연이 아니야. 원판 돌리기 놀이보다는 여자아이에 대한 얘기가 듣고 싶겠지. 어느 정도였냐 하면, 내가 마음속으로 어떤 여자에게 어느 어느 거리에 있는 어느 어느 번지로 오라고 지시를 하면 – 당시 우리는 바르샤바에 살고 있었어 – 그녀가 그곳으로 왔어. 그것을 증명해 보일 수는 없어. 매번 원판 돌리기로 증명해 보일 수도 없고. 이 힘들은 이상하게도 짓궂은 경향이 있는 것 같

아. 그것들은 악의적이고, 연필과 시계를 갖고 시범을 보이는 건 싫어해. 그것들은 과학과 과학자를 싫어하는 것 같아. 사실 이런 얘기는 내 귀에도 말도 안 되는 것으로 들려. 이 힘들은 무엇일까? 살아 있는 존재들일까? 그리고 그것들이 과학과 과학자를 싫어하는 이유는 뭘까? 거짓말에 대한 변명으로 들릴 수도 있겠지. 그리고 나는 여러 번 거짓말쟁이라는 얘기를 들었어. 그것들이 과학적으로 통제되어 자신의 힘을 보일 수 없을 때면 나도 나 자신을 거짓말쟁이로 생각하지. 한데 우리의 성기도 변덕으로 가득하지 않은가? 그리고 그것들 또한 어떤 점에서 반과학적이지 않은가? 모리스, 자네도 카메라와 미터기, 그리고 온갖 종류의 측정 도구들을 갖고 있는 열 명의 교수들이 있는 가운데서 어떤 여자와 잠자리를 같이하라는 주문을 받으면 어쩔 텐가. 아마도 쉽게 허락하는 돈 후안[1]은 못 될 걸세. 괴테와 하이네 같은 시인들이 교수와 도구에 둘러싸여 위대한 시를 써보라는 지시를 받게 되면 어떻게 될 것 같나? 자네가 수백 명의 관중들이 있는 밝은 홀에서 바이올린을 연주할 수는 있겠지. 하지만 베토벤이나 모차르트가 그런 상황에서 교향곡을 쓸 수 있을지는 회의적이지. 나는 엄격하게 통제된 상황과 많은 군중 앞에서 많은 일들을 해냈지만 가장 의미 있는 사건들을 경험한 건 혼자 있을 때였어. 누구도 결과를 기대하지 않았고, 나 또한 조롱이나 야유를 받을까 봐 걱정할 필요가 없었지. 부끄러움은 엄청난 힘이야. 대체

1 전설 속 가상의 인물로 호색한의 상징 같은 존재이다(편집자 주)

로 부정적인 힘이긴 하지만. 많은 남자들이 매춘굴에 가고자 하지만 창녀 앞에서 발기가 되지 않을까 봐 가지 않지. 신비한 능력이 성기보다 덜 변덕스러울 이유는 없지. 현재의 난 사람들 앞에서 최면을 걸 수 있어. 최면을 거는 법은 배워야 했지. 실패에 대한 두려움은 극복했지만 완전히는 아냐. 내가 주먹으로 테이블을 내리치면 테이블은 역으로 그 주먹을 치게 되지. 영적인 문제와 관련해서도 이건 사실이야. 모든 최면은 역최면이기도 해. 잠이 들지 않을까 두려워 밤새 깬 채로 누워 있게 되었다고 해봐. 그런데 그때 다른 행성에서 온 교수들이 단 한 차례 나를 방문해 내 주위에 앉아 있게 되면 그들은 내가 전혀 잠을 자지 않는다고 결론을 내릴 거야. 훌륭한 배우가 되어 무대 위에서 자연스럽게 말하고 행동하는 것이 왜 그렇게 어렵지? 집에서는 모든 여자가 사라 베르나르야. 나는 훌륭한 학자들이 누구보다도 자신이 잘 알고 있는 주제를 청중 앞에서는 분명히 얘기하지 못하는 걸 보았네.

그래, 나는 나 스스로도 놀랍고, 다른 영혼들을 지배할 수 있다는 확신이 드는 일들을 해. 물론 그들 중에는 거의 모르는 사람들도 종종 있어. 어쩌면 그들은 단한 번 나를 보았을 거야. 여자 문제에 있어 너무나 성공적인 게 두렵기도 해. 그런데 최면이라는 건 뭐지? 내 이론에 따르면 그건 한 영혼이 다른 영혼과 직접 소통하는 데 사용되는 언어야.

우리의 의식적인 최면 능력은 한계가 있어. 내가 원판에 최면을 걸었다고는 생각지 않아. 어쩌면 내가 원하는 곳에 떨어지도록 원판을 돌리는 내 손에 최면을 걸었을 수도 있지. 하지만 누가 최면술이 단순히 생물학적인 힘이라고 말하지? 어쩌면 그것은 물리적인 것일 수도 있어. 어쩌면 중력은 일종의 최면술이 아닐까? 어쩌면 자력도 최면술이 아닐까? 어쩌면 하느님은 아주 강력한 최면을 걸 수 있는 최면술사여서 그가 '빛이 있을지니'라고 말하자 빛이 있게 되었을 수도 있어. 의자에게 걸으라고 지시하자 의자가 벽에서 벽으로 걸으며 춤까지 춘 얘기를 어떤 여자에게 들은 적이 있어. 어떤 요정은 접시를 들어 깨뜨리고, 돌을 던지고, 잠긴 문을 열기도 해. 언젠가 한 여자가 내게 와서는 그녀가 부엌에 들어가자 단지가 일어나 그녀 쪽으로 날아와 발치에 살며시 내려앉았다는 얘기를 했어. 그녀는 신성한 모든 것의 이름을 걸고 사실이었다고 맹세했어. 그 노파는 변호사를 남편으로 뒀던 과부였고 다 자란 아들과 딸들의 어머니였으며 교육을 받은 위엄 있는 여자였지. 그런 얘기를 지어낼 이유는 없었어. 그녀는 내가 그 신비를 설명해 줄 수 있기를 바라며 찾아온 거였어. 오랫동안 그 때문에 괴로웠던 거야. 그녀는 단지가 그녀 발치에 떨어지지 않고, 조심스럽게 내려앉았다고 했어. 그날 이후로 그녀는 그 단지를 무서워하게 되었어. 그녀는 단지가 또 다른 묘기를 부리기를 기다렸지만 보통 단지처럼 있었어. 얘기를 하면서 그 여자는 울었어. 그것이 죽은 남편이 보낸 인사였을까? 그녀는 내가 설명을 해주기를 바라며 두 시간을 있었지만 내가 해줄 수 있었던 말은 단지가 스스로 움직였다기보다는 어떤 힘-보이지 않는 손-이 그것을 들어올려 그녀의 발치에 내려놓았다는 것이었어. 그녀가

'단지가 장난을 치고 싶어 했던 걸까요?'라고 말한 게 기억나."

"만약 그 이야기가 사실이라면 우리의 모든 가치와 세계관을 재점검해야 하겠군." 파이텔존이 말했다. "그런데 왜 단지나 다른 물체가 물리학자나 화학자, 또는 최소한 카메라를 갖고 있는 사진가 앞에서는 떠오르지 않는 거지? 왜 이런 경이로운 일들이 항상 조용한 과부의 부엌에서나 일어나는 거지? 왜 요리사들이 여럿 있는 부엌에서는 그런 일이 일어나지 않는 거지? 단지들이 부끄러움을 타서일까?"

열 시 반이 되자 엘빙거는 가봐야 한다고 했다. 그는 약속이 있었다. 나도 함께 나오고 싶었지만 파이텔존은 그대로 있으라고 고집을 부렸다.

그는 시가에 불을 붙였다. "저 위대한 영웅은 우울증 환자야. 그는 자신이 여러 가지 병으로 고통을 받고 있다고 믿게끔 스스로 최면을 걸었지. 그는 몇 년 동안 잠을 못 잤다고 확신하고 있어. 위궤양도 있지. 아마 발기도 안 될 거야. 여자들은 그를 놓아두려 하지 않지만 독신을 고집하고 있지. 인간의 역사는 최면술의 역사야. 모든 전염병이 대규모의 최면이라는 게 나의 확신이네. 신문에서 독감이 발생했다고 보도하면 사람들이 독감으로 죽어가기 시작하지. 나도 온갖 종류의 말도 안 되는 얘기를 나 자신에게 주입시켰다네. 더 이상은 책도 한 권 읽을 수가 없어. 첫 문장을 읽고 나면 하품이 나기 시작해. 여자들도 진력이 나. 그들이 하는 얘기를 들으면 정나미가 떨어져. 셀리아도 마찬가지야. 여기 와 한두 시간씩 떠들곤 하지. 하이믈은 양성애자야. 때로는 나도 그런 것 같아. 걱정하지 말게. 자네 몸에는 손을 대지 않을 테니까."

전화벨이 다시 울렸다. 파이텔존은 그냥 벨이 울리게 내버려 두었다. 그는 선 채로 이전과는 다른 방식으로 나를 쳐다보았다. 그의 표정에는 뭔가 아버지 같고 형 같은 데가 있었다.

"셸리아야. 자네, 피곤해 보이는군. 집에 가고 싶으면 가게. 추칙, 폴란드에 머물지 마. 흐멜니츠키[1] 시대보다도 더 지독한 대학살이 곧 이곳에서 일어나게 될 걸세. 비자를 얻을 수 있으면 – 관광 비자라도 말야 – 탈출을 하게! 휴일 잘 보내고."

그런 다음 그는 벨이 울리고 있는 전화기가 있는 곳으로 갔다.

2

바르샤바 거리는 너무도 조용해 내 발자국이 울리는 소리까지 들을 수 있을 정도였다. 창문에는 아직도 촛불이 타고 있었다. 레스즈노 가에 있는 집의 정문은 닫혀 있었고, 수위가 천천히 걸어와 문을 열었다. 내가 곧 이사를 가고자 하는 것을 알기라도 하는 듯 그는 투덜댔다. 엘리베이터 열쇠가 있었지만 어두운 계단을 걸어 올라갔다.

아파트 문을 두드리자 테클라가 문을 열어주었다. 그녀가 말했다. "오늘만도 전화벨이 백 번은 울렸을 거

---

1 보흐단 흐멜니츠키(1595-1657). 우크라이나 지역의 지도자. 코자크인들의 반란을 주도해 1648년 폴란드를 침공했다. 봉기 과정에서 수많은 유대인들을 학살하였다(편집자 주)

예요. 베티 양이었어요."

"고마워요, 테클라."

"오늘 같은 신성한 날에는 예배당에 가는 거 아녜요?" 그녀는 나무라듯 물었다.

어떻게 대답을 해야 좋을지 알 수 없었다. 나는 내 방으로 갔다. 불도 켜지 않은 채로 옷을 벗고 침대에 누웠다. 피곤했지만 잠이 오지 않았다. 얼마 남지 않은 돈이 사라진 다음에는 어떻게 할 것인가? 돈을 벌 가능성이 보이지 않았다. 내가 처한 상황에 두려움을 느끼며 누워 있었다. 파이텔존은 최소한 강연을 통해 생계비는 벌고 있는 것 같았다. 그는 셀리아와 다른 여자들에게서 돈을 받았다. 그의 아파트는 월세가 삼십 즈워티도 되지 않았다. 나는 아픈 소녀를 책임지기로 한 상태였다.

잠이 들었다가 흠칫 놀라며 깼다. 복도에서 전화벨이 울리고 있었다. 시계의 야광침은 두 시 십오 분을 가리키고 있었다. 맨발로 걷는 소리가 들렸다. 테클라가 전화를 받으러 달려가고 있었다. 그녀가 속삭이는 소리가 들렸다. 내 방문이 열렸다. "당신 전화예요!" 그녀의 목소리는 일 년 중 가장 신성한 날을 욕되게 한 유대인에 대한 분노를 담고 있었다. 나는 침대에서 일어나면서 그녀와 부딪혔다. 그녀는 잠옷만 입고 있었다. 복도에서 수화기를 든 나는 베티의 목소리를 들었다. 싸움 중인 사람의 목소리처럼 거칠었고 귀에 거슬렸다. 그녀가 말했다. "당장 호텔로 오도록 해요! 속죄일 밤늦은 시간에 전화를 한 거라면 사소한 일은 아니라는 걸 알 수 있을 거예요."

"무슨 일이에요?"

"하루 종일 전화를 했어요. 속죄일 밤에 어딜 돌아다닌 거예요? 지난밤에 한잠도 못 잤고, 오늘 밤에도 눈을 감고 있을 수가 없었어요. 샘이 많이 아파요. 수술을 받아야 하는 상태예요. 우리 사이에 관해 모두 얘기했어요."

"그에게 무슨 일이 있는 거예요? 왜 얘기를 했어요?"

"어젯밤에 화장실에 가려고 일어났지만 소변을 누지 못했어요. 너무 고통스러워해 응급실에 전화를 했어요. 도뇨관을 꽂았지만 수술을 해야 해요. 그는 이곳 병원에선 싫다며 미국에 있는 주치의한테 가겠다고 고집을 피우고 있어요. 오늘 그를 본 의사는 심장이 약해서 수술에서 회복하지 못할 것 같다고 했어요. 그가 살아날 수 있을 것 같지 않아요. 그는 나를 옆으로 불러 '베티, 나는 죽게 될 거야. 하지만 당신에게 뭔가를 주고 싶어'라고 말했어요. 그는 내가 참을 수 없는 말들을 했어요. 그래서 나는 진실을 모두 얘기했죠. 그는 당신과 얘기를 하고 싶어 해요. 택시를 타고 바로 오도록 해요. 그는 내게 아버지처럼 굴고 있어요. 물론 아버지보다 더 가까운 사이처럼이긴 하지만. 속죄일이라는 건 알지만 이건 지체할 수 없는 일이에요. 올 거죠?"

"그래요. 하지만 그에게 얘기를 하지는 말았어야 했어요."

"나는 태어나지 말았어야 했어요! 빨리 와요!" 그녀는 전화를 끊었다.

서둘러 옷을 입으려 했지만 그 바람에 옷이 손에서 흘러내렸다. 칼라 단추가 떨어져 침대 아래로 굴러갔다. 몸을 숙여 그것을 집다가 이마를 가로대에 부딪혔다. 방은 따뜻했지만 한기가 느껴졌다. 나는 등 뒤로 문을 닫고 불 꺼진 계단을 달려 내려가기 시작했다. 다시 한번 벨을 눌러 수위가 정문을 열어주기를 기다려야 했다. 포장도로는 젖어 있었다. 비가 왔던 모양이다. 거리는 텅 비어 있었다. 나는 보도에 서서 택시가 오기를 기다렸지만 곧 밤새 기다려도 택시를 잡지 못할 수도 있다는 것을 깨달았다. 비엘란스카 가와 크라쿠프 교외 방향으로 접어들었다. 아직도 운행 중인 유일한 전차는 반대 방향으로 갔다. 나는 걷는 대신 뛰었다. 결국 호텔에 도착했다. 종업원은 벌집 모양의 열쇠함 앞에서 졸고 있었다. 나는 베티의 방문을 두드렸다. 아무도 대답하지 않았다. 이번에는 샘 드라이만의 방문을 두드렸다. 베티가 안으로 들어오게 했다. 그녀는 파자마를 입고 슬리퍼를 신고 있었다. 한밤중인데도 실내는 환하게 불이 켜져 있었다. 샘은 베개를 벤 채로 눈을 감고 누워 있었는데 잠든 듯 보였다. 이불 아래로 나와 있는 작은 호스가 어떤 용기에 연결되어 있었다. 베티는 얼굴이 핼쑥했고 처져 있었다. 머리도 헝클어져 있었다. "왜 그렇게 오래 걸렸어요?" 그녀가 목소리를 죽이며 물었다.

"택시가 안 잡혀서 달려왔어요."

"오, 방금 잠들었어요. 약을 먹었죠."

"왜 이렇게 방이 환해요?"

"모르겠어요. 밝기를 줄일게요. 더 이상 내게 무슨 일이 일어나고 있는지를 모르겠어요. 한 가지 재앙이 지나가고 나면 또 다른 재앙이 찾아와요. 내 눈을 봐

221

요. 좀더 가까이 와요!"

그녀는 내 팔을 잡고 방의 반대쪽 창문 근처로 끌고 갔다. 그녀는 조용히 하라는 몸짓을 했다. 그녀는 속삭였지만 더 이상 담아둘 수 없을 만큼 많은 말들이 쌓인 듯 이따금 날카로운 소리를 냈다.

"아침 열 시부터 밤까지 계속해서 전화를 했어요. 어디 있었던 거예요? 계속해서 쇼샤와 있었던 거예요? 추칙, 여기서 내게는 당신밖에는 없어요. 샘은 성인이에요. 그에게 그런 고상한 영혼이 있었다는 사실을 전혀 몰랐어요. 오, 그 사실을 알았다면 좀더 잘해줬을 텐데. 그리고 충실했을 텐데. 하지만 이제는 너무 늦은 것 같아요. 코에 출혈이 있었어요. 내일 여기서 자문 회의가 있을 거예요. 미국 영사관에 전화했고, 그곳 사람들이 모든 조치를 취했어요. 그들은 최고의 의사들이 있는 개인 병실에 그를 입원시키려고 하는데 샘은 미국에서만 수술을 받겠다고 고집을 피우고 있어요. 그 난리 북새통에도 그는 나를 불러서 '베티, 당신이 추칙을 사랑한다는 거 알아. 부인해도 소용없어'라고 말했어요. 결국 그렇게 해서 모든 것을 털어놓게 되었죠. 나는 울기 시작했고 그는 키스를 하며 나를 '딸'이라고 불렀어요. 그에게 아이들이 있긴 하지만 그의 아내는 자식들에게 그에 대한 증오를 심어주었죠. 그들은 그를 법정으로 끌고 갔고 그가 아직 살아 있는 동안 유산을 차지하려고 애를 썼어요. 잠깐, 깨려고 하고 있네요."

나는 몸을 뒤척이며 신음하는 소리를 들었다.

"베티, 어디 있소? 방이 왜 이렇게 어둡지?"

그녀는 침대로 달려갔다. "달링! 더 주무실 줄 알았어요. 추칙이 왔어요!"

"추칙, 이리 오게. 베티, 불을 켜줘. 숨을 쉴 수 있는 한 어둠 속에 있고 싶지 않아. 추칙, 내가 아프다는 걸 직접 확인할 수 있을 걸세. 자네에게 아버지처럼 얘기를 하고 싶네. 아들 둘이 있고 모두 변호사지만, 그들은 평생에 걸쳐 나를 아버지가 아닌, 낯모르는 사람보다도 더 나쁜 존재로 취급했지. 사위도 있지만 사정은 다르지 않아. 내 딸은 그와 함께 살더니 못된 년이 되어버렸어. 오랫동안 마음이 좋지 않았네. 나는 갑자기 늙어버렸다네. 머리도 배도 다리도. 하루에 스무 번씩 화장실에 가지만 방광이 막혔어. 뉴욕에는 나를 돌봐주는 의사가 있지. 석 달마다 한 번씩 검진을 하고 마사지를 해준다네. 그는 내가 심장이 좋지 않다며 수술은 하지 않는 게 좋다고 말했어. 바르샤바에는 나를 맡길 의사가 없어. 게다가 극장 일로 바빠 모든 것을 미뤘지. 의사는 술을 마시지 말라고 했지만—위스키는 전립선에 자극을 주고 방광에도 좋지 않다는 거야—실패했다는 사실을 받아들이고 싶지 않았어. 의자를 가져와 앉게. 그래, 베티 당신도. 내가 무슨 말을 하고 있었지? 그래, 이제 하느님은 나를 거두어들이려고 하시는 것 같아. 어쩌면 부동산 사업을 하고 계시는데 이 샘 드라이만의 자문이 필요한지도 몰라. 때가 되면 가는 거지. 수술에서 살아남는다고 해도 오래가지는 못할 걸세. 이곳에 있으면서 체중을 뺄 생각이었지. 하지만 이십 파운드나 늘었어. 집에서 멀리 있으면서 다이어트를 하기는 어렵지. 바르샤바의 음식들은 마음에 들어. 고향 맛이 나거든. 그건 그렇고……."

샘 드라이만은 눈을 감은 채로 고개를 젓더니 다시 눈을 떴다. "추칙, 오늘은 속죄일이네. 예배당에 갈 수 있으리라 생각했었지. 틀로마카 가에 있는 예배당과 날레프키에 있는 하시디즘 예배당에도 가려 했지. 표도 샀어. 그러나 제안은 인간이 하지만 결말은 하느님이 지으신다네. 솔직하게 얘기를 하겠네. 내가 죽게 되었을 때 베티를 운명에 맡기고 싶지는 않네. 자네의 연애 사건에 대해 알고 있어. 베티가 모든 것을 털어놓았지. 사실은 그전에 알고 있었어. 어쨌든 그녀는 젊은 여자고 나는 노인이야. 한때는 나도 최고의 연인이었지. 얼마든지 그 얘기를 해줄 수도 있어. 하지만 칠십 대에 접어들어 혈압이 높아지게 되면 더 이상 영웅이 될 수 없지. 베티는 계속해서 자네 칭찬을 했네. 그녀는 자네에게 불운을 안겨주었다고 자신을 책망했어. 연극이 성공하기를 바랐지만 그럴 운명이 아니었던가 봐. 우리는 많은 얘기를 했지. 내 말을 막지 말고 잘 듣게. 그리고 내가 하는 말에 대해 잘 생각해 보게. 이제 나는 모든 것을 명료하게 볼 수 있어. 자네는 불쌍한 젊은이야. 재능은 있지만 재능이란 다이아몬드 같아서 광택을 내줄 필요가 있지. 자네가 발육부전의 어떤 병든 소녀와 사귀고 있다는 얘기를 들었네. 그녀도 불쌍해. 그걸 두고 뭐라고 하지? 두 시체가 춤을 춘다고 하나? 폴란드에서는 끝이 좋을 수가 없어. 야수 같은 히틀러가 곧 나치와 함께 들어올 걸세. 커다란 전쟁이 있게 될 거야. 미국은 지원을 하고, 지난 전쟁에서 했던 일을 할 거야. 하지만 그 전에 나치가 유대인들을 공격

할 테고 이곳에는 슬픔밖에 남지 않게 될 걸세. 벌써 이디시어 신문들은 어려움을 겪고 있고, 출판업자들은 사라지고, 무대에서 일어나는 일들은 혐오를 자아내고 있어. 생활비는 어떻게 벌 건가? 작가도 먹어야 하네. 그건 모세도 마찬가지야. 성서에도 그렇게 쓰여 있어.

추칙, 베티는 자네를 사랑하고 있고 자네도 그녀를 싫어하지는 않을 거라 생각하네. 나는 베티에게 많은 돈을 물려줄 생각이네. 정확히 그 액수가 얼마나 되는지는 다음번에 얘기하지. 자네와 거래를 하고 싶네. 이건 보통의 사업상 거래야. 내게 무슨 일이 일어날지는 아직 몰라. 하느님의 뜻이 그렇다면 몇 년을 더 살 수도 있겠지만 머지않아 이 세상을 떠나게 될 걸세. 전립선을 제거하게 되면 진정한 의미에서 더 이상 남자가 아니게 될 걸세. 내 계획은 이렇다네. 두 사람이 결혼을 했으면 해. 신탁 자금을 기탁해 둔 게 있어. 변호사가 모두 설명해 줄 걸세. 자네는 아내 덕분에 살게 되지는 않을 거야. 그 반대지. 자네가 베티를 부양하게 될 걸세. 한 가지 약속만 해주게. 내가 살아 있는 한 그녀가 내 친구로 남아 있게 해주게. 나는 자네의 출판업자에 매니저에 그 밖의 다른 어떤 것도 될 수 있네. 자네가 좋은 희곡을 쓰면 내가 제작을 하지. 책을 쓰면 내가 출판을 하거나 다른 출판업자에게 주겠네. 미국에는 작가들의 대행업자가 있는데 내가 자네의 대행업자가 되겠네. 자네는 내 아들이 되고 나는 자네에게 아버지가 되는 거지. 모든 것을 제대로 처리할 사람들을 고용할 생각이네."

"드라이만 씨……."

"알아, 무슨 말을 하려는지 안다네. 그 여자아이는 어떻게 되는지 알고 싶겠지. 이름이 뭐였지? 그래, 쇼샤였지. 내가 그녀를 하느님의 자비에 맡겨 바르샤바에서 굶주리게 내버려 두리라고는 생각지 말게. 샘 드라이만은 그런 짓은 하지 않네. 그녀도 미국으로 데려갈 거야. 몸이 좋지 않으니 도움을 받을 수 있을 걸세. 정신과 치료도 받을 수 있고. 영사가 내 친구지만 영구 비자는 내줄 수 없을 거야. 할당제라는 것이 있어서 대통령도 어떻게 하지 못하지. 하지만 방법을 생각해 냈네. 그녀를 하녀로 데려가는 거야. 진짜 하녀가 되는 게 아니라 비자를 받기 위해 그렇게 얘기하는 거지. 그곳에서 치료를 받게 되면 이곳에서 자네 아내가 되어 굶어 죽게 되는 것보다 백 배는 나을 걸세. 베티가 내 친구로 남아 내가 늙고 병들게 되었을 때 나를 떠나지 않고, 자네가 쇼샤에게 키스나 다른 뭔가를 하고 싶어 할 때 베티가 자네를 법정에 데려가지 않을 거라는 약속만 하면 되네. 그렇지, 베티?"

"그래요, 샘, 당신이 하는 모든 얘기가 내게는 괜찮아요."

"들었지? 이게 내 계획이네. 베티의 계획이기도 하고. 우리는 솔직하게 얘기를 했네. 한 가지만 더. 곧 나는 미국으로 가야 하니 모든 것이 신속하게 이루어져야 하네. 자네가 동의를 하면 곧 결혼해야 할 걸세. 그렇지 않을 경우 작별인사를 하게 될 거야. 하느님이 자네를 도와주시길 바라네."

샘 드라이만은 눈을 감았다. 잠시 후 그가 눈을 떴다. "베티, 이 친구를 당신 방으로 데려가요. 나는……."

그는 내가 이해할 수 없는 영어로 몇 마디를 중얼거렸다.

3

자신의 방과 샘의 방 사이에 있는 복도에서 베티는 내게 키스를 하기 시작했다. 그녀의 얼굴은 눈물로 젖어 있었고, 곧 흠뻑 젖게 되었다. 그녀가 속삭였다. "당신은 내 남편이에요. 이건 하느님의 뜻이에요!"

그녀는 나를 위해 그녀의 방문을 열어준 다음 다시 샘에게로 갔다. 그녀는 불을 켜놓지 않았었고, 나는 어둠 속에 서 있었다. 잠시 후 나는 소파에 누워 멍한 상태로 있었다. 베티가 곧 돌아오리라고 생각했지만 한참 동안 오지 않았다. 창문에는 차양이 쳐져 있었지만 벌써 날이 밝기 시작하는 것 같았다. 나는 차츰 상황을 이해하기 시작했다. 모든 것을 포기하고 나자 꿈도 꾼 적이 없는 한 가지 가능성이 떠올랐다. 미국에 갈 수 있는 비자와 돈 걱정 없이 글을 쓸 수 있는 기회에 대한 것이었다! 쇼샤도 데리고 갈 수 있었다. 내 안의 뭔가가 웃음을 짓는 동시에 놀라워했다. 생각할 수 있는 나이가 된 이후로 나는 줄곧 내 어머니와 같은, 점잖고 순결한 유대인의 딸과 결혼을 하리라고 마음먹었었다. 나는 항상 정숙하지 못한 여자와 결혼한 남자들에게 동정심을 느꼈다. 그들은 매춘부와 다름없는 여자들과 살았고, 아이들이 자신의 아이들인지 확신하지 못했다. 이 여자들은 그들의 집을 더럽혔다. 그런데 이제 내가 그런 여자들 중 한 명을 받아들이는 문제로 고민하고 있었다. 베티가 얘기해 준, 그녀가 러시아와 미국에서 벌인 성적인 모험들이 마음을 떠나지 않았다. 러시아 혁명 동안 그녀는 적군 병사와 선원과 순회 극단의 감독과 잠자리를 가졌다. 그녀는 돈을 위해 샘 드라이만에게 스스로를 팔았다. 그녀에게 추한 과거가 있었을 뿐 아니라 샘 드라이만은 이제 자신이 살아 있는 한 그녀가 친구로-다시 말해 연인으로-남기를 원하고 있었다. "도망가!" 내 안의 어떤 목소리가 외쳤다. "다시는 빠져나올 수 없는 진흙탕에 빠지게 될 거야. 그들은 너를 구렁텅이로 데려갈 거야!" 그것은 내 아버지의 목소리였다. 여명 속에서 나는 그의 높은 눈썹과 꿰뚫는 듯한 눈을 보았다. "나와 네 어머니와 신성한 선조들을 욕되게 하지 마라. 네가 하는 모든 행동이 하늘에 기록되고 있다." 그런 다음 그 목소리는 나를 욕하기 시작했다. "이교도! 이스라엘의 배신자! 전지전능한 분을 부인한 결과가 어떤 건지 보아라! 그건 저주스러운 일이니 너는 그것을 극도로 혐오하게 되고 몸서리치게 될 것이다!" 나는 몸을 떨며 누워 있었다. 아버지가 죽은 후로 그의 얼굴을 떠올릴 수가 없었다. 그는 꿈에도 나오지 않았다. 그의 죽음과 더불어 그에 대한 것은 아무것도 기억이 나지 않았다. 이따금 잠자리에 들기 전에 어디에 있건 모습을 나타내 신호를 보내달라고 간청했지만 소용없었다. 그런데 갑자기 그가 이곳 베티의 소파 옆에 나타났다. 그것도 속죄일에. 그는 위엄 있는 모습으로 빛을 발하고 있었다. 미드라시가 요셉에 대해 한 얘기가 생각났다. 그가 포티파르의 아내와 죄를 범하려 할 때 그의 아버지 야곱이 그의 앞에 나타났다. 그러한 환영이 보이는 것은 불안이 극에 이르렀을 때이다.

나는 눈을 크게 뜬 채로 앉았다. "아버지. 저를 구해 주십시오!" 내가 간청을 하자 아버지의 모습이 사라졌다.

문이 열렸다. "자고 있었어요?" 베티가 물었다.

바로 대답을 할 수가 없었다. "아뇨."

"불을 켤까요?"

"아뇨, 아뇨!"

"왜 그래요? 오늘은 내게 속죄일 이상의 날이에요. 당신이 오기 전 소파에서 잠시 눈을 붙였는데 꿈에서 내 아버지가 나타났어요. 좀더 미남이었던 것만 빼면 살아 계실 때와 똑같았어요. 눈에서 빛이 났어요. 살인 자들이 그의 얼굴에 총을 쏴 두개골을 부쉈지만 아무런 손상 없이 내 앞에 서 있었어요. 그래, 어떻게 할래요?"

나는 "아직은 결론을 못 내렸어요"라고 대답할 수 있었을 뿐이다.

"당신이 나를 원하지 않는다 해도 사정을 하지는 않을 거예요. 아직 얼마간의 자존심은 남아 있으니까요. 우리를 대하는 샘은 성자 같았어요. 내 남편이 되는 게 치욕적이라고 생각하면 그렇게 말해요. 괜히 나를 애타게 하지 말고. 나는 한때 추한 짓들을 했어요. 하지만 당시에는 내게 아무도 없었고, 그 누구에게 어떤 빚도 지지 않았어요. 내 피는 불처럼 뜨거웠어요. 그들은 내게 진짜 남자들이 아니었죠. 그리고 그들 모두를 잊었어요. 길에서 그들을 만나도 못 알아볼 거예요. 왜 바보같이 그들에 대한 얘기를 한 걸까요? 나는 항상 나 자신의 가장 나쁜 적이었어요."

"베티, 내가 쇼샤에게 이런 짓을 하게 되면 그녀는 죽고 말 거예요." 내가 말했다.

"그래요? 실제로는 미국에서 치료를 받을 수 있을 거예요. 하지만 여기서는 굶어 죽고 말겠죠. 그들 집에서는 이미 부패의 냄새가 나요. 그녀는 곧 무덤에 실려갈 얼굴이에요. 이렇게 얼마나 더 갈 수 있을 것 같아요? 내가 결혼을 할 필요는 없어요. 당신과도 그 누구와도. 그건 순전히 샘의 아이디어예요. 진짜 아버지도 그 사람만큼 내게 잘 해주지는 못했을 거예요. 그냥 그를 떠나기보다는 차라리 손을 잘라내겠어요. 그는 이제 사실상 남자도 아니라는 얘기를 한 적 있죠. 그가 필요로 하는 것은 입맞춤과 토닥임과 친절한 말뿐이에요. 그에게 그것도 못 해주겠다면 당신 마음대로 해요. 내가 그 바보 같은 쇼샤를 내 집 안에 들일 준비가 되어 있다면 당신도 샘에게 우월한 척 행동할 필요는 없어요. 그는 당신과는 비교도 되지 않는 통찰력을 갖고 있어요. 이 바보 같으니라고!"

그녀는 밖으로 나가 문을 세게 닫았다. 잠시 후 그녀가 돌아왔다. "그래, 샘에게 어떻게 말할까요? 딱 부러지게 대답을 해요."

"좋아요, 우리 결혼해요." 내가 말했다. 베티는 잠시 아무 말이 없었다. "당신이 내린 결정인가요, 아니면 나를 놀리려는 건가요? 계속해서 질투를 참지 못하고, 나를 창녀로 생각할 거라면 지금 당장 모든 것을 없었던 일로 해요."

"베티, 내가 쇼샤를 돌볼 수만 있다면 당신은 샘과

함께해도 좋아요."

"무슨 생각을 하고 있는 거예요? 내가 천일야화에
나오는 술탄처럼 당신 침대 옆에 보초라도 세워둘 것
같은가요? 당신이 그녀를 가깝게 생각하는 건 알아요.
나도 그 사실을 받아들일 준비가 되어 있어요. 하지만
나도 당신에게 같은 것을 요구하고 싶어요. 남자가 정
욕을 채우느라 골몰하는데 여자는 노예로 남아 있는
시대는 지나갔어요. 샘이 살아 있는 한 ─ 하느님이 그
가 누려 마땅한 삶을 누릴 수 있게 해주시길 ─ 우리는
모두 함께 살아야 해요. 그를 내 아버지로 생각하도록
애를 써봐요. 그렇게 되었으니까요. 나는 무대를 포기
하지 않았어요. 아직도 다른 작품을 만들 계획이에요.
미국에서 이 희곡을 수정할 수 있을 거예요. 그곳에서
는 누구도 우리를 괴롭히거나 몰아세우지 않을 거예
요. 당신이 쇼샤 곁에서 빈둥거린다는 사실이 작년의
서리만큼이나 나를 괴롭혀요. 쇼샤가 여자 구실을 할
수나 있는지 의심스러워요. 잠자리를 같이한 적 있어
요?"

"아뇨."

"사자가 파리를 질투할 수는 없는 노릇이죠. 내가 말
할 수 있는 건 백이십 년 안에, 샘이 이 세상에서 사라
지면 내가 다른 누구도 찾지 않을 거라는 거예요. 이것
만은 검은 양초 앞에서 맹세할 수 있어요."

"맹세할 필요는 없어요."

"우리는 즉시 결혼해야 해요. 무슨 일이 있건 샘이
그곳에 함께하길 바라요."

"그래요."

"당신에게 어머니와 형제가 있다는 건 알지만 이 일을 미룰 수는 없어요. 일이 잘 되면 당신 가족도 미국으로 데려갈 수 있을 거예요."

"고마워요, 베티. 고마워요."

"추칙, 나는 당신이 상상하는 것보다 당신에게 더 잘할 거예요. 나는 이미 추한 일을 많이 경험했어요. 과거의 실수를 청산하고 새롭게 시작하고 싶어요. 당신에게서 보이는 것이 무엇인지는 잘 모르겠어요. 당신도 결점이 많아요. 하지만 당신에게는 나를 끄는 어떤 것이 있어요. 그게 뭐죠? 말해봐요."

"모르겠어요, 베티."

"당신과 함께 있으면 뭔가가 흥미로워요. 당신이 없으면 비참하고 지루해요. 이리 와요, 내게 행운을 빌어줘요!"

4

나는 베티의 소파에서 깊은 잠이 들었다. 눈을 뜨자 그녀가 내 곁에 서 있는 게 보였다. 낮이었다. 그녀는 지저분한 차림에 흥분한 상태였다. 그녀는 "추칙, 일어나요!"라고 말했다.

정신이 들면서 두통이 느껴졌다. 그곳에서 무엇을 하고 있는지 깨닫기까지는 몇 초가 걸렸다. 베티는 걱정하는 어머니처럼 내 위로 몸을 숙였다. "사람들이 샘을 병원에 데려려 해요. 나도 함께 갈 거예요."

"무슨 일이 있었죠?"

"즉시 수술을 받아야 한대요! 당신을 어디서 찾아야 하죠? 전화를 할 수 있도록 이 방에 있는 게 좋겠어요."

"그렇게 할게요, 베티."

"우리가 합의한 거 기억하죠?"

"그래요."

"샘을 위해 하느님께 기도해 줘요! 만약 무슨 일이 생기게 되면 나는 혼자가 될 거예요." 그녀는 몸을 숙여 내 입에 키스를 했다. "앰뷸런스가 아래층에 와 있어요. 외출할 일이 있으면 열쇠를 카운터에 맡겨요. 쇼샤에게 가고 싶으면 그렇게 해도 좋지만 셀리아와는 완전히 정리를 해야 해요. 더 이상 사족은 못 참아요. 당신이 샘에게 인사를 하면 좋겠지만 당신이 여기서 밤을 보냈다는 걸 그가 알게 되지 않았으면 좋겠어요. 당신이 집에 갔다고 했거든요. 우리를 위해 하느님께 기도해 줘요!"

그녀가 나간 후 나는 소파에 그대로 앉아 있었다. 손목시계를 보았다. 네 시에 멈춰 있었다. 다시 눈을 감았다. 베티가 한 말로는 샘이 이미 새로운 유언을 했는지 앞으로 할 계획인지 알 수 없었다. 만약 그가 그렇게 했다면 그의 가족이 가만 있지 않을 것이다. 나는 생각을 하면 할수록 당혹스럽기만 했다. 돈 문제는 항상 내게 해결하기 힘든 그 무엇이었다. 나는 어떤 상황에서도 돈이나 어떤 실용적인 이유로 결혼을 해야 한다고는 생각지 않았다. 돈이 아니라 비자야, 하고 나는 스스로를 정당화했다. 나치의 손에 떨어지게 되는 데 대한 두려움 때문이야.

갑자기 뭔가가 나를 꽉 물고 놓아주지 않는 듯했다. 셀리아와 정리를 하라고? 베티 자신은 샘의 정부로 머물면서 내게 그런 요구를 할 권리는 없었다. 셀리아의 집에 바로 가고 싶었다. 나는 턱을 문질렀다. 억센 털이 자라 있었다. 자리에서 일어났지만 소파에서 잔 터라 다리가 떨렸다. 세면대 위에 거울이 걸려 있었다. 나는 커튼을 걷은 후 내 모습을 바라보았다. 얼굴은 창백했고, 눈은 충혈되고, 칼라는 주름이 잡혀 있었다. 나는 창가로 가 밖을 내다보았다. 호텔 입구에는 어떤 차량도 보이지 않았다. 앰뷸런스는 벌써 그들을 병원으로 데리고 간 것 같았다. 베티는 병원 이름을 얘기해주지 않았다. 태양광의 각도로 보아 이른 시간은 아닌 것 같았다.

"쇼샤에게는 뭐라고 얘기를 하지?" 나는 나 자신에게 물었다. "그녀가 이해할 수 있는 거라곤 내가 다른 누군가와 결혼한다는 거야. 그녀는 그 사실을 극복하지 못할 거야." 나는 선 채로 바깥 거리와 텅 빈 전차와 마차를 내다보았다. 근처의 기독교인들 또한 속죄일을 기념하느라 돌아다니지 않는 것 같았다. 나는 재킷을 벗고 얼굴을 씻었다. 물론 이 신성한 휴일에 그렇게 하는 것은 금지되어 있었다. 나는 밖으로 나가 층계를 한 걸음 한 걸음 걸어 내려갔다. 서두를 필요가 없었다. 처음으로 샘이 가깝게 느껴졌다. 그는 나와 마찬가지로 불가능한 것을 원하고 있었다.

나는 이발소 옆을 지나가다가 그곳으로 들어갔다. 내가 유일한 손님이었고, 이발사는 나를 특별히 친절하게 대했다. 그는 수의로 시체를 싸듯 하얀 천을 내 몸에 둘렀다. 그는 내 수염을 두드린 후 거품을 발랐다. "바르샤바는 도대체 어떤 도시죠? 오늘은 유대인들의 속죄일인데 도시 전체가 죽은 듯이 조용해요. 바르샤바는 폴란드의 중심인데도 말이에요. 정말로 웃겨요!"

그가 나를 기독교인이라 생각한 모양이었다. 나는 대답을 하고 싶었지만 한두 마디만 해도 억양 때문에 유대인이라는 사실이 드러나리라는 것을 깨달았다. 나는 그런 일이 일어나지 않도록 "네"라고 한마디 하고는 고개를 끄덕였다.

"유대인들이 폴란드 전체를 차지했어요." 그가 계속 말을 이었다. "도시들이 유대인들로 더럽혀졌어요. 전에는 날레프키, 그지보프스카, 크로크말나 가만 더럽혔는데 최근에는 해충들처럼 어디에나 들끓고 있어요. 빌라노프까지 퍼졌어요. 한 가지 위안이 있다면 히틀러가 그들을 빈대 잡듯 없앨 거라는 거죠."

나는 몸이 떨리는 것을 간신히 참았다. 그는 면도날을 내 목에 대고 있었다. 나는 시선을 들었고, 그의 초록빛 눈이 잠시 내 눈과 마주쳤다. 내가 유대인일지도 모른다는 생각을 한 것인가?

"내 얘기를 들어봐요, 손님. 면도를 하고 제대로 된 폴란드어를 말하고 진짜 폴란드인을 흉내 내려 하는 현대적인 유대인들은, 긴 옷을 입고 수염을 기르는 구식 유대인보다도 더 나빠요. 최소한 옛날 유대인들은 환영받지 못하는 곳에는 가지 않았어요. 그들은 긴 외투를 입은 채로 자신들의 가게에 앉아 유목민들처럼 몸을 흔들며 탈무드를 읽었어요. 그들은 자신들의 말로 잡담을 했고, 기독교인이 걸리면 사기를 쳐 몇 그로시를 빼앗았죠. 하지만 그들은 최소한 극장이나 카페, 오페라에는 가지 않았어요. 면도를 하고 현대적으로 옷을 입는 자들이야말로 진짜로 위험한 존재들이죠. 그들은 국회에 앉아 우리의 가장 나쁜 적인 루테니아[1]와 벨라루스, 그리고 리투아니아와 조약을 맺고 있어요. 그들 모두가 비밀 공산당원이고 러시아의 스파이죠. 그들에게는 우리 기독교인들을 뿌리 뽑고 권력을 볼셰비키와 프리메이슨, 그리고 급진주의자 들에게 넘기고자 하는 한 가지 목적밖에 없어요. 그 사실을 믿기 어려울 수도 있겠지만 백만장자 유대인들은 히틀러와 비밀 협약을 했어요. 로스차일드 가家는 그를 재정적으로 지원하고 있고 루스벨트는 그 중개인이에요. 그의 진짜 이름은 루스벨트가 아니라 로젠펠트로, 개종한 유대인이죠. 그들은 기독교의 믿음을 갖고 있는 것처럼 보이지만 한 가지 목적밖에는 갖고 있지 않아요. 내부에서부터 구멍을 내 모든 것과 모두를 감염시키는 거죠. 웃기죠, 그렇게 생각지 않나요?"

그는 불평과 한숨이 섞인 말을 내뱉었다.

"그들은 일 년에 한 번 면도를 하고 머리를 깎기 위해 여기 오죠. 하지만 오늘은 아녜요. 속죄일은 부자와 현대적인 유대인에게도 신성한 날이죠. 이곳과 마샬코프스카 가 가게들은 절반 이상이 문을 닫았어요. 그들은 과거 유대인들처럼 가장자리에 털이 달린 모자를 쓰고 기도 때 사용하는 숄을 갖고 하시디즘 예배당에 가지 않아요. 대신 실크모자를 쓰고 자가용을 타고 틀로마카 가에 있는 유대인 예배당에 가죠. 하지만 히틀

---

1 우크라이나공화국 서부 카르파티아 산맥의 남쪽 지방

러가 그들 모두를 청소할 거예요! 그는 유대인 백만장자들에게 그들의 자본을 보호해 주겠다고 약속하지만 일단 나치가 무장을 하면 모두를 없애버릴 거예요. 하, 하, 하! 히틀러가 우리나라를 침범하는 건 안된 일이지만 우리 스스로 쓰레기를 치울 수 없으니 우리의 적으로 하여금 그 일을 하게 해야만 하죠. 나중에 무슨 일이 있을지는 아무도 몰라요. 모든 잘못은 자신의 영혼을 악마에게 팔아버린 반역자들인 개신교도들에게 있어요. 루터가 자신의 정체를 감춘 유대인이라는 사실을 아나요?"

"아뇨?"

"확실한 사실이에요."

이발사는 면도를 두 번 했다. 이제 그는 내 얼굴에 향수를 뿌린 후 파우더를 발랐다. 그는 내 옷에 솔질을 한 후 손가락 두 개로 어깨에 남아 있던 머리카락을 제거했다. 나는 돈을 지불하고 밖으로 나왔다. 이발소 문을 닫을 무렵에는 셔츠가 젖어 있었다. 나는 어디로 가는지 알지도 못하면서 뛰기 시작했다. 안 돼, 폴란드에 머물 수는 없어! 어떤 대가를 치르더라도 폴란드를 떠날 거야! 길을 건너다가 하마터면 차에 치일 뻔했다. 그날은 내 생애에서 가장 비극적인 날이었다. 나 역시 악마에게 영혼을 판 것이다. 유대인 회당에라도 갈까? 아니, 신성한 장소를 더럽히게 될 것이었다. 배가 뒤틀리고 오줌이 마려웠다. 땀이 흐르고, 방광이 쑤셨다. 바로 오줌을 누지 않으면 바지에 쌀 것 같았다. 나는 어떤 레스토랑에 이르렀고 안으로 들어가려 했지만 유리문이 열리지 않았다. 잠겨 있는 것인가? 그럴 수는 없었다. 안에는 손님들이 있었고, 웨이터들이 접시를 나르고 있었다.

줄에 맨 개를 데리고 나타난 한 남자가 "당기지 말고 밀어요!"라고 말했다.

"오, 감사합니다."

나는 웨이터에게 화장실이 어디냐고 물었고 그는 어떤 문을 가리켰다. 하지만 내가 그쪽으로 가자 문이 요술처럼 사라졌다. 아침 식사를 하던 사람들이 고개를 들고 나를 쳐다보았다. 한 여자가 소리 내어 웃었다.

웨이터가 왔다. "여깁니다!" 그가 문을 열어주었다.

나는 소변기가 있는 곳으로 달려갔지만 그 순간 샘드라이만처럼 요도가 막혀버렸다.

9

1

나는 셀리아 집에는 가지 않았다. 나는 쇼샤와 함
께 속죄일을 보냈다. 바셸레는 회당에 가고 없었다. 전
날 그녀가 켜놓은 커다란 축하 촛불은 아직도 타고 있
었지만 빛은 거의 발하지 않고 있었다. 나는 전날 밤에
잠을 못 자 멍한 상태로 옷을 입은 채 쇼샤 옆의 침대
에 누웠다. 나는 깜빡 잠이 들었고, 꿈을 꾸다가 깼다.
쇼샤가 내게 말을 했다. 그녀의 목소리는 들을 수 있었
지만, 그녀가 하는 말을 알아들을 수는 없었다. 그녀는
전쟁과 티푸스, 굶주림, 이페의 죽음에 대해 얘기하고
있었다. 쇼샤는 어린애 같은 손을 내 사타구니 위에 올
려놓았다. 우리는 그동안 아무것도 먹지 않은 상태였
다. 이따금 나는 눈을 뜨고 햇빛이 맞은편 벽을 어떻게
가로질러 가는지 보았다. 안뜰에는 속죄일의 고요가
감돌고 있었고, 새가 퍼덕이는 소리를 들을 수 있었다.

나는 어떤 결정을 내린 상태였고, 그것을 실행하리라는 것을 알고 있었지만 그 이유는 나 자신에게도 다른 누구에게도 설명할 수 없는 것이었다. 그것은 어떤 예감 또는 환영 혹은 내 아버지와 관계가 있는 것인가? 이발사가 끔찍한 말로 내게 영향을 끼친 것인가? 나는 나를 부유한 미국으로 데려가 줄 수 있는, 열정적이며 재능 있는 한 여자를 거부하고, 가난과 나치의 총탄에 의한 죽음이라는 저주를 받아들이고 있었다. 샘 드라이만을 질투하기 때문인가? 쇼샤에 대한 사랑이 그만큼 컸기 때문인가? 바셸레를 실망시킬 용기가 부족해서인가? 나 자신의 잠재의식과 무의식에 질문을 했지만 대답은 돌아오지 않았다. 자살을 하는 사람들의 경우가 이렇지, 하고 나는 자신에게 말했다. 그들은 천장에 있는 고리에 밧줄을 걸고 그 아래에 의자를 놓지. 하지만 마지막 순간까지도 자신이 왜 그 짓을 하는지 알지 못해. 모든 사물과 인간의 본성은 동기와 언어로써 표현될 수 있다고 한 것은 누구인가? 나는 오랫동안 문학이 단지 사실을 묘사하거나, 또는 인물들로 하여금 자신들의 행위에 대한 변명을 늘어놓게 할 수 있을 뿐이라는 것을 알고 있었다. 소설 속의 모든 동기는 분명하거나 잘못된 것이다.

나는 잠이 들었다. 깼을 때에는 황혼 녘이었다. 유리창에 은빛의 마지막 석양이 비치고 있었다. 쇼샤가 말했다.

"아렐레, 정말 잘 자던데."

"너는?"

"오, 나도 잤어."

방은 어둠으로 가득했다. 테이블 위의 촛불이 깜빡거리기 시작했다. 불꽃이 한 번 타오르더니 아주 작아져 심지에도 닿지 않을 정도가 되었다. "작년 속죄일 밤에는 엄마와 함께 유대인 회당에 갔었어. 하얀 수염을 기른 남자가 숫양의 뿔을 불었어."

"그래, 알아."

"하늘에 별 세 개가 나타나면 식사를 할 수 있을 거야."

"배고파?"

"너하고 같이 있으면 안 먹어도 돼."

"쇼셸레, 우리는 곧 부부가 될 거야. 휴일이 지난 다음."

얘기를 하면서 쇼샤에게 아직까지는 어머니에게 아무 말도 하지 말라고 하고 싶었지만 그때 문이 열리며 바셸레가 들어왔다. 쇼샤는 그녀를 맞으러 달려갔다. "엄마, 아렐레가 휴일이 지난 후 나와 결혼을 하겠대요." 그녀는 지금껏 들은 어떤 목소리보다도 큰 목소리로 소리쳤다. 그녀는 자신의 어머니를 안고 키스를 하기 시작했다. 바셸레는 재빨리 기도서 두 권을 내려놓으며 기쁘면서도 놀란 듯 캐묻는 표정으로 나를 쳐다보았다.

"그래요. 사실이에요." 내가 말했다.

바셸레는 손뼉을 쳤다. "자비로운 하느님이 내 기도를 들으셨구나. 하루 종일 서서 내 딸인 너와 내 아들인 너, 아렐레를 위해 기도를 했지. 오늘 너희 둘을 위해 얼마나 많은 눈물을 쏟았는지는 하느님만이 아실 거다. 얘야. 눈에 넣어도 아프지 않을 얘야, 축하한다!"

그들은 마치 떨어질 수 없다는 듯 키스를 하고, 부둥켜안고, 폴짝폴짝 뛰었다. 그런 다음 바셸레는 내게 팔을 내밀었다. 그녀에게서 금식한 사람에게 나는 냄새와 일 년 동안 옷에 넣어 두었던 나프탈렌 냄새와 여자에게서 나는 냄새가 났다. 그리고 옛날 우리 집 거실이 경외의 날들 동안 여자들의 예배당으로 바뀌었을 때 나던 친숙한 냄새도 났다. 바셸레의 목소리 또한 더 커지고 든든해졌다. 그녀는 이디시어로 쓰인 '기원의 책' 스타일로 말하기 시작했다. "모든 것은 하늘에서 왔지. 하느님이 나의 슬픔과 부서진 영혼을 보신 거야. 하늘에 계신 아버지, 오늘은 비참한 내 삶에서 가장 행복한 날입니다. 하느님 우리를 도우소서. 우리는 충분히 고통을 당했나이다. 사랑하는 아버지. 첫 아이가 결혼을 하는 것을 볼 수 있도록 오래 살게 해주십시오." 그녀는 손을 높이 들었다. 그녀의 눈에서는 어머니의 기쁨이 넘쳤다. 쇼샤는 눈물을 터뜨렸다. 그러자 바셸레는 "내가 뭘 하고 있는 거지? 아렐레는 하루 종일 굶었어. 내 보물이, 내 소중한 상속자가. 곧 음식을 만들어주마!"라고 소리쳤다.

그녀는 찬장이 있는 곳으로 달려가 체리 브랜디가 든 병을 가져왔다. 그 술은 뭔가 축하할 일이 생기기를 기다리며 그곳에 오랫동안 놓여 있었던 게 분명했다. 쇼샤도 술잔을 받았다. 우리는 건배를 하고 키스를 했다. 쇼샤의 입술은 아이가 아닌, 성숙한 여자의 입술처럼 느껴졌다. 문이 열리며 타이벨레가 들어왔다. 그녀는 예뻤고, 내가 보지 못한 옷을 입고 있었다. 그녀를 마지막으로 본 것은 축일을 기념하기 위해 그녀가 어머니와 언니와 함께 유대 신년제에 왔을 때였다. 타이벨레는 키가 크고 몸이 곧았으며, 검은 머리와 갈색 눈은 아버지를 닮아 있었다. 그 가족이 10번지에서 7번지로 이사 갔을 때의 나이가 세 살이었는데도 그녀는 여전히 나를 기억했고 아렐레라 불렀다. 유대 신년제때 그녀는 파인애플 조각을 가져왔는데 그것으로 새해 감사 기도를 드렸다. 소식을 들은 그녀의 눈에는 행복과 웃음이 뒤섞인 표정이 떠올랐다.

"아렐레, 사실이에요?"

내가 대답을 하기도 전에 그녀는 나를 껴안고 키스를 하기 시작했다. "축하해요! 축하해요! 이건 운명이야! 그리고 속죄일도 축하해요! 아렐레, 내게는 남자 형제가 없었어요. 지금부터 당신은 내 오빠가 되는 거예요. 오빠보다도 더 가까운 존재가. 아빠가 이 소식을 들으면……." 타이벨레는 하이힐을 신은 채로 문 쪽으로 걸어갔다.

바셸레가 "어딜 그렇게 급하게 뛰어가는 거냐?"라고 물었다.

"아빠한테 전화하게요." 복도에서 타이벨레가 말했다.

"그는 왜? 이 행복한 일이 그와 무슨 상관이란 말이냐?" 바셸레가 소리를 질렀다. "그는 우리를 버리고 창녀와 살러 나갔어. 지옥의 모든 불길이 그 년을 삼켜버리기를. 너희한테는 아버지는 없고 살인자만 있을 뿐이야. 만약 그에게 남겨졌다면 너희들은 굶어 죽고 말았을 거야. 너희들을 먹이고, 살아갈 힘을 준 건 나야. 하늘에 계신 하느님, 당신은 그 사실을 알고 계시죠. 우리가 이페를 잃은 건 그 악당과 그의 더러운 행세 때문이었어. 이페가 신성한 영혼들과 함께 천국에서 쉬고 있기를."

바셸레는 그 얘기를 자신과 쇼샤와 내게 했다. 그 사이 타이벨레는 문을 쾅 닫고 나갔다.

쇼샤가 "어디서 전화를 걸겠다는 거지? 식품점은 열었나?"라고 물었다.

"전화를 하게 두자. 그 늙은 포주 같은 자 근처에서 얼씬거리게 내버려 둬. 돼지같이 더러운 인간 같으니라고. 그의 얼굴은 다시 보고 싶지 않아. 우리가 굶주리고 아팠을 때에도 아버지 구실을 한 적이 없어. 운이 찾아온 지금도 그가 아버지 역할을 하기를 원치 않아. 우리끼리만 있도록 하자. 쇼셸레, 왜 거기 그렇게 바보처럼 서 있는 거냐? 이 사람한테 키스를 하고 안아주렴. 이제 네 남편이나 다름없고 나한테는 아들이나 다름없어. 우리는 너를 잊은 적이 없다. 하루도 네 생각을 하지 않은 적이 없었어. 네가 어디에 살고 있는지, 아니 살아 있기나 한지도 몰랐어. 많은 젊은이들이 전쟁에서 죽었으니까. 네가 살아서 뉴스에 글을 쓰고 있다는 소식을 라이저가 가져왔을 때 이 집안은 온통 축제 분위기였다. 그게 얼마 전 일이지? 머릿속이 뒤죽박죽이어서 뭐가 언제 일어났는지도 모르겠구나. 결혼식장에서 내가 네 손을 잡고 들어가마. 하지만 네 잔인한 아버지는 안 돼. 아렐레, 얘야, 오늘 밤 네가 우리에게 선사한 만큼의 행복을 하느님이 네게도 선사하시기를." 바셸레는 울기 시작했고, 쇼샤도 따라 울었다.

잠시 후 바셸레는 앞치마를 두르고 음식을 만들기

시작했다. 속죄일에 제물로 바친 닭 두 마리는 이미 조리가 되어 있었고, 바셸레는 재빨리 그것들을 잘라 계란빵과 양고추냉이와 함께 내놓았다. 잠시 후 그녀는 생선 수프를 먼저 내놓는 것을 잊었다며 자신을 나무랐다.

그녀가 선 채로 말했다. "많이 먹어라, 얘야. 금식을 하느라 몸이 약해졌을 거다. 나는 내 영혼이 너무 많은 짐을 진 나머지 금식을 하고 있었다는 것도 깨닫지 못했다. 내게 금식은 새로운 일이 아니야. 아무것도 먹지 못하고 잠자리에 든 게 하루 이틀이 아니었단다. 먹어라, 쇼셸레야, 먹어, 내 신부야! 하느님이 네 바람에 귀를 기울이셨구나. 선조들이 네 편을 들어주셨구나. 타이벨레는 어떻게 됐지? 왜 이렇게 오래 걸리는 거지? 애비는 걔를 딸로도 생각 않는데 걔는 그와 가까이 지내려 하지. 그가 괜찮은 아파트를 갖고 있고, 이따금 용돈을 줘서야. 창피하고도 추한 짓이지. 하느님 앞에서 죄를 짓는 거야."

바셸레도 앉아서 식사를 하기 시작했지만 몇 초마다 고개를 돌려 문 쪽을 바라보았다. 마침내 타이벨레가 돌아왔다.

"엄마, 좋은 소식이 있어요. 하지만 먼저 음식을 삼키도록 해요. 흥분하면 사래가 걸리잖아요."

"무슨 소식이 있다는 거냐? 그에 관한 얘기는 아무 소식도 듣고 싶지 않아."

"엄마, 내 말을 들어봐요! 쇼샤와 아렐레에 대한 얘기를 듣자 아빠는 딴사람이 됐어요. 그는 그 붉은 머리하고 사랑에 빠졌죠. 그리고 사랑은 사람을 미치게 만들어요. 아빠는 두 가지를 얘기했어요. 잘 들어봐요. 아빠는 대답을 기다리고 있어요. 첫째로 아빠는 쇼샤 혼숫감 비용을 대고, 결혼 지참금으로 천 즈워티를 주겠다고 했어요. 많은 액수는 아니지만 없는 것보다는 조금이라도 있는 게 낫죠. 두 번째로 어머니가 이혼에 동의할 경우 다시 천 즈워티를 주겠다고 했어요. 조용히해봐요! 어머니가 고통받은 세월에 비하면 얼마나 적은 액수인지는 알아요. 하지만 두 분이 다시 합칠 수 없다면 서로 욕을 하며 사는 게 무슨 소용이 있어요? 어머니는 그렇게 늙지 않았어요. 옷만 잘 차려 입으면 아직도 새 남편감을 찾을 수 있을 거예요. 이 얘긴 내가 하는 게 아니라 아버지가 한 얘기예요. 과거의 잘못은 잊고 다시 한번 정착을 하도록 해봐요."

타이벨레가 얘기를 하는 동안 바셸레의 얼굴은 혐오감으로 뒤틀렸다. "이제 와서 이혼을 하겠다고? 내 피가 응고되고 뼈의 골수가 마른 지금 와서? 더 이상 남편도 필요 없지만 누구를 기쁘게 해주고 싶은 마음도 없다. 평생 나는 너희들을 위해 살았어. 쇼샤가 제짝을 찾은 지금 나는 한 가지 바람밖에는 없어. 너도 그래야한다, 타이벨레. 남편이 꼭 작가나 학자일 필요는 없어. 작가가 뭘 벌지, 도대체? 아무것도 벌지 못해. 상인이나 점원, 심지어는 소매상이라면 더 만족스러웠을 거야. 남편이 뭘 하는지가 무슨 상관이야? 중요한 건 사람이 점잖아야 하고, 한 분의 하느님을 섬기고, 한 명의 아내를 돌봐야……."

"엄마, 점잖다고 다 되는 건 아녜요. 남편에 대해 뭔가 느낄 수 있어야 하고, 사랑해야 하며, 얘기를 할 수 있어야 해요. 양복장이나 점원과 결혼해 요리하고 기저귀를 빠는 건 내게 맞지 않아요. 그런데 왜 이런 얘기로 시간을 낭비하죠? 내가 한 얘기를 잘 생각해 봐요. 아빠한테 한 가지는 약속했어요."

"벌써 한 가지를 약속했다고? 나는 더 오랫동안 그를 기다렸어. 훌륭한 신사 양반. 그가 그토록 뻔뻔스러운 건 돈이 있어서야. 우리는 무일푼인데 말이야. 오늘은 대답을 못 주겠다. 앉아서 함께 식사를 하자. 이 집에는 오늘 경사가 두 가지나 겹쳤어. 우리는 가난하긴 하지만 쓰레기는 아냐. 우리 집안에는 설교자가 한 분계셨어. 사람들은 그분을 설교자 레브 제켈레라고 불렀지. 여자 꽁무니나 쫓는 네 아버지는 기다려야 할 거다."

"엄마, 쇠는 뜨거울 때 치라는 말이 있어요. 아빠를 알잖아요. 완전 기분파잖아요. 내일이면 도로 마음을 바꿀 거예요. 그때 가서는 어떻게 할 거예요?"

"지금껏 해왔던 대로 할 거다. 고통을 겪으면서도 하느님께 희망을 걸 거야. 아렐레는 쇼샤를 사랑하지, 그녀의 옷을 사랑하는 건 아냐. 마네킹에게도 옷은 입힐 수 있어. 교육받은 사람은 영혼을 생각하지. 사실이지, 아렐레?"

"네, 바셸레."

"오, 나를 어머니라고 불러주려무나. 네 어머니가 백이십 살까지는 사시길. 하지만 이 세상에서 너의 제일 좋은 친구는 나야. 누가 네 몸의 작은 일부를 위해 내 목숨을 내놓으라고 한다 해도 나는 망설이지 않을 거야." 바셸레는 기침을 하기 시작했다.

"아렐레, 우리 모두가 너를 얼마나 사랑하는지는 말로 다 할 수가 없어." 쇼샤가 말했다.

"그래, 두 사람이 사랑하는 건 좋지만 나를 어떤 점원에게 팔아치우려 하지는 말아요." 타이벨레가 말했다. "나도 사랑하고 싶어요. 제대로 된 사람만 만나게되면 내 영혼은 금방 열릴 거예요."

그날 밤 바셸레는 결혼식 날짜를 정했다. 하누카 주간이었다. 그녀는 내게 올드 스티코프에 계신 내 어머니에게 즉시 편지를 쓰라고 했다. 그곳에서는 내 동생 므와셰가 아버지를 대신해 랍비를 하고 있었다.

실용적인 성격인 타이벨레는 "어디서 살 거야? 요즘은 아파트값이 만만치 않아"라고 말했다.

"여기서 나와 함께 살 거야." 바셸레가 대답했다. "음식을 이 인분만 준비해도 세 사람이 충분히 먹을 수있을 거야."

2

내 생애 최악의 실수를 저질렀지만 후회는 없었다. 하지만 보통의 연인들처럼 마음이 들뜨지도 않았다. 속죄일 다음 날 나는 레스즈노 가에 이달 말에 이사를 간다는 공고를 붙였다. 앞으로 궁핍에서 벗어나기 어려울 테지만 죽게 되지는 않을 것이었다. 아직 4주 동안은 방을 더 쓸 수 있었다. 휴일이 지난 후에도 얼마동안은 바셸레에게 밥값을 지불할 수 있었다. 나는 내경솔함에 놀라긴 했지만 충격을 받지는 않았다. 나는 샘 드라이만이 크지스타 가에 있는 유대인 병원에서수술을 받았다는 얘기를 들었고, 베티와 함께 문병을 갈 요량이었다. 유대인 축일 후 내가 이사를 간다는 말을 들은 테클라는 이유를 물었다. 자신의 시중이 만족스럽지 않았는지? 중요한 메시지를 전달하는 일을 소홀히 했는지? 자신이 어떤 식으로 나를 모욕이라도 했는지? 처음으로 나는 그녀의 연한 파란색 눈에 눈물이 고인 것을 보았다. 나는 그녀의 몸에 팔을 두르고 키스를 하며 "테클라, 당신 잘못이 아냐. 당신은 내게 잘해줬어. 죽을 때까지 당신을 잊지 않을게"라고 말했다.

"어디서 살 거예요? 베티 양과 미국에 가는 거예요?"

"아니, 여기 바르샤바에서 있을 거야."

"이곳 유대인들에게는 좋지 않은 시절이 오고 있어요." 잠시 망설이더니 그녀가 말했다.

"그래, 알아."

"전쟁이 벌어지면 기독교도들에게도 좋지 않을 거예요."

"맞는 얘기야. 하지만 인간의 역사는 전쟁으로 이어져 왔어."

"왜 그렇죠? 교육을 받은 사람들은 뭘 하고 있는 거죠? 책을 쓰는 사람들은요?"

"그들이 할 수 있는 최선의 대답은 전쟁과 전염병과 기근이 없으면 인구가 토끼처럼 불어나 곧 먹을 게 부족해지기 때문이라는 거야."

"들에 빵을 만들기에 충분한 만큼 밀이 자라고 있지 않나요?"

"수십억이 먹기에는 충분치 않지."

"왜 하느님은 모두가 먹고살 만큼 충분한 양을 허용하지 않으신 거죠?"

"거기에 대한 대답은 못 하겠는걸."

"어디에서 살게 될지 알아요? 당신이 그리울 거예요. 나는 일요일에는 쉬어요. 하지만 어떻게 된 건지 누구와도 가까이 지내지 못할 것 같아요." 테클라가 말했다. "다른 하녀들은 군인, 아니면 거리나 카르셀락 광장에서 만나게 된 남자들하고 데이트를 해요. 하지만 나는 오늘 내게 키스를 하지만 이튿날은 더 이상 나를 알고 싶어 하지 않는 사내하고는 친구가 될 수 없어요. 그들은 술을 마시고 싸움질을 해요. 여자애를 임신시킨 다음 모르는 척하죠. 그게 바른 일인가요?"

"아니, 테클라."

"때로 나는 유대인 여자가 됐으면 좋겠다는 생각을 해요. 유대인 청년들은 신문과 책을 봐요. 그들은 세상이 어떻게 돌아가는지 알아요. 그들은 여자를 다루는 법을 더 잘 알아요."

"그러지 마, 테클라. 나치가 들어오면 유대인이 제일 먼저 희생자가 될 거야."

"어디로 이사를 가죠?"

"크로크말나 가 7번지."

"일요일에 찾아가도 돼요?"

"그래. 정오에 정문 옆에서 나를 기다려."

"확실히 그곳에 있을 거죠?"

"그래."

"신성한 약속인가요?"

"그래."

"거기서 누구랑 같이 살게 되나요?"

"같이 살게 될 사람과. 당신이 보고 싶을 거야."

"갈게요!" 테클라가 내 방에서 달려 나갔다. 그녀의 발에서 슬리퍼가 벗겨졌다. 그녀는 한 손으로 그것을 주운 다음 다른 한 손으로는 입을 가려 집주인이 그녀가 우는 소리를 못 듣게 했다.

그날 오후 나는 자리에 앉아 단편 하나를 썼고 그 후에는 거짓 메시아 야쿠프 프랑크의 삶에 토대를 둔 소설 작업을 했다. 이미 그에 관한 상당한 자료를 모은 상태였다. 이틀 동안 단편 세 개를 완성해 내 글을 실은 적이 있는 신문사에 가져갔다. 모든 희망이 사라졌고 동시에 모든 긴장도 사라졌다. 놀랍게도 편집자는 단편 세 개를 모두 채택했다. 그는 또 다른 단편도 써 달라는 얘기를 했다. 인간의 운명을 결정짓는 힘이 내 사형 선고를 연기한 모양이었다.

단편 소설의 성공은 셀리아에게 전화를 걸 수 있는 용기를 주었다. 나는 그녀에게 모든 것을 얘기했다. 셀리아는 한숨을 쉬며 내 얘기를 들었다. 이따금 그녀는 짧은 웃음을 터뜨렸다. 내가 말을 마치자 그녀가 말했다. "그녀를 데려와 봐요. 한번 얼굴이나 보게. 앞으로 어떻게 되더라도 여기에 당신을 위한 방 하나는 비워둘게요. 당신이 좋아하는 사람이면 누구를 데리고 들어와도 괜찮아요."

"셀리아, 그녀는 아이 같아요. 육체적으로도 정신적으로도 뒤떨어져 있어요."

"도대체 당신은 누구죠? 작가들은 모두 왜 그래요? 모두 정신병자들이에요."

모든 것이 조용히 이루어지기 시작했고, 나는 기계적으로 자유로운 선택을 포기했다. 모든 것이 인과관계에 따라 이루어지는 것 같았다. 나는 테클라와 집주인에게 한 달 더 머물겠다고 얘기를 했다. 그들은 내게 축하를 하며 더 오랫동안 머무르길 바란다고 했다. 유대인 추수감사절 마지막 날 타이벨레가 전화를 해 그녀의 아파트에 초대를 했다. 그녀의 아버지 젤리그는 나를 만나고 싶어 했다. 나는 제일 좋은 양복을 입고, 타이벨레에게 줄 과자를 산 후, 도착했을 때 땀에 젖지 않도록 마차를 탔다. 타이벨레와 방을 같이 쓰는 여자아이는 오페라에 간 상태였다. 젤리그는 거실에서 술과 음식이 차려진 테이블에 앉아 있었다. 머리와 수염을 염색한 그는 이십 년 전에 비해 그다지 나이가 들어 보이지 않았다. 어깨가 넓은 그는 땅딸막했고, 목이 짧았으며, 배가 나와 있었다. 그는 술꾼처럼 코가 붉었고, 핏줄은 색이 희미했다. 그는 장의사답게 천박하게 얘기를 했다. 술 냄새가 났고, 줄담배를 피웠다. 자신이 내 나이라면 쇼샤처럼 모자라는 아이와는 결혼을 하지 않을 거라고도 했다. 그는 바셸레가 이혼을 해주지 않는 바람에 오랫동안 사랑하는 여자와 결혼을 할 수 없었다며 불평을 했다. 그는 바셸레를 건초 더미에 앉아 있는 개에 비유했다. 그 개는 자신은 먹을 수도 없으면서 다른 누군가도 먹지 못하게 하고 있다는 것이다. 그는 내가 이미 알고 있는 사실을 얘기했다. 그는 쇼샤의 결혼식에 올 준비가 되어 있으며 결혼 지참금으로 천 즈워티를 주겠다고 했다. 정상적인 집안의 장인처럼 그는 글을 써서 생활비를 벌 수 있는 가능성이 얼마나 되는지 물었다. 그는 타이벨레가 갖다놓은 보드카를 빈 잔에 따른 후 퉁명스럽게 말했다. "솔직히 말해보게.

쇼샤에게서 뭐가 보이나? 앞도 없고 뒤도 없지. 판때기 하나에 구멍 하나지."

"아빠, 부끄러워요!" 타이벨레가 소리쳤다.

"부끄러워할 게 뭐 있어? 장의사인 우리는 진실을 알아. 바깥세상에서는 여자들이 루즈와 분을 바르고 코르셋을 입어 모든 것을 감출 수 있지. 하지만 수의를 입히기 위해 옷을 벗기면……."

"그만두지 않으면 나갈 거예요!" 타이벨레가 경고를 했다.

"그래, 애야, 화내지 말아라. 사람이 그렇다는 거야. 우리가 술을 마시는 이유도 거기에 있지. 술이 없으면 누구도 살지 못할 거야. 자네는 술은 안 마시나?" 내게로 고개를 돌리며 그가 물었다.

"잘 안 마십니다."

"내 아내한테 전하게. 그녀가 충분히 기다렸다고. 다시 결혼을 하고자 한다면 지금이 아니면 안 될 걸세. 몇 년 더 미루게 되면 다시 처녀가 될걸. 하하하!"

"갈 거예요. 아빠."

"좋아, 더 이상은 한마디도 않겠다. 기다리게, 아렐레. 자네한테 줄 선물이 있네."

젤리그는 가슴 호주머니에서 시계와 줄을 꺼냈다. 나는 얼굴을 붉혔다. "내가 어떤 사람이건, 사람들이 나에 대해 무슨 얘기를 하건 그래도 나는 쇼샤의 아버지네. 그 애가 아이를 낳게 되면 – 제왕절개를 하지 않는다면 어떻게 낳을지 상상이 되지 않지만 – 나는 할아버지가 되는 거고. 나는 자네 아버지를 알았어. 편안하게 쉬시길. 오랫동안 이웃으로 지냈지. 자네 집에서 결혼식이 있을 때면 이따금 나를 부르곤 하셨어. 항상 게마라 위에 앉아 계셨지. 자네 어머니도 기억하네. 내 기준에는 너무 말랐지만 예쁜 얼굴이었지. 자네는 그녀를 닮았어. 그 히틀러라는 작자가 오게 되면 어떻게 될까? 사람들은 모두 겁을 먹고 있지만 나는 아냐. 사태가 안 좋아지면 나는 손수 무덤을 판 후 브랜디를 한 잔 마시고 잠을 잘 걸세. 매일같이 죽음을 보게 되면 죽음에 대한 두려움이 없어지지. 자, 이 시계를 받게. 결혼 선물이네. 은으로 되어 있고, 보석이 열일곱 가지나 박혀 있네. 바셸레의 아버지가 결혼 선물로 준 건데 이제 내 딸 결혼 선물로 자네에게 주는 거네. 그걸 잘 간수하면 언젠가 자네 딸과 결혼할 사람에게 줄 수 있을 걸세."

"오, 아빠, 어떻게 된 거예요?"

"타이벨레, 그만해. 너는 나를 막지 못해. 네가 제대로 된 남자를 만나면 줄 선물이 있단다. 하느님은 없어. 나도 유대 신년제와 속죄일에는 회당에 가지. 하지만 기도는 별로 안 해."

"그렇다면 세상은 어디에서 왔죠?" 타이벨레가 물었다.

젤리그는 수염을 당겼다. "모든 것이 어디에서 왔냐고? 그냥 여기 있게 된 거야. 그게 다야. 프라가에 친구 둘이 있었는데 한 명이 병이 들었어. 죽기 전 그는 만약 다른 세상이 있다면 다시 돌아와 인사를 하겠다고 친구와 약속을 했지. 그는 친구에게 장례식 마지막

날 하누카 등[1]에 촛불을 켜놓으면 다시 와 그것을 끄겠다고 했어. 친구는 그렇게 했지. 장례식 마지막 날 그는 하누카 등을 켜놓았어. 하지만 일로 피곤해서 그만 곯아떨어지고 말았지. 갑자기 그가 깼어. 등에서 초 하나가 떨어지더니 불이 붙기 시작했어. 그의 옷이 탔지. 그는 밖으로 뛰쳐나가 하수구에서 굴렀어. 그는 병원에서 두 달을 보내야했지."

"무슨 얘기를 하려는 거예요?"

"아무것도. 영혼 같은 건 없어. 나는 네 머리에 있는 머리털 개수보다도 많은 랍비와 신성한 유대인을 묻었어. 그들을 무덤에 묻으면 그곳에서 썩지."

잠시 아무도 얘기를 하지 않았다. 조금 후 젤리그가 물었다. "쇼샤는 이제 그렇게 잠을 많이 자지는 않지? 잠자는 병에 걸렸던 때에는 거의 일 년 내내 잠을 잤지. 사람들이 그 애를 깨워 음식을 먹이면 곧 다시 잠이 들었어. 그게 얼마 전 일이지? 벌써 15년 전 일인가?"

"아빠, 왜 그래요?" 타이벨레가 소리쳤다.

"술에 취해서야. 아무 말도 하지 않았어. 이제 그 애는 회복되었어."

<hr>

1 Hanukkah lamp. 가지가 아홉 달린 촛대(편집자 주)

10

1

도라는 몇 달 전 러시아에 간 걸로 알고 있었지만 아직도 바르샤바에 있었다. 그녀의 여동생 리자가 작가 클럽에 있는 내게 전화를 해 도라가 요오드를 마시고 자살을 시도했다는 얘기를 해왔다. 1년 반 전에 러시아로 간 동료 공산주의자 볼프 펠렌들러가 러시아의 유형지에서 탈출해 폴란드로 다시 밀입국한 것 같았다. 그가 가져온 소식은 절망적이었다. 도라의 가장 친한 친구인 이르카는 그곳에서 총살을 당했다. 러시아에 간 동지들 무리 전체가 감옥에 가 있거나 북쪽으로 이송되어 금광에서 일하고 있었다. 그의 보고서에 적힌 말들이 유포되면서 바르샤바에 있는 스탈린주의자들은 볼프 펠렌들러를 파시스트 반역자이자 폴란드 비밀경찰의 끄나풀이라고 비난했다. 하지만 폴란드 공산주의자들이 갖고 있던 스탈린의 정의에 대한 믿음은 심각한 타격을 받았다. 그 전에 이미 세포 조직cell 전

체가 망상에서 벗어나 트로츠키주의자 편이 되었으며
많은 공산주의자들이 유대인 연맹이나 폴란드 사회주
의당에 가입했다. 다른 사람들은 시온주의자가 되거나
종교에 귀의했다.

리자는 도라가 위를 세척한 후 오트보츠크에서 며칠
을 보낼 수 있게 준비를 해주었다. 아파트로 다시 돌아
온 도라는 내게 전화를 했고, 나는 저녁에 그녀를 찾아
갔다. 문 뒤에서 남자의 목소리가 들렸다. 그것은 펠렌
들러의 목소리였다. 나는 조금도 그를 만나고 싶지 않
았다. 그는 작가 클럽의 반공산주의자들에게 혁명이
일어나게 되면 그들이 근처에 있는 가로등에 목이 매
달리게 될 거라고 악담을 했었다. 그럼에도 나는 문을
두드렸다. 몇 분 후 도라가 문을 열었다. 복도는 어둑
했지만 창백하고 지친 그녀의 모습을 볼 수 있었다. 그
녀는 내 손을 잡은 채로 말했다. "내 얼굴을 다시는 보
고 싶어 하지 않을 줄 알았어."

"누가 와 있는 것 같은데."

"펠렌들러야. 곧 갈 거야."

"그 친구는 여기 있게 하지 마. 참기 어려우니까."

"예전의 그가 아냐. 지옥을 경험했거든."

도라는 부드러운 목소리로 말했고 내 손을 놓지 않
았다. 그녀는 나를 거실로 안내했다. 펠렌들러가 테이
블 상석에 앉아 있었다. 원래의 그의 모습을 몰랐다면
그를 알아보지 못했을 것이다. 그는 나이가 들고 야위
어 있었다. 머리도 많이 빠져 있었다. 그는 항상 내게
오만한 모습을 보였었다. 그는 이미 혁명이 찾아왔으
며 자신이 인민위원으로 지명이라도 된 듯 얘기를 했

다. 하지만 이번에는 벌떡 일어났다. 그는 미소를 지었는데 앞니가 빠져 있었다. 그는 끈적끈적한 손을 내밀며 "자네 집에 전화를 했는데 없더군." 하고 말했다.

그는 목소리까지 유순해졌다. 만약 그에게 그럴 힘이 있다면 자신이 최근에 당한 것을 내게 갚을 수도 있는 사람이라는 걸 나는 알고 있었다. 하지만 그렇다고 그토록 기가 죽은 누군가에게 거봐란 듯 설욕할 수는 없었다. 그는 "자네가 알고 있는 것 이상으로 자네 생각을 했네. 귀가 따갑지 않던가?"라고 말했다.

"귀는 누군가에 대해 생각할 때가 아니라 얘기를 할 때 따갑지." 도라가 말했다.

"맞는 말이야. 최근 들어 나는 많은 것들을 잊기 시작했어. 한동안은 내 가족들 이름까지도 잊어버렸지. 내게 일어난 일에 대해 들었을 거야. 사람들 말처럼 대가를 치른 거지. 하지만 자네에 대해 생각만 한 게 아니라 실제로 얘기를 했네. 감옥에서 한때「문학 잡지」의 독자였던 멘델 라이터만이라는 이름의 남자와 같은 방을 썼어. 여덟 명을 수용하게 되어 있는 방에 마흔 명이 들어 있었지. 우리는 바닥에 앉아 얘기를 했어. 거기서 누릴 수 있는 가장 큰 사치는 머리를 기댈 수 있는 벽 옆에 자리를 잡는 것이었네."

나는 펠렌들러가 작별인사를 한 후 떠나리라 생각했다. 하지만 그는 다시 자리를 잡고 앉았다. 그의 양복이 너무도 헐렁해서 그의 몸에 맞지 않아 보였다. 전에는 항상 칼라를 빳빳하게 세우고 넥타이를 맸지만 지금은 칼라가 열려 야윈 목이 드러나 있었다. 그가 말했다. "그래, 자네가 한 말을 떠올렸지. 자네는 모든 것을 아주 자세히 예측했어. 자네는 내게 저주를 건 일종의 예언자였던 것 같아. 나쁜 의미로 하는 말이 아냐. 아직 그렇게 말도 안 되는 미신을 믿는 단계에 이르지는 않았으니까. 하지만 말은 그냥 사라지는 게 아닌 것 같아. 밤에 더러워지고 아픈 몸으로 맨바닥에 누워 있으면 똥물 냄새로 머리가 아팠어. 물론 취조를 위해 딴 데로 끌고 가지 않고 누워 있게 해주었을 때 얘기야. 문이 열리며 누군가가 고문을 당하기 위해 끌려가는 소리를 듣곤 했지. 그럴 때면 '아론 그라이딩거가 이 모든 걸 본다면 무슨 말을 할까?'라는 생각을 했지. 한순간도 내가 살아남아 자네와 다시 얘기를 할 수 있으리라는 생각은 하지 않았네. 우리 모두는 사형 선고를 받거나 그보다도 더 나쁜 금광에서 일을 하라는 선고를 받았네. 그들은 쉽고 빨리 죽는 것도 허락하지 않았어. 한번은 계속해서 스물여섯 시간 동안 취조를 받은 적도 있어. 이런 종류의 육체적인 고문은—나는 정신적인 고통에 대해 얘기하고 있는 게 아니네—나의 가장 나쁜 적에게도, 심지어는 스탈린의 앞잡이에게도 가하고 싶지 않아. 종교재판도, 무솔리니의 감옥도 그렇게까지 잔인하지는 않았을 거야. 물론 적으로부터 고문을 받을 수는 있지만 친구가 적이라는 사실을 알게 되면 고통은 참을 수 없는 것이 되지. 그들은 내게서 한 가지를 원했어. 내가 폴란드 비밀경찰이 보낸 끄나풀이라는 사실을 고백하라는 것이었어. 그들은 말 그대로 내게 부탁이니 털어놓으라고 간청을 했지. 하지만 나는 그것만은 하지 않겠다고 맹세를 했네."

"볼프, 그 얘기는 그만해. 더 아프기만 할 거야." 도라가 말했다.

"뭐라고? 더 이상 나빠질 수는 없어. 그들에게 말했지. '우리의 이상을 위해 폴란드에 있는 여러 감옥들을 전전했는데 어떻게 폴란드 스파이가 될 수 있소? 수년 간 시온주의자와 유대인동맹을 공격하는 잡지의 편집인으로 있었고, 프롤레타리아 독재를 공공연하게 설파한 사람이 어떻게 파시스트가 될 수 있단 말이오? 내 가족은 최빈민 출신이고, 나는 평생 굶주림과 가난에 시달렸소. 사회주의는 내 유일한 위안이오. 내가 어떻게 반동분자들과 반유대인 폴란드 정부의 스파이가 될 수 있단 말이오? 내가 가까이 갈 수 있는 군사 조직은 무엇이오? 당신들의 이성은 어디로 갔소? 광기에도 논리의 흔적은 있을 수밖에 없소'라고. 하지만 나를 마주하고 앉아 있던 자는 계속해서 권총을 갖고 장난을 치며 담배를 피우고 차를 마셨어. 그동안 나는 부은 발로서 있었어. 내 안의 모든 것이 음식과 물과 수면 부족으로 쪼그라들고 있었지. 그는 나를 노려보았어. 그의 눈은 살인자의 눈 같았어. '네 시시한 변명은 모두 들었어'라고 그가 말했어. '너는 파시스트의 개고 반혁명적 반역자이며 히틀러의 스파이야. 돼지 주둥아리 같은 네 입에서 혀를 뽑기 전에 자술서에 서명을 해.' 그는 촛불을 켜고 바늘을 꺼내 그것을 불꽃에 대며 '서명을 하지 않을 경우 이걸 네 더러운 손톱 밑에 찔러 넣겠어'라고 말했어. 폴란드의 파시스트들이 내게 그런 적이 있어서 그 고통이 얼마나 클지는 알고 있었지만 나 자신에게 스파이라는 딱지를 붙일 수는 없었어. 그를 쳐다보았지. 노동계급과 혁명의 수호자였을 법한 누군가였어. 그리고 그 모든 고통에도 불구하고 웃음을 터뜨렸어. 그것은 아주 좋지 않은 연극이었고, 최악의 쓰레기였지. 아무리 병적인 상상을 한다 해도 노바크진스키조차 그런 멍청한 계획은 꿈도 꾸지 못했을거야.

나는 손을 내밀며 '얼마든지 해. 혁명에 필요한 게 이런 거라면 하고 싶은 대로 해'라고 말했지. 그는 바깥으로 불려 나갔고 새 집행자가 교대를 했어. 그는 휴식을 취했고 식사를 배불리 한 상태였어. 그렇게 그들은 나를 스물여섯 시간 동안 취조했어. 나는 그들에게 '제발 총을 쏴 끝내주시오'라고 간청을 했어."

"볼프, 더 이상은 못 듣겠어!" 도라가 소리쳤다.

"못 듣겠다고? 들어야 해! 우리는 책임이 있어. 이런 일이 있게 된 데에는 우리가 선전을 한 책임도 있어. 1926년 트로츠키를 비방하는 소식이 전해지기 시작했을 때 우리는 그를 피우스트스키와 무솔리니, 록펠러 가문과 맥도날드 집안의 첩자라고 했지. 우리는 귀를 막았고 진실에 귀를 기울이기를 마다했어."

"펠렌들러, 자네 상처에 소금을 문지르고 싶지는 않네." 내가 말했다. "하지만 트로츠키가 집권을 했다 해도 스탈린과 전혀 다르지 않았을 걸세."

아이러니와 분노가 뒤섞인 표정이 펠렌들러의 눈에 비쳤다. "트로츠키가 어떻게 했을 거라는 걸 어떻게 아나? 일어나지도 않은 일에 대해 어떻게 감히 가정을 할 수 있나?"

"그 모든 일들은 과거 모든 혁명에서 보여줬던 것들이야. 인간성이든 종교든 또는 다른 어떤 것이든, 대의를 위해 피가 뿌려지게 되면 그것은 불가피하게 이런 종류의 공포로 이어지네."

"그렇다면 자네는 노동계급은 러시아에서 벌어지고 있는 일에 대해 침묵하고, 히틀러와 무솔리니가 세상을 장악하고 유린하도록 내버려 두어야 한단 말인가? 자네가 주장하는 바가 이것인가?"

"나는 아무것도 주장하지 않네."

"아니, 자네도 주장을 하고 있어. 트로츠키가 스탈린에 비해 나을 것이 없다고 말한다면 그것은 인류 전체가 부패했고 희망은 없다는 의미네. 그리고 그건 모든 살인마들과 파시스트, 유대인 학살을 선동하고 시계를 종교재판과 십자군전쟁이 있던 중세 시대로 되돌려 놓고자 하는 자들에게 투항을 해야 한다는 의미네."

"펠렌들러, 영국과 프랑스, 그리고 미국은 종교재판과 십자군전쟁에 호소하지는 않았네."

"오, 그러지 않았다고? 미국은 문을 걸어 잠그고 누구도 못 들어오게 하고 있어. 영국과 프랑스, 캐나다와 오스트레일리아 같은 모든 자본주의 국가들도 똑같은 짓을 하고 있고. 인도에서는 수천 명이 매일같이 굶주림으로 죽어가고 있어. 영국의 여행자들도 그 사실을 인정해. 간디는 순종적인데도 한마디만 하면 감옥에 갇혀. 사실인가 아닌가? 간디는 수동적인 저항에 대해 지껄이고 있어. 사기꾼 같으니라고! 저항이 어떻게 수동적일 수 있지? 그건 뜨거운 눈과 차가운 불에 대해 얘기하는 것과 마찬가지야."

"그렇다면 자네는 아직도 혁명에 찬성하는 쪽인가?"

"그래, 아론 그라이딩거. 그렇다네! 치과에 갔는데 의사가 썩은 이빨 하나 대신 건강한 이빨 세 개를 일부러 뽑는다면 그건 비극이자 범죄인 게 틀림없어. 하지만 그럼에도 썩은 이빨은 뽑아내야 해. 그렇지 않을 경우 입 전체를 감염시켜 썩게 만들 테니까."

"맞아! 전적으로 맞는 얘기야!" 도라가 소리쳤다.

"자네의 희망에 선뜻 동의할 수 없네." 내가 말했다. "하지만 또 다른 예측은 할 수 있어. 트로츠키의 영구 혁명이든 다른 어떤 혁명이든 지금 스탈린주의자들이 저지르고 있는 것을 정확히 반복하게 될 걸세. 자네가 내 말이 옳았다는 얘기를 또다시 하지 않을 수 있기를 바라네. 자네는 충분히 고통을 겪었어."

"아니." 펠렌들러가 말했다. "자네처럼 생각해야 한다면 오늘 밤 당장이라도 목을 매겠네."

"그만해." 도라가 말했다. "차를 끓일게."

2

우리는 차를 마셨고, 정어리를 곁들인 빵을 먹었다. 펠렌들러는 국경을 넘어 러시아로 건너가 코민테른 대표자를 만난 이후의 경험을 얘기했다. 그는 모스크바로 가서 또 다른 대표자인, 폴란드의 우페르 실레시아 출신의 비소키 동무와 같은 방을 쓰게 되었다. 하루건너 저녁마다 그들은 공짜로 연극과 오페라 또는 러시아에서 새로 만든 영화를 보았다. 그런데 어느 날 한밤중에 갑자기 누군가가 그의 방문을 두드렸고, 그는 체포되었다. 5주 후 그는 죄목도 모르는 채로 감옥에 갇히게 되었다. 그는 자신이 투옥된 것이 실수라는 생각을 하며 스스로를 달랬다. 그는 펠렌들러라는 이름의 다른 사람으로 오인되었고, 모든 것이 취조 과정에서 밝혀지리라 생각했다. 정치범과 형사범이 같은 방에 수감되었다. 도둑과 살인자와 강간범 들은 정치범들을 구타했고 배분된 음식을 가로챘다. 그들은 종잇조각을 이용해 카드놀이를 했고, 다른 사람의 음식과 옷, 그리고 바닥 대신 딱딱한 벤치에서 잘 수 있는 권리를 놓고 도박을 했다. 가진 것을 모두 잃은 자들은 상대를 때릴 수 있는 권리를 놓고 게임을 했다. 승자가 패자를 때릴 수 있었다. 많은 범죄자들이 동성애를 즐겼다. 그것을 거부한 새로 온 죄수 하나는 강간을 당했다. 러시아 당국은 희생자를 보호하고자 하는 어떤 노력도 기울이지 않았다.

"폴란드 감옥에서는, 내가 3년을 보낸 브론키와 같은 거친 감옥에서도 책은 줬어. 그곳에서 모든 책을 읽었지. 하지만 사회주의의 땅에서 정의의 투사인 우리는 몇 주 동안 자리에 앉은 채로 미쳐갔어. 우리는 그들이 준 점토 같은 빵으로 체스 말을 만들었지만 바닥엔 체스 판을 놓을 공간이 없었어. 어떤 정치범도 자신이 왜 투옥되었는지 전혀 알 수 없었지. 그럼에도 거의 대부분이 대의에 충실했어. 그들은 한 번도 스탈린이나 중앙위원회 혹은 정치국의 누구를 비난하지 않고 죄다 비밀경찰의 하급 관리들 탓으로 돌렸지. 하지만 나는 서서히 우리가 처한 위험에 대해 인식하게 되었어. 어떤 죄수들은 자신들의 가장 가까운 동지들에 대한 거짓 비판을 강요받았다는 얘기를 털어놓았어."

펠렌들러는 자정이 되어 떠났다. 그가 문을 닫는 순간 도라가 눈물을 쏟았다. "누가 뭘 할 수 있지? 어떻게 살아가야 하는 거지?"

그녀는 내 손목을 잡고 자신에게로 끌어당겼다. 그녀는 내 어깨에 이마를 기댄 채로 흐느꼈다. 나는 그대로 선 채 멍하니 맞은편 벽을 바라보았다. 아버지 집을 나온 후로 나는 끝없는 절망 속에서 존재했다. 이따금 나는 회개를 하고 진짜 유대인이 되는 문제에 대해 생각하곤 했다. 하지만 믿음 없이 내 아버지와 할아버지 그리고 증조부처럼 살아가는 것이 가능할까? 도서관에 갈 때마다 나는 어쩌면 그 책들 속에 나와 같은 기질과 세계관을 가진 사람이 마음의 평화를 찾게 해주는 계시가 있을지도 모른다는 희망을 느끼곤 했다. 하지만 나는 그것을 찾지 못했다. 톨스토이나 크로포트킨에게서도, 스피노자나 윌리엄 제임스에게서도, 쇼펜하우어나 성경 속에서도 그렇게 하지 못했다. 예언자들은 높은 도덕성을 설교했지만 풍요로운 수확과 많은 열매를 맺은 올리브나무와 포도나무, 적으로부터의 보호에 대한 그들의 약속은 내게 호소력을 갖지 못했다. 나는 세상이 항상 지금과 같았으며 앞으로도 그럴 거라는 것을 알고 있었다. 도덕주의자들이 악으로 일컫는 것은 사실 삶의 질서였다.

도라는 눈물을 훔쳤다. "아렐레, 나는 곧 이사를 해야 해. 이 아파트는 내 것이 아냐. 설사 그렇다 하더라도 방세를 낼 수가 없어. 그리고 과거 동지였던 자들이 나를 비밀경찰에 고발할까 무섭기도 해."

"비밀경찰은 너에 대해 알고 있잖아."

"그들은 필요한 증거를 댈 수도 있을 거야. 스탈린주의자들이 어떻게 하는지 알지? 자신들에게 소용이 없는 자들은 모두 숙청해."

"네 자신이 그 점을 주장하곤 했잖아."

"부끄러운 일이지만, 그랬어."

"트로츠키주의자들도 똑같은 원칙을 따르고 있어."

"나는 어떻게 해야 하지? 얘기를 해봐!"

"아무것도 말해줄 수 없어."

"나는 언제든 체포될 수 있어. 네가 여기서 마지막으로 잔 날만 해도 나는 기대감에 차 있었어. 네가 조만간 러시아에 있는 나를 찾아올 거라는 꿈을 꾸기도 했어. 이제 나는 그 무엇도 기대하지 않아."

"반 시간 전 너는 펠렌들러의 트로츠키주의에 동의했어."

"더 이상 확실치 않아. 요오드를 마시는 대신 창밖으로 몸을 던져야 했어."

그날 밤 나는 도라 옆에 누웠지만 그것이 다였다. 잠을 이룰 수가 없었다. 정문의 벨소리가 들릴 때마다 경찰이 와 우리를 잡아갈 거라는 생각이 들었다. 동틀 무렵 일어난 나는 집을 나오기 전 도라에게 가지고 있던 돈을 조금 주었다.

도라는 "고마워. 하지만 내가 스스로 목숨을 끊었다는 얘기를 듣더라도 상심하지는 마. 내게는 아무것도 남아 있지 않아"라고 말했다.

"도라, 한동안 트로츠키주의자들과는 어울리지 마. 영구 혁명은 영구적인 수술만큼이나 불가능한 일이니까."

"너는 뭘 할 거야?"

"오, 하루하루 살아가는 거지. 한 시간 한 시간을."

우리는 작별인사를 했다. 비밀경찰이 나를 체포하기

위해 정문에서 기다리고 있지는 않을까 걱정을 했지만 아무도 없었다. 나는 작업할 원고가 기다리고 있는 내 방으로 향했다.

나는 돌아오는 길에 노볼리프키 가에 있는 교회의 높은 탑을 바라보았다. 철제 울타리에 둘러싸인 넓은 안뜰 주위의 건물에는 예수의 신부라는 수녀들이 살고 있었다. 가끔 나는 그들이 풀을 먹인, 고깔 달린 두건과 긴 검정색 옷과 남자 것 같은 신발을 신고 가슴에 십자가를 건 채 지나가는 것을 보았다. 카르멜리카 가에서 나는 좌파 시온주의자들의 클럽인 '노동자들의 집'을 지나쳤다. 그곳에서 그들은 프롤레타리아가 권력을 잡을 때에 비로소 유대인들이 팔레스타인에서 조국을 갖게 되어 사회주의 국가를 건설할 수 있다고 믿으며 공산주의와 시온주의를 동시에 설파하고 있었다. 레스즈노 가 36번지에는 노동자와 그들 가족을 위한 협동상점과 유대인동맹의 그로제르 도서관도 있었다. 유대인동맹은 시온주의를 전적으로 거부했다. 그들이 내건 기치는 문화적 자치와 자본주의에 대한 일반적인 사회주의적 투쟁이었다. 동맹은 두 개의 분파로 나뉘어져 있었는데 하나는 민주주의를, 다른 하나는 프롤레타리아에 의한 즉각적인 독재를 옹호했다. 다른 안뜰에는 극단적 시온주의자 자보틴스키의 추종자인 수정주의자들의 클럽이 있었다. 그들은 유대인들이 무기를 다루는 법을 배워야 하며, 팔레스타인 통치권을 가진 영국에 테러를 가함으로써만 유대인이 그곳을 되찾을 수 있다고 주장했다. 이따금 바르샤바의 수정주의자들은, 명상을 믿으며 영국과 타협해야 한다고 주장하는 바이즈만과 같은 시온주의자들에게 반대하는 구호를 외치며 목검을 들고 거리를 행진하는 준군사조직을 거느리고 있었다. 거의 모든 유대인 정당들이 그 지역에 자신들의 클럽을 갖고 있었다. 매년 새로운 분파 조직이 탄생했고, 또 다른 사무실이 생겨났다.

나는 도라와 펠렌들러, 그리고 그들의 다른 동무들에 대해 도덕적인 승리를 거두었지만 모든 게 너무도 뒤엉켜 버려 더 이상 다른 사람의 오류를 조롱할 수 없었다.

방으로 돌아온 나는 이제 결혼식 때까지는 이곳에 계속 있기로 마음먹었다. 하지만 일을 하기에는 너무 지쳐 있었다. 나는 침대에 누워 깜빡 졸았다. 마음속으로 계속해서 펠렌들러의 말과 도라의 한탄이 들려왔다. 누가 뭘 할 수 있지? 어떻게 살아가야 하는 거지?

||

1

결혼식 며칠 전 어머니와 므와셰가 도착했고, 나는 그들을 단치히 역 플랫폼에서 만났다. 열차는 아침 여덟 시에 도착했다. 나는 그들을 간신히 알아보았다. 노파처럼 늙은 어머니는 허리가 굽어 더 작아 보였다. 길어진 코는 새의 부리처럼 굽어 있었다. 이마와 뺨에는 깊은 주름이 패여 있었다. 회색 눈만 젊은 시절의 예리함을 보여주고 있었다. 그녀는 더 이상 가발은 쓰지 않고, 머릿수건만 두르고 있었다. 치마는 바닥에 닿아 있었고, 내가 집에 살 때 보았던 블라우스를 입고 있었다. 므와셰는 키가 컸다. 금발 수염은 아무렇게나 자라 있었고 머릿단은 어깨까지 내려와 있었다. 랍비들이 쓰는 그의 모자는 얼룩이 묻어 더러웠고, 털외투는 남루했다. 단추를 푼 셔츠 칼라 사이로 부드러우면서 아이 같은 목이 드러나 있었다.

그는 파란 눈으로 놀란 듯 나를 바라보며 "진짜 독

일인 같아"라고 말했다.

내가 어머니에게 키스를 하고 나자 어머니는 "아렐레, 너 아프니? 병상에서 막 일어난 사람처럼 얼굴이 창백한 게 말이 아니구나"라고 말했다.

"밤새 못 잤어요."

"이틀 밤낮을 길에서 보냈단다. 라바 루스카에 있는 열차로 우리를 데려다준 마차가 진흙탕 속에서 뒤집어 졌단다. 다치지 않은 게 기적이야. 한 여자는 팔이 부러졌지. 그 때문에 타려고 했던 열차를 놓쳐 다른 열차를 타기 위해 스무 시간을 더 기다려야 했어. 비유대인들은 제멋대로더구나. 그들은 므와셰의 머릿단을 자르려고 했어. 유대인들은 무력해. 지금도 이런 지경인데 살인자들이 들어오면 어떻게 되겠니? 사람들은 떨고 있어."

"엄마, 하느님이 도와주실 거예요." 므와셰가 말했다. "하만[1] 같은 자들이 많았지만 모두들 끝이 좋지 않았어요."

"그들은 그 좋지 않은 종말을 맞기 전에 유대인들을 많이 죽였어." 어머니가 대답했다.

나는 그노이나 가에 있는 하숙집에 어머니와 므와셰가 묵을 수 있도록 방을 하나 빌린 상태였다. 주인은 하시드였다. 나는 그들을 그곳에 데려가기 위해 마차를 불렀지만 므와셰는 "나는 마차는 안 타"라고 말했다.

"왜?"

---

1 에스더서에 나오는 유대인의 적

"의자가 무명과 털을 섞어 만든 걸 거야."

한참 동안 논의를 한 후 어머니가 의자 위에 숄을 펴는 것으로 결론을 내렸다. 므와셰는 철사와 작은 자물쇠로 잠그는 바구니 하나를 가져왔는데 한때 예시바 학생들이 사용하던 것이었다. 어머니는 물건들을 보자기에 싸서 들고 있었다. 지나가는 사람들이 우리를 쳐다보았다. 도로가 전차와 택시, 화물 마차와 버스로 막혀 있어 마부는 말을 천천히 몰았다. 체구가 작은 말은 뼈밖에 남지 않았고 절뚝거리며 걸었다. 므와셰는 팔을 흔들며 뭐라고 중얼거렸다. 그는 아침 기도를 하기도 하고 시편을 외기도 했다.

어머니가 말했다. "아렐레, 얘야, 너를 다시 볼 수 있게 되고, 또 네가 신랑이 되려 하고 있다니 하느님께 감사를 드려야겠구나. 하지만 네 아버지는 어찌 하다가 그것을 못 보게 되었을까? 네 아버지는 마지막 순간까지 토라를 연구하셨단다. 그가 얼마나 성자였는지 나도 깨닫지 못했었지. 우리를 그렇게 먼 곳까지 데리고 간 것 때문에 그를 못살게 하기도 했지만 그 모든 것을 좋게만 받아들이셨어. 그 때문에 밤에 잠을 이루지 못할 정도로 괴롭구나. 내게 어떤 벌이 내려진다 해도 달게 받을 수 있을 거야. 아렐레, 나는 더 이상 올드 스티코프에 머물 수가 없어. 므와셰의 아내에 대해 좋지 않은 말을 하고 싶지는 않아. 하지만 그 애와는 살수가 없구나. 그 애는 시골 출신이고 아버지는 농부지. 갈리치아에서는 유대인이 자신의 땅을 갖는 것이 항상 허용되었어. 그 애 또한 마찬가지인데 나를 실망시키는 말을 하곤 해. 잘 받아넘기지. 하지만 그 애는 내가 귀머거리라도 된 듯 내 귀에다 대고 소리를 질러. 그 애는 항상 사소한 것에 마음을 써. 내가 죄를 저지른 건 사실이지만 얼마나 더 받아들일 수 있을지 모르겠구나.”

“흠, 흠!” 므와셰는 입술에 손가락 두 개를 갖다 댔다. 그것은 어머니의 말이 누군가를 모함하는 것이며, 그로서는 지금 기도 중이라 아무 말도 할 수 없다는 의미였다.

“이 아이는 이래도 흠, 저래도 흠이라 말하지. 내 말이 죄가 될 수도 있다는 건 알아. 하지만 살과 피로 이루어진 육체가 받아들일 수 있는 고통은 한계가 있어. 그 아이는 내가 책을 읽는다며 나를 미워한단다. 그 애는 기도하는 법도 잘 몰라. 한데 지금 나한테 책 외에 뭐가 남아 있겠니? 『마음의 의무』라는 책을 펼치면 나이 든 내가 어디 있는지 무엇이 되었는지도 잊어버리지. 아렐레, 올드 스티코프에서 죽고 싶지는 않구나. 네 아버지가 그곳에 묻힌 건 사실이야. 하지만 내가 이 세상을 기어 다닐 수 있는 몇 년 또는 몇 달 동안만이라도 소작농들 사이에서 지내고 싶지는 않단다. 그건 므와셰에게도 힘든 일이야. 그들은 돈을 지불하지 않아. 목요일이면 교구의 하급 관리가 돌아다니며 밀과 옥수수, 그리고 귀리를 한 줌 걷어 오지. 러시아인들이 사제에게 급료를 지불하는 것처럼 말야. 그곳의 비유대인들은 루테니아인들인데 그들 중 일부는 히틀러가 자신들의 편이라며 떠벌리고 있어. 그들은 서로 싸우기도 해. 그들 중 한 명이 우리 집 창밖에서 한 소녀의 목을 자른 일도 있단다. 소녀가 다른 유대인과 어울렸다는 게 이유였어. 매순간 우리는 목숨이 위태로운 상황에서 살고 있어. 나는 죽었으면 하고 기도를 한단다. 나는 매일 하느님께 딴 곳으로 데려가 주시라고 기도를 해. 하지만 죽고 싶기에 사는 거란다."

"흠, 흠!"

"제발 그 '흠, 흠!' 좀 그만하거라. 너는 내가 가는 지옥에는 가지 않을 거야. 아렐레, 무슨 말을 하고 싶은데 네가 화를 내지 않았으면 좋겠구나. 나는 올드 스티코프에는 돌아가지 않을 작정이다. 길에서 잠을 자더라도 바르샤바에 머물 거야."

"엄마, 길에서 자는 일은 없을 거예요." 내가 말했다.

"나를 불쌍히 여기렴. 크로크말나 가에 랍비가 없다는 얘기를 들었다. 므와셰가 그곳에서 일자리를 구할 수도 있지 않겠니? 나는 양로원이나, 머리를 뉘일 수 있는 다른 어떤 곳이라도 갈 준비가 되어 있단다. 쇼샤라는 애는 어떤 애지? 어떻게 하다가 그 애를 택하게 되었니? 그래, 모든 것이 하느님의 뜻에 따라 이루어지지."

마차는 그노이나 가의 어떤 정문 앞에 멈춰 섰다. 그곳의 어떤 안뜰은 백 년 전에 만들어진 것이었다. 근처 마을에 사는 농부들이 새벽에 농작물을 갖고 오는 골목길들이 있었다. 계란은 지하실의 석회 속에 저장되었다. 3번지에는 내가 예배당을 떠난 후 혼자서 게마라를 읽곤 하던 크렐 학당이 있었다. 5번지에는 유대인 회당과 다른 학당이 있었다. 어머니가 아직 젊었을 때 종교적인 의식을 위해 가곤 하던 목욕탕은 아직도 근처에서 영업 중이었다. 이곳에서 파는 오일 케이크와 콩을 넣은 닭고기, 그리고 감자 케이크에서는 내가 어려서 기억하는 것과 똑같은 냄새가 났다.

어머니는 "하나도 안 변했구나"라고 말했다.

우리가 멈춘 건물 앞에는 마차 몇 대가 서 있었다. 말들은 목에 거는 꼴망태에서 귀리와 자른 밀짚 섞은 것을 먹고 있었다. 비둘기와 참새가 떨어진 씨앗들을 쪼아 먹고 있었다. 짧은 양가죽 옷을 입고 모자를 쓴 남자들이 자루와 상자와 바구니를 옮기고 있었다. 부분적으로 서리가 낀 창문 너머로 병과 단지, 널어놓은 기저귀가 보였다. 한 창문에서는 아이들이 모세 오경을 암송하는 소리가 들려왔다. 흙이 묻은 계단이 삼 층의 하숙집으로 연결되어 있었다.

한 개 층을 반 정도 오를 때마다 어머니는 멈춰 섰다. "더 이상 계단은 못 오르겠구나."

삼 층에서 나는 어두운 복도로 연결되는 문을 열었다. 하숙집은 거실과 몇 개의 작은 방들로 이루어져 있었다. 거실에는 한 남자가 기도 숄을 걸친 채로 기도를 하고 있었고, 다른 남자는 종이 상자를 접어 자루에 넣고 있었다. 또 다른 남자는 아침 식사를 하고 있었다. 그리고 여자 둘이 있었는데 한 여자는 가발을 쓰고 있었고 다른 여자는 보닛을 쓰고 있었다. 둘은 벤치에 앉아 커다란 바늘과 실로 털외투를 수선하고 있었다. 머리 위쪽만 덮는 모자를 쓴, 수염이 아주 까만 집주인이 어머니와 므와셰가 그날 밤 지내게 될 침대 두 개 딸린 방을 보여주었다.

므와셰가 "늦었지만 기도를 하고 싶네요. 여기 기도를 드릴 만한 데가 있나요?"라고 물었다.

"안뜰에 기도실이 두 군데 있소. 하나는 코지에니카 하시디즘 기도실이고 다른 하나는 블렌데프 하시디즘 기도실이오. 유대인 회당도 있지만 그곳에서 기도를 드리는 사람들은 리트박[1]들이오."

"코지에니카 기도실에 가겠어요."

"아침 식사를 내올까요?" 집주인이 어머니에게 물었다.

"유대인 율법에 따른 상차림인가요?"

"그럼요. 랍비들이 여기서 식사를 하는걸요."

"지금으로서는 차 한 잔 마셨으면 하는데요."

"먹을 것도 함께 내올까요?"

"나는 이빨이 없어요. 부드러운 빵이 있나요?"

"여긴 없는 게 없어요." 그는 빵과 차를 가지러 갔다.

방 한쪽 구석에는 세면대가 있었고, 더러운 수건 하나가 고리에 걸려 있었다. 어머니가 말했다. "올드 스티코프에 비하면 여긴 저택이구나. 우리는 밀짚으로 지붕을 인 오두막에 살고 있단다. 비도 새지. 화덕이 있긴 하지만 연통이 부서져 연기가 굴뚝으로 빠져나가지도 못한단다. 신부는 언제 볼 수 있니?"

"여기로 데려올게요."

2

하누카의 첫날 밤이었다. 하숙집 주인은 손님들을 위해 하누카 촛불 여덟 개 중 첫 번째 것을 밝히고 축복을 했지만 어머니와 므와셰는 다른 사람이 그들을

---

1 리투아니아계 유대인을 뜻함(편집자 주)

위해 그토록 신성한 의식을 거행하는 것을 받아들이기를 거부했다. 게다가 그는 기름 속의 심지 대신 양초를 밝혔던 것이다. 나는 거리로 나가 양철로 된 하누카 등과 기름 한 병, 심지, 그리고 심지를 밝히는 데 쓰이는 특별한 초를 샀다. 므와셰는 자신의 방에서 기름을 첫번째 작은 사발에 붓고 심지를 넣은 다음 촛불을 켜고 축복을 내렸다. 그런 다음 기도서를 암송하기 시작했다.

"오, 요새여, 내 구원의 돌이여……."

그는 내 아버지 목소리를 흉내 냈는데, 몸짓도 똑같았다. 처음엔 심지에 불이 붙지 않아 므와셰는 여러 번 시도를 해야 했다. 마침내 불이 붙은 심지는 연기를 내뿜으며 탁탁거리며 타들어 갔다. 아래쪽 안뜰에는 텅 빈 벽 세 개 외에는 아무도 없었지만 므와셰는 율법에 따라 창가에 작은 등 세 개를 놓아 하누카의 기적이 세상 사람들 모두에게 보이도록 했다. 창문이 제대로 닫히지 않아 바람이 새어 들어왔다. 작은 불빛이 수시로 펄럭거렸지만 꺼지지는 않았다. 므와셰는 "마치 유대 민족 같군. 매 세대마다 우리의 적이 우리를 파괴하려 했지만 신성한 분께서 우리를 그들의 손에서 구해 주셨지"라고 말했다.

"우리의 적들이 기적을 바라며 기도를 할 때야." 내가 말했다.

므와셰는 수염을 쓰다듬었다. "그분께 무엇을 하고 언제 그것을 할지를 얘기하는 우리는 누구지? 어제만 해도 천문학자들은 별들에 대해 더 많이 연구하고 측정할수록 그것들이 더 커진다고 했잖아. 그 별들 중 많은 것들이 태양보다도 더 크다고 했고. 작은 뇌를 가진 하찮은 존재인 우리가 그분이 무엇을 하고 계신지 어떻게 이해하지?"

므와셰는 내 아버지의 목소리로 말했다. 몇 년 전만 해도 내 아버지는 나와 논쟁을 벌였다. "쏟아진 잉크는 스스로 글씨를 쓰지 못하지. 믿음이 없는 자들은 사악할 뿐만 아니라 바보이기도 해."

므와셰는 반 시간 동안 하누카 촛불을 지켜본 후 학당으로 갔다. 그곳에서 그는 올드 스티코프에서는 구할 수 없는 책들을 찾아냈다. 갖고 있던 얼마 되지 않는 돈으로 그는 『사자의 포효』, 『랍비 아키바 아이거의 응답』, 그리고 『여호수아의 얼굴』이라는 책을 샀다. 그는 어머니에게 늦지 않겠다는 약속을 했다. 어머니는 침대에 베개를 기대고 앉았다. 그녀의 커다란 회색 눈은 호기심에 차 펄럭이는 불빛을 바라보고 있었는데 마치 그런 불빛을 처음 보는 듯했다. 내 기억으로 그녀는 중키였고 아버지보다도 더 컸지만, 이제는 많이 줄어 있었다. 그녀는 "그래, 그래, 그래"라며 계속해서 머리를 끄덕였다. 그러더니 "아렐레, 너를 성가시게 하고 싶지는 않다만, 너도 이제 어른이니 하는 말인데 그게 무슨 의미를 갖는 거지?"라고 말했다.

"무슨 말이에요?"

"무슨 말인지 알잖니."

"어머니, 모든 것이 의미를 갖는 건 아니에요."

어머니의 눈은 미소를 지었다. "그걸 뭐라고 하지? 사랑이라고 하나?"

"그렇게 부를 수도 있죠."

"사랑은 맹목적이라는 말이 있는데 사랑조차도 어느 정도는 이성적인 것이지. 구두 수리공이 공주와 사랑에 빠지지는 않잖니. 공주와 결혼할 리도 없고."

"그런 일도 일어날 수 있죠."

"뭐라고? 소설 속에서는 일어날 수 있지만 진짜 현실 속에서는 일어나지 않아. 우리가 바르샤바에 살았을 때 나는 신문 연재소설들을 읽곤 했단다. 네 아버지는 - 편히 쉬시길 - 신문과 신문에 글을 쓰는 사람들을 좋아하지 않으셨지. 그는 그들이 신성한 유대인 문자를 훼손한다고 하셨어. 전쟁이 일어나 뉴스를 알고 싶을 때에만 신문을 들여다보셨지. 그 쓰레기 같은 소설에도 어느 정도의 논리는 있었어. 이제 너는 쇼샤와 결혼해. 그 아이는 상냥하지만 불행하게도 아프지. 어쩌면 그건 그 애 아버지 탓인지도 몰라. 한데 바르샤바에서 좀더 나은 상대를 찾을 수는 없었니? 내가 죄를 짓고 있구나. 그래, 죄를 짓고 있다는 건 알아. 이런 말을 해서는 안 되는데. 나는 살날이 얼마 남지 않았어. 저기, 불이 꺼졌구나!"

우리는 말없이 앉아 있었다. 기름 냄새와 감미로우면서도 오래전 잊었던 어떤 냄새가 감돌았다. 잠시 후 어머니가 말을 이었다. "얘야, 모든 것은 예정되어 있지. 내 아버지도 네 할아버지도 - 그분도 편히 쉬고 계시길 - 천재의 이름을 따 이름이 붙여졌단다. 그는 큰 도시에서 랍비가 될 수도 있었지만 버려진 마을의 작은 구석에서 사는 데 만족했어. 그리고 그곳에서 임종을 맞았어. 토마스조프 출신인 네 증조할아버지는 완전히 은둔 생활을 했지. 그는 평생 카발라에 대한 주석을 썼어. 죽기 전 그는 손자 하나를 불러 자신의 원고를 불태우도록 했단다. 우연히 한 페이지만 남게 되었는데 그것을 읽어본 사람들은 그것이 토라의 신비로 가득 차 있다고 했어. 그는 세상과는 너무도 담을 쌓고 지내 동전이 어떻게 생겼는지도 알지 못했지. 네 할머니 테메를이 허리띠를 졸라매고 절약하지 않았다면 집 안에 빵 한 조각도 없었을 거야. 그녀도 나름대로 성자였지. 그녀가 벨즈의 랍비를 방문했을 때 그는 그녀가 여자임에도 불구하고 집 안에 들어와 의자에 앉으라고 했지. 그들과 비교하면 나는 뭐지? 나는 죄에 깊이 빠졌어. 물론 나는 너를 사랑하고, 네가 좋은 아내를 얻기를 바라. 하늘의 뜻이 다르다면 나는 입을 봉하고 있어야겠지. 이런 얘기를 하는 건 네가 출신을 잊지 말라는 뜻에서야. 우리는 열정에 탐닉하기 위해 이세상에 온 게 아냐. 나를 보고, 내 몸이 어떻게 되었는지 보도록 해라. 나도 한때는 예쁜 소녀였단다. 루블린 가를 지날 때면 사람들이 걸음을 멈추고 나를 쳐다보곤 했지. 우리 동네에서 발이 제일 작기도 했어. 비가 오는 날에도 매일같이 신발을 구두약으로 닦았어. 솔로 백 번은 닦곤 했지. 한 벌 있는 주름 스커트는 이틀에 한 번씩 다림질을 했어. 사람들은 내가 허영을 부린다며 네 할아버지에게 일러바치곤 했어. 내가 몇 살 때였지? 열다섯 살 때였어. 열다섯 살 하고 육 개월이 되었을 때 네 아버지와 약혼했고, 일 년 후 결혼식을 올렸지. 여자아이는 토라를 배울 수 없었지만 나는 문 뒤에 서서 네 할아버지가 사내아이들에게 강의하는 것을 들었어. 그들 중 한 명이 실수하면 나는 그것을 알아챘어. 나는 히브리어로 된 도덕책들을 읽기도 했지. 그 무렵 나는 내 피가 뜨겁지 않으며, 충동을 억제해야 한다는 것을 깨달았단다. 그 사실이 내게 어떻게 다가왔을 것 같니? 나는 네 아이들이 쇼샤가 아니라 너를 닮기를 바란다."

"어머니, 우리는 아이를 갖지 않을 거예요."

"왜? 하느님은 세상과 유대인이 있기를 바라셔."

"하느님이 무엇을 바라는지는 아무도 몰라요. 하느님이 유대인이 살기를 바라셨다면 히틀러 같은 작자들은 애당초 만들지도 않으셨을 거예요."

"그런 말을 하다니!"

"하늘나라에 가 하느님과 얘기를 한 사람은 없어요."

"하늘나라에 갈 것도 없이 바로 이 지상에서 진리를 볼 수 있어. 마이텔의 딸 에스더가 복권에 당첨되기 사흘 전 나는 꿈속에서 우편배달부가 숫자로 가득한 종이 한 장을 내게 건네는 것을 보았어. 나는 그것을 받으려고 했지. 한데 그때 갑자기 마이텔이 나타났어. 그때 그녀는 이미 죽어 있었어. 그녀의 얼굴은 노란색이었고, 하얀 두건을 쓰고 있었지. 그녀는 '그건 당신 게 아냐. 내 딸 에스더가 그걸로 많은 돈을 벌게 될 거야'라고 말했어. 그러면서 그녀는 우편배달부에게 밀대 한 다발을 주었어. 당시 나는 열 살이었고, 복권 같은 게 있다는 것도 몰랐어. 나는 집안 식구 모두에게 그 얘기를 했어. 그들은 어깨를 으쓱하기만 했지. 사흘 후 에스더가 일등을 했다는 전보가 왔어. 내가 그 꿈을 꾸었을 때는 아직 복권에 숫자도 적지 않은 상태였어. 이 년 후 나는 망령이 든 어떤 집을 보았어. 몇 주 동안 사악한 정령이 도살업자 아브라함의 집 창문을 계속해서 두드렸던 거야. 군인들이 들이닥쳐 방과 지하실과 다락방을 뒤졌지만 그 괴상한 소음의 정체를 설명해 줄 만한 아무것도 찾아내지 못했지. 애야, 세상은 너무도 많은 신비로 가득 차 있어 학자들이 백만 년 동안 연구를 한다 하더라도 백만 분의 일도 풀지 못할 거다."

"어머니, 그 무엇도 다하우나 다른 지옥 같은 곳에서 고문받은 유대인들에게 위안을 주지는 못할 거예요."

"위안이 있다면 죽음 같은 건 없다는 것이지. 너의 쇼샤도 자신의 죽은 자매가 자신을 찾아왔다는 얘기를 했잖니. 그 아이는 그런 얘기를 지어낼 만큼 교활하지 않아."

3

바셸레는 어머니와 므와셰를 점심이나 저녁 식사에 초대하려 했지만 어머니는 솔직하게 그녀의 집에서는 식사하지 않겠다고 말했다. 어머니도 므와셰도 바셸레의 부엌에서 만들어지는 식사가 유대인 율법에 따른 것인지 확신하지 못했다. 하지만 그녀에게 창피를 주지 않기 위해 어머니와 므와셰는 차와 과일을 먹으러 가는 데는 동의했다. 나는 이웃 사람들이, 고인이 된 랍비의 아내와 두 아들이 바셸레의 집을 방문한다는 것을 어떻게 알게 되었는지 알 수 없었다. 오후 세시 무렵 내가 그들을 하숙집에서 데리고 나와 바셸레의 집에 도착했을 때에는 놀랍게도 방 안 가득히 사람들이 있었다. 구슬과 리본이 달린 보닛을 쓴 노파들과 하얀 수염을 기른 남자들뿐만 아니라 문학잡지를 뒤적이는 젊은 남녀도 있었다. 찻잔과 안식일 과자와 딸기잼이 담긴 접시가 휴일에 사용하는 식탁보로 덮인 테이블 위에 놓여 있었다. 노파들이 손수건에 싸 가지고 온 생강빵과 케이크, 쿠키, 건포도, 자두, 아몬드 같은 작은 선물들도 있었다.

우리는 크로크말나 가에서 완전히 잊힌 것이 아니었다. 전쟁과 전염병과 굶주림으로 많은 사람들이 죽었지만 우리 가족을 알고 지내던 몇몇 사람들은 아직 살아 있었다. 보닛을 쓴 노파들이 고개를 저으며 쪼그라든 입으로 축복과 인사말을 중얼거렸고 옛날 일을 얘기했다. 바랜 뺨 위로 눈물이 흘러내리고들 있었다. 남자들은 모두 라드지민의 죽은 랍비를 따르는 자들이었다. 그는 후계자 없이 죽었고, 그의 회당은 와해되었다. 한 하시드는 그 랍비가 수술에 동의했으면 지금도 살아 있었을 테지만, 마지막 날까지도 칼은 빵을 자르기 위한 것이지 인간의 살을 자르기 위한 것은 아니라는 자신의 확신에 충실했다고 얘기했다. 그는 오랜 고통 후에 자신의 신성한 영혼을 포기했다. 폴란드 전역의 랍비들이 그의 장례식에 참석했다. 그는 평생에 걸쳐 악마와 싸웠고, 수많은 기적을 행한 그의 할아버지 랍비 얀켈레의 무덤 근처에 묻혔다. 밤이면 시체들이 그에게 나타나 생전의 잘못을 고백하는 등 그의 묘석은 정령들로 넘치는 것으로 알려져 있었다. 하시디즘 신자가 므와셰에게 인사를 하며 갈리치아의 하시드 법정에 대해 ─ 그리고 벨즈와 시에니아바, 로프스지카의 법정에 대해 ─ 묻는 동안 젊은 남녀는 내게 자신들을 소개했다. 그들은 내가 쓴 단편 소설과 기사 들을 칭찬했다. 그들은 문학적인 이디시어로 내게 얘기를 했는데 그들의 표현은 문법적으로 오류가 있었다. 그들은 실패로 돌아간 내 희곡에 대해 들은 듯 이디시어 극장의 상태에 대해 불평했다. 문명이 붕괴 직전에 있는데도 사람들은 50년 전의 조잡한 연극들을 제작하고 있다는 것이었다. 타이벨레도 그 만찬에 참석했는데 연인인 부기 직원을 대동하고 있었다. 그는 앞니를 금니로 박은, 키 작고 배 나온 사람이었다. 여자들 몇이 쇼샤 주위로 몰려들었다. 나는 그들 중 하나가 "작가와 약혼을 하니까 어때요?"라고 묻는 것을 들었다.

쇼샤는 "그냥 그래요. 그냥 보통 사람과 다르지 않죠"라고 대답했다.

"두 사람은 어떻게 만났어요?" 다른 여자가 물었다.

"10번지에 함께 살았어요." 쇼샤가 말했다. "아렐레는 발코니가 있는 아파트에 살았죠. 우리 집 창문은 마구간 너머 안뜰과 마주하고 있었어요."

여자아이들은 서로를 쳐다보며 미소 지었다. 그들은 서로 곁눈질하며 "저 남자는 이 여자애한테서 뭘 기대한 거지?"라고 물었다.

바셸레는 므와셰를 상석에, 나이 든 남자들을 그의 옆에 앉혔다. 므와셰는 남자와 여자가 같은 식탁에 앉는 것은 하시디즘의 전통이 아니라는 것을 넌지시 비쳤지만 바셸레는 나이 든 여자들이 방 한가운데 앉을 수 있도록 의자를 놓았다. 젊은 남녀들은 선 채로 있었다. 하시디즘 신자는 하시디즘을 주제로 얘기를 계속했다. 벨즈와 보보프 법정의 차이점은 무엇인가? 헝가

리 랍비들이 세계 정통 유대인 조직에 반대하는 이유
는 무엇인가? 루드닉의 랍비는 어떤 종류의 성자인가?
로즈바도프의 랍비가 로프스지카의 랍비인 그의 증조
부로부터 유머 감각을 물려받은 것이 사실인가? 사람
들은 갈리치아의 랍비가 바르샤바의 이 지역에서 거의
알려지지 않은 것이 안타까운 일이라고 했다.

"아는 게 뭐가 중요하죠?" 므와셰가 물었다. "사람들
은 모두 나름대로 하느님을 섬기고 있어요."

"갈리치아 사람들은 우리 시대의 고난에 대해 어떻
게 생각하죠?"라고 한 사람이 물었다.

므와셰는 그 질문에 질문으로 대답을 했다. "거기에
대해 뭘 얘기할 수 있겠어요? 이 모든 건 메시아의 출
산의 고통이에요. 이미 과거의 예언자는 세상의 종말
이 왔을 때 주께서 불을 갖고 전차를 타고 소용돌이를
일으키며 와서는 격노하며 불꽃으로 인간들을 꾸짖으
리라고 예언을 했죠. 악한 무리들은 쉽게 항복하지 않
을 거예요. 자신의 왕국이 흔들리고 있다는 것을 알게
되면 사탄은 우주 전체에 소동을 일으킬 거예요. 좀더
높은 천체에도 어두운 힘은 있어요. 노가[1]가 뭐죠? 선
과 악은 섞여 있어요. 악의 뿌리는 솔로몬 시대까지 거
슬러 올라가요. 하느님이 진공을 창조한 후 세상을 만
들기 위해 그분의 빛을 던지셔야 했으므로 그분의 얼
굴은 감춰져 있어야만 했죠. 그분이 광채의 힘을 줄이
지 않으셨다면 자유로운 선택이란 없었을 거예요. 구
원은 갑자기 오는 것이 아니라 점진적으로 오죠. 하느

---

1 다윗의 아들. 광휘라는 의미도 갖고 있음

님과 아말렉[2]과의 싸움은 오랫동안 계속될 것이고 커
다란 좌절과 많은 유혹도 낳을 거예요. 우리의 현자 중
한 사람은 메시아에 대해 말하면서 '주께서 오시도록
놓아두거라. 하지만 나는 그분을 볼 수 있을 때까지 살
고 싶지는 않다'라고 말했죠. 미쉬나는 메시아가 오기
전에 인간의 오만이 극에 이를 것이라고 예언을 했어
요. 그리고……."

"주여, 우리를 불쌍히 여기소서. 이제 물이 우리의
목까지 차올랐나이다." 멘델레 비스즈코버라는 늙은 하
시드가 한숨을 쉬며 말했다.

"뭐라고요? 악은 엄청난 힘을 갖고 있어요." 므와셰
가 말했다. "조용할 때에는 자신의 의도를 감추고 스
스로를 순수한 양으로 위장하려고 하죠. 하지만 결정
을 내려야 할 때가 되면 진짜 모습을 드러내요. 전도
서에는 '나는 태양 아래서 심판의 장소를 보네, 사악함
이 그곳에 있네'라고 쓰여 있죠. 부정한 자들은 살인
과 호색과 절도와 강도로 넘쳐나는 세상을 꿈꿔요. 그
들은 불의가 미덕으로 여겨지기를 바라죠. 그들은 십
계명의 계율을 지우려 해요. 그들은 정직한 사람들을
감옥에 넣고 도둑들을 재판관에 기용하려 하죠. 세상
전체가 타락하고 있어요. 칠렉과 빌렉이 재판관이었던
소돔이 어떤 곳이었죠? 대홍수의 세대는 어쨌죠? 바
벨탑을 세운 반역자들은 누구였죠? 양 한 마리가 무리
전체를 타락시킬 수도 있어요. 불꽃 하나가 집 한 채를
태울 수도 있어요. 히틀러-그의 이름이 지워지기를-

2 약탈을 일삼던 고대 유목 민족으로, 이스라엘 민족의 적으로 여겨진다
   (편집자 주)

만 악당은 아녜요. 어느 도시에나 어느 사회에나 히틀러 같은 자들이 있어요. 주님을 한순간만이라도 잊는다면 우리는 그 즉시 불경스러운 존재가 될 거예요."

"오, 어려워, 아주 어려워." 나이 든 다른 남자가 말했다. 그는 신음소리를 냈다.

"뭔가가 쉬워야 한다는 말이 어디에 적혀 있죠?" 므와셰가 물었다.

"우리는 힘이 빠져나가고 있어." 세 번째 노인이 앓는 소리를 했다.

"주님을 기다리는 자는 힘을 새롭게 얻게 될 것이니"라고 므와셰가 대답했다.

나이 든 여자들은 좀더 잘 듣기 위해 가만히 앉아 귀를 쫑긋 세웠다. 문화와 문학, 이디시어, 그리고 진보에 대해 토론하기 위해 온 젊은 남녀들은 조용해졌다.

갑자기 쇼샤가 "엄마, 진짜 므와셰가 맞아요?"라고 말했다.

웃음소리가 들렸다. 나이 든 여자들 또한 이빨이 없는 입으로 웃었다.

바셸레는 창피한 듯 "애야, 대체 왜 그러는 거야?"라고 말했다.

"오, 엄마, 므와셰는 진짜 랍비예요, 그의 아빠처럼요." 쇼샤는 손수건으로 눈을 가리더니 울기 시작했다.

4

결혼식 이틀 전 눈이 내리기 시작하더니 그치질 않았다. 마침내 눈이 그치자 서리가 내렸다. 거리는 소금처럼 건조한 눈발에 파묻혔다. 썰매조차도 그 눈을 뚫

고 나가지 못했다. 처마와 발코니에는 커다란 고드름
이 맺혔다. 지붕 위로 지나가는 전선에 얼음이 얼어 반
짝거렸다. 여기저기 폭설에 갇힌 새의 부리나 고양이
의 머리가 눈더미 밖을 내다보고 있었다. 크로크말나
가의 광장은 텅 비어 있었다. 작은 눈보라가 일고 강아
지들은 자신의 꼬리를 입으로 잡으려 제자리를 맴돌았
다. 도둑과 창녀와 포주 들은 지하실이나 다락방에 숨
어 있었다. 야나쉬 안뜰 앞에 늘 앉아 있던 상인들도
자취를 감췄다.

  결혼식은 그날 저녁 여덟 시에 판스카 가에 있는 어
떤 랍비의 집에서 거행될 예정이었다. 젤리그의 도움
으로 바셸레는 쇼샤에게 줄 혼숫감―옷 몇 벌과 신발
과 속옷―을 장만할 수 있었지만 나는 어떤 준비도 하
지 않았다. 출판사에 넘긴 단편 몇 편과 번역 원고료로
받은 돈으로 어머니와 므와셰에게 하숙집을 마련해 주
고 나니 남는 게 거의 없었다. 결혼식 날 아침 나는 평
소보다 늦게 일어났다. 나는 잠을 자지 않았고, 동이
틀 때까지 할아버지가 주신 시계의 종소리와 바람이
부는 소리를 들었다. 나는 열 시에 일어나 세수하고 수
염을 깎았다.

  테클라가 문을 열었다. "아침 식사를 가져올까요?"

  "그래요, 테클라, 원하면 그렇게 해요."

  그녀는 방을 나가더니 곧 다시 돌아왔다. "어떤 여자
가 꽃을 갖고 왔어요."

  나는 모든 것을 비밀로 할 작정이었다. 나는 테클라
에게 누구도 들여보내지 말라고 하려 했지만 그때 문
이 열렸고 도라가 모습을 나타냈다. 그녀는 색이 바랜

외투를 입고 부츠를 신고 뒤집어진 단지처럼 보이는 모자를 쓰고 있었다. 그녀는 두꺼운 종이에 싼 화환을 들고 있었다. 테클라는 얼굴을 찡그리며 고개를 돌렸다.

도라는 "내 사랑, 비밀이란 없어! 축하해!"라고 말했다.

내 뺨은 비누로 덮여 있었다. 나는 면도칼을 내려놓고 "이게 도대체 어떻게 된 일이야?" 하고 물었다.

"나한테는 아무것도 감출 수 없다는 걸 몰랐어? 나를 결혼식에 초대하지 않은 건 사실이지만 우리 사이에는 항상 유대가 있을 거야. 우리가 함께 보낸 세월은 누구도 지우지 못해. 자, 행복과 번영이 함께하길 바라."

"누가 얘기를 한 거야?"

"오, 끈이 있어. 비밀경찰과 관련이 있는 사람은 바르샤바에서 일어나는 모든 일을 알게 마련이야."

도라는 그녀가 당을 떠난 후로 그녀를 폴란드 비밀경찰의 끄나풀이라고 비난한 스탈린주의자들을 두고 말했다. 나는 마지못해 꽃을 받은 다음 세숫물이 담긴 병에 꽂았다.

도라는 "그래, 나는 모든 것을 알고 있어. 네 신부를 만나는 영광도 누렸는걸." 하고 말했다.

"어떻게?"

"오, 그녀 집 문을 두드린 후 자선 사업에 쓸 성금을 걷는 척했지. 이디시어로 말했지만 내가 무슨 말을 하는지 못 알아듣더군. 그래서 폴란드어만 할 줄 안다고 생각했지. 하지만 곧 폴란드어도 잘 모른다는 것을 알게 되었어. 네 마음을 아프게 하고 싶지는 않아. 네가 그녀를 사랑하니 무슨 상관이 있겠어? 사람들은 맹인과 귀머거리, 그리고 곱사등이와도 사랑에 빠지잖아. 앉아도 돼?"

"그래, 도라, 앉도록 해. 왜 꽃을 사느라 돈을 쓴 거야?"

"뭔가를 가져오고 싶었어. 나대로는 그럴 만한 이유가 있으니까. 나도 결혼하게 됐어. 내가 결혼 선물을 하면 너도 해야 할 거 아냐. 내가 하는 모든 일에는 속셈이 있지." 도라는 눈을 한 번 깜박인 다음 침대 가장자리에 앉았다. 그녀의 부츠에 쌓였던 눈이 녹아 바닥으로 흘러내렸다. 그녀는 담배를 꺼내 불을 붙였다.

"펠렌들러야?" 내가 물었다.

"그래, 내 사랑. 우리는 둘 다 개종자이자 파시스트이자 배반자이자 선동자지. 그 이상으로 완벽한 짝이 어디 있겠어? 우리는 함께 바리케이드 앞에 서서 노동자와 소작인 들에게 총을 쏠 거야. 내 말은, 우리가 감옥에 가지 않게 된다면 말야. 반동분자들은 우리가 자신들의 친구라는 것을 알고 있을까? 그건 그렇고 네가 쓰기로 한 희곡은 어떻게 된 거야? 너는 내게서 멀어져 갔지만 나는 우리가 함께 보낸 시간을 기억하고 있어. 네 글이 출판되면 한 번이 아니라 세 번씩 읽곤 했어. 파이텔존 박사가 잡지를 발행하려고 한다는 얘기를 들었어."

"오래전부터 계획을 했었지."

테클라가 발가락으로 문을 연 다음 아침 식사를 가지고 들어왔다.

나는 "함께 들래, 도라?" 하고 물었다.

"벌써 먹었어, 고마워. 커피는 한 잔 할게." 테클라가 커피를 가지러 간 사이 도라는 주위를 둘러보았다. "네 아내가 여기로 와 함께 사는 거야. 아니면 네가 이사를 가는 거야?" 그녀가 물었다. "나, 늘 그렇듯 시끄럽지?"

"아직은 모르겠어."

"너를 이해하지 못하겠어. 하긴 질문을 해서 네 기분을 상하게 해봤자 소용없겠지만. 너는 항상 답을 모르잖아. 나는 볼프를 사랑하지 않아. 우리는 너무 비슷해. 최근에 그는 지나치게 빈정거려. 계속해서 끔찍한 농담을 해. 우리가 함께하는 건 서로 아무 도움도 안 돼. 그가 체포되거나 내가 체포될 게 뻔해. 경찰은 고양이가 쥐를 데리고 놀 듯 우리를 데리고 놀고 있어. 하지만 우리가 감옥에 가기 전까지는 혼자라는 생각이 들지 않을 거야. 그가 집을 나서자마자 나는 천장에 갈고리가 없나 보기 시작해. 집을 나와서는 과거의 동지들을 피하기 위해 길을 건너야 해. 너는 예전에 내가 이해하지 못한 어떤 것을 얘기해 준 적이 있어. 하지만 지금 그것들이 다시 문제가 되기 시작했어."

"뭐가?"

"오, 인류를 도울 수는 없으며, 인간의 운명에 대해 지나치게 걱정하는 자들은 조만간 잔인해질 거라는 것. 그걸 어떻게 알았지? 차마 얘기는 못 하지만 펠랜들러의 옆에 누운 채로 네 생각을 해. 그는 역설적이면서도 음울해. 그는 최종적인 진리를 아는 것처럼 미소 짓는데 그 미소를 참을 수가 없어. 그 미소는 그가 스탈린주의자였을 때 짓던 미소 그대로야. 그때와 똑같

아. 근데 나는 더 이상 혼자일 수 없게 된 거야."

"그가 이사를 온 거야?" 내가 물었다.

"혼자서는 집세를 낼 수가 없어. 그는 조합에서 시간제 근무를 하거든."

문이 다시 열리며 테클라가 커피 잔을 갖고 들어왔다. 그녀의 눈은 웃음을 머금고 있었다. "베티 양이 꽃을 갖고 왔어요." 그녀가 말했다.

내가 대답하기도 전에 베티가 금색 털외투에 그것과 어울리는 털모자와 털 장식이 있는 부츠 차림으로 문간에 나타났다. 그녀는 엄청나게 큰 화환을 들고 있었다. 도라를 본 그녀는 뒤로 한 걸음 물러났다. 웃음이 나오려 했다. "당신도?"

"들어가도 돼요?"

"물론 들어와요, 베티."

"밖에 눈보라가 치고 있어요! 일곱 마녀가 스스로 목을 매달았나 봐요."

"베티, 여긴 도라예요. 전에 얘기한 적 있죠. 도라, 여긴 베티 슬로님이야."

"그래, 알아. 미국에서 온 여배우죠. 신문에 난 사진을 봤어요." 도라가 말했다.

"꽃을 어떻게 하죠?"

"테클라, 화병을 갖다줄 수 있어요?"

"화병은 모두 찼어요. 집주인이 거기에 다른 걸 채워놓았거든요."

"아무 거나 꽃을 꽂을 만한 걸 가져와요. 꽃을 받아요." 테클라는 손을 내밀었다. 그녀의 행동은 빈정대는 것 같았다. 베티가 부츠를 신은 채로 눈을 털어냈다.

"진눈깨비가 끔찍해요. 거리를 건널 수도 없어요. 모스크바에서도 이랬죠. 캐나다에서도 마찬가지였고. 뉴욕에서는 눈을 치우죠. 최소한 대로요. 외투 벗는 걸도와줘요. 이제 결혼할 사람이니 신사가 되도록 해봐요."

나는 베티가 외투 벗는 것을 도왔다. 그녀는 붉은 머리와 조화되지 않는 붉은 드레스를 입고 있었다. 그녀는 살이 빠져 있었고 창백했다.

그녀는 "내가 왜 왔는지 궁금하죠? 결혼을 하는 신랑에게는 꽃을 선물하는 법이에요. 죽은 자에게도 마찬가지고요. 한데 그 신랑이 죽은 자일 때는 화환을 두개 선물해야 하죠"라고 말했다. 미리 준비한 말처럼 들렸다.

도라는 미소를 지었다. "맞는 말 같은데요. 나는 가야겠어요. 당신들을 방해하고 싶지 않아요."

"누구도 방해하고 있지 않아요." 베티가 말했다. "내가 하는 말은 누가 들어도 상관없어요."

"커피를 더 가져올까요?" 테클라가 물었다.

"나는 됐어요." 베티가 말했다. "오늘 벌써 열 잔이나 마셨어요. 담배 피워도 돼요?"

베티는 담배를 꺼내 불을 붙인 다음 도라에게도 한대를 권했다. 두 여자는 순간적으로 담배 끝으로 서로울타리를 친 것 같았다. 그것은 어떤 이교도 의식의 유물처럼 여겨졌다.

5

도라는 아직도 침대에 앉아 있었다. 나는 베티에게

내 의자를 준 다음 세면대 옆에 있는 긴 의자에 앉았다. 베티는 유진 오닐에 대해 얘기했다. 그의 희곡 중한 편이 이디시어로 번역되었다. 그녀는 바르샤바에서 공연되는 그의 연극에 출연하기로 되어 있었다. 그녀가 말했다. "실패작이 될 거라는 거 알고 있어요. 미국에서도 오닐을 이해하지 못해요. 그러니 바르샤바의 유대인들이 어떻게 그를 이해하겠어요? 번역도 별로예요. 하지만 샘은 내가 미국으로 돌아가기 전에 폴란드에서 공연을 해야 한다고 고집을 피우고 있어요. 오, 작가가 얼마나 부러운지! 작가는 항상 사람들을 상대할 필요가 없죠. 책상에 앉아 종이와 펜을 갖고 자신이하고 싶은 말을 하기만 하면 돼요. 하지만 배우는 항상 다른 사람들에게 의존해야 해요. 때로 글을 쓰고 싶은 충동이 일곤 해요. 희곡을 한 편 쓰려고 한 적이 있죠. 소설도. 하지만 쓴 것을 보자 마음에 들지 않아 바로 찢어버렸어요. 추칙, 아직도 추칙이라고 불러도 돼요? 이곳 폴란드 상황은 아주 빠르게 나빠지고 있어요. 때로 이곳을 벗어나지 못하게 될까 봐 걱정돼요."

"미국 여권이 있으면 아무것도 걱정할 필요가 없어요." 도라가 말했다. "히틀러도 미국과는 전쟁을 시작하지 않으려 할 거예요."

"여권이 뭐죠? 종잇장에 지나지 않아요. 그리고 희곡은요? 신문도 마찬가지예요. 비평은요? 모두 종잇장에 지나지 않죠. 여행자 수표도 은행 수표도 종잇장에 지나지 않아요. 한번은 잠이 오지 않아 이런 생각을한 적이 있어요. 한때 석기시대가 있었던 것처럼 지금은 종이시대라고. 석기시대의 몇 가지 도구들은 남아 있지만 종이시대의 유물은 아무것도 남지 않을 거예요. 밤이면 너무도 이상한 생각들을 하곤 해요. 한번은 잠에서 깨어 혈통에 대한 생각을 하기 시작했어요. 나는 할아버지에 대해서는 아주 조금밖에 알지 못하고, 증조부모님에 대해서는 아는 게 하나도 없죠. 그렇다면 고조부에 대해서는 어떻겠어요? 여러 세대를 거슬러 올라가면 모든 사람이 수천 명의 선조들에게서 나왔고, 그들로부터 어떤 특징을 저마다 물려받았을 거라는 생각이 들더군요. 낮이라면 이런 건 지나가는 생각에 지나지 않았을 테지만 밤에는 대단히 진지해지며 심지어는 무섭기조차 했어요. 추칙, 당신은 죽은 자의 혼령이 씐 사람에 대해 썼죠. 과거 세대들이 바로 그 혼령들이에요. 그들은 우리 내부에 앉아 항상 조용히 있죠. 하지만 갑자기 그들 중 하나가 소리를 지르는 거예요. 할머니는 그다지 무섭지 않지만 할아버지는 아주 무서워요. 인간은 말 그대로 살아 있는 수많은 시체들이 묻힌 공동묘지예요. 추칙, 이런 생각이 든 적 없어요?"

"온갖 종류의 말도 안 되는 생각들이 들죠."

"여러 세대들 가운데에는 미친 자들도 있었을 거예요. 그들의 목소리가 들리는 거예요." 베티가 말을 이었다. "나는 공동묘지이기만 한 게 아녜요. 내 뇌 속에는 정신병원도 있어요. 정신병자들이 사납게 웃는 소리가 들려요. 그들은 철창을 끌어당기며 탈출하려 하죠. 대를 이어온 감옥은 사라지지 않았어요. 인간이 유인원에서 진화했다면 유인원의 유전자를 갖고 있는 거고, 물고기에서 진화했다면 물고기 유전자도 갖고 있는 거예요. 우습기도 하면서 무섭기도 하지 않아요?"

도라는 담배를 비벼 껐다. "미안해요, 슬로님 양. 하지만 그런 생각들이 사회적인 현상과 맥락을 같이하고 있다는 생각은 하지 않았나요? 당신이 얘기한 것처럼 제대로 된 종잇장을 갖고 있다면 — 여권이나 수표, 또는 미국행 표 말이에요 — 온갖 종류의 공상에 빠질 수 있는 사치를 누릴 수 있어요. 하지만 이튿날 집세를 내야 하는데 수중에 한 푼도 없고, 추위에 익숙해져야만 하고, 자신이 저지르지도 않은 죄로 감옥에 갈 수도 있는 입장이고, 거기에 더해 배까지 고프다면, 그때야말로 현실에 집중하게 되죠. 인류의 구십 퍼센트는, 아니 구십구 퍼센트는 자신의 내일에 대해, 때로는 오늘에 대해서도 불확실해하고 있어요. 그들이 걱정해야 하는 것은 아주 기본적인 욕구들이죠. H. G. 웰즈나 한스 하인츠 에버스, 아니 우리의 아론 그라이딩거가 행성 간의 싸움이나 결혼을 하고 싶어 하는 죽은 자의 영혼에 씐 여자에 대해 하는 얘기는 작중 인물들 간의 얘기일 뿐이에요. 미안해요, 이렇게 무례해서. 나는 오닐이라는 작가는 읽어보지 못했지만 그 역시 환상가라는 생각이 드는군요. 슬로님 양, 당신은 모두를 감동시키는 어떤 작품에 출연해야 해요. 그러면 사람들에게 이해받고, 관객도 들게 될 거예요. 너무 솔직하게 얘기해서 죄송해요."

베티가 쏘아붙였다. "내가 어떤 연극에 출연해야 하는 거죠? 공산주의를 주창하는 선전물? 그렇게 되면 나는 체포될 테고 극장은 문을 닫을 거예요. 그리고 나는 러시아에서 왔고, 공산주의가 실제로 어떤 것인지

보았어요. 그리고······."

"공산주의를 옹호하는 연극을 하라는 건 아녜요." 도
라가 말을 잘랐다. "그럴 수는 없죠. 스탈린주의가 어디
서 끝나고 파시즘 – 그걸 어떻게 부르건 상관없어요 –
이 어디서 시작되는지는 더 이상 아무도 몰라요. 그럼
에도 대중이 고통을 받고 있고, 그들의 고통이 갈수록
더 커지고 있다는 건 사실이에요. 나치가 폴란드를 공
격하게 되면 그 희생자는 가난한 사람들일 거예요. 부
자들은 외국으로 도망을 치겠죠? 십만 달러짜리 은행
수표를 보여줄 수 있다면, 그리고 쾌락을 위해서만 여
행을 하는 경우라면 세상 어디에나 갈 수 있어요. 천
파운드를 보여주면 팔레스타인에도 들여보내 줄 거예
요. 사실이야, 아니야, 아론?"

"하지만 이 모든 것을 주제로 한 그 어떤 소설, 희곡
도 결코 아무것도 바꿔놓지는 못할 거야." 내가 말했다.
"대중들은 사태가 어떤지 이미 알고 있어. 게다가 너는
지금 말하고 있는 것과 정반대되는 것을 전에 말했어."

"정반대를 얘기한 건 아냐. 나는 회의적으로 얘기했
지만 아직도 대중은 내게 소중해. 그들은 착취에 저항
하는 법을 배워야 해."

"도라, 너는 대중이 마치 순진한 양이라도 되는 듯,
몇몇 악당만이 인간의 비극에 책임져야 한다고 말하고
있어. 하지만 실제로는 대중의 다수가 살인을 하고 약
탈을 하고 강간을 하고 히틀러, 스탈린과 같은 압제자
들이 항상 저질렀던 짓을 하기를 원하고 있어. 흐멜니
츠키의 코자크들은 자본주의자들이 아니었어. 페틀류

라[1]의 살인자들도 마찬가지였고. 페틀류라는 슈바르츠바드[2]가 그를 파멸시켰을 때에도 가난했어. 그는 파리에서 굶어 죽었어."

"10만 명의 병사를 베르됭[3]에 보내 죽게 한 게 누구지? 빌헬름[4]과 포슈[5]였어."

"다수가 원하지 않았다면 빌헬름과 포슈가 병사들을 그렇게 보낼 수는 없었어. 추악한 진실은 사람들 다수가 - 특히 젊은이들이 - 사람을 죽이고자 하는 열정을 갖고 있다는 거야. 그들에게는 핑계나 대의가 필요할 뿐이지. 어떤 때는 종교적인 명분으로, 다른 때는 파시즘을 위해, 또는 민주주의를 지킨다는 명분으로 그런 일이 저질러지지. 살인을 하고자 하는 그들의 욕구가 너무 커서 살해당할 수도 있다는 두려움을 능가하는 거야. 이건 발설해서는 안 되는 진실이지만 그럼에도 불구하고 진실이야. 히틀러를 위해 살인을 하고 죽을 각오가 되어 있는 자들은 상황이 바뀌면 스탈린을 위해서도 똑같은 짓을 할 거야. 사람들이 어떤 멍청한 야망과 광기를 위해서 죽을 준비가 되어 있지 않은 때는 없었어. 만약 유대인이 독립하게 된다면 리투아니아와 갈리치아에 사는 유대인들 사이에서도 전쟁이 일어날 수 있어."

"그게 사실이라면 희망은 없어."

"희망이 있다고 누가 그래?"

---

1 우크라이나의 민족주의자. 유대인들을 학살한 자로 유명함(1879-1926)
2 무정부주의자이자 작가. 페틀류라를 암살함(1886-1938)
3 1차 세계대전의 격전지로 유명하다
4 빌헬름 2세(1859-1941). 프러시아의 왕이자 독일의 황제
5 페르디낭 포슈(1851-1929). 1차 세계대전 당시 프랑스의 장군

"위선자 같으니라고!" 도라가 간 후 베티가 말했다. "러시아에서 비슷한 인간들을 보았어요. 그들은 가죽 재킷을 입고 엉덩이에는 권총을 차고 다녔어요. 이제 는 숙청당하고 있죠. 그렇게 되어도 싼 작자들이에요. 추칙, 이리 와 키스해 줘요. 마지막으로."

12

1

오후에는 눈이 더 많이 내리기 시작했다. 창문 사이로 황혼의 어스름이 깔렸다. 낮게 내려앉은 회색 하늘은 구름이 끼지도 맑지도 않았지만, 어떤 변화로 인해 세상이 새로운 기후를 갖게 된 것처럼 보였다. 빙하기가 갑자기 다시 찾아온 것 같았다. 지구가 태양의 인력으로부터 벗어나 은하수에서 이탈해 다른 어떤 은하 쪽으로 날아가는 것을 막으려면 어떻게 해야 하는가? 도라와 베티가 떠난 후 아파트는 조용해졌다. 전화도 울리지 않았고, 테클라도 청소를 하거나 접시를 가지러 오지 않았다. 나는 흐트러진 침대 위에 옷을 입은 채로 누워 눈을 감았다.

일곱 시 반 무렵 나는 마차나 썰매 또는 택시를 타고 어머니와 므와셰가 기다리고 있는 그노이나 가의 하숙집에 가야 했다. 어머니는 의자나 침대에 앉아『마음의 의무』라는 책을 읽으며 기다리고 있을 게 분명했다. 내가 쇼샤와 결혼하게 되면서 어머니는 바르샤바로 다시 돌아올 수도 있다는 마지막 희망을 잃어버렸다. 므와셰는 학당에서 책을 뒤적이고 있을 것이었다. 그는 쇼샤에 대한 나쁜 얘기는 한마디도 하지 않았지만 그녀의 이름을 처음 듣는 순간 코웃음을 지었다. 그가 다니곤 하던 예배당의 남자아이들은 쇼샤를 흉내내곤 했다. 그는 진리의 길에서 벗어난 사람들은 세속적인 일에서도 갈팡질팡한다고 생각하고 있는 게 틀림없었다. 파이텔존과 셀리아, 그리고 하이믈은 어떻게 생각할까? 타이벨레까지도 내가 자기 언니와 결혼한다고 했을 때 경멸 섞인 내색을 했었다. 나는 이미 쇼샤를 작가 클럽에는 데려가지 않겠다고 결심한 상태였다. 그들은 그녀뿐만 아니라 나까지도 조롱할 것이었다.

갑자기 저녁이 되었다. 방이 어두워졌다. 하늘은 자주색을 띠었다. 나는 침대에서 일어나 창가에 가 섰다. 행인들은 걷기보다는 눈보라와 맞서 싸우고 있었다. 이따금 그들은 소용돌이 바람에 춤을 췄다. 많은 눈이 쌓여 거리가 작은 계곡과 언덕처럼 보였다. 참새들은 무엇을 하고 있는가? 갑자기 그런 의문이 들었다. 스피노자에 따르면 눈발과 새, 그리고 나는 동일한 실체의 다양한 존재 형태이다. 한데 한 가지 존재는 소리를 내며 북극에서 차가운 기류를 몰고 오고 있었고, 두 번째 존재는 벽의 구멍 속에 숨어 추위와 굶주림으로 떨고 있었고, 세 번째 존재는 쇼샤와 결혼할 준비를 하고 있었다.

마차를 잡으러 밖으로 나갔을 때에는 아직 일곱 시가 되지 않은 때였다. 나는 괜찮은 양복과 새로 산 셔

츠를 입었다. 하이믈과 셸리아는 우리 부부가 일주일
을 묵을 수 있도록 오트보츠크에 있는 호텔에 방을 예
약해 두었다. 그들의 결혼 선물이었다. 나는 작은 가방
에 원고와 옷 몇 벌과 칫솔을 챙겨 넣었다. 나는 그 모
든 행동이 내가 내린 결정이 아니라 어떤 알지 못하는
힘이 나를 대신해서 내린 결정에 의한 것이라는 느낌
이 들었다. 자유로운 선택이라는 환상은 내 안에서 사
라져 버렸다. 어쩌면 모든 사람들이 이렇게 결혼하게
되는 것은 아닐까? 어쩌면 사람들은 이렇게 해서 도둑
질을 하고, 살인을 하고, 전쟁에 나가고, 자살하는 것은
아닐까? 내 안의 뭔가가 웃음 지었다. 결국 운명론자들
이 옳았다. 나는 그 무엇에 대해서 누구도 탓하지 않을
것이다.

정문 앞에서 15분을 기다렸지만 빈 썰매나 택시는
없었다. 그노이나 방향으로 가는, 창문에 눈이 덮인 전
차도 오지 않았다. 나는 작은 가방을 든 채로 걷기 시
작했다. 눈이 사방에서 얼굴에 뿌려졌고, 눈꺼풀이 붓
기 시작했다. 눈 때문에 거리는 안개가 낀 것처럼 보였
다. 나는 맹인처럼 겨울 거리를 더듬으며 나아갔다. 장
화를 신고 있었지만 오래지 않아 발이 젖었다. 나는 솔
나 가와 엘렉토랄나 가와 짐나 가를 지나 그노이나 가
에 이르렀다. 이 눈보라 속에서 어머니와 므와셰를 어
떻게 판스카 가까지 데리고 갈 것인가? 어머니는 보통
날씨에도 걸음을 떼는 데 힘들어했다. 손목시계를 보
았지만 숫자를 읽을 수 없었다.

나는 하숙집으로 이어지는 계단을 올라갔다. 계단
은 눈에 젖어 미끄러웠다. 어머니는 벨벳 드레스를 입

은 채로 거실에 앉아 있었다. 머리에 실크 머릿수건을 쓴 그녀의 얼굴은 하얗고 날카로웠다. 나는 그녀의 눈에서 하느님의 판결을 따르는 신성한 순종과 세속적인 역설의 흔적을 동시에 읽을 수 있었다. 므와셰는 이미 낡아버린 칼라가 달린 랍비 털외투를 입고 챙이 넓은 모자를 쓰고 있었다. 그곳에는 눈보라 때문에 바르샤바에 묶이게 되었을 수도 있는, 밤을 그곳에서 보낸 남녀 손님들이 있었다. 그들은 나를 기다린 듯, 내가 들어가자 박수소리와 함께 한바탕 소란을 일으켰다.

누군가가 소리쳤다. "축하하네. 신랑이 왔어!"

얼굴에 수증기가 일면서 한순간 나는 아무것도 볼 수 없었다. 남자들과 여자들이 웃는 소리만 들릴 뿐이었다.

한 젊은이─그 집에서 일하는 사람인 것 같았다─가 아래층으로 내려가 우리가 썰매나 마차를 잡는 것을 도와주었다. 어머니가 마차에 오르는 데 힘들어했기에 내가 손을 잡아 의자에 앉혀주어야 했다. 므와셰는 의자 커버가 금지된 천으로 만들어지지 않았는지 다시금 확인한 다음 손수건을 펴 깔았다. 마차가 출발한 후에야 가방을 잊고 왔다는 생각이 들었다. 나는 마부에게 멈추라고 소리쳤다. 그때 한 젊은이─어머니는 그를 하늘에서 온 천사라고 불렀다─가 달려와 가방을 던져주었다. 사례를 하고 싶었지만 잔돈이 없었다. 고맙다는 말을 했지만 내 말은 바람에 흩어져 버렸다. 마차 안은 어두웠다. 므와셰가 "형이 와서 다행이야. 늦어서 무슨 일이 일어난 건 아닌가 하고 걱정했어. 어머니가 얼마나 걱정을 했는지 알겠지"라고 말했다.

"마차를 잡을 수 없어 줄곧 걸어와야 했어."

"감기 걸리지 않게 조심해라." 어머니가 말했다. "바셸레한테 아스피린을 달라고 해."

"모든 것은 하늘에서 오죠. 모든 것은 하늘에서 오고 말고요." 므와셰가 말했다. "인간이 하는 모든 것에는 장애가 있어, 그것을 통해 신의 손길을 파악할 수 있죠. 모든 것이 순조롭게 이루어진다면 사람들은 '나의 힘과 능력이 내게 이런 부를 안겨주었어'라고 말할 거예요. 악한 자들은 자신의 성공이 자신의 능력 때문이라고 믿죠. 하지만 악의 길이 항상 성공하는 건 아녜요. 히틀러는 벌을 받게 될 거예요. 사악한 괴물인 스탈린도 오래가지 못할 거예요."

"그들이 받아 마땅한 벌을 받기까지 얼마나 많은 무고한 사람들이 죽게 될지는 아무도 모르지." 어머니가 말했다.

"그래요. 얼마나 많은 사람들이 죽게 될지는 하늘의 뜻에 달렸죠. 랍비 숄롬 벨저는 '하늘의 법정에서는 어떤 사소한 죄도 그냥 넘어가지 않는다'라고 말했어요. 진리를 아는 사람은 전적으로 하느님께 의존하죠."

마차는 흔들리며 앞으로 나아갔다. 이따금 말이 멈춰 서서 뒤를 돌아보았다. 마치 왜 이런 날씨에 사람들이 어딘가를 가는지 궁금해하는 것 같았다. 마부는 이디시어로 "이런 밤이면 마차도 썰매도 별 소용이 없어요. 화로 옆에 앉아 국수가 들어간 수프를 먹는 게 최고죠"라고 말했다.

"몇 그로시를 더 줘야겠다." 어머니가 귓속말로 말했다.

"그래요, 엄마, 그렇게 할게요."

랍비의 집에 도착했을 때에는 쇼샤와 바셸레, 젤리 그, 타이벨레, 파이텔존, 하이믈, 셀리아가 우리를 기다리고 있었다. 그들은 미소와 눈웃음을 보이며 나를 맞았다. 셀리아의 눈은 '당신 정말 그렇게 눈이 멀었어요?'라고 묻고 있는 것 같았다. '아니면 다른 사람들은 보지 못하는 어떤 것을 보고 있는 건가요?' 어쩌면 그들은 내가 마지막 순간에 마음을 바꿀 거라고 생각할지도 몰랐다. 유행이 지난 옷을 입고, 검은 곱슬머리 가발을 쓴 랍비의 아내는 건장한 체구에 얼굴이 크고 가슴도 컸다. 그녀의 엄한 시선 속에는 축복을 기원하는 어떤 기색도 없었다. 랍비와 그의 아들 – 가무잡잡한 그 청년은 랍비의 아들이라기보다는 유행을 따르는 젊은이 같았다 – 까지 해 남자는 모두 일곱이었다. 랍비는 정족수를 채우기 위해 그의 아들더러 안뜰이나 거리에서 남자 세 명을 데려오게 했다.

쇼샤는 새 옷을 입고 있었다. 그녀는 머리 장식을 했고, 굽이 높은 구두를 신어 키가 더 커 보였다. 우리가 들어서자 그녀는 팔을 벌리며 우리를 맞기 위해 달려올 것 같은 몸짓을 했지만 바셸레가 가만히 있게 했다. 바셸레는 포도주 한 병, 위스키 한 병, 그리고 과자가 든 봉지 하나를 가져온 상태였다. 키가 크고 몸이 곧은 랍비는 뾰족한 검은 수염을 길렀는데 내 아버지나 므와셰와는 달리 그다지 경건하지 않은 사람처럼 보였다. 그는 사업에 능한 세속적인 사람 같았다. 그의 아파트에는 전화기도 있었다. 어머니와 므와셰는 놀란 표정을 지으며 서로를 쳐다보았다. 아버지라면 전화기

같은 것은 결코 놓을 생각조차 하지 못했을 것이다. 젤리그가 이혼 후 바셸레에게 줄 천 즈워티를 변호사에게 맡긴 후로 그들은 서로를 피했다. 검정 양복과 빳빳한 칼라가 달린 셔츠를 입고 진주 넥타이핀이 있는 넥타이를 맨 젤리그가 왔다 갔다 했다. 걸을 때마다 그의 구두에서 소리가 났다. 그는 시가를 피우고 있었고 벌써 상당히 취한 듯했다. 장의사다웠다. 그는 어머니를 '사돈'이라고 불렀고, 서로 이웃으로 지내던 때의 얘기를 했다. 파이텔존은 게마라와 미드라시에 대한 지식을 늘어놓으며 므와셰와 얘기를 하고 있었다. 므와셰가 그에게 "당신은 학자죠. 하지만 학식은 실천을 필요로 해요"라고 말하는 것이 들렸다.

"그러기 위해서는 내게 결여된 것이 필요하지. 그건 바로 믿음이지." 파이텔존이 말했다.

"때로 믿음은 나중에 찾아오죠."

파이텔존은 셸리아 집에서 쇼샤를 만난 적이 있었다. 그는 그녀의 어린아이 같은 아름다움을 예찬하며 오래전 만난 영국인 여자친구를 생각나게 한다고 말했다. 그는 장차 계획하고 있는 영혼의 탐험에 쇼샤가 나와 함께 참가하기를 바란다는 말도 했다. 그는 "추칙, 내 눈에는 쇼샤가 그 미국인 여배우보다 백만 배는 더 매력적으로 보이네. 가만, 그녀 이름이 뭐였더라? 만약 그 여배우와 결혼했다면 자네가 타락한 걸로 생각했을 거라네"라고 덧붙였다.

랍비는 자리에 앉아 결혼 서약서를 작성했다. 그는 펜 끝을 자신의 랍비 모자에 닦았다. 신부가 처녀인지 그가 묻자 젤리그는 "확실합니다"라고 대답했다.

랍비의 아들이 솜을 넣은 재킷을 입고 무거운 부츠를 신은 채 털모자를 쓴 남자 셋과 함께 돌아왔다. 한 사람은 허리에 밧줄을 감고 있었다. 그들은 식이 끝나기를 기다리지도 않고 벌써부터 위스키를 마시기 시작했다. 밖의 추위로 빨개진 그들의 얼굴은 나이와 고된 노동으로 검고 주름져 있었다. 그들의 표정에는 주변의 젊은이들이 품고 있는 모든 희망에 대한 경멸이 담겨 있는 것 같았다. 무성한 눈꺼풀 뒤에 감춰진 그들의 젖은 눈은, 몇 년만 지나면 너희들도 우리가 알고 있는 것을 알게 될 거야, 하고 말하는 것 같았다. 랍비의 아들이 난로 뒤에서 천막과 기둥 네 개를 가지고 왔다. 랍비는 아람어로 적힌 결혼 서약서를 재빨리 읽었다. 그는 말을 삼켰다. 나는 쇼샤에게 이혼할 경우 이백 굴덴을, 그녀가 과부가 되었을 때에는 내 후손에게서 같은 금액을 받게 될 것임을 약속했다.

나는 결혼반지를 가져오지 않은 상태였다. 바셸레는 어떤 보석상도 아이처럼 가느다란 쇼샤의 검지에 맞는 반지를 만들어주지는 못할 거라고 말했다. 바셸레는 젤리그가 삼십여 년 전에 준 반지를 내게 주었다. 그 반지는 결혼식 때에만 끼고 있을 것이었다. 랍비가 성가를 부르기 시작하자 그녀는 눈물을 쏟았다. 타이벨레도 손수건으로 왼쪽 눈에 흐르는 눈물을 훔쳤다. 쇼샤는 뭔가를 말하려는 듯 몇 번 입술을 꼼지락거렸지만 그때마다 바셸레가 경고하듯 고개를 저었다.

내 어머니는 서 있기도 힘들어 보였다. 이따금 그녀는 비틀거리며 므와셰의 어깨를 붙잡았다. 므와셰는 기도를 외는 듯 몸을 흔들고 있었다.

하이믈과 셸리아가 한 식당에 피로연을 예약해 놓은 상태였지만 취소해야 했다. 어머니와 므와셰가 대도시의 식당이 유대인 율법에 따른 식사를 내놓을지 믿지 못했던 것이다. 더군다나 방을 예약해 놓은 오트보츠크행 열차의 막차 시간이 너무 일러, 나와 쇼샤는 피로연에 참석할 수도 없었다. 바셸레는 우리가 열차에서 식사할 수 있도록 저녁을 싸놓은 상태였다. 어머니와 므와셰는 이튿날 아침 첫 열차로 올드 스티코프로 돌아갈 예정이었다. 하이믈과 셸리아가 그들을 역에 데려다주기로 했다. 오트보츠크에서 돌아오는 대로 쇼샤와 나는 첸트시너 집으로 이사 갈 예정이었다.

결혼식에 참석한 모두―바셸레와 쇼샤 역시―가 내가 아주 어리석은 짓을 하고 있다고 느끼고 있었지만 전체적인 분위기는 엄숙하면서도 유쾌했다. 장례식장에서도 냉소적인 농담을 하곤 하는 파이텔존은 거의 아버지 행세를 했다. 그는 내 손을 쥐고 행운을 빌었다. 그는 허리를 굽히고 쇼샤의 작은 손에 정중하게 입을 맞췄다. 하이믈과 셸리아는 울먹였다. 젤리그는 "결혼과 죽음은 피할 수 없는 두 가지"라고 말하면서 종이에 싼 수표 몇 장을 건넸다. 어머니는 울지 않았다. 나는 포옹을 하고 키스를 했지만 어머니는 내게 키스하지 않았다. 그녀는 말했다. "이건 모두 네가 계획하고 한 일이야. 하지만 모든 게 예정된 거지."

2

열차는 자정이 되기 이십 분 전에 떠나기로 되어 있었지만 자정이 되어도 움직이지 않았다. 우리가 탄 객실은 텅 비어 있었다. 작은 가스등은 있으나 마나 했다. 열차역까지 동행한 바셸레와 타이벨레도 집으로 돌아간 후였다. 객차 안은 바깥만큼이나 추웠고, 나는 챙겨온 스웨터 두 개를 껴입었다. 쇼샤는 털 칼라와 그녀의 어머니가 준 것으로 보이는, 전쟁 전부터 사용했을 토시를 가져왔다. 칼라에는 유리 눈이 두 개 박힌 여우 머리가 달려 있었다. 쇼샤가 내게 몸을 기댔다. 그녀의 몸은 작은 동물의 몸처럼 떨리고 있었다.

혹시 밤새 역에 멈춰 서 있을 빈 열차에 잘못 탄 것인가? 나는 다른 객차들을 보고 싶었지만 쇼샤가 내 몸에 달라붙어 자신을 혼자 두지 못하게 했다. 마침내 호루라기 소리가 들리고, 기차는 망설이듯 궤도 위를 미끄러지기 시작했다.

쇼샤는 바셸레가 준 봉지를 열었고, 우리는 차가운 음식을 먹기 시작했다. 그녀가 하는 모든 일에는 시간이 걸렸다. 봉지를 열고, 어느 쪽을 그녀가, 어느 쪽을 내가 먹을지 결정하는 데도 시간이 걸렸다. 그녀는 한 입 먹을 때마다 몸을 떨었다. 나는 우리에게 도움을 준 관대한 하이믈과 셸리아에게, 함께 살게 되면 쇼샤가 집안일을 거들 수 있을 거라고 했지만 - 셸리아의 하녀 마리안나는 결혼을 해 떠난 상태였다 - 아주 사소한 것도 결정을 내리지 못하는 그녀는 거의 아무런 도움이 되지 못할 것이 뻔했다. 쇼샤는 신맛이 나는 피클 한 조각을 집었지만 손가락에서 떨어졌다. 그녀는 롤빵 한 부스러기를 집어 들었다가 다시 내려놓았다. 그녀의 가는 손가락에는 손톱이 거의 없었다. 그녀가 손톱을 모두 물어뜯은 건지 아니면 아예 자라기를 멈춰

버린 건지 알 수 없었다. 그녀는 입안에 음식이 있다는 것을 잊어버린 듯 있다가 다시 씹기 시작했다.

눈 덮인 묘석들이 늘어서 있는 프라가 공동묘지를 지나갈 때 쇼샤는 "여기 이페가 묻혀 있어"라고 말했다.

"그래, 알아."

"오, 아렐레, 무서워!"

"뭐가?"

쇼샤는 대답을 하지 않았다. 나는 그녀가 내 질문이 뭐였는지도 잊어버린 거라고 생각했다. 그런데 그녀가 "열차가 길을 잃을 수도 있잖아"라고 대답했다.

"어떻게? 열차는 선로 위로 달리는데."

쇼샤는 그 점에 대해 생각하는 것 같았다.

"아렐레, 나는 아이를 갖지 못할 거야. 의사 선생님이 내 그곳이 너무 좁다고 했어. 어딜 얘기하는지 알지?"

"나는 아이를 원하지 않아. 네가 내 애야."

"아렐레, 벌써 내 남편이 된 거야?"

"그래, 쇼셸레."

"그리고 내가 진짜 네 아내야?"

"법에 따르면."

"아렐레, 무서워!"

"이젠 또 뭐가?"

"오, 모르겠어. 하느님이. 히틀러가."

"히틀러는 아직까지는 독일에 있어. 하느님으로 말하자면……."

"아렐레, 내 작은 베개를 갖고 오는 걸 잊었어."

"일주일 안에 돌아올 거야. 그러면 다시 그 베개를
베고 잘 수 있어."

"그 베개가 없으면 못 잘 거야."

"자게 될 거야. 우리는 한 침대에서 자게 될 거야."

"오, 아렐레, 울음이 날 것 같아."

그녀는 어린 소녀처럼 울음을 터뜨렸다. 나는 그녀
의 어깨에 팔을 둘렀다. 그녀의 몸이 떨렸고 심장 박동
이 느껴졌다. 나는 그녀의 드레스 속 갈비뼈를 세어보
았다.

차장이 표에 구멍을 뚫었다. 그는 "왜 우는 거요?"라
고 물었다.

"오, 베개를 갖고 오는 걸 잊었거든요."

"딸인가요?"

"아뇨. 네, 그래요."

"울지 말거라, 얘야. 또 다른 베개가 있을 거야." 그
는 그녀에게 입을 맞춘 후 떠났다.

쇼샤가 울다 말고 웃기 시작했다. "너를 내 아빠로
생각한 거야?"

"그건 사실이니까."

"어떻게 그럴 수 있어? 장난하지 마!"

그녀는 조용해졌고, 나는 그녀의 뺨에 내 뺨을 댔다.
그녀는 추위로 몸을 떨었지만 뺨이 뜨거웠다. 나 역시
추웠지만 몸이 스스로 작동하듯 그전에는 느껴보지 못
한 어떤 욕망을 느꼈다. 그것은 어떤 연상과 생각을 동
반하지 않은 열정이었다. 나는 내 욕망에 귀를 기울였
고, 그러자 문득 내 감정이 자석에 이끌리는 바늘처럼
여겨졌다.

쇼샤는 내 마음을 읽은 듯 "오, 네 수염이 바늘처럼 따가워!"라고 말했다.

내가 대답을 하려고 할 때 바퀴의 마찰음이 들리며 열차가 멈춰 섰다. 우리는 바베르와 미드제스진 사이의 어딘가에 있었다. 유리창 너머로 하얀 황무지가 펼쳐져 있었다. 눈이 그친 하늘은 하얀 눈빛을 반사하고 있었다. 하얀 눈 때문에 다른 세상의 여름 같았다.

차장이 와서 선로에 얼음이 얼었다고 알려주었다.

"아렐레. 무서워!"

"뭐가?"

"네 어머니는 너무 늙었어. 죽을 날이 얼마 남지 않은 것 같아."

"그렇게 늙지 않았어."

"아렐레, 집에 가고 싶어."

"나와 함께 있고 싶지 않아?"

"그러고 싶어. 하지만 너와 엄마와 같이 있고 싶어."

"일주일 안에 갈 거야. 하지만 그 전에는 안 돼."

"지금 가고 싶어!"

나는 대답하지 않았다. 그녀는 머리를 내 어깨에 기댔다. 이 뒤엉킨 상황에 대해 나에게는 아무런 책임이 없다는 인식에서 오는 편안함과 함께 절망감이 엄습했다. 희뿌연 어둠 속에서 나는 나의 다른 자아에게, 나의 미친 독재자에게 눈짓을 했고, 그의 우스꽝스런 승리를 축하했다. 눈을 감자 쇼샤의 머리에서 전해지는 따스함이 얼굴에 느껴졌다. 잃을 것이 뭐가 있겠는가? 어쨌든 모든 사람이 잃는 것 이상은 잃을 게 없었다.

3

오트보츠크에서 내린 승객은 우리밖에 없었다. 호텔로 가는 길을 물을 사람이 없어 우리는 숲을 헤맸다. 나는 반쯤 잠이 들었던 모양이었다. 나는 누군가에게 말을 걸기 시작했다. 하지만 그것은 나무였다. 쇼샤는 이상할 정도로 말이 없었다. 갑자기 한 남자가 땅에서 솟은 것처럼 나타나 우리를 호텔로 안내했다. 하인이 우리를 데리러 역에 나왔다가 우리를 놓친 것이 틀림없었다. 그는 자신이 누구인지 정확하지 않은 말로 얘기했고, 가는 동안 줄곧 아무 말이 없었다. 그가 너무 빨리 걸어 쇼샤가 따라오는 데 애를 먹었다. 마치 한밤중에 숨바꼭질이라도 하듯 그는 수시로 나무들 사이로 사라졌다가 다시 나타나기를 반복했다. 호텔에서 준 방은 다락방이었는데 크고 추웠다. 커다란 황동 침대와 좁은 간이침대가 하나씩 있었는데 그 위에 커다란 베개와 무거운 담요가 놓여 있었다. 침대에서는 소나무와 라벤더 냄새가 났다. 서리가 쌓이지 않은 창문 너머로 눈에 덮인 솔방울과 기독교인들의 크리스마스 트리처럼 고드름이 맺힌 소나무가 보였다. 쇼샤는 내 앞에서 옷을 벗는 것을 부끄러워했고, 나는 그녀가 잠자리에 들 준비를 하는 동안 창가에 서서 밖을 내다보았다. 추운 숲속에서 길을 헤매느라 쇼샤는 공황 상태에 빠진 것 같았지만 진짜 위험은 그녀를 무감각하게 만든 것 같았다. 그녀가 캐미솔을 벗고 잠옷을 입는 동안 나는 창문의 깨끗한 부분에 비친 그녀의 모습을 보았다. 한참 동안 단추와 고리를 푸느라 법석을 피운 후 그녀는 침대에 들어갔다. "아렐레, 얼음장처럼 차가워!"

그녀가 소리쳤다.

쇼샤는 나더러 간이침대에 누우라고 했지만 나는 그녀 옆에 누웠다. 내 몸 절반이 얼어 있었지만 그녀의 몸은 따스했다. 내 차가운 팔 속에서 그녀는 제사를 지내기 위해 잡는 닭처럼 파닥거렸다. 이제 갓 성숙하기 시작한 소녀의 것 같은 작은 젖가슴을 빼면 살갗과 뼈밖에는 없었다. 우리는 조용히 누워 이불이 따뜻해지기를 기다렸다. 창틀 사이로 추운 바람이 들어왔고, 창문이 달그락거렸다. 이따금 바람이 몰아치며 출산하는 여자가 내는 신음 같은 소리를 냈다. 그리고 오트보츠크의 숲을 배회하는 늑대 무리가 내는 것 같은 울부짖음도 들렸다.

"아렐레, 아파."

"어디가?"

"네 무릎이 나를 찌르고 있어."

나는 무릎을 빼냈다.

"배가 울렁거려."

"네 배가 아니라 내 배야."

"아냐, 내 배야. 들려? 아기가 우는 것 같아."

나는 그녀의 배에 손가락을 댔다. 그녀는 머리를 저었다.

"손가락이 차가워."

"네 몸으로 내 몸을 따스하게 할 거야."

"오, 아렐레, 여자에게 그러면 안 돼."

"쇼셸레, 넌 내 아내야."

"아렐레, 부끄러워. 오, 간지러워!" 쇼샤는 웃기 시작했지만 그 웃음은 곧 흐느낌으로 바뀌었다. "왜 울어,

쇼셸레?"

"모든 게 너무 이상해. 시계공 라이저가 네가 신문에 쓴 것을 읽어주러 왔을 때 나는 '어떻게 이런 일이 있을 수 있지? 그가 정말 살아 있는 걸까?'라고 생각했어. 네가 색칠했던 종이들을 꺼냈는데 말라 있었어. 우리는 너를 찾으러 신문사에 갔었어. 차를 내오던 나이든 사람이 '여긴 없어!'라고 소리쳤어. 우리는 다시는 거기 가지 않았어. 어느 저녁, 벽에 있는 그림자와 장난을 치고 있는데 갑자기 그것이 뛰어내려와 나를 때렸어. 오, 가슴에 털이 났네! 나는 항상 아파 누워 있었어. 크니아슬러 박사는 내가 죽을 거라고 했어."

"언제 일이야?"

그녀는 대답하지 않았다. 얘기를 하는 동안 그녀는 잠이 들었다. 그녀의 숨은 빠르면서도 부드러웠다. 나는 그녀를 좀더 가까이 끌어당겼다. 자면서도 그녀는 내 품에 파고들었는데 마치 내장 속으로 파고들 것처럼 힘을 주었다. 이토록 약한 존재가 어떻게 이런 열기를 발산할 수 있는 것일까? 나는 궁금했다. 거기에는 생리학적인 이유가 있는 것일까? 아니면 마음과 관련이 있는 것일까?

나는 눈을 감았다. 열차에서 나를 사로잡았던 쇼샤에 대한 강한 욕망은 사라져버렸다. 갑자기 내가 성불구자라도 된 것인가? 잠든 나는 꿈을 꿨다. 누군가가 사납게 비명을 질렀다. 젖꼭지가 긴 동물들이 나를 끌고 가 송곳니와 발톱으로 갈기갈기 찢었다. 나는 도살장으로도 쓰이는 지하실과 묻히지 않은 시체들이 널려 있는 공동묘지를 배회했다. 나는 흥분해 잠에서 깼다. 나는 쇼샤의 몸을 움켜쥐었고, 그녀가 깨어나기도 전에 그녀의 몸 위로 올라갔다. 그녀는 숨이 막히는 듯 저항을 했다. 뜨거운 피가 내 허벅지 사이로 지나갔다. 나는 그녀를 달래려 했지만 그녀는 소리를 지르며 내 게서 벗어났다. 그녀의 외침에 호텔에 있던 모두가 깼을 것이다. 내가 그녀를 아프게 한 것인가? 나는 침대에서 나와 전등 스위치를 찾았지만 보이지 않았다. 나는 손으로 더듬다가 난로와 부딪혔다. 나는 절망적인 마음으로 하느님께 쇼샤를 보호해 달라고 기도했다.

"쇼셸레, 울지 마! 사람들이 달려올 거야! 다 너를 사랑하기 때문에 그런 거야."

"어디 있어?"

나는 스위치를 찾았고 불을 켰다. 잠시 아무것도 보이지 않았다. 세면대 위에는 물병이 하나 놓여 있었고 그 옆에는 수건이 두 개 걸려 있었다. 쇼샤는 울음을 그친 채 침대에 앉아 있었다. "아렐레, 내가 네 아내야?"

4

오트보츠크에서 사흘째 되는 날, 쇼샤와 호텔 식당에서 점심을 먹고 있는데 나를 찾는 전화가 왔다고 했다. 바르샤바에서 온 전화였다. 셀리아일 거라고 생각했는데 알고 보니 파이텔존이었다.

"추칙, 자네에게 좋은 소식이 있네."

"나한테 좋은 소식이 있다고요? 그런 건 처음 듣는데요."

"그래, 좋은 소식이네. 한데, 먼저 신혼여행은 어떤지 얘기를 해보게."

"좋아요. 고마워요."

"위기 같은 건 없어?"

"그래요. 한데……."

"자네의 쇼샤가 공포로 죽지는 않았고?"

"거의 죽을 뻔했죠. 하지만 지금은 다시 행복해졌어
요."

"나는 그녀가 마음에 들어. 그녀가 자네 옆에 있는
한 자네의 능력은 커질 걸세."

"괜한 말 하지 말아요."

"추칙, 석간신문의 편집자인 샤피로하고 얘기를 했
네. 그게 뭐였지? 자네, 야쿠프 프랑크에 대한 소설을
쓰고 있지? 그는 자네가 프랑크의 전기를 써주기를 원
하네. 일주일에 여섯 번 연재하고 한 달에 삼백 즈워티
를 주겠다고 하네. 너무 적다고 했더니 몇 즈워티 더
줄 수도 있다고 하더군."

"삼백 즈워티가 적다고요? 굉장한 액수인걸요!"

"굉장한 액수라고! 추칙, 자네 정신 나갔군! 그의 얘
기로는 일 년에 걸쳐 게재할 수 있다네. 아니면 자네
상상력이 계속 유지될 때까지도."

"정말 굉장한 행운이네요!"

"아직도 첸트시너 부부 집으로 이사를 갈 생각인
가?"

"이제는 그러고 싶지 않아요. 어머니가 없으면 쇼샤
는 수척해질 거예요."

"그렇게 하지 말게. 추칙, 내가 자네를 질투하지 않
는다는 건 알고 있을 거야. 오히려 그 반대지. 하지만

그 집에 들어가 사는 건 좋은 생각이 아냐. 추칙, 이 전화를 하고 나면 나는 파산을 하게 될 걸세. 자네가 돌아오면 축하를 하지. 쇼샤에게 안부 전해주게. 그럼 안녕."

파이텔존에게 내가 얼마나 고마워하고 있는지와 전화 통화료는 내가 내겠다는 말을 하려 했지만 이미 전화는 끊긴 후였다. 나는 식탁으로 다시 돌아갔다. "쇼셸레, 네가 내게 행운을 가져다주었어. 신문사에서 내게 일거리를 줬어. 셀리아 집으로 이사 가는 건 취소야."

"오, 아렐레, 하느님이 내 기도에 응답하셨네. 그 집에는 가고 싶지 않았어. 나는 기도했어. 그녀는 너를 내게서 떼어 놓으려 해. 신문사에서 무슨 일거리를 준 거야?"

"하느님은 사람들이 죄를 짓기를 원한다고 설교한 어떤 거짓 메시아의 삶에 대해 쓰는 거야. 그 거짓 메시아는 자신의 딸과 제자들의 아내들과 잠자리를 같이 했어."

"그에게 그렇게 넓은 침대가 있었어?"

"동시에 그런 건 아냐. 아니면 진짜 그랬을 수도 있지. 오트보츠크 전체만큼 넓은 침대도 살 수 있을 정도로 돈이 많았으니까."

"그를 알아?"

"백오십 년쯤 전에 죽었어."

"아렐레, 나는 하느님께 기도를 드려. 그리고 그분은 내가 부탁한 건 모두 들어주셔. 네가 우체국에 갔을 때 맹인이 오길래 내가 10그로시를 줬어. 그 덕분에 하느님이 이 모든 것을 행하신 거야. 아렐레, 널 정말 사랑해! 매순간 같이 있고 싶어. 네가 화장실에 가면 네가 변기 속에 떨어지지는 않았나 걱정이 돼. 엄마가 보고 싶어. 너무 오랫동안 못 봤어. 앞으로 언제까지나 밤낮 없이 너와 엄마와 함께 있고 싶어."

"쇼셸레, 네 어머니는 곧 이혼을 하고 다시 결혼하실 거야. 그리고 나도 매순간 너와 같이 있을 수는 없어. 바르샤바에 돌아가게 되면 나는 신문사에도 도서관에도 가야 해. 이따금 파이텔존 박사도 만나야 하고. 그가 내게 일자리를 구해줬어."

"그는 아내가 없어?"

"여자는 여럿 있지만 아내는 없어."

"그럼 그도 거짓 메시아야?"

"어떤 점에서는. 쇼셸레, 나쁘지 않은 비유네."

"아렐레, 말하고 싶은 게 있긴 한데 창피해."

"내 앞에서는 아무것도 창피해할 거 없어. 네 벗은 몸도 봤는걸."

"나는 더 많은 것을 원해."

"더 많은 것을?"

"침대에 눕고 싶어. 무슨 말인지 알지?"

"언제? 지금?"

"그래."

"기다려. 아직 차도 내오지 않았는데."

"목마르지 않아."

여종업원이 차 두 잔과 설탕 두 조각을 담은 쟁반을 내왔다. 호텔에는 우리 말고 다른 손님은 없었다. 또 다른 한 부부가 오기로 되어 있었지만 이튿날에야 올 것이었다.

눈이 그치고 햇빛이 비쳤다. 나는 쇼샤와 함께 산책을, 어쩌면 슈이데렉 강까지 갈 계획이었다. 강이 얼어붙었는지, 거대한 고드름처럼 언 폭포가 햇빛 속에서는 어떻게 보일지 보고 싶었다. 하지만 쇼샤의 말에 모든 것이 바뀌어버렸다. 얼굴이 넓고 광대뼈가 높으며, 검고 촉촉한 눈에 키가 작은 여종업원은 바로 부엌으로 돌아가지 않았다. 그녀가 말했다. "그라이딩거 씨, 당신은 모든 것을 먹어치우는데 당신 아내는 모든 것을 남기네요. 그래서 그렇게 마른 거예요. 전채도, 수프도, 고기도, 야채도 거의 손을 대지 않았어요. 그렇게 조금 먹는 건 몸에 좋지 않아요. 사람들은 살이 찌려고 이곳에 오지, 살을 빼려고 오지는 않아요."

쇼샤는 얼굴을 찌푸렸다. "나는 그렇게 많이 먹지 못해요. 배가 작거든요."

"배 때문이 아녜요, 그라이딩거 부인. 내 할머니는 '내장은 바닥이 없단다'라고 말씀하시곤 했죠. 문제는 식욕이에요. 여기 호텔의 내 상사는 식욕을 잃어 쉬말츠바움 박사한테 갔어요. 그는 철분을 섭취하라는 처방전을 써주었고, 그녀는 다시 10파운드가 늘었어요."

"철분이라고요?" 쇼샤가 물었다. "철분을 먹을 수도 있나요?"

여종업원은 금니로 가득한 이빨을 드러내며 웃었다. 그녀의 눈이 앵두 크기로 작아졌다. "철분은 약이에요. 못을 먹는 게 아니에요." 그녀는 커다란 신발을 바닥에 질질 끌며 멀어져 갔다. 부엌문에 이른 그녀는 우리를 향해 재미있다는 표정을 지어 보였다.

쇼샤가 말했다. "저 여자는 마음에 들지 않아. 나는

너와 엄마만 좋아. 타이벨레도 좋긴 하지만 너와 엄마만큼은 아냐. 천 년 동안 너하고 같이 있었으면 좋겠어."

5

밤은 길었다. 우리는 아홉 시도 안 되어 잠자리에 들었지만 열두 시에 함께 깼다. 쇼샤는 "아렐레, 더 안 자?"라고 물었다.

"응, 쇼셸레."

"나도. 깰 때마다 모든 게 동화처럼 여겨져. 결혼을 포함해 모든 게. 하지만 너를 만질 수도 있고, 네가 여기 있는 게 보여."

"한 철학자가 있었는데 그는 모든 것이 꿈이라고 믿었어. 하느님은 꿈을 꾸시고 있고, 세상은 그분이 꾸는 꿈이라고 말야."

"책에 그렇게 쓰여 있어?" 쇼샤가 물었다.

"그래, 책에 쓰여 있어."

"어제, 아니 그저께, 내가 집에 있는데 네가 들어오는 꿈을 꿨어. 너는 문을 닫은 뒤 다시 들어왔어. 아렐레가 하나가 아니라 둘, 셋, 넷, 다섯 그리고 마침내는 열이 되었어. 모두 다 너였어. 이건 무슨 꿈이지?"

"모르겠는데."

"책에는 어떻게 쓰여 있어?"

"그건 책에도 나오지 않아."

"어떻게 그럴 수 있지? 아렐레, 시계공 라이저 말로는 네가 무신론자래. 그게 사실이야?"

"아냐, 쇼셸레. 나는 하느님을 믿어. 하지만 그분이

직접 랍비들에게 나타나 그들이 대를 이어 정리, 보강해 온 율법들 모두를 말씀하셨다고는 믿지 않아."

"하느님은 어디 계셔? 하늘에 계셔?"

"어딘가에 계실 거야."

"왜 그분은 히틀러에게 벌을 주지 않으시는 거야?"

"오, 그분은 누구에게도 벌을 내리지 않으셔. 그분은 고양이와 생쥐를 창조하셨지. 고양이는 풀은 먹지 못해. 고기를 먹어야 하지. 고양이가 생쥐를 죽이는 건 고양이 잘못이 아냐. 생쥐도 잘못이 없지. 그분은 늑대와 양을, 도살업자와 닭을, 그리고 동물의 발과 그 발들이 지나가는 곳에 있는 벌레들을 창조하셨어."

"그럼 하느님은 우리에겐 아무 쓸모가 없으신 거야?"

"우리가 생각하는 것처럼 그렇지는 않아."

"동정심도 없으셔?"

"우리가 이해하는 것처럼 그렇지는 않아."

"아렐레, 무서워."

"나도 무서워. 하지만 히틀러가 오늘 밤 당장 쳐들어오지는 않을 거야. 내 쪽으로 다가와. 그래."

"아렐레, 네 아이를 갖고 싶어. 눈이 파랗고 머리가 빨간 작은 아기를. 의사 선생님은 내 배를 가르면 살아 있는 아이가 나올 거라고 하셨어."

"너도 그걸 바라?"

"그래, 아렐레. 네 아이를. 남자아이여야 해. 아이는 네가 읽은 책들을 읽게 될 거야."

"책을 읽기 위해 배를 가르고 나올 것까지는 없어."

"그럴 가치가 있어. 아기에게 젖을 주면 내 가슴이

커질지도 몰라."

"내게는 충분히 커."

"책에는 다른 어떤 것들이 적혀 있어?"

"오, 온갖 종류의 것들이. 사람들은 별들이 우리에게서 멀어지고 있다는 사실도 알아냈어. 매일같이 아주 멀리."

"어디로 가고 있는데?"

"멀리 있는 빈 공간으로."

"다시 돌아오지는 않아?"

"불이 꺼지면서 차가워진 다음 엄청난 힘으로 줄어들면서 다시 뜨거워질 거야. 그리고 그러한 과정이 다시 반복될 거야."

"책에 의하면 이페는 어디 있어?"

"영혼이라는 게 있다면 그녀는 어딘가에 있을 거야. 그렇지 않다면……."

"아렐레, 그 애는 여기 있어. 그녀는 우리에 대해 알고 있어. 그녀가 와 축하를 해줬어."

"언제? 어디서?"

"여기서, 어제. 아니, 그저께. 우리가 오트보츠크에 있는 걸 어떻게 알았을까? 문간에 서서 미소를 지었어. 수의가 아닌 하얀 드레스를 입고 있었어. 그 애가 살아 있을 때는 앞니 두 개가 빠져 있었는데 이번에는 이빨이 모두 나 있었어."

"저승에 훌륭한 치과의사들이 있는 모양이지."

"아렐레, 놀리는 거야?"

"아니. 그렇지 않아."

"그 애는 바르샤바에서도 왔었어. 네가 처음 우리 집

에 찾아오기 전이었어. 내가 등받이가 없는 의자에 앉아 있는데 그 애가 들어왔어. 문에는 빗장이 걸려 있었고, 엄마는 외출하고 없었어. 엄마는 건달들이 들어올 수도 있다며 빗장을 걸어두고 있으라고 했어. 그런데 그때 갑자기 이페가 나타난 거야. 어떻게 그럴 수 있었을까? 걔는 동생이 언니에게 하듯 내게 말했어. 나는 머리를 풀고 있었는데 걔가 머리를 땋아주었어. 그러고는 나와 함께 실뜨기 놀이를 했는데 실은 없었어. 속죄일 전날엔 치킨 수프 속에 있는 그 애를 보았어. 머리에는 기독교인 신부처럼 꽃 장식을 하고 있었는데 나는 무슨 일이 일어나리라는 것을 알 수 있었어. 너도 거기 있었지만 나는 아무 말도 하고 싶지 않았어. 내가 이페 얘기를 하자 어머니는 비명을 지르며 내가 미쳤다고 했어."

"넌 미치지 않았어."

"나는 누구야?"

"온화한 영혼이야."

"내가 한 얘기를 어떻게 생각해?"

"꿈을 꾼 걸 거야."

"한낮에?"

"때론 한낮에도 꿈을 꾸지."

"아렐레, 무서워."

"이번에는 뭐가 무서워?"

"하늘과 별과 책이. 거인에 대한 얘기를 해줘. 그의 이름을 잊어버렸어."

"오그, 바산의 왕이야."

"그래, 그에 대해. 너무 큰 나머지 아내를 얻을 수 없었다는 게 사실이야?"

"그래, 대홍수가 나 노아와 그의 아들들과 모든 종류의 동물과 가금류가 방주에 탔지만 오그는 너무 커서 들어가지 못하고 지붕에 앉았어. 사십 일 동안 밤낮없이 비가 그의 위로 내렸지만 그는 물에 빠져 죽지 않았어."

"알몸이었어?"

"어떤 재단사가 그에게 맞는 큰 바지를 만들 수 있었겠어?"

"오, 아렐레, 너와 함께 있는 건 좋아. 나치가 쳐들어오면 어떻게 해야 돼?"

"죽어야지."

"함께?"

"그래, 쇼셸레."

"메시아는 오지 않아?"

"그렇게 빨리 오지는 않을 거야."

"아렐레, 어떤 노래가 생각났어."

"무슨 노래?"

쇼샤는 가녀린 목소리로 노래를 부르기 시작했다,

그의 이름은 콩,
국수는 그녀의 이름,
그들은 금요일에 결혼을 했네
그런데 아무도 오지 않았네

그녀는 내 품으로 파고들며 말했다. "오, 아렐레. 우리가 죽게 된다 하더라도 네 옆에 눕는 건 좋아."

13

1

석간신문에 야쿠프 프랑크의 전기 - 사실은 전기와 환상의 혼합물이었다 - 를 싣는 일은 벌써 몇 달을 질질 끌고 있었고, 뉴스는 더욱 악화되었다. 히틀러와 무솔리니가 브레너 고개에서 만났고 폴란드와 유대인들을 파멸로 몰아가는 데 합의한 게 틀림없었지만, 대다수 폴란드 언론들은 소수 민족인 유대인들이 국가의 가장 큰 위험이라도 되는 듯 계속해서 공격했다. 히틀러 정권의 대표자들이 폴란드에 와 독재자와 리츠 스미글리 장군과 장관들을 만났다. 러시아에서는 트로츠키주의자와 낡은 볼셰비키, 우익과 좌익 분파들, 시온주의자들에 대한 숙청과 대대적인 체포, 그리고 재판이 이루어졌다. 히브리주의자들은 공포에 떨었다. 폴란드의 도시 곳곳에 실업이 급증했다. 농촌 마을에서는, 특히 우크라이나인과 벨라루스인이 사는 곳에서는 소작인들의 굶주림이 심했다. 폴란드에 거주하는 많은 독일인이 공공연하게 스스로를 나치라고 선언했다. 코민테른은 폴란드 공산당을 해산했다. 부카린과 카메네프, 지노비에프, 리코프를 태업과 스파이 활동을 한 죄로 고발하고 파시스트의 추종자이자 히틀러의 첩자로 지목하자, 골수 스탈린주의자들까지도 항의했다. 하지만 바르샤바의 이디시어 신문 판매 부수는 떨어지지 않았다. 그것은 내가 기사를 연재하는 석간신문도 마찬가지였다. 오히려 그 어느 때보다도 더 많은 신문이 읽혔다. 거짓 메시아 야쿠프 프랑크와 그의 제자들에 대한 이야기는 중단되어야 했지만 나는 로이베이니, 슐로모 물코, 사바타이 제비와 같은 다른 거짓 메시아들에 대한 이야기도 쓸 준비가 되어 있었다.

집에 늦게 오거나 아예 오지 못할 때면 핑계를 꾸며 내야 했던 때도 있었지만 바셸레와 쇼샤는 점차 아무 질문도 하지 않는 데 익숙해졌다. 그들은 글 쓰는 직업에 대해서는 아무것도 아는 게 없었다. 나는 시계공 라이저에게 일주일에 두어 번 야간에 편집 일을 한다고 얘기했고, 그는 그 사실을 바셸레와 쇼샤에게 설명해 주었다. 라이저는 매일같이 집에 와 야쿠프 프랑크의 전기 연재분을 읽어주었다. 크로크말나 가의 모두가 그것을 읽었다. 도둑과 창녀, 과거 스탈린주의자였던 자들, 그리고 새로 트로츠키주의자가 된 자들도 마찬가지였다. 때로 거리를 걸을 때면 시장 상인들이 야쿠프 프랑크와 그가 행한 기적과 난교 파티, 그리고 미치광이 짓에 대한 얘기를 하는 것을 들을 수 있었다. 좌익들은 이런 종류의 글은 대중에게 아편 같은 것이라며 불평했지만 1면에 있는 정치 기사와 5면에 있는 지방 뉴스를 읽은 후면 대중들은 그런 아편 같은 얘기가 필요했다.

내가 바셸레의 집 다락방으로 들어오기 전에 그녀는 벽을 칠하고, 철제 난로를 설치하고, 이십 년 가까이 그곳에 쌓여 있던 자루와 누더기 들을 치워버렸다. 쇼샤는 한 시간도 혼자 있지 못했다. 혼자 남게 되면 그 즉시 우울해졌다. 하지만 항상 그녀와 함께 있을 수는 없었다. 나는 레스즈노 가에 있는 내 방을 포기한 적이 없었다. 집주인에게는 결혼했다고 말한 상태였다. 실제로 그곳에서 밤을 보내는 일은 드물었다. 하지만 테클라는 곧 작가들이란 충동적이며 혼란스러운 존재라는 것을 눈치채게 되었다. 그녀는 더 이상 내가 무엇을 했는지, 누구와 시간을 보냈는지, 밤에 어디 있었는지 묻지 않았다. 나는 집세를 냈고, 매주 그녀에게 1즈워티를 주었다. 크리스마스와 부활절에는 선물도 주었다. 내가 뭔가를 주면 그녀는 얼굴을 붉히며 자신에게는 필요 없다고 우겼다. 그녀는 소작인들의 오래된 관습처럼 내 손을 잡고 키스했다.

항상 쇼샤와 함께 있을 수 없었기 때문에 집에 와 그녀를 볼 때마다 경이로운 기분이 들었다. 그녀와 바셸레는 내가 잠자리에 들기 전에 먹을 수 있도록 우유를 넣은 쌀과 안식일 과자에 곁들인 차, 구운 사과 같은 것을 준비해 두었다. 매일 밤 잠자리에 들기 전 쇼샤는 몸을 씻었고 가끔은 머리도 감았다. 그녀는 야쿠프 프랑크의 최근 연재분에 대해 얘기했다. 어떻게 한 남자가 그렇게 많은 여자를 거느릴 수 있지? 흑마술이야? 그가 영혼을 악마에게 판 거야? 아버지가 어떻게 딸과 그 짓을 할 수 있지? 때로 쇼샤는 그에 대한 대답을 주기도 했다. 당시는 어려운 시기였어. 솔로몬 왕도 아내가 천 명이나 됐잖아. 그녀는 우리가 10번지에 살 때 내가 해준 얘기들을 기억했다.

기본적으로 쇼샤는 변함이 없었다. 여전히 아이 같은 얼굴에 아이 같은 체형이었다. 그럼에도 어떤 변화가 있는 게 분명했다. 그전에는 바셸레가 혼자서 우리 식사를 준비했었다. 그녀는 쇼샤가 부엌 근처에 가는 것을 허용하지 않았으며, 시장도 보게 하지 않았다. 단지 이따금 근처 가게에서 설탕 반 파운드나 버터 몇 온스, 치즈 한 조각, 빵 한 덩어리 등을 사오게 했을 뿐이었다. 그것도 모두 외상으로 사오게 했었다. 나는 쇼샤가 동전의 가치나 알고 있는지 의심스러웠다. 그런데 어느새 그녀가 부엌에서 바쁘게 움직이는 것이 보였다. 그녀는 어머니를 따라 야나쉬 안뜰에 있는 시장에도 갔다. 나는 그녀가 내가 소화하는 데 문제가 없는 채식주의 식단을 짜는 문제를 놓고 바셸레와 의논하는 것을 들었다. 나의 식이요법에 대한 그런 걱정은 항상 나를 당혹하게 만들었다. 나는 나의 필요성에 대해 누군가 관심을 기울이는 것이 익숙지 않았다. 하지만 나는 쇼샤에게는 남편이었고 바셸레에게는 사위였다. 쇼샤가 바느질을 하거나 옷을 깁는다는 것은 생각지도 못했는데 어느 날 그녀가 내 양말을 찻잔에 씌운 채로 깁고 있는 것을 보게 되었다. 그녀는 내 셔츠와 손수건과 칼라를 살펴보기 시작했고, 내 구두를 구두 수선공에게 가져가 굽을 고쳐 오기도 했다. 나는 평범한 남편이 될 수도 없었고 되고 싶지도 않았지만 쇼샤는 점차 아내의 의무에 충실해 가고 있었다.

저녁에 집에 오면 아직도 그녀가 등받이가 없는 그녀의 의자 위에 앉아 있는 것을 볼 수 있었지만 더 이상 장난감에 싸여 있지는 않았다. 그녀는 학교 교과서도 더 이상 읽지 않았다. 계속해서 놀라운 일들이 나를 기다리고 있었다. 쇼샤는 어디를 갈 때뿐만 아니라 집에서도 굽이 높은 구두와 살색 스타킹을 신고 있었다. 바셸레는 그녀에게 수를 놓은 드레스와 잠옷을 사주었다. 이따금 그녀는 쇼샤의 머리 모양을 바꿔주기도 했다.

내 글에 대한 쇼샤의 관심은 점점 커졌다. 하지만 야쿠프 프랑크에 대한 소설은 끝내야 했다. 사바타이 제비에 대한 새로운 소설은 지금 상황과 비슷한 시대에 살던 유대인들의 구원에 대한 갈망을 자세하게 묘사하고 있었다. 히틀러가 유대인들에게 가하고 있는 위협을 약 삼백 년 전에 보흐단 흐멜니츠키가 했던 것이다. 자신들의 땅에서 쫓겨난 후로 유대인들은 죽음이나 메시아의 강림을 기다리며 살아왔다. 폴란드와 우크라이나, 튀르키예인들이 다스리는 땅, 그리고 대부분의 성지에서 카발리스트들은 기도와 단식과 신성한 이름을 외는 것을 통해 종말의 날이 오기를 희구했다. 그들은 다니엘서書의 신비에 대해 연구했다. 그들은 사람들 모두가 완전히 무구하거나 완전히 죄에 빠져 있게 될 때 메시아가 올 것이라는 게마라의 구절들을 잊은 적이 없었다. 매일같이 라이저는 쇼샤에게 최근 게재분을 읽어주고 유대인의 율법과 역사와 관련해 설명을 해주어야 했다. 나는 그녀가 어머니에게 "오, 엄마, 요즘하고 상황이 똑같아요!"라고 말하는 것을 들었다.

타이벨레는 아직 남편을 얻지 못한 상태였다. 바셀레는 그녀가 너무 오랫동안 까다롭게 굴어서 이제는 노처녀가 되었다고 했다. 그녀는 남편 대신, 아이가 다섯 딸린 유부남 부기 직원을 연인으로 택했다. 그는 평범한 여자인 아내와 이혼하겠다고 약속했지만, 그렇게 아무 일도 없이 2년이 지났다. 타이벨레는 그녀의 어머니를 기쁘게 해주는 대신 창피하게 만들고 있었다.

타이벨레는 종종 어머니와 언니를 찾아왔다. 그녀 역시 야쿠프 프랑크와 사바타이 제비, 그리고 그들의 사도들에 대해 나와 얘기 나누기를 좋아했다. 그녀는 바셀레와 쇼샤에게, 그리고 가끔은 내게도 작은 선물을 갖다주곤 했다. 그것들은 대부분 책과 잡지, 공책 등이었다. 그녀의 애인은 점점 더 아내와 밤을 지내는 횟수가 늘었다. 타이벨레는 알고 보니 그가 우울증 환자였다고 했다. 그는 자신의 심장에 문제가 있다고 확신하고 있었다. 바셀레가 그녀에게 집에 가기에는 밤이 너무 늦었다고 하자 타이벨레는 쇼샤와 나를 가리키며 "함께 누울 거예요"라고 말했다. "무슨 상관이에요? 우리 모두 언젠가는 죽게 되어 있어요."

밤에 잠자리에 들면 쇼샤는 더 이상 인형과 장난감, 그리고 그녀가 20년 전에 알았던 아이들에 대해서 얘기하지 않았다. 하지만 내가 관심을 갖고 있는 것들에 대해서는 자주 얘기를 했다. 하느님이 진짜로 하늘에 계셔? 그분은 사람들의 생각을 다 아셔? 그분이 다른 민족보다 유대인을 더 사랑하신다는 게 사실이야? 기독교인도 그분이 창조하신 거야? 아니면 유대인만 창조하신 거야? 때로 그녀는 내 소설에 관해서도 물었다. 칠백 년 전에 일어난 일에 대해 어떻게 그렇게 확신할 수 있어? 그 얘기를 책에서 읽었어, 아니면 머릿속에서 지어냈어? 그녀는 이튿날 연재분에서는, 그리고 그 며칠 후에는 무슨 일이 일어나게 되는지 묻곤 했다. 나는 아직 쓰지도 않은 얘기들을 들려주었다. 나는 내 혀를 자유롭게 놀리고, 입술에 떠오르는 말들을 얘기하며 그녀와 문학적인 실험을 행했다.

나는 마크 엘빙거를 통해 자동기술법[1]이 무엇인지 이미 알고 있는 상태였다. 또한 문학잡지에서 '의식의 흐름'이라고 불리는 문학 장르에 대해서도 읽은 적이 있었다. 나는 그 모든 것을 쇼샤에게 실험할 수 있었다. 그녀는 내가 대여섯 살 때 어머니로부터 아이들을 위한 얘기를 들을 때와 똑같은 호기심을 갖고 그 얘기들을 들었다. 그 얘기들은 어떤 이디시어 작가도 쓸 엄두를 내지 못했을 성적 환상들, 하느님과 세상의 창조, 영혼의 불멸성, 인류의 미래, 히틀러와 스탈린을 무찌르는 몽상 등을 포함하고 있었다. 나는 원자가 너무도 조밀하게 압축되어 1평방 센티미터당 수천 톤의 무게가 나가는 물질로 이루어진 비행기를 제작하기도 했다. 그것은 1분에 백만 마일이라는 속도로 날아갔다. 그것은 산을 뚫을 수도, 지구를 뚫고 나갈 수도, 가장 멀리 있는 행성에 도달할 수도 있었다. 그 비행기에는

---

1 무의식의 창조적 힘을 예술로 표현하기 위해 1924년 이래로 초현실주의 화가들과 시인, 소설가 들이 사용한 기법이다. 무의식을 그대로 표현하기 위해 머릿속에 떠오르는 생각을 그대로 기술하거나, 떠오른 이미지를 그대로 그려낸다(편집자 주)

지구상의 모든 인간들의 생각과 계획에 주파수를 맞출 수 있는, 투시력을 가진 전화기가 실려 있었다. 나는 너무도 전지전능하게 된 나머지, 모든 전쟁을 쓸모없는 것으로 만들 수도 있었다. 볼셰비키와 나치, 반유대주의자, 사기꾼, 도둑 그리고 강간범 들은 내 힘에 대한 얘기를 듣고는 즉시 항복을 했다. 나는 유희에 대한 파이텔존 박사의 철학에 기반해 세상의 질서를 새롭게 재편했다. 나는 비행기 안에 열여덟 명의 아내를 거느리고 있었지만 여왕은 다름 아닌 쇼샤였다.

"엄마는 어디 있게 되는 거야?"

"엄마한테는 이천만 즈워티를 줄 거야. 그녀는 왕궁에서 살 거야."

"타이벨레는?"

"타이벨레는 공주가 될 거야."

"엄마가 보고 싶을 거야."

"안식일마다 보러 가게 될 거야."

한참 동안 쇼샤는 말이 없었다. 잠시 후 그녀는 "아렐레, 이페가 보고 싶어"라고 말했다.

"이페도 다시 살아나게 만들 거야."

"그게 어떻게 가능해?" 나는 쇼샤에게 역사는 앞으로만 읽을 수 있게 되어 있다는 이론을 설명해 주었다. 이 책을 뒤로 넘길 수는 없다. 하지만 일어난 모든 일은 그대로 존재한다. 이페는 어딘가에서 살고 있을 것이다. 야나쉬의 안뜰에서 매일같이 도살되는 암탉과 거위와 오리는, 그 책의 다른 페이지에서 아직 살아서 울며 몰려다니고 있을 것이다. 물론 그 책은 이디시어로 쓰여 있고, 그래서 오른쪽에서 왼쪽으로 읽어야 한다.

쇼샤는 숨을 죽였다. "우리는 10번지에서 살게 되는 거야?"

"그래, 쇼셸레, 그 책의 다른 페이지에서 우리는 계속해서 10번지에서 살게 될 거야."

"하지만 다른 사람들이 이사 왔는데?"

"그들은 그 책의 닫힌 페이지가 아니라 펼쳐놓은 페이지에서 살고 있어."

"엄마 말로는 우리가 이사 오기 전에 재단사가 그곳에 살았대."

"재단사도 그곳에 살고 있어."

"모두가 함께?"

"각자 다른 시기에."

나는 더 이상 쇼샤가 창피하지 않았다. 그녀는 옷을 더 잘 차려 입었고, 더 커 보였다. 나는 그녀를 셸리아 집에 데려갔다. 셸리아와 하이믈은 그녀의 단순함과 솔직함과 순진함에 매료되었다. 나는 그녀에게 나이프와 포크를 다루는 방법을 가르쳐주었다. 그녀는 아이처럼 말했지만 바보처럼 말하지는 않았다.

언젠가 셸리아 집에 갔을 때 그녀는 쇼샤와 그녀의 죽은 딸 사이에 비슷한 점이 있다는 것을 알아차렸다. 그녀는 누렇게 바랜 아이의 사진을 한 장 보여주었는데 놀랍게도 닮은 점이 있었다. 갈수록 신비주의와 밀교에 빠져들고 있던 하이믈은 그들의 어린 딸의 영혼이 쇼샤에게 이전되었으며 실제로 나는 그들의 사위라는 생각을 하게 되었다. 영혼은 사라지지 않는다. 영혼은 다시 돌아와 사랑하는 이들에게 스스로를 드러낼 육체를 찾는다. 우연 같은 건 없다. 인간과 그의 운명을 안내하는 힘은 항상 서로 만날 운명에 놓인 사람들을 묶어준다.

그날 저녁, 우연히 엘빙거가 그들의 집에 왔다. 그는 그전에 쇼샤에 대해 했던 얘기를 되풀이했다. 쇼샤에게 영매의 자질이 있다고 생각한다는 것이었다. 그가 만난 진짜 영매들은 똑같이 원시성과 솔직함, 그리고 진실함을 보여주었다. 한번은 그가 쇼샤에게 최면을 걸려고 한 적이 있었다. 그가 잠이 들라고 말하자마자 그녀는 깊은 잠에 빠졌다. 엘빙거는 그녀를 깨우는 데 애를 먹었다. 떠나기 전 그는 쇼샤의 이마에 키스를 했다.

엘빙거가 가고 난 후 쇼샤는 "그는 사람이 아네요"라고 말했다.

"그럼 뭐지?" 하이믈과 셀리아가 동시에 물었다.

"모르겠어요."

"천사야? 아니면 악마?" 셀리아가 물었다.

"하늘에서 온 분 같아요." 쇼샤가 말했다.

하이믈은 눈썹을 만지작거렸다. "추칙, 나는 오늘 저녁을 잊지 못할 걸세. 살아 있는 한 잊지 못할 거야!"

2

여느 때처럼 금요일 밤에 나는 집에 왔다. 나는 유대인 율법을 지키지 않았고, 쇼샤도 율법에 따른 목욕을 하지 않았다. 그럼에도 나는 바셸레의 말대로 포도주를 놓고 금요일과 토요일 밤에 축복을 내렸다. 바셸레는 나를 위해 채식 위주의 식단으로 안식일 식사를 준비한 상태였다. 그녀는 메밀과 콩을 넣고, 야채로만 끓인 안식일 죽과 쌀과 시나몬으로 만든 푸딩까지 준비했다. 쇼샤는 매주 금요일 석양이 내리기 전에 촛불에 축복을 내렸다. 그녀는 그것을 하이믈과 셀리아가 준 은촛대에 꽂았다. 계란빵 두 개는 바셸레가 삼십 년 전 젤리그를 위해 수를 놓은 천으로 덮여 있었다. 집에는 '신성한 안식일'이라는 말이 새겨진, 손잡이에 진주 장식이 있는 칼도 있었다.

그 금요일 저녁 바셸레와 쇼샤는 닭고기와 송어 수프를 먹었다. 그들은 나를 위해서는 치즈와 당근 스튜를 곁들인 국수 요리를 만들어주었다. 그들은 안식일 옷과 멋진 구두를 신었다. 열어놓은 창문을 통해 다른 아파트에 안식일 촛불이 켜져 있는 것이 보였고, 사람들이 식탁에 앉아 기도를 드리는 소리가 들렸다. 유대인들이 부르는 그 단순한 노래는 "휴식과 기쁨의 날에 유대인들에게 평화와 빛이 있기를"이라는 가사로 되어 있었다. 하시드들은 아람어로 쓰인 신성한 이삭 루리아의 카발리스트 시를 노래했다. 그 노래는 천상의 사과나무 과수원과 신랑과 신부, 그리고 신랑과 신부의 들러리에 대한 것이었는데 오늘날의 독자와 비평가조차도 충격을 받을 정도로 무척이나 에로틱한 시로 이루어져 있었다. 바셸레와 쇼샤는 식료품이 갈수록 비싸지고 있으며, 다락에 빨래를 널 공간이 부족해지고 있다는 얘기를 했다. 바셸레는 안식일 전에 바닥에 노란 모래를 깔곤 하던 옛날 관습이 그리운 듯 얘기했다. 근처 마을의 소작인들이 마차에 모래를 담은 작은 통을 실어 오곤 했었다. 그들은 모래가 왔다고 소리를 쳤었다. 이제 그것은 옛날 일이 되었다. 요즈음 여자들은 바닥에 도료를 바르기를 좋아했다. 그리고 전에는 금요일이면 신앙심 깊은 부인들이 집집마다 돌며 계란빵과 생선, 그리고 동물의 내장 요리와 각설탕 따위를 거둬 가난한 사람들에게 나눠주곤 했었다. 하지만 젊은 세대들은 그런 종류의 자선 행위에는 관심이 없었다. 공산주의자들이 들어와 세상의 변방에 있는, 러시아의 오지인 비로비잔에 사는 유대인들을 위한 돈을 요구한 적이 있긴 하지만. 그들 말로는 그곳에 유대인 땅이 있다는 것이었다. 그들이 사실을 말했는지는 아무도 알 수 없었다.

"엄마, 세상의 끝 너머에는 뭐가 있어? 거긴 어두워?"

바셸레는 고개를 저었다. "자네가 얘기해 주게, 아렐레."

"세상은 끝이 없어. 세상은 사과처럼 둥글어."

"흑인들은 어디 살아?" 쇼샤가 물었다.

"아프리카에."

"그리고 히틀러는 어디 있어?"

"독일에."

"오, 학교에서 그런 것들을 가르쳐줬지만 외울 수가 없었어." 쇼샤가 말했다. "미국에 거대한 유대인 남자가 있는데 그가 지폐에 서명을 해야지, 그렇지 않으면 그 돈이 아무런 가치가 없다는 게 사실이야? 라이저가 그렇게 말했어."

"그래, 쇼셸레. 하지만 손으로 서명하지는 않아. 그의 서명은 인쇄되어 있어."

"안식일에는 돈 얘기를 해서는 안 된다." 바셸레가 말했다. "레브 피브케라는 신앙심 깊은 랍비가 있었는데 그는 안식일에는 신성한 말만 했어. 그는 스모크자가에 살았지만 금요일이면 자루를 들고 야나쉬 안뜰을 돌며 가난한 사람을 위한 음식을 거뒀지. 금요일 열두시가 지나면 그는 말을 하지 않았어. 금요일 오후는 안식일만큼이나 신성하니까. 사람들이 시주를 하면 그는 고개를 까딱하거나 신성한 말을 몇 마디 중얼거렸지. 어느 금요일 그가 자루를 들고 오지 않았고 누군가가 그가 병이 들어서 보건원에 누워 있다고 했어. 몇 주후 그가 자루를 들고 다시 왔지만 전혀 말을 하지 않았어. 그는 벙어리처럼 그냥 가게를 돌기만 했지. 누군가가 그가 목 수술을 해 성대를 잘라냈다고 했어. 어느 금요일 그는 정육점에 들어갔고 주인은 닭발과 모래주머니를 줬어. 장의사에서 일을 하는 사람—무덤 파는 사람이었어—이 마침 그 가게 안에 있다가 레브 피브케를 보고는 끔찍한 비명을 지르더니 기절했어. 레브 피브케는 그 즉시 사라졌어. 사람들은 무덤 파는 사람에게 찬물을 끼얹고 식초로 관자놀이를 문질러 깨웠지. 정신을 차린 그 남자는 신성한 맹세를 하며 레브 피브케는 몇 달 전에 이미 죽었으며 자신이 직접 그를 매장했다고 말했어. 사람들은 그 말을 믿지 않았고, 그 남자가 잘못 알고 있는 거라고 생각했지. 하지만 레브 피브케는 다시는 돌아오지 않았어. 어떤 호기심 많은 사람들이 그 사건을 조사했고, 그의 미망인을 찾아냈지. 그는 그 일이 있기 몇 달 전 죽은 상태였어. 젤리그가 아직도 얼마 만에 한 번씩 집에 오고 있고, 그 무덤 파는 사람이 그의 가장 친한 친구여서 그 얘기를 알고 있지."

"내가 아는 한 장모님 전 남편은 그런 것들을 믿지 않는데요." 내가 말했다.

"지금은 아무것도 안 믿지. 하지만 당시만 해도 그는 아직 점잖은 사람이었어." 바셸레가 말했다.

"오, 잠자리에 드는 게 무서워요." 쇼샤가 말했다.

"무서워할 거 없어." 바셸레가 말했다. "선한 사람은 죽은 후에도 악의에 찬 짓을 하지 않아. 그 반대지. 때로 어떤 시체는 자신이 죽었다는 것을 깨닫지 못하고 무덤을 나와 살아 있는 사람들 사이를 걸어 다닌단다. 이런 사람도 있어. 그가 죽어 가족들이 조문객을 받고 있는데 그가 집에 온 거야. 그는 문을 열었고 아내와 딸들이 스타킹을 신은 채로 등받이가 없는 낮은 의자에 앉아 있는 것이 보였어. 거울은 검정 천으로 덮여 있었고, 아들들은 빌린 옷을 입고 있었어. 그는 '여기 무슨 일이야? 누가 죽었지?'라고 물었어. 그러자 잔소리가 심한 못된 그의 아내가 '당신요!'라고 대답했어. 그 순간 그는 사라져버렸어."

"오, 나쁜 꿈을 꾸게 될 거예요."

"'하느님의 손에 저의 영혼을 맡기나이다'라고 말하면 돼. 그럼 평화롭게 잘 수 있을 거야." 바셸레가 충고했다.

디저트를 먹은 후 바셸레는 차와 함께 직접 구운 안식일 과자를 내왔다. 그 후 나는 쇼샤와 함께 밖으로 나가 7번지에서 25번지까지 걸어갔다. 그곳은 밤에도 안전하게 산책을 할 수 있는 길이었다. 그 너머까지 가면 깡패나 술 취한 사람에게 공격을 받을 위험이 있었다. 어떤 거리에는 안식일인데도 문을 연 유대인 가게들이 있었지만 크로크말나 가는 그렇지 않았다. 찻집한 곳만 문을 반쯤 열어놓았고, 손님들이 외상으로 차를 마시고 있었다. 공산주의자들까지도 현금으로 돈을내는 것은 허용되지 않았다. 바셸레는 젊은 연인들이나 신혼부부들이 깡패들의 공격을 받지 않으려 일주일에 몇 그로시를 내던 시절을 기억했다. 하지만 그녀는그런 일은 더 이상 일어나지 않는다고 했다. 1905년 혁명 때 사회주의자들은 지하조직의 깡패들과 전쟁을 치렀고, 그에 따라 도둑과 포주와 공갈단이 소탕되었다. 많은 매춘굴이 파괴되었고 창녀들은 뿔뿔이 흩어졌다. 창녀와 도둑 들이 다시 돌아오긴 했지만 공갈배들은영원히 사라졌다.

쇼샤와 나는 계속 길을 걸었다. 우리는 거의 텅 빈광장을 지나갔다. 우리가 살던 10번지에서 길 건너편에 있는 13번지에 이르렀을 때 쇼샤가 걸음을 멈췄다.
"한때 여기서 살았었지."

"그래, 이곳을 지날 때마다 그 얘기를 하는구나."

"너는 발코니에 서서 파리를 잡았어."

"그 얘기는 꺼내지 마." 내가 말했다.

"왜?"

"나치가 우리에게 하는 짓을 우리가 하느님의 피조물에게 하는 거니까."

"파리는 물어."

"물 수밖에 없지. 하느님이 그렇게 창조하셨으니까."

"왜 그렇게 창조하셨지?" 쇼샤가 물었다.

"쇼셸레, 거기에는 해답이 없어."

"아렐레, 10번지 정문 안을 들여다보고 싶어."

"벌써 천 번도 더 그렇게 했잖아."

"그렇게 하게 해줘."

우리는 길을 건너 어두운 안뜰을 들여다보았다. 모든 것이 이십 년 전 그대로였다. 물론 그곳에 살던 대부분의 사람들은 죽었다. 쇼샤가 물었다. "마구간에 아직 말이 있을까? 우리가 여기 살았을 때에 그 말은 갈색이었고, 코에 하얀 반점이 있었는데. 말은 얼마나 오래 살지?"

"20년쯤."

"왜 그 이상은 못 살아? 말은 아주 튼튼하잖아."

"서른 살까지 사는 말도 있어."

"왜 백 살까지는 못 살지?"

"몰라."

"우리가 이곳에 살 때 악마가 밤에 마구간에 들어가 말의 꼬리와 갈기에 작은 끈을 묶어놓은 적이 있어." 쇼샤가 말했다. "그 악마는 말을 타고 밤새 사방 벽을 돌아다녔어. 아침이 되자 말은 땀으로 흠뻑 젖었어. 입에는 거품을 물고. 거의 죽기 직전이었어. 악마는 왜 그런 짓을 하지?"

"그게 사실인지 모르겠는데."

"그날 아침 말을 보았어. 땀으로 범벅이었어. 아렐레, 마구간 안을 들여다보고 싶어. 그 말이 아직 그대로인지 보고 싶어."

"마구간 안은 어두워."

"저기 불빛이 보이는데."

"아무것도 안 보여. 가자."

우리는 계속해서 걸었고, 16번지에 이르렀다. 그때 쇼샤가 걸음을 멈췄다. 그것은 그녀가 무슨 할 말이 있다는 표시였다. 쇼샤는 걸으면서 말을 하지 못했다.

"무슨 일이야, 쇼셸레?"

"아렐레, 네 아이를 갖고 싶어."

"갑자기 왜?"

"엄마가 되고 싶어. 집에 가. 네가 나한테 그걸 해줬으면 좋겠어."

"쇼셸레, 말했잖아, 나는 아이를 원하지 않는다고."

"엄마가 되고 싶어."

우리는 발걸음을 돌렸다. 쇼샤는 말했다. "네가 신문사에 가면 나는 외로워. 앉아 있으면 이상한 생각이 들어. 우스꽝스런 얼굴들이 보여."

"어떤 얼굴들이?"

"모르겠어. 그것들은 얼굴을 찡그리면서 이해할 수 없는 말들을 해. 그것들은 사람이 아냐. 때로 웃기도 해. 그런 다음 장례식장에서처럼 통곡을 해. 그들은 누구지?"

"모르겠는데. 어디 네가 얘기해 봐."

"여럿이야. 그들 중 일부는 군인처럼 보여. 그들은 말도 타. 슬프면서도 조용한 노래를 부르기도 하고. 무서워."

"쇼셸레, 그건 네 상상이야. 어쩌면 꿈에 보이는 건지도 모르고."

"아냐, 아렐레. 내가 죽었을 때 나를 위해 기도를 해줄 아이가 있었으면 좋겠어."

"너는 죽지 않아."

"아냐, 그들은 함께 가자며 나를 불러."

우리는 다시 10번지를 지나갔고, 쇼샤는 "정문 안을 들여다보자"라고 말했다.

"다시?"

"그렇게 하게 해줘!"

14

1

하이믈의 아버지가 죽으면서 하이믈에게 수백만 즈워티 상당의 건물과 부동산을 남겨주었다. 친구들과 친척들은 그에게 우치로 이사를 가서 중요 자산들을 좀더 잘 관리하라고 충고했지만 하이믈은 내게 말했다. "추칙, 인간은 나무와 비슷해. 뿌리에서 잘라 다른 곳에 심을 수는 없어. 모리스와 자네, 포알레 시온 출신의 내 친구들은 여기 있네. 이곳 공동묘지 어딘가에는 내 어린 딸의 뼈가 묻혀 있어. 우치에서는 매일같이 내 계모의 얼굴을 봐야 해. 중요한 건 셀리아가 그곳에서는 행복하지 않다는 거야. 그녀가 누구와 얘기를 하겠나? 세상에 평화만 있다면 우리는 지금 사는 곳에서 앞으로도 살아갈 수 있을 걸세."

한때 파이텔존은 미국으로 다시 돌아갈 계획이었지만 그 계획은 포기한 지 오래였다. 팔레스타인에 있는 몇몇 친구들이 그가 올 경우 예루살렘에 있는 히브리

대학에서 자리를 잡을 수도 있을 거라는 편지를 보내왔지만 파이텔존은 거절했다. "그곳은 독일계 유대인들이 장악하고 있어"라고 그는 말했다. "그들 중 많은 자들이 프러시아인보다도 더 프러시아인 같지. 자네가 에스키모들 사이에서 어울릴 수 없는 것만큼이나 나도 그들 사이에서 어울리지 못할 걸세. 그리고 대학에서 자리를 잡지 못하게 되면 아주 어려워질 걸세."

우리 모두는 현재를 위해 살았다. 유대인 공동체 전체가 그랬다. 파이텔존은 이 시대를, 유럽의 모든 기독교인들이 두 번째 왕림과 세상의 파멸을 기다린 서기 1000년 무렵에 비유했다. 히틀러가 쳐들어오지 않는 한, 혁명이나 대학살이 벌어지지 않는 한 하루하루는 하느님이 주시는 선물이었다. 파이텔존은 종종 그가 좋아하는 철학자 바이힝거[1]와 그의 '마치 ○○인 것처럼'이라는 철학을 떠올리곤 했다. 모든 진리가 임의적인 정의이며 모든 가치가 게임의 법칙으로 인식될 때가 올 것이다. 파이텔존은 관념을 위한 놀이―사원, 문화적 유희를 위한 표본, 행동의 체계와 계시가 없는 종교, 사람들이 자신의 사고와 행동을 표현할 수 있는 극장―를 구축하는 계획을 세우고 있었다. 관객들이 공연자가 될 것이다. 자신들이 좋아하는 게임이 어떤 종류인지 결정하지 못한 사람들은 그와, 또는 그와 생각을 같이하는 누군가와 영혼의 탐험에 참가해 그들을 가장 즐겁게 하고 그들에게 영감을 주는 것을 발견하게 될 것이다.

---

1 한스 바이힝거(Hans Vaihinger, 1852-1933). 『마치 …처럼의 철학』의 저자로 칸트 철학을 시대에 맞춰 실용적으로 해석하려 하였다(편집자 주)

나는 파이텔존이 다음과 같이 말하는 것을 들었다. "추칙, 그 모든 것이 순전히 터무니없다는 걸 아주 잘 알고 있네. 히틀러는 자신의 게임 외에 다른 게임은 받아들이지 않을 걸세. 스탈린도, 우리 시대의 다른 미치광이들도 마찬가지고. 하지만 나는 밤에 침대에 누워 온갖 유희로 이루어진 세상을 상상한다네. 유희하는 신, 유희하는 국가, 유희하는 결혼, 유희하는 과학을. 로바체프스키와 리만 이후 수학은 어떻게 되었지? 칸토어의 무한 집합 또는 아인슈타인의 상대성 원리가 뭐지? 단어 유희에 지나지 않지. 그리고 비가 온 후에 버섯처럼 자라는 원자의 이 모든 부분들은 뭐지? 줄어드는 우주는 뭐지? 추칙, 세계는 자네 방향으로 가고 있네. 모든 것이 허구가 되어가고 있어. 왜 얼굴을 찡그리나, 하이믈? 자네는 나보다도 더 육욕주의자야."

　　"우리가 죽어야 하는 운명이라면 함께 죽도록 하죠. 내게 좋은 생각이 있어요! 소하초프 학당에서는 두 번째 휴일 저녁에 커다란 즐거움이 있었죠. 우리 집에서 그 두 번째 저녁을 매일같이 여는 거예요. 우리만의 달력을, 우리만의 휴일을 만드는 걸 누가 금지할 수 있겠어요? 삶 전체가, 믿게끔 하는 것 이상이 아니라면 매일 밤을 휴일의 두 번째 밤으로 믿게끔 하는 거예요. 셀리아는 우리를 위해 축제 음식을 만들고, 우리는 축복을 드리고, 노래를 하고, 하시디즘에 대해 얘기를 하는 거예요. 모리스, 당신은 내게 영적인 지도자나 마찬가지예요. 당신이 하는 모든 말은 하느님의 지혜와 사랑으로 가득 차 있어요. 하느님에 대한 이교도적인 두려움이라고 할 수 있는 어떤 게 있어요. 당신은 죄를 지으면서도 하느님을 두려워하죠. 사바타이 제비는 사람들이 생각하는 것과는 달리 거짓말쟁이가 아니었어요. 진짜 하시드는 죄를 그다지 두려워하지 않아요. 당신은 하시드가 아닌 사람들을 게헤나[1]나 못이 깔린 침대로 두렵게 할 수 있지만 우리는 그렇게 하지 못해요. 모든 것이 신의 섭리의 일부라면 게헤나가 천국에 비해 모자라는 곳일 수는 없죠. 나는 쾌락을 추구하고, 요즘 사람들은 즐겁기 위해 시끄러운 음악과 저속한 노래, 친칠라 털 코트를 입은 여자와 별 이상한 것들을 필요로 하지만 세상은 전반적으로 우울해요. 나는 루르스와 지미안스카 집에 가죠. 그들은 창녀들과 독재자들의 사진이 실린 잡지를 보며 앉아 있어요. 찢어진 책과 천장에 매달린 등유 램프, 지저분하게 땋은 머리에 누더기 같은 새틴 옷을 입고 수염을 기른 유대인들이 있던 소하초프 학당에서 우리가 누렸던 기쁨조차도 요즘은 찾아보기가 힘들어요. 모리스, 당신은 그것을 알고 있죠. 그리고 추칙, 자네도 그것을 알고 있어. 하느님이 히틀러와 스탈린, 그리고 차가운 바람과 미친개들을 필요로 하신다면 그렇게 하시라고 하는 거예요. 나는 당신이 필요해요, 모리스. 그리고 자네도, 추칙. 자비로운 진리라는 게 없다면 나는 따스함과 기쁨의 순간을 주는 거짓을 받아들이겠어요."

"언젠가 우리는 자네 집으로 이사 올 걸세." 파이텔존이 말했다.

"언제요? 히틀러가 바르샤바의 입구에 서 있게 될

---

1 예루살렘 남쪽의 계곡으로 고통 또는 지옥이라는 의미로 쓰임

때요?"

하이믈은 파이텔존에게 그가 오랫동안 계획해 온 잡지를 발행하고, '하시디스'라고 불리는 연극을 현대적으로 부활시키는 문제와 관련한 책을 쓰라고 제안했다. 하이믈은 그 두 가지 모두를 재정적으로 지원하고 그것들을 여러 외국어로 번역할 생각이 있었다. 하이믈은 모든 위대하고 혁명적인 실험은 위태로운 상황에서 시작되었으며 행해졌다고 주장했다. 그는 그 연극의 첫 번째 사원은 예루살렘 또는 최소한 텔아비브에 세울 것을 제안했다. 하이믈은 유대인들은 기독교도들과는 달리 이천 년 동안 피를 흘리지 않았다고 말했다. 유대인은 어쩌면 칼과 총 대신 말과 관념으로 놀이를 한 유일한 집단일 수도 있었다. 유대인 전설에 따르면 메시아가 왔을 때 유대인들은 철제 다리가 아니라 종이로 만들어진 다리를 건너 이스라엘 땅으로 가게끔 되어 있었다. 유대인이 할리우드와 전 세계의 언론과 출판계를 지배하고 있는 것이 단순한 우연에 지나지 않는 것일까? 유대인들은 세상에 연극을 배달하고, 모리스 파이텔존은 그 메시아가 될 것이었다.

"내가 메시아가 되기 전에 5즈워티만 빌려주게." 파이텔존이 내게 말했다.

2

그날 밤 나는 하이믈과 셀리아 집에 머물렀다. 한동안 셀리아와의 관계는 플라토닉했다. 그 단어와 그것이 의미하는 바를 우습게 여긴 적도 있었지만 셀리아도 나도 최근 들어서는 성적 실험에 그다지 관심이 없었다. 셀리아와 하이믈은 여전히 파이텔존과 나를 설득해 그들의 아파트로 들어와 한 가족처럼 살게 하려고 하고 있었다. 최근 들어 셀리아는 머리가 셌다. 하이믈은 그녀가 의사의 치료를 받고 있으며, 보통 상황에서라면 칼스바드나 프란젠바드 또는 다른 온천에 갔을 거라고 했다. 하지만 그녀에게 무슨 문제가 있는지는 얘기하지 않았다.

그날 밤, 대화는 여느 때와 마찬가지로 왜 우리가 바르샤바를 떠나지 않는가 하는 질문으로 끝났고, 우리 모두는 다소 비슷한 대답을 내놓았다. 나는 쇼샤를 떠날 수 없었다. 하이믈은 셀리아 없이는 아무 데도 가지 못했다. 더군다나 삼백만 명의 유대인들이 그대로 남아 있는데 혼자 달아나는 것이 무슨 의미가 있겠는가? 우치의 부유한 산업가들 몇몇은 1914년 러시아로 도주했지만 삼 년 후 볼셰비키들에게 살해되었다. 하이믈은 나치의 박해보다는 여행하는 데 따르는 번거로움을 더 두려워하는 것 같았다. 셀리아는 다음과 같은 얘기를 했다. "다시 시작할 수 있는 힘이 아직 남아 있다면 단 하루도 이곳에 남아 있지 않을 거예요. 내 아버지뿐 아니라 어머니와 할머니도 내 나이에 죽었어요. 실제로는 그보다도 더 젊어서 죽었죠. 근데, 나는 무기력이라는 힘으로 버티고 있을 뿐이에요. 그런 내가 낯선 땅에 가 어떤 호텔 방이나 병원에서 아파 누워 있고 싶지는 않아요. 나는 내 집에서 죽고 싶어요. 낯선 공동묘지에서 휴식하고 싶지는 않아요. 히틀러가 내게 뭘 더 할 수 있겠어요. 누가 그런 말을 했는지는 모르지만 시체는 전지전능해 누구도 두려워하지 않는다는 말이 있죠. 살아 있는 사람들 모두는 죽은 사람들이 이미 이룬 것들—완전한 평화와 전적인 독립—을 계속해서 바라죠. 죽음이 두려웠던 때도 있어요. 누가 내 앞에서 그 단어를 말하는 것도 참을 수가 없었죠. 신문을 샀을 때에도 부고란은 재빨리 건너뛰었어요. 어느 날 내가 더 이상 먹지도, 숨을 쉬지도, 생각을 하지도, 책을 읽지도 못할 거라는 생각이 너무도 끔찍해 삶의 그 무엇도 즐겁지가 않았어요. 그러다가 점차 죽음이라는 관념에 대해 편하게 느끼기 시작했죠. 그리고 거기에서 더 나아가 죽음은 모든 문제에 대한 해결책이 되었고, 심지어는 나의 이상이 되기까지 했죠. 오늘 신문을 가지고 들어온 나는 재빨리 부고란을 펼쳐 보았어요. 누군가가 죽었다는 기사를 읽으면 그가 부러워요. 내가 자살하지 않는 첫 번째 이유는 하이플 때문이에요. 나는 그와 함께 가고 싶어요. 그리고 두 번째로는, 죽음은 한꺼번에 받아들이기에는 너무 안타까워요. 그것은 천천히 음미해야 하는 값비싼 포도주와 같아요. 자살하는 사람은 한 번에 죽음으로부터 영원히 벗어나고자 해요. 하지만 그렇게 바보가 아닌 사람들은 죽음의 맛을 즐기는 법을 배우죠."

우리는 늦게 잠자리에 들었다. 하이플은 곧 코를 골기 시작했고, 나는 셀리아가 몸을 뒤척이며 한숨을 쉬고 뭐라고 중얼거리는 것을 들을 수 있었다. 그녀는 침대맡의 램프를 켰다가 다시 껐다. 그녀는 부엌에 가 차를 한 잔 마신 다음 약을 먹는 것 같았다. 파이텔존이 말한 것처럼 모든 것이 게임에 지나지 않는다면 우리의 사랑 게임은 끝났거나 최소한 기약 없이 연기되었

다. 사실 그것은 우리의 게임이라기보다는 그의 게임
이었다. 셀리아와 함께 있을 때면 항상 파이텔존이 옆
에 있는 것 같았다. 셀리아는 종종 내게 얘기를 할 때
면 파이텔존에게서 들은 얘기를 거의 그대로 반복하곤
했다. 그녀는 그의 성적 농담과 변덕, 그리고 매너리즘
을 자신의 것으로 만들었다. 그녀는 나를 모리스나 그
의 애칭으로 부르기도 했다. 우리의 사랑놀이가 실패
할 때마다 파이텔존이 우리 사이에 누워 있었다. 나는
그의 시에서 향기가 난다는 상상을 하기까지 했다. 나
는 동이 틀 무렵에야 잠이 들었다. 아침에는 구름이 껴
있었고 약간 습했다. 한밤중에 비가 왔던 것이다. 하
지만 날씨는 맑아질 것처럼 보였다. 아침 식사 후 나
는 쇼샤에게 가서 점심을 기다렸다. 그런 다음 레스즈
노 가에 있는 내 방으로 갔다. 이론 가를 따라 가는 것
이 더 빨랐지만 그노이나와 짐나 그리고 오를라 가를
따라 걸었다. 이론 가에서는 폴란드의 파시스트들에
게 매를 맞을 확률이 더 컸다. 어떤 거리는 항상 위험
했고, 다른 거리들은 낮에는 대담하게 걸을 수 있었지
만 밤에는 그렇지 못했다. 아직까지 다른 거리들은 다
소 안전했다. 레스즈노 가와 이론 가의 구석진 곳에서
는 항상 위험이 따랐다. 비록 유대인의 율법에 따라 살
지는 않았지만 유대인 거주 구역은 항상 내 마음속에
자리하고 있었다.

정문에 가까이 다다른 나는 뛰기 시작했다. 일단 안
에서 안전해진 다음 숨을 골랐다. 나는 세 개 층을 천
천히 올라갔다. 그날부터 며칠 동안 할 일이 아주 많
았다. 신문 연재 소설이 지연되고 있었다. 그리고 어떤

문학 전집에 소설 한 편을 신기로 되어 있었다. 나는 폴란드에서의 사바타이 제비 운동에 관한 또 다른 소설 한 편을 시작한 상태였다. 그것은 석간신문에 연재되는 소설과는 달리 진지한 소설이 될 것이었다. 내가 초인종을 누르자 테클라가 문을 열어주었다. 그녀는 복도 바닥을 청소하고 있었는데 옷을 끌어올려 맨다리가 드러나 있었다. 그녀는 미소를 지으며 "어젯밤 누가 세 번씩이나 전화를 했게요?"라고 말했다.

"누가?"

"맞혀 봐요!"

나는 몇몇 이름을 얘기했지만 그녀는 고개를 저었다.

"포기할래요?"

"포기할게."

"베티 양요."

"미국에서?"

"그녀는 여기 바르샤바에 있어요."

나는 잠시 아무 말도 하지 않았다. 파이텔존은 미국인 관광객 중 누군가를 통해 샘 드라이만이 죽으면서 베티에게 유산의 많은 부분을 남겼으며 샘의 미망인과 자식들이 그 유언에 대해 소송을 걸었다는 사실을 알게 되었다. 이제 베티는 바르샤바로 왔다. 그런데 언제 온 것인가? 폴란드의 모든 유대인들이 탈출을 꿈꿀 때. 내가 놀라워하며 서 있는데 전화벨이 울렸고, 테클라는 "그 여자예요. 아침에 전화를 하겠다고 했거든요"라고 말했다.

3

베티가 샘 드라이만과 미국으로 돌아간 것이 그렇게 오래되지 않은 것 같았음에도 그날 브리스톨 호텔에서 마주한 그녀를 알아보기가 힘들었다. 그녀는 몇 년은 더 나이가 들어 이제 중년처럼 보였다. 그녀의 머리는 가늘어졌고 더 이상 자연스런 붉은 머리가 아니라 노란색과 붉은색을 이상하게 섞어 놓은 것처럼 보였다. 루즈와 분을 바른 그녀의 얼굴은 어쩐지 더 넓고 평평해 보였다. 얼굴은 주름이 많이 졌고, 윗입술과 턱에는 솜털 같은 것이 나 있었다. 그동안 계속해서 아팠던 것일까? 샘의 죽음 때문에 무척 상심했던 것일까? 그녀의 이빨도 어떻게 된 것 같았고, 목에는 전에 보지 못한 뭔가가 나 있었다. 그녀는 기모노를 입고 슬리퍼를 신고 있었다. 그녀는 나를 머리에서 발가락까지, 그런 다음 발가락에서 머리까지 훑어보았다. "벌써 완전히 대머리가 된 거예요? 누구 때문에 그렇게 되었죠? 키가 이보다는 더 크다고 생각했었는데. 당신 나이에 벌써 키가 줄어드는 것이 가능해요? 그래, 심각하게 받아들이지는 말아요. 나는 전적으로 내 인상에 따라 사니까. 나는 사람들이 객관적인 진리라고 부르는 것에 대한 감각이 전혀 없어요. 바르샤바도 간신히 알아보았어요. 호텔도 예전 같지 않아요. 우리가 폴란드를 떠나기 전 나는 당신과 다른 사람들의 사진을 전부 모았는데 내 서류 대부분과 함께 없어져 버렸어요. 앉아서 얘기를 해요. 뭘 들래요? 차? 커피? 아무것도 안 들겠다고요? 아무것도 아닌 건 뭐죠? 나는 커피를 주문하겠어요."

베티는 전화로 커피를 주문했다. 그녀는 폴란드어와 영어를 섞어 말했다.

그녀는 나를 마주한 채 안락의자에 앉았다. "내가 왜 돌아왔는지 궁금하죠, 더구나 이런 때에? 나 자신도 마찬가지예요. 아니 좀더 정확히 말하면, 나는 더 이상 다른 사람들이 뭘 하는지뿐만 아니라 나 자신의 행동에 대해서도 궁금해하지 않아요. 샘이 죽었다는 사실은 알고 있겠죠. 그는 미국으로 돌아갔고, 나는 그가 괜찮다고 믿었어요. 그는 예전처럼 정력적으로 사업을 했어요. 그러다가 갑자기 죽은 거예요. 한순간 살아 있었는데 그다음 순간 죽은 거죠. 슬프기도 하지만 그가 부럽기도 해요. 나와 같은 사람에게 죽음은 긴 과정이에요. 우리는 성숙하기 시작하면서부터 죽기 시작하죠."

그녀의 목소리 또한 변해 있었다. 더 거칠었고 어느 면에서는 날카롭기도 했다. 웨이터가 초인종을 누른 후 은쟁반이 담긴 카트를 밀고 들어왔다. 커피와 크림과 뜨거운 우유가 담겨 있었다. 베티는 그에게 일 달러를 건네주었다.

우리는 커피를 마셨다. "배에 탄 모두가 계속해서 같은 질문을 했어요. '왜 폴란드로 돌아가는 거죠?' 그들 모두는 파리로 가고 있었어요. 나는 사실을 얘기했어요. 슬로님에─나와 이름이 같죠─늙은 숙모가 있다고. 그리고 그녀가 죽기 전에 한번 보고 싶다고. 그들 모두는 조만간 히틀러가 전쟁을 시작할 거라고 믿고 있었지만 나는 확실치가 않아요. 그가 원하는 것이면 뭐든 은식기에 담아 갖다주는데 전쟁을 해서 그에게 이익이

353

될 게 뭐가 있죠? 미국과 민주적인 국가 전부는 가장 소중한 자산인 인격이라는 것을 잃어버렸어요. 매독과 살인 그리고 광기보다도 더 나쁜 관용의 형태가 있죠. 그런 식으로 나를 바라보지 말아요. 나는 똑같은 사람이에요. 우리가 떨어져 있는 동안 갑자기 많이 늙은 것 뿐이에요. 심각한 신경쇠약을 앓았어요. 신경쇠약이라는 말은 종종 들었지만 그것이 무엇을 의미하는지는 몰랐어요. 내 경우 그것은 완전한 무감각으로 나타났죠. 어느 날 겉으로 보아서는 정상인 것처럼 잠자리에 들었는데 다시 깨었을 때에는 육체적으로는 살아 있었지만 배가 고프지도 목이 마르지도 않았고, 일어나고 싶은 욕구조차도 생기지 않았어요. 이런 말을 해서 뭐 하지만 화장실에도 가고 싶지 않은 거예요. 하루 종일 무심한 상태로 누워 있었죠. 샘이 죽은 후 담배를 많이 피우기 시작했어요. 술도 많이 마셨죠. 술을 별로 좋아한 적이 없는데도. 샘의 아내와 그의 탐욕스런 아들들은 나를 법정까지 끌고 갔고, 그들의 변호사는 악랄하기 그지없었어요. 그의 얼굴만 봐도 구역질이 났어요. 나는 모든 것을 포기하고 내 목숨을 위해 도망을 쳤죠. 샘이 내게 재산 일부를 남겼다는 사실을 알게 된 배우들은 나를 무척이나 상냥하게 대했어요. 그들은 히브리 배우조합의 회원이 되어 달라고까지 했어요. 나는 주역 자리를 비롯해 이것저것을 약속받았죠. 하지만 무대에 대한 야망은 사라져 버렸어요. 도대체 연극이라는 게 뭐예요? 거짓된 흉내 내기에 지나지 않죠. 문학도 마찬가지예요. 샘은―평화 속에 잠들어 있길―아무것도 읽지 않았어요. 우리는 가끔 그 문제를 놓고 논쟁을 했죠. 나는 어려서부터 책 읽는 것을 아주 좋아했으니까요. 이제 그가 이해되기 시작했어요. 내 편지에는 왜 답장을 하지 않았어요?"

"무슨 편지요? 당신한테서는 한 통밖에 받지 못했고, 그것도 주소가 적혀 있지 않았어요."

"어떻게 그럴 수 있죠? 여러 번 썼는데. 전보도 쳤고."

"언제요? 신성한 모든 것들을 걸고 맹세코 한 통밖에는 받지 못했어요."

"뭐가 당신에게 신성하죠? 처음에는 레스즈노 가 주소로 편지를 보냈지만 답장이 없어 작가 클럽으로 보냈어요."

"작가 클럽에는 더 이상 가지 않아요."

"하지만 그곳은 당신의 제2의 고향이잖아요."

"더 이상 안 가기로 결정했어요."

"결정을 내리면 그것을 지킬 수 있나요? 어쩌면 내 편지가 아직 그곳에 있을지도 모르겠네요."

"전보는 왜 친 거예요?"

"오, 더 이상은 중요하지 않아요. 삶은 경이로 가득해요. 누군가가 더 이상 경이로움이 자신을 기다리고 있지 않다고 생각한다면 그건 그가 눈을 감고 아무것도 알려고 하지 않기 때문이죠. 당신은 어때요? 그 여린 쇼샤와 헤어졌나요?"

"헤어졌냐고요? 어떻게 그런 생각을 하게 되었죠?"

"그렇다면 어떻게 옛날 방을 그대로 놓아둘 수 있죠? 설마 그곳에 방을 그대로 두고 있을 줄은 몰랐고 그래서 그곳으로는 전화를 하지 않았어요. 그러다가

혹시 그곳 사람들이 새 주소를 알지도 모른다는 생각에 전화했죠."

"그곳에서 작업을 해요. 서재 같은 곳이죠."

"아파트를 얻어 신부와 살고 있나요?"

"우리는 그녀의 어머니와 함께 살고 있어요."

베티의 눈에 웃음이 비쳤다. "도둑과 창녀가 들끓는 그 지저분한 거리에서요?"

"그래요."

"도대체 그녀와 어떤 종류의 삶을 살아가고 있는 거예요?"

"어떤 종류의 삶을요."

"둘이서 어딜 가는 일은 있어요?"

"거의 안 가요."

"집 밖으로는 안 나간단 말이에요?"

"이따금 나가요. 밤에 쓰레기통을 비우러 나가죠. 공기를 쐬러 나가기도 하고요."

"당신은 그대로군요. 당신 방식대로 정신이 나가 있어요. 뉴욕에서 길을 가다가 이곳에서 게스트로 출연한 한 배우를 만났는데 당신이 커다란 성공을 거뒀고, 모두가 읽는 소설을 출판했다고 하더군요. 사실이에요?"

"신문에 소설을 연재했지만 겨우 먹고살 정도죠."

"다른 여러 사람들과 어울리는 모양이죠?"

"그건 사실이 아녜요."

"사실은 뭐죠?"

"당신은 어때요?" 내가 물었다. "연애를 했을 것 같은데."

"질투하는 거예요? 그랬을 수도 있죠. 아직도 남자들이 나를 뒤쫓아 다니니까. 하지만 몸이 아주 좋지 않고 하루하루가 파국처럼 여겨질 때는 연애 같은 건 생각 않게 되죠. 그 요술쟁이 엘빙거는 아직도 바르샤바에 있나요?"

"그래요. 그는 그 유명한 영매인 클루스키의 정부였던 기독교도 여자와 사랑에 빠졌어요."

"그의 이름은 들어본 것 같네요. 그가 뭘 했죠?"

"죽은 자들이 그에게 와 파라핀 통에 자신들의 손자국을 남겼죠."

"비웃는 건가요? 나는 정말로 죽은 자가 우리 주위의 어딘가에 있다고 믿어요. 키가 작고 돈이 많은 그 작자는 어떻게 되었어요? 벌써 그의 이름을 잊었어요. 그의 아내가 당신 애인이었잖아요."

"하이믈과 셸리아. 이곳에 있어요."

"그래, 맞아요. 왜 그들은 바르샤바를 떠나지 않은 거죠? 부유한 많은 유대인들이 외국으로 도망을 쳤다고 들었는데."

"그들은 죽고 싶어 해요."

"오늘 당신도 그런 심정인 것 같네요. 당신이 보고 싶었어요. 그건 사실이에요."

4

내 귀를 믿을 수가 없었다. 연극계 전체에 대해, 특히 이디시어 연극에 대해 온갖 분노를 터뜨리던 베티 슬로님이 희곡 한 편을 갖고 바르샤바에 와 제작자를 찾고 있었던 것이다. 하지만 그렇게 놀랄 일도 아니었다. 내 동료와 작가들 중 많은 이들이 그렇게 행동하고 있었다. 그들은 절필을 선언한 후 얼마 있지 않아 소설이나 장시를 쓰기 시작하거나, 심지어는 삼부작에 대한 계획을 발표하곤 했다. 그들은 비평가에게 독설을 퍼붓고, 문학에 대한 개념이 없다고 주장하다가도 그 다음 날이면 자신들에 대해 괜찮은 얘기를 써달라고 사정을 하기도 했다. 베티가 가져온 희곡은 그녀의 것이었다. 나는 밤에 호텔에 머물렀고, 우리는 희곡을 읽었다. 그것은 환경에 적응하지 못하는 젊은 여자 예술가(베티는 그녀를 화가로 만들었다)에 관한 이야기였다. 그녀는 제대로 된 남편도 연인도 흥미로운 여자친구도 만들지 못했다. 희곡은 한 정신과 의사가 여주인공에게, 그녀가 자신의 부모님을 숭배하면서도 아버지를 미워하고 어머니를 질투하고 있다는 사실을 설득하는 과정을 그리고 있었다. 여주인공이 레즈비언이 됨으로써 외로움에서 벗어나려 하지만 끝내 실패하는 장면이 있었다. 희곡은 유머러스하게 갈 수도 있었지만 베티는 모든 것을 비극적으로 처리했다. 긴 독백들은 상투적인 표현으로 가득했다. 분량은 삼백 페이지 가까이 되었지만 회화에 대해 아무것도 모르는 사람의 이야기로 가득했다.

4막까지 읽었을 때는 동이 트기 시작하고 있었다. 나는 베티에게 "희곡은 기본적으로는 괜찮은 것 같아요. 하지만 바르샤바에서 공연될 만한 건 아니에요. 내 희곡이 어디에서도 공연되기 어려운 것처럼요"라고 말했다.

"바르샤바에서 공연할 만한 건 어떤 거죠?" 그녀가

물었다.

"더 이상 바르샤바에서 공연할 만한 작품은 없는 것 같아요."

"이 희곡은 폴란드의 유대인에게 꼭 맞는 것 같은데요. 이곳의 유대인들은 내 여주인공을 닮았어요. 그들은 어디에도 소속되지 못하고 있잖아요. 공산주의자들에게도 자본주의자들에게도요. 파시스트는 말할 것도 없고요. 때로 그들에게는 자살 외에 다른 선택은 없는 것 같아요."

"그게 사실이든 아니든, 바르샤바의 유대인들은 그 사실에 대해 귀를 기울이려 하지 않죠. 극장에서는 말할 것도 없고요."

글을 읽느라 피곤해진 나는 침대에 누워 옷을 입은 채로 잠이 들었다. 나는 베티에게, 그녀 자신이 어떤 개인이나 집단도 완전히 포기할 힘을 갖고 있지는 못하다는 사실에 대한 증거라는 것을 말해주고 싶었지만 너무 지친 나머지 아무 말도 할 수 없었다. 잠을 자면서 나는 희곡을 다시 읽었고, 베티에게 충고를 해줬으며, 새로운 장면을 쓰기까지 했다. 베티는 불을 켜두었고, 나는 수시로 눈을 떴다. 그녀는 화장실에서 뭔가를 하느라 분주했다. 그녀는 멋진 잠옷을 걸쳤다. 그녀는 침대로 와 내 신발과 셔츠를 벗겼다. 나는 자면서도 모든 쾌락을 한꺼번에 맛보려는 그녀의 충동을 비웃었다. 그것이 바로 자살이야, 하고 나는 생각했다. 쾌락주의자들은 자신들이 할 수 있는 것 이상의 흥분을 누리려 했다. 그런데 어쩌면 그것이 나 자신의 수수께끼에 대한 해답이 될 수도 있었다.

내가 눈을 떴을 때에는 아침이었다. 베티는 잠옷과 슬리퍼 차림으로 책상에 앉아 담배를 문 채로 종이 위에 뭔가를 쓰고 있었다. 손목시계를 보자 여덟 시가 되기 몇 분 전이었다. 나는 자리에서 일어나 앉았다. "뭘 하고 있는 거예요? 희곡을 수정하고 있는 거예요?"

그녀는 고개를 내 쪽으로 돌렸다. 그녀의 얼굴은 부스스했고, 눈빛은 이상할 정도로 엄격하면서도 단호했다. "당신은 잠이 들었지만 나는 눈을 감을 수가 없었어요. 아뇨, 희곡은 아녜요. 내게 희곡은 죽었어요. 하지만 나는 당신을 구할 수는 있어요."

"무슨 말이에요?"

"이곳의 유대인들은 모두 죽게 될 거예요. 당신은 히틀러가 처들어올 때까지 쇼샤와 이대로 있을 수도 있겠죠. 밤에 계속해서 신문을 읽었어요. 그게 무슨 의미가 있죠? 그런 백치 같은 여자 때문에 죽는 게 무슨 가치가 있죠?"

"내가 어떻게 했으면 좋겠어요?"

"추칙, 나는 숙모를 만난 후에는 이곳에 있을 이유가 없어요. 하지만 그럼에도 당신을 돕고 싶어요. 배에서 미국 영사관에 근무하는 장교를 만났는데 서로 여러 가지 얘기를 했어요. 그는 내게 치근덕거리기까지 했지만 내 부류는 아니었어요. 군인이며 술꾼이었죠. 그들은 위스키로 모든 것을 잊어요. 술이야말로 모든 문제에 대한 그들의 해결책이죠. 내가 누군가를 미국으로 데려가는 문제에 대해 묻자 그는 할당된 인원 외에는 불가능하다고 했어요. 하지만 어떤 목표를 갖고 신청을 하고, 범죄자가 되지 않을 거라는 것을 증명하면 쉽게 관광 비자를 얻을 수 있다고 했어요. 미국에서는 관광객이 미국 시민과 결혼을 하게 되면 즉시 비자가 나와 계속해서 머물 수 있어요. 내가 하는 얘기를 잘 들어요. 나의 모든 계획과 희망이 아무런 소득이 없을 거라는 게 보여요. 하지만 내가 죽기 전 가까운 누군가를 도울 수 있다면 그렇게 하고 싶어요. 어젯밤에 당신은 내가 당신에게서 기대할 수 있는 것은 아무것도 없다고 차갑게 얘기했지만 그럼에도 나는 당신을 가까운 사람이라고 생각해요. 사실 당신은 샘을 빼면 내게 제일 가까운 사람이에요. 내 형제들은 공산주의 땅 어딘가에서 사라졌어요. 나는 그들이 죽었는지 살아 있는지조차 몰라요. 추칙, 당신은 내 희곡이 별로라고 했어요. 이제 내가 이곳에서 할 일은 더 이상 없어요. 한데 나 혼자서 미국으로 돌아갈 수는 없어요. 당신이 원한다면 관광 비자를 준비해 줄 수 있어요. 그러면 나와 함께 갈 수 있을 거예요. 쇼샤와 결혼했다는 증명서가 있나요? 법원에서 결혼식을 올렸나요?"

"랍비 집에서요."

"여권에 결혼했다는 사실이 기재되어 있나요?"

"여권에는 아무것도 적혀 있지 않아요."

"내가 신원 보증을 서면 즉시 관광 비자가 나올 거예요. 당신이 희곡을 썼으며, 그 희곡을 미국에서 무대에 올리고자 한다고 얘기할게요. 내가 그 연극에 출연하게 된다는 얘기도요. 물론 실제로 그렇게 될 가능성도 있죠. 나는 수표책과 그들이 원하는 뭐든 보여줄 수 있을 거예요. 나는 죽음이 비극이라고 생각하지는 않아요. 사실 그것은 모든 문제로부터 벗어나는 길이죠.

하지만 하루하루를 죽음과 더불어 사는 것은 당신같이 자학적인 사람에겐 너무 힘든 일이에요."

"쇼샤는 어떻게 하죠?"

"쇼샤에게는 관광 비자가 안 나올 거예요. 그녀를 보면 당신에게도 안 줄 거예요."

"베티, 그녀를 이곳에 남겨둘 수는 없어요."

"그럴 수 없다고요? 그녀를 위해서라면 목숨까지도 포기할 준비가 되어 있다는 건가요?"

"죽어야 한다면 죽겠어요."

"당신이 그녀를 왜 그렇게 사랑하는지 모르겠어요."

"사랑만은 아녜요."

"뭐죠?"

"아이를 죽일 수는 없어요. 약속을 깰 수도 없고요."

"당신이 미국에 가게 되면 그녀에게도 기회를 줄 수 있을 거예요. 최소한 돈을 보내줄 수는 있잖아요. 하지만 이대로 머물게 되면 둘 다 죽게 될 거예요."

"베티, 못 하겠어요."

"할 수 없다면 할 수 없는 거죠. 당신이 말한 것처럼 당신은 여자를 배려할 줄 몰라요. 한 여자가 싫증나면 다른 여자를 찾죠."

"그들은 어른이에요. 그들에게는 가족과 친구들이 있죠. 쇼샤는……."

"스스로를 정당화할 필요는 없어요. 누군가를 위해 목숨까지도 바칠 준비가 되어 있는 사람이라면 자신이 무엇을 하고 있는지 알고 있죠. 당신이 그런 희생을 치를 수 있다고는 믿지 않았어요. 하지만 당신은 인간이 무엇을 할 수 있는지 모르고 있어요. 사람들은 스탈린과 페틀류라, 마크노, 그리고 모든 학살자들을 위해서도 스스로를 희생하죠. 수백만 명의 바보들이 히틀러를 위해 자신의 텅 빈 머리를 바쳤어요. 때로 사람들이 촛불 주위를 돌며 스스로를 희생할 수 있는 기회를 찾고 있는 건 아닌가 하는 생각이 들기도 해요."

잠시 둘 다 말이 없었다. 베티가 말했다. "지금 숙모를 찾아가 볼 거예요. 우리는 다시 못 만날 수도 있어요. 어디 얘기해 봐요. 무엇 때문이에요? 설사 거짓말이라도 그 얘기를 듣고 싶어요."

"쇼샤와 결혼한 것 말이에요?"

"그래요."

"나도 모르겠어요. 하지만 얘기하죠. 그녀는 내가 믿을 수 있는 유일한 여자예요." 나는 내가 한 말에 충격을 받았다.

베티의 눈가에 웃음이 번졌다. 잠시 그녀는 다시 젊어 보였다. "맙소사, 그게 진실이었군요. 너무도 단순한!"

"어쩌면."

"당신들 둘은 신을 믿지 않는 호색한이자 미친 유대인이에요. 내 증조부만큼이나 고집불통이에요! 어떻게 그럴 수 있죠?"

"우리는 도망을 가고 있고, 시나이 산이 우리를 뒤쫓고 있어요. 그 추격전이 우리를 병들게 했고 미치게 했어요."

"나까지 포함시키지는 말아요. 나도 병들고 미치긴 했지만 시나이 산과는 아무 상관이 없어요. 실제로 당신은 거짓말을 하고 있어요. 당신은 내가 시나이 산을 두려워하지 않는 것처럼 그것을 두려워하지 않아요. 남자로서의 자존심을 잃을 수도 있다는 멍청한 두려움이야말로 당신을 비참하게 만드는 거예요. 당신의 친구가 한 얘기라며, 누군가를 항상 배신하면서도 결코 누군가로부터 배신당하지 않을 수는 없다고 한 적이 있죠. 그가 누구였죠? 파이텔존이었던가요?"

"기억이 안 나는데요. 파이텔존 아니면 하이믈이었을 거예요."

"하이믈이 그런 얘기를 했을 리는 없어요. 그래, 그건 상관없는 일이에요. 당신은 미쳤어요. 한데 당신과 같은 다른 많은 선량한 바보들이 어떤 창녀의 명성을 지키기 위해 죽음을 택했어요. 쇼샤는 당신을 배신하지 않을 거예요. 물론 그녀가 나치에 의해 강간당하지 않는다면 말이죠."

"잘 있어요, 베티."

"안녕, 영원히."

5

나는 아침 식사도 하지 않은 채 호텔을 나왔다. 룸서비스를 하는 여직원이 나를 볼 것이고, 더 이상 머물수가 없었다. 다시 한번 나는 나 자신을 구할 수 있는 기회를 포기했다. 나는 일정한 행선지도 없이 길을 걸었다. 내 다리는 나를 트레바카 가에서 극장 광장으로 데려가 주었다. 이번에도 바르샤바에 머물게 되면 나치의 손에 떨어지리라는 것은 의심의 여지가 없었지만 어떻게 된 일인지 전혀 두렵지 않았다. 잠을 거의 이루지 못하고, 베티의 희곡을 읽고 그녀와 얘기를 나누느라 피곤했다. 나는 그녀에게 나를 나무랄 수 있는 기회를 주었고, 그에 따라 우리의 작별은 덜 근엄할 수 있었다. 이제야 비로소 그녀가 폴란드에 있는 그녀의 숙모에 대해 한 번도 얘기한 적이 없으며 그녀를 보러 간 적도 없다는 사실이 문득 떠올랐다. 그녀가 숙모를 보기 위해 폴란드에 온 것이 아님은 분명했다. 나와 마찬가지로 베티도 죽을 준비가 되어 있었다. 모세 오경에 있는 어떤 구절이 떠올랐다. "나는 죽으려 하고 있거늘, 이 태어날 수 있는 권리는 내게 어떤 이득이 있는 것인가?"

나는 유대인의 사천 년 역사를 포기하고 그것을 무의미한 문학과 이디시어의 세계, 그리고 파이텔존의 세계와 바꾸었다. 내게 남은 것이라곤 작가 클럽에서 회원들에게 배포하는 소책자들과 몇 가지 쓸모없는 원고들뿐이었다. 나는 가게 유리창 앞에 서서 앞쪽을 보았다. 곧 파괴가 시작될 텐데도 그곳에는 피아노와 차, 보석, 비싼 잠옷, 폴란드어로 쓰인 새 책, 독일어와 영어, 러시아어, 그리고 프랑스어에서 번역된 책들이 진열되어 있었다. 그중 한 책의 제목은 『이스라엘의 황혼』이었다. 하지만 하늘은 여름의 푸른색을 띠고 있었고, 거리 양쪽의 나무들은 탐스러울 정도로 파랬고, 숙녀들은 최신 스타일의 옷과 모자와 신발과 지갑 차림이었다. 남자들은 그들을 훑어보며 전문가처럼 평가했다. 나일론 스타킹을 신은 그들의 다리는 아직도 놀라운 기쁨을 약속하고 있었다. 나 또한 곧 죽게 될 운명이었지만 그들의 엉덩이와 장딴지, 가슴과 목을 쳐다보았다. 나는 "우리의 후세들은 우리가 회개를 하며 죽었을 거라고 생각하겠지"라고 중얼거렸다. 그들은 우리 모두를 신성한 순교자로 생각할 것이다. 그들은 우리를 위해 기도를 외고 "자비로 가득하신 하느님." 하고 말할 것이다. 실제로 우리 모두는 지금껏 살아온 열정으로 죽게 될 것이다.

오페라 하우스에서는 아직도 「카르멘」, 「아이다」, 「파우스트」, 「세비야의 이발사」와 같은 친숙한 오페라들을 공연하고 있었다. 저녁이면 사람들이 트럭에서 가짜 산과 강, 정원과 궁정으로 탈바꿈할 색 바랜 무대 세트를 내렸다. 나는 한 카페로 갔다. 커피와 신선한 롤빵 향이 식욕을 자극했다. 웨이터가 커피와 함께 신문 두 개를 가져다주었다. 리츠 스미글리 장군은 다시금 국민들에게 폴란드군이 우익과 좌익의 모든 공격을 퇴치할 수 있는 수단이 있다고 공언하고 있었다. 외무장관 벡은 영국과 프랑스로부터 새로운 확약을 받았다. 늙은 반유대주의자 나바스진스키는 유대인이 프리메이슨과 공산주의자, 나치, 그리고 미국의 은행 자본과 공모해 가톨릭의 믿음을 파괴하고, 그것을 이교도의 물질주의로 대체하려 하고 있다고 공격했다. 그는 아직도 유대인 비밀결사 조직이 세계를 정복하려 한다고 주장하는 어떤 19세기의 책을 인용하고 있었다. 그전까지만 해도 자유 의지에 대한 나름대로의 믿음을 갖고 있었지만 그날 아침에는 인간이 내 손목시계의 태엽 장치나 접시의 가장자리에 내려앉은 파리만큼의 선택권밖에는 갖고 있지 않은 것처럼 느껴졌다. 똑같은 힘이 히틀러와 스탈린, 교황, 구르의 랍비, 지구의 중심에 있는 분자 하나, 은하수에서 수십억 광년 떨어진 곳에 있는 성운을 움직이게 하고 있었다. 그것은 맹목적인 힘인가? 아니면 뭔가를 볼 수 있는 힘인가? 그것은 더 이상 문제가 되지 않았다. 우리는 우리의 사소한 게임을 끝낸 후 죽게끔 운명 지어져 있었다.

6

대체로 쇼샤의 집에서 밤을 보내지 않았을 때에는 이튿날 점심시간에 집에 돌아왔지만 그날 아침에는 일찍 집에 돌아가기로 마음먹었다. 레스즈노 가에 있는 내 방에서 일을 하기에는 너무 피곤했다. 아침 식사 값을 지불한 후 나는 세나토르 가를 지나 뱅크 광장에 이른 후 그곳에서 그노이나와 크로크말나 가로 갔다. 유대인 거리에서는 사람들이 여느 때처럼 분주하게 움직이고 있었다. 프셰호드니아 가에 있는 환전소에는 달러에 대한 즈워티의 가치를 고시하고 있었다. 암시장에서는 달러를 환전할 경우 몇 페니를 더 지불해 주었다. 유대교 학당에서는 학생들이 탈무드를 공부하고 있었다. 하시디즘 학당에서는 하시디즘의 주제에 관해 얘기하고 있었다. 그날 아침 문득 내가 이 모든 것을 마지막으로 보고 있다는 느낌이 들었다. 나는 골목과 건물과 가게와 얼굴 모두를 기억 속에 새기려고 노력했다. 사형 선고를 받은 사람 역시 교수대로 가는 길에 세상을 그런 눈으로 볼 것 같았다. 나는 행상들과 짐꾼들, 시장에서 일하는 여자들, 심지어는 마차에 묶여 있는 말에게까지도 작별을 고했다. 나는 그들 각각에게서 이전에는 보지 못했던 표정을 보았다. 말조차도 이것이 그들의 마지막 여행이라는 것을 알고 있는 듯했다. 검은 동공으로 꽉 찬 그들의 커다란 눈에는 지식이, 그리고 동조하는 빛이 어려 있었다.

나는 그노이나 가 5번지에 있는 커다란 학당에서 잠시 멈췄다. 벽은 검게 그을려 있었고 책은 얼룩이 지고 찢어져 있었지만 머리를 길게 땋은 젊은이들이 아직도 낡은 책 위로 몸을 흔들며 애도하는 듯한 목소리로 신성한 말들을 외우고 있었다. 성서대에서는 랍비가 죽은 자를 되살아나게 해주겠다고 약속하신 하느님을 찬양하고 있었다. 노란 얼굴에 노란 수염을 기른 키 작은 남자가 콩을 넣어 삶은 닭고기를 나무 그릇에서 꺼내 팔고 있었다. 그는 영원히 유대인인가? 세상의 기둥인 서른여섯 명의 성자 중 한 명인가? 아니면 루스벨트와 괴벨스, 그리고 레옹 블룸과 사탄의 왕국을 건설하기로 비밀 협정을 맺은, 위장한 유대인 결사 조직의 일원인가? 나는 크로크말나 가로 가 7번지 정문 안으로 들어갔다. 제과점 주인 딸은 따뜻한 베이글이 든 커다란 바구니를 들고 서 있었다. 그녀는 내 독자 중 한 명인 듯 미소를 지으며 눈웃음을 지었다. 나는 그녀가 '당신과 마찬가지로 나도 마지막 순간까지 나의 게임을 해야 해요'라고 말하는 것을 상상했다. 나는 뜰을 지나 바셸레의 아파트 문을 열었다. 그런데 너무도 당황스런 광경에 문간에 서서 그냥 앞쪽을 바라보기만 했다. 테클라가 식탁에 앉아 치커리를 넣은 차인지 커피인지를 커다란 컵으로 마시고 있었다. 쇼샤는 그녀 옆에 앉아 있었다. 나는 어머니에게 무슨 일이 일어난 게 틀림없다고 생각했다. 그녀가 죽었다는 전보가 온 게 틀림없었다! 나를 본 테클라는 벌떡 일어났다. 쇼샤 역시 일어났다. 그녀는 손뼉을 쳤다. "아렐레, 하느님이 너를 보낸 게 틀림없어."

"무슨 일이야? 내가 벌써 미혹의 세계에 빠진 건가?"

"뭐라고? 들어와, 아렐레. 이 기독교 여자가 와서 너를 찾는다고 했어. 네 이름을 불렀어. 자신의 소지품이 담긴 바구니를 갖고 왔어. 저기 있어. 약혼자에 대한 어떤 얘기를 했어. 무슨 얘기를 하는지 모르겠어. 엄마가 시장에 가서 다행이야. 그렇지 않았으면 별 생각을 다했을 거야. 네가 점심시간까지는 안 올 거라고 했지만 기다리겠다고 했어."

테클라는 선 채로 무슨 말인가를 하고 싶은 눈치였지만 쇼샤가 얘기를 끝내기를 기다렸다. 테클라는 잠을 못 잔 듯 창백했고 머리가 헝클어져 있었다. 그녀가 말했다. "죄송해요. 하지만 내게 나쁜 일이 일어났어요. 어제 저녁 누군가가 부엌문을 두드렸어요. 빌려간 소금 잔을 돌려주러 온 이웃이나 하녀 중 하나라고 생각했죠. 문을 열자 한 남자가 들어왔어요. 그는 나와 마찬가지로 기독교인이었어요. 그는 도시 사람처럼 옷을 입고 있었어요. 그는 '테클라, 나를 못 알아보겠어?'라고 말했어요. 예전 약혼자 볼렉이었어요. 그는 프랑스의 석탄광에서 돌아왔고, 나와 결혼하고 싶다고 했어요. 나는 무서워 죽는 줄 알았어요. '그동안 왜 편지를 안 쓴 거야? 떠나버린 후 너는 소식이라곤 전하지 않았어'라고 말했죠. 그러자 그는 '글을 못 쓰잖아. 다른 광부들도 마찬가지였고'라고 말했어요. 그 사이 그는 내 침대에 앉아 우리가 마지막으로 본 이후로 아무 일도 없었다는 듯 얘기를 하기 시작했어요. 그는 내게 줄 선물도 가지고 왔어요. 무슨 싸구려 보석 같았어요. 내가 그 순간 죽지 않은 건 기적이에요. '볼렉, 네가 그토록 오랫동안 편지를 쓰지 않았고, 그래서 우리 약혼은 무효가 됐어. 우리 사이는 다 끝났어'라고 내가 말했죠. 하지만 그는 소리를 지르기 시작했어요. '무슨 상관이야? 다른 누군가가 생긴 거야? 아니면 너를 대신해 내게 편지를 써준 그 유대인과 사랑에 빠진 거야?'라고 그가 말했어요. 그는 술에 취해 있었고, 칼을 집어 들었어요. 그 소동에 집주인이 달려왔지만 그는 유대인들에게 저주를 퍼부으며 우리 모두를 죽이겠다고 협박했어요. 집주인은 '아직까지는 히틀러가 쳐들어오지 않았네. 그러니 내 집에서 나가게'라고 말했죠. 블라덱이 경찰을 불렀지만 경찰은 세 시간이나 지난 뒤에 왔고, 그때는 이미 볼렉이 사라진 후였어요. 그는 오늘 다시 찾아오겠다고 했고, 내가 당장 그와 함께 신부에게 가 결혼식을 올리지 않으면 나를 죽이겠다고 경고했어요. 그가 떠난 후 집주인이 들어와 '테클라, 그동안 충실하게 일을 한 건 알아. 하지만 나는 늙었고 몸이 약해. 이런 일을 감당하기에는 힘이 없어. 짐을 챙겨 나갔으면 좋겠구나'라고 말했어요. 나는 밤이라도 지내게 해달라고 사정했죠. 그는 오늘 아침 급료에 5즈워티를 얹어주며 나를 내보냈어요. 당신이 크로크말나 가에 있는 주소를 준 적이 있어서 이렇게 찾아온 거예요. 이 젊은 여자 분이 당신 아내라며, 당신이 점심시간에는 온다고 하더군요. 나는 아무 데도 갈 데가 없었어요. 바르샤바에는 아는 사람이 아무도 없거든요. 나를 쫓아내지는 않겠죠?"

"쫓아낸다고? 테클라, 나는 당신의 영원한 친구야!"

"오, 고마워요. 이제는 어떻게 해야 하죠? 시골에 있는 집으로 갈 수도 없어요. 내가 그렇게 하면 볼렉은 나를 쫓아오겠다고 했어요. 그는 군대에서 복무를 한 깡패들을 알고 있는데 그들은 권총과 총검을 갖고 나왔어요. 그는 천 즈워티와 약간의 프랑스 돈도 모았다고 했지만 내 마음은 더 이상 그에게 있지 않아요. 그는 얼마든지 다른 여자를 얻을 수 있을 거예요. 그에게서는 보드카 냄새가 났고, 그는 깡패처럼 얘기했어요. 나는 그런 거친 모습에는 익숙하지 않아요."

"아렐레, 엄마가 와서 이 얘기를 들으면 신경질을 낼 거야." 쇼샤가 말했다. "그 남자가 칼로 위협한다면 그곳에 돌아가서는 안 돼요. 하지만 여기서 어떻게 지내지? 우리 머리를 눕힐 공간도 부족하잖아. 엄마는 외출할 때마다 아무도 집 안에 들이지 말라고 했어. 우리가 10번지에 살 때도 같은 얘기를 하곤 했지. 기억나?"

"그래, 쇼셸레, 기억나. 테클라는 참한 여자애야. 아무도 곤란하게 하지 않을 거야. 잠시 얘를 데리고 갈게." 나는 다시 이디시어로 "쇼셸레, 잠시 얘하고 나갔다가 올게. 어머니가 오면 아무 말도 하지 마"라고 말했다.

"오, 어쨌든 알게 될 거야. 안뜰에 있는 모두가 창밖을 내다보고 있어. 그리고 여기 살지 않는 사람이 들어왔다 나가는 걸 보면 금방 눈치채고 수군대기 시작할 거야. '저 애가 여기서 뭘 하는 거지? 뭘 원하는 거지?'라고. 젊은 여자들은 아이들을 돌보느라 바쁘지만 나이 든 여자들은 뭐든 알고 싶어 해."

"그래, 점심 때쯤 돌아올게. 테클라, 나하고 같이 가."

"바구니도 가지고 갈까요?"

"그래, 가지고 가."

"아렐레, 늦지 마. 늦으면 엄마는 네가 더 이상 우리를 원하지 않아서라며 걱정하기 시작할 거야. 나도 온갖 생각들을 다 하게 될 거고. 어젯밤에는 한숨도 못 잤어. 이분이 배가 고픈 것 같으면 빵과 정어리를 줄 수도 있는데."

"이따가 식사를 하면 돼. 자, 테클라."

우리는 감시하는 듯한 시선을 받으며 걸어갔다. 사람들이 '이렇게 이른 시간에 소작인 소녀하고 어딜 가는 거지? 바구니 속에는 뭐가 있는 거지?'라고 묻는 것 같았다. 나는 마음속으로 그들에게 대답을 했다. '신문에 실린 퍼즐은 풀 수 있지만 삶의 신비는 결코 풀지 못하죠. 헤움[1]의 현자처럼 칠 일 낮 칠 일 밤 동안 눈썹을 문지른다 하더라도 해답을 알아내지는 못할 거예요.'

정문 앞에서 나는 이제 어떻게 해야 할지 생각하며 한참 동안 서 있었다. 그녀에게 방을 하나 구해주어야 하나? 커피숍으로 데리고 가 하녀를 구하는 광고를 살펴봐야 하나? 잠시 쇼샤와 함께 머무르도록 했어야 했던 것도 같지만 나는 쇼샤와 바셸레 누구에게도 레스즈노 가에 있는 내 방에 대해서 얘기하지 않은 상태였다. 그들은 내가 신문사에서 잠을 자는 것으로 믿고 있었다. 그런데 방이 있다는 사실을 알게 되면 바셸레는

---

1 폴란드 동쪽에 있는 도시

꼬치꼬치 캐물을 것이 분명했다. 갑자기 좋은 생각이 떠올랐다. 해결책은 너무도 간단해 왜 진작 그런 생각이 떠오르지 않았는지 놀라울 정도였다. 나는 테클라와 함께 12번지에 있는 제과점으로 들어가 문 옆에서 잠시 기다리게 한 다음 셀리아에게 전화했다. 불과 며칠 전 그녀는 마리안나가 떠난 후 괜찮은 하녀를 구할 수가 없다며 하소연했었다. 셀리아의 건조한 목소리가 들렸다. 그 목소리는 누가 전화를 했건 내가 기대할 수 있는 건 아무것도 없어, 라고 말하는 것처럼 여겨졌다. 나는 말했다.

"셀리아, 추칙이에요."

"추칙? 무슨 일이에요? 메시아라도 온 거예요?"

"메시아는 오지 않았지만 하녀를 구했어요."

"하녀라고요? 당신이? 나를 위해?"

"그래요, 셀리아. 하숙집에서 일을 하던 하녀예요."

"잘됐네요. 어느 하숙집에 있었죠?"

"내 하숙집요."

"농담하는 거예요?"

나는 셀리아에게 무슨 일이 있었는지 얘기를 했다. "나는 더 이상 레스즈노 가에 있는 내 방에 머물 수가 없어요. 어떤 난폭한 소작인이 테클라와 나를 위협하고 있어요." 셀리아는 일이 그렇게 된 데 놀란 듯, 내 말을 가로막지 않았다. 전화선 저편에서 그녀가 숨 쉬는 소리가 들렸다. 이따금 나는 테클라가 서 있는 유리문을 바라보았다. 그녀는 초조한 마음을 감추며 서 있었다. 그녀는 무거운 바구니를 양손으로 꼭 쥐고 있었다. 레스즈노 가의 집에서는 대도시 여자처럼 약아빠진 척 했지만 밤새 그런 모습을 모두 잃어버리고 다시 소작인의 딸이 되어 있었다.

"쇼샤도 함께 데리고 올 거예요?"

"그녀가 어머니와 떨어져서도 지낼 수 있게 되면 언제든요."

셀리아는 내 말이 의미하는 바를 잠시 생각하는 듯했다. 잠시 후 그녀는 "자주 데리고 오도록 해요. 이곳은 당신의 두 번째 고향이 될 거예요. 당신이 가는 곳이면 어디든 그녀도 가야 해요."

"셀리아, 당신이 내 목숨을 구했어요!" 내가 소리쳤다.

다시 셀리아는 잠시 말이 없었다. "추칙, 택시를 타고 바로 오도록 해요. 내가 좀더 오래 살게 되면 뭔가 좋은 일이 내게 생길 수도 있을 것 같아요. 물론 그게 너무 늦지 않았다면 말이죠."

Shosha

에필로그

1

13년이 지나갔다. 뉴욕에서 나는 이디시어 신문사에서 받는 봉급으로 이천 달러를 저축했다. 영어로 번역될 소설의 선인세로 오백 달러도 받았다. 나는 런던과 파리, 그리고 이스라엘을 여행했다. 런던에는 독일군의 폭격으로 생긴 폭탄 자국과 폐허가 된 건물들이 그대로 있었다. 파리에서는 암시장에서 식품을 조달하는 레스토랑에서 식사를 하기도 했다. 마르세유에서 제노바를 거쳐 하이파[1]로 가는 배를 탔다. 밤새 젊은 승객들이 노래하는 소리가 들렸다. 그들은 귀에 익은 옛 노래와, 1948년과 1951년 사이 아랍과 이스라엘 간의 전쟁 동안에 만들어진 새 노래들을 불렀다. 엿새 후 우리는 하이파에 도착했다. 상점 위에 걸린 히브리어 간판과 작가, 랍비, 그리고 지도자의 이름을 딴 거리를 보

---

1 이스라엘의 도시(편집자 주)

고, 이베리아 반도의 유대인들이 말하는 것 같은 히브리어를 듣고, 남녀 유대인 병사들을 보는 것은 대단한 경험이었다. 텔아비브에서는 야르콘 가에 있는 한 호텔에 묵었다. 텔아비브는 신도시였지만 집들은 낡고 지저분해 보였다. 전화는 제대로 되지 않았고 욕조에는 뜨거운 물이 잘 나오지 않았으며 전기는 밤에 수시로 나갔다. 음식은 형편없었다.

신문에 나의 도착을 알리는 기사가 실렸고, 나는 작가와 언론인, 바르샤바의 옛 친구들, 먼 친척들의 방문을 받았다. 그들 중에는 아우슈비츠에서 팔에 문신을 새긴 사람들도 있었고, 예루살렘과 사파드를 놓고 싸운 전투에서 아들을 잃은 사람들도 있었다. 나는 뉴욕과 런던, 파리와 배 위에서 들었던 나치의 잔혹함과 러시아 비밀경찰의 야만성에 관한 끔찍한 얘기들을 다시 들었다.

어느 날 아침, 호텔 식당에서 아침 식사를 하고 있는데 부채처럼 퍼지고 우유처럼 하얀 수염을 기른, 키 작은 어떤 사람이 안으로 들어왔다. 그는 칼라가 젖혀진, 단추를 잠그지 않은 셔츠와 허름한 바지를 입고 있었고, 밀짚모자를 쓰고 있었으며, 맨발에 샌들을 신고 있었다. 한때 그를 알고 지낸 것이 분명했지만 누구인지 알 수가 없었다. '이렇게 작은 사람이 어떻게 저토록 커다란 수염을 기를 수 있지'라고 나는 궁금해했다. 그는 서둘러 내 테이블로 다가왔다. 그의 젊고 검은 눈은 내 접시 위에 놓인 올리브와 비슷해 보였다. 그는 손가락으로 나를 가리키며 친숙한 바르샤바 이디시어로 "여기 있군! 추칙, 자네에게 평화가 깃들길!"이라고 말했다.

하이믈 첸트시너였다. 나는 자리에서 일어났고, 우리는 키스를 한 후 잠시 서로를 얼싸안았다. 내 얼굴이 그의 수염에 파묻혔다. 나는 함께 아침 식사를 하자고 했지만 그가 식사를 했다고 해서, 나는 커피를 시켜주었다. 그와 셀리아가 바르샤바의 유대인 거주 구역에서 죽었다는 애기를 들었지만 죽은 걸로 생각했던 사람들과 다시 만나는 일이 없지는 않았으므로 놀라지 않았다. 그러나 파이텔존은 살아 있지 않았다. 나는 오래전에 그가 죽었다는 기사를 읽었다.

우리는 커피를 마셨다. 하이믈은 "자네를 추칙이라고 불러서 미안하네. 그렇게 부르는 게 다정하게 여겨져서야"라고 말했다.

"그래요. 하지만 나도 이제 나이가 들었죠."

"나한테는 항상 추칙으로 남을 걸세. 셀리아가 살아 있다면 역시 그렇게 불렀을 걸세. 자네 몇 살이지?"

"마흔셋요."

"그다지 늙지 않았군. 나는 오십 대 후반이라네. 므두셀라만큼이나 나이가 든 것 같아. 우리가 그동안 겪은 일이라니! 한 번의 생이 아니라 백 번의 생을 산 것 같아."

"어디 있었어요, 하이믈?"

"어디 있었냐고? 발길이 닿지 않았던 곳이 없지! 빌뉴스, 카우나스[1], 키이우, 모스크바, 카자흐스탄에서, 칼

---

1 빌뉴스는 리투아니아의 수도이고 카우나스는 남부 도시 이름(편집자 주)

미크인[2]들과 춘추즈인[3] 사이에서, 온갖 곳에 다 있었지. 죽음의 천사를 백 번은 봤을 걸세. 하지만 죽을 운명이 아닌 때에는 기적이 일어난다네. 숨이 붙어 있는 한 몸은 벌레처럼 기어 다니지. 나는 그렇게 기어 다녔고, 벌레를 짓밟는 발을 피해 마침내는 유대인 땅에 오게되었어. 여기서도 다시 전쟁과 굶주림과 끝없는 위험에 시달렸지. 총탄이 머리 위로 날아다녔고, 몇 발자국 떨어진 곳에서 폭탄이 터졌어. 하지만 이곳에서는 누구도 양처럼 순순히 도살장에 끌려가지는 않았어. 바르샤바, 우치, 라바 루스카, 민스크에서 온 우리 친구들은 갑자기 마사다[4] 시절의 투사들처럼 영웅이 되었지. 가장 온화하고 낙관적인 사람도 전투적으로 변할 수 있다는 게 믿기지 않을 걸세. 셀리아는 어떻게 되었는지 알고 있겠지."

"전혀 모르는데요."

"어떻게 그럴 수 있지? 테라스로 나가는 건 어떻겠나? 바다를 보고 싶군."

우리는 테라스로 나가 그늘 아래 테이블에 앉았다. 웨이터가 왔고 나는 커피와 쿠키를 좀더 주문했다. 한동안 우리는 초록색에서 파란색으로 변하는 바다를 바라보았다. 수평선에 범선이 한 척 떠 있었다. 해변은 남자와 여자로 붐볐다. 어떤 사람들은 운동을 했고, 다른 사람들은 공놀이를 하거나 일광욕을 하거나 파라

---

2 카스피해 북쪽 연안 지역 러시아에 사는 몽골 민족의 후손(편집자 주)
3 Chunchuz. 러시아 동부와 중국 국경 부근에서 활동한 도적들을 일컫는 폴란드어(편집자 주)
4 유대인들이 로마군에 대항해 끝까지 싸운 요새가 있는 곳

솔 밑에 누워 있었다. 어떤 이들은 물가에서 물장난을 치고 있었고, 다른 이들은 멀리까지 헤엄쳐 나갔다. 한 남자가 개를 물속으로 데리고 들어가려 했지만 개는 끝까지 버티고 있었다.

하이믈이 말했다. "그래. 유대인 땅에 유대인 바다야. 십 년 전이라면 누가 이걸 믿었겠나? 감히 생각도 할 수 없었던 거지. 빵 한 부스러기와 귀리 한 접시, 깨끗한 셔츠 한 벌 갖는 것이 우리의 꿈이었지. 파이텔존이 한 말 중 내가 종종 되풀이하는 말이 있네. '인간은 비관주의나 낙관주의에 빠져서는 어떤 상상력도 갖지 못한다네.' 기독교인들이 유대인 국가에 찬성하는 표를 던지리라고 누가 생각이나 했겠나? 하지만 출산의 산고가 끝나려면 아직 멀었어. 아랍 국가들은 지금 상황을 탐탁지 않게 여기니까. 이곳 상황은 어려워. 수천 명의 피난민들이 양철로 만든 허름한 집에 살고 있지. 나도 그중 하나에 살았어. 하루 종일 햇빛이 불처럼 이글거리지. 밤에는 몸이 얼어붙고. 여자들은 서로 악다구니처럼 싸워. 아프리카에서 온 난민들도 있는데 그들은 손수건도 본 적이 없는 사람들이야. 말 그대로 아브라함의 시대에서 온 사람들이지. 그들이 누구인지 누가 알겠어. 어쩌면 그두라[1]의 후손들인지도 모르지. 자네가 미국에서 유명하게 되었다는 얘기는 들었네."

"그건 전혀 사실이 아녜요."

"아니, 자네는 유명해졌어. 독일의 수용소에서도 사람들이 자네 책을 읽곤 했어. 그곳 신문에 자네 글들이

1 아브라함의 아내 중 하나

다시 실렸었지. 자네 이름을 볼 때마다 '추칙!' 하고 소리쳤다네. 사람들은 내가 미쳤다고 생각했어. 오늘 하욤 지에서 자네가 이곳에 왔다는 기사를 본 순간 춤을 추기 시작했지. 내 아내는 '무슨 일이에요? 당신 미쳤어요?'라고 묻더군. 나는 다시 결혼했네."

"여기서요?"

"아니, 란츠베르크에서 남편과 아이들을 잃고 가스실로 끌려갔던 여자지. 나는 혼자 배회하고 있었어. 나한테는 차 한 잔 끓여줄 누구도 없었어. 자네 말이 기억나. 세상은 도살장이며 매음굴이라는. 당시에는 그 말이 과장처럼 여겨졌지만 그건 쓰라린 진리야. 사람들은 자네가 신비주의자라고 생각하지. 실은 철저한 현실주의자인데도 말야. 그럼에도 모든 것이 우리에게 강요된다네. 희망까지도. 높은 곳에 계시는 독재자 스탈린 또한 '희망을 가져야 한다'고 말하지. 그리고 그가 그렇게 말하면 희망을 가져야 해. 하지만 내가 무엇을 더 희망할 수 있겠나? 죽음뿐이지. 설탕은 어디 있지?"

"여기요."

"이 커피는 구정물 같군. 자네를 못 본 지 얼마나 됐지? 13년? 그래, 구월이면 정확히 13년이 되지. 쇼샤는 더 이상 살아 있지 않지?"

"우리가 바르샤바를 떠난 이튿날 죽었어요."

"죽었다고? 길에서?"

"그래요, 라헬[2]처럼요."

"우리는 아무것도 몰랐어, 아무것도. 소식은 다른 사

---

2 야곱의 두 번째 아내이자 요셉의 어머니

람들을 통해서 전해지지. 비알리스토크[1]와 빌뉴스에 우편배달부와 심부름꾼이 된 유대인들이 있었어. 그들이 국경을 넘어 아내들에게 편지를 갖다주었지. 하지만 자네는 소리 소문 없이 사라져 버렸어. 무슨 일이 있었던 건가? 1946년에 자네가 살아 있다는 걸 처음 알게 되었지. 많은 피난민들과 함께 뮌헨으로 갔는데 누군가가 그곳에서 발행되는 신문을 주더군. 그것을 펼치자 자네 이름이 있었지. 자네가 뉴욕에 있다고 했어. 뉴욕에는 무슨 수로 가게 되었지?"

"상하이를 통해서요."

"누가 신원보증을 선 건가?"

"베티 기억하죠?"

"그럼! 아무도 잊지 않았네."

"베티는 기독교인 미군 중령과 결혼했어요. 그가 신원보증서를 보내줬죠."

"그녀 주소를 알고 있었던 건가?"

"우연히 알게 되었죠."

"나는 종교적인 사람은 아냐. 기도도 드리지 않고, 안식일도 지키지 않고, 하느님을 믿지도 않지만 어떤 손이 이 세상을 안내하고 있다는 건 인정해. 그건 누구도 부정할 수 없어. 그 손은 악하기도 하고, 피가 묻어 있기도 하지만 때로는 자비롭기도 하지. 베티는 어디서 살고 있나? 뉴욕?"

"1년 전에 자살했어요."

"왜?"

---

1 폴란드 북동부에 있는 도시(편집자 주)

"그건 아무도 모르죠."

"쇼샤는 어떻게 된 건가? 얘기하는 게 고통스러우면 하지 않아도 되네."

"얘기할게요. 몇 년 전 내가 꿈에서 본 그대로 죽었어요. 우리는 비알리스토크로 향하는 길을 걷고 있었죠. 저녁이 가까워지고 있었어요. 다른 사람들은 빨리 걸었지만 쇼샤는 따라오질 못했어요. 그녀는 자주 멈춰 섰어요. 그러다 갑자기 그녀가 앉았고, 1분 후 죽었어요. 당시에 그 꿈을 셀리아에게 얘기했었죠. 아마 당신한테도 얘기했을 거예요."

"나한테는 하지 않았는걸. 했더라면 기억했을 걸세. 정말 상냥한 아이였지. 나름대로 성자이기도 했지. 심장마비였나?"

"모르겠어요. 그냥 더 이상 살고 싶지 않았던 것 같아요."

"여동생은 어떻게 됐지? 이름이 뭐였더라? 타이벨레였던가?" 하이믈이 물었다. "그리고 그녀 어머니는 어떻게 되었나?"

"바셸레는 죽은 게 확실해요. 타이벨레는 어떻게 되었는지 모르겠어요. 러시아로 도망갔을 수도 있어요. 부기 직원인 친구가 있었죠. 어쩌면 이곳에 있는지도 몰라요. 그럴 가능성은 별로 없어 보이지만. 그동안 그녀에 관한 소식은 전혀 못 들었으니까요."

"이런 걸 묻는 건 무섭지만 자네 어머니와 동생은 어떻게 되었나?"

"1941년 이후 러시아군이 그들을 구해 소를 수송하는 열차에 실어 카자흐스탄으로 데리고 갔죠. 그 여행은 2주가 걸렸어요. 같은 열차에서 그들과 함께 있던 남자를 만났는데 자세한 얘기를 해주더군요. 둘 다 죽었어요. 내 어머니가 그런 여행을 한 후 어떻게 몇 달을 더 살 수 있었는지 이해가 안 가요. 그들은 겨울이 한창인 러시아의 숲으로 끌려가 통나무집을 지어야 했죠. 내 동생도 그곳에 도착하자마자 죽었어요."

"자네의 공산주의자 여자친구는 어떻게 됐나, 이름이 뭐였지?"

"도라요? 모르겠어요. 어디선가 선한 자나 악한 자의 손에 죽었을 거예요."

"추칙, 곧 돌아오겠네. 가지 말게."

"물론이죠!"

"무슨 일이든 일어날 수 있다네."

하이플이 간 후 나는 다시 바다 쪽으로 고개를 돌렸다. 여자 둘이 서로 물을 튀기고 있었다. 그들은 웃느라고 균형을 잃었다. 아버지와 아들이 풍선을 갖고 놀고 있었다. 터부룩한 수염에 하얀 옷을 입고 땋은 머리를 어깨까지 늘어뜨린 맨발의 유대인이 해변을 돌아다니며 사람들에게 구걸을 하고 있었다. 누구도 그에게 아무것도 주지 않았다. '도대체 어떻게 해변에서 구걸할 생각을 한 거지.' 하고 나는 생각했다. 그는 제정신이 아닌지도 몰랐다. 그 순간 나를 찾는 안내 방송이 들렸다. 누군가가 전화를 한 것이다.

2

전화를 받은 후 나는 다시 자리로 돌아왔다. 하이플은 아이처럼 호기심 어린 얼굴로 문 쪽을 바라보며 테이블에 앉아 있었다. 내가 오자 그는 일어날 것처럼 하다가 그대로 앉았다. 내가 자리에 앉자 그는 "어디 갔었나?"라고 물었다.

"전화가 왔었어요."

"자네가 여기 오니까 잠시도 가만 놔두지 않는군. 물론 자네야 신문에 기사가 나서겠지만 내가 온 건 어떻게 안 거지? 오래전 죽었다고 생각했던 사람들이 전화를 해왔네. 다들 죽은 자가 부활한 걸로 여겼지. 누가 알겠나? 유대인들이 다시 나라를 갖게 되는 기적을 볼 수 있을 때까지만 살 수 있다면 메시아가 오는 것도 볼 수 있을지 모르지. 어쩌면 죽은 자들도 다시 살아날지 모르고. 추칙, 내가 자유로운 생각을 하는 사람이라는 거 알지? 하지만 마음 한켠에서는 셀리아도, 모리스도, 내 아버지도 여기 있다는 생각이 들어. 자네의 쇼샤도 마찬가지고. 어쨌든 누군가가 그냥 사라지는 것이 어떻게 가능하겠나? 삶을 살았고, 사랑을 했고, 희망을 가졌고, 하느님과 그리고 자기 자신과 씨름한 사람이 그냥 사라지는 것이 어떻게 가능하겠나? 어떻게 된 노릇인지는 모르겠지만 어떤 점에서 그들이 여기 있는 것만 같네. 시간이 환영이라면 모든 것이 그대로 있지 말라는 법도 없다. 언젠가 자네가 한 얘기가 기억나네. 아니면 다른 사람의 말을 인용한 거였던가? 시간은 앞으로는 넘길 수 있지만 뒤로는 넘길 수 없는 책이라고. 물론 우리는 그럴 수 없지만 어떤 신비한 힘은 그럴 수도 있을 걸세. 셀리아가 더 이상 셀리아이지 않는 게 어떻게 가능하지? 모리스가 더 이상 모리스이지 않는 게 어떻게 가능하고? 나는 그들과 함께 살고 얘기를 주고받는다네. 때로 셀리아가 내게 얘기하는 걸 듣기도 해. 자네는 안 믿을지도 모르겠지만 나더러 지금 아내와 결혼하라고 한 건 셀리아라네. 나는 병들고 굶주리고 외롭게 버려진 채로 란츠베르크 근처의 수용소에 누워 있었네. 갑자기 셀리아의 목소리가 들렸어. '하이믈, 제니아와 결혼하도록 해요!'라고. 제니아는 내 아내 이름이네. 이걸 심리학적으로 설명할 수도 있겠지. 알아, 알아. 그럼에도 그녀의 목소리를 들었네. 그건 어떻게 생각하나?"

"모르겠는데요."

"아직도 모르겠다고? 얼마나 더 모르는 채로 살아갈 건가? 추칙, 나는 죽음을 제외한 모든 것들과 화해할 수 있을 것 같네. 과거의 모든 세대들은 죽었고 지금 살아 있는 자들만 살아 있다고 할 수 있을까? 물론 책 페이지를 뒤로 넘길 수는 없겠지만 페이지마다 죽은 자들의 영혼이 서가의 책들처럼 존재하고 있을 걸세."

"그 영혼들은 거기서 뭘 하는 거죠?" 내가 물었다.

"그건 모르겠네. 어쩌면 우리 또한 이미 그곳에 있는지도 모르지, 똑같은 꿈을 꾸며. 모든 것은 죽었거나 살아 있을 걸세. 자네가 떠난 후에야 모리스가 위대해졌다는 사실을 알기 바라네. 그 후 몇 달만큼 그가 그토록 위대했던 적은 없었지. 그는 독일군이 쳐들어온 지 일 년도 더 지난 1940년 10월 유대인 거주 구역으로 내몰리기 전까지 즐로타 가에서 우리와 함께 살았네. 자네도 알다시피 그는 전쟁이 일어나기 전 미국이나 영국으로 갈 수도 있었네. 미국 영사는 그에게 떠날 것을 독촉했지. 미국과의 전쟁은 1941년까지는 일어나지 않았어. 그는 루마니아와 헝가리, 심지어는 독일을 통해 여행을 할 수도 있었어. 미국 비자만 있으면 그냥 통과시켜 주었으니까. 하지만 그는 우리와 함께 남았어. 한번은 내가 셀리아에게 '나는 죽을 준비가 되어 있어. 하지만 당신과 전지전능하신 하느님께 한 가지 부탁이 있어. 내가 나치를 보지 않을 수 있게 해달라는 거야'라고 말한 적이 있네. 셀리아는 '하이믈, 그들의 얼굴을 보지 않을 수 있게 해줄게요'라고 말했네. 어떻게 그런 약속을 할 수 있었을까? 그녀는 키가 더 커졌네. 더 이상 과거의 셀리아가 아니었지. 우리가 처한 상황과 모리스가 우리와 함께 살게 되면서 그녀는 말로 다 할 수 없을 정도로 고매해졌네. 아름답게 되었지."

"그를 질투했나요?"

"말도 안 되는 소리. 나 역시 좀더 자랐지. 죽음의 천사가 칼을 휘둘렀지만 나는 그를 향해 혀를 내밀었다네. 바깥에서는 사원이 파괴되고 있었지만 우리 집 안에서는 심카스 토라와 속죄일이 하나가 되었지. 그들과 함께 있자니 나 또한 신이 났어. 이 얘기를 일목요연하게 말할 수가 없군. 어떻게 그런 것들을 일목요연하게 말할 수 있겠나? 하나뿐인 내 삼촌은 10월에 죽었네. 나는 우치에 갈 수가 없었어. 유대인은 어디서도 얼굴을 내밀 수가 없었어. 그럼에도 나는 위험을 무릅썼지. 그 먼 거리를 걸어서 갔어. 그곳까지 갔다가 오는 길은 진짜 오디세이아였지.

자네도 알다시피 셸리아는 우리가 막벨라의 동굴[1]이라고 부른 방을 준비했네. 자네가 아직 바르샤바에 있을 때 그렇게 하기 시작했지만 그날 라디오에서 모두들 프라가 다리를 건너라는 포고령이 내려졌고, 자네는 쇼샤와 함께 떠나기로 결심을 했지. 그런데 그날 그 방은 파이텔존과 나의 유일한 장소가 되었다네. 우리는 그곳에서 먹고 잠을 잤지. 모리스는 그곳에서 글을 썼어. 나는 우치에서 내 아버지가 나를 위해 삼촌에게 맡겨둔 돈을 가져온 상태였지. 지폐가 아닌 금화로 말야. 그것은 러시아가 폴란드를 지배했을 때부터 저축해 온 거였어. 내가 그런 보물을 가지고 바르샤바로 돌아오면서 수색을 당하지도 살해당하지도 않은 건 믿을 수가 없네. 하지만 나는 돌아왔어. 셸리아는 보석을 샀지. 당시에는 돈이면 뭐든 구할 수 있었어. 암시장이 곧 형성되었지.

집에 돌아온 나는 너무 지친 나머지 한 가닥의 용기도 남아 있지 않았어. 모리스와 마찬가지로 나는 외출을 하지 않았고, 셸리아가 바깥세상과의 연결고리 역할을 했지. 그녀가 나갈 때마다 우리는 그녀를 다시 볼 수 있을지 자신이 없었어. 자네의 테클라 또한 우리를 위해 심부름을 해주었지. 그녀는 목숨을 걸고 모험을 한 거야. 하지만 아버지가 죽어 고향 마을로 돌아가야 했지.

당시는 슬픔의 나날이었네. 우리의 삶은 밤에 시작되었지. 먹을 건 별로 없었지만 우리는 뜨거운 차를 마

---

1 아브라함과 이삭, 야곱 등이 묻힌 유대인들의 성지

셨고 모리스는 얘기를 했어. 밤마다 그는 새로운 얘기를 했지. 여러 세대를 거쳐온 정신적 유산이 그의 내부에서 깨어난 듯 전지전능한 존재를 향해 유황과 황을 던졌고, 동시에 그의 말들은 그 자체로 종교적인 불꽃으로 타올랐어. 그는 천지창조 이후 하느님이 지은 죄에 대해 말하며 그분을 나무랐지. 그는 여전히 우주 전체가 게임이라는 주장을 했지만 그 게임을 신성한 것으로 고양시켰네. 루블린의 예언자[2]와 랍비 부님[3], 그리고 랍비 코츠커도 그런 식으로 말했을 거야. 그의 말의 핵심은 하느님이 영원히 침묵하고 있으므로 우리는 그분께 빚진 게 아무것도 없다는 거였네. 자네에게서도 언젠가 비슷한 말을 들은 것 같네. 아니면 자네가 모리스의 말을 인용했을 수도 있겠지. 모리스는 진정한 종교는 하느님에게 봉사하는 것이 아니라 그분께 원한을 품는 것이라고 주장했어. 그분이 악을 원할 경우 우리는 정반대의 것을 갈망해야 하지. 그분이 전쟁과 종교 재판과 십자가형과 히틀러 같은 작자들을 원한다면 우리는 공정함과 하시디즘과 우리 나름의 은총을 원해야 해. 십계명은 하느님 소유가 아닌 우리 거라네. 하느님은 유대인이 가나안 사람들로부터 이스라엘 땅을 뺏고 필리스타아인[4]에게 전쟁을 선포하기를 바라셨지만 망명 생활을 하고 있는 진짜 유대인은 주석이 있는 게마라와 조하르, 생명의 나무, 지혜의 시작을 원했지. 모리스는 기독교인들이 우리를 유대인 거주 구역으로 내몬

---

2 랍비 야코프 이츠하크(1745-1815)를 부르던 호칭(편집자 주)
3 폴란드 하시디즘의 핵심 지도자 중 한 명(1765-1827, 편집자 주)
4 옛 팔레스타인 남부에 살던 민족

것이 아니라 유대인 스스로 그곳으로 갔다고 했어. 유대인들은 전쟁을 선포하고, 전장의 군인과 영웅 들을 기르는 데 지쳤다는 거야. 매일 밤 모리스는 새로운 논리를 세웠지.

우리는 사람들이 유대인들을 거주 구역에 가두기 시작할 때까지만 해도 도망칠 수 있었어. 사람들은 러시아를 들락거리고 있었거든. 비알리스토크에는 바르샤바 출신의 한 남자가 있었는데 반은 작가지만 반은 실성한 사람으로 순교자였지. 그의 이름은 욘켈 펜트작이었어. 그는 계속해서 비알리스토크와 바르샤바를 왔다 갔다 했지. 마치 신성한 사자처럼 또는 신성한 밀수꾼처럼 여겨졌다네. 그는 남편들에게는 아내들의 편지를, 아내들에게는 남편들의 편지를 몰래 갖다주었네. 그런 여행에 따르는 위험을 상상할 수 있을 걸세. 마침내 그는 나치에게 붙잡혔지. 하지만 그렇게 되기 전까지는 신성한 우편배달부 역할을 했어. 그는 내게도 편지 몇 통을 갖다주었지. 그곳에 간 몇몇 친구들이 나도 오라고 했지만 셀리아, 모리스 모두 원치 않았으므로 나는 그들을 내버려두고 갈 수가 없었네. 그 낯선 곳에서 나를 기다리고 있었던 건 무엇이었을까? 우리에게 인사말을 보낸 그 작가들과 지도자들 모두는 하룻밤 사이에 열렬한 공산주의자가 되었지. 동료를 공격하는 것이 일과가 된 거야. 그들의 글은 스탈린 찬양으로 이루어져 있었고 그에 대한 대가는 처음에는 귀리한 접시와 몸을 뉘일 수 있는 침대였지만, 나중에는 감옥과 추방과 숙청이 되었다네. 나는 사람들이 삶이라고 부르는 것이 죽음이며, 죽음이라고 부르는 것이 삶이라는 결론에 이르게 되었네. 아무 질문도 하지 말게나. 빈대는 살아 있는데 태양은 죽었다는 말이 어디 적혀 있지? 어쩌면 그 반대일 수도 있겠지? 사랑? 그건 단순히 사랑이 아니었어. 추칙, 성냥 있나? 담배를 피우게 되었다네. 실은 이곳 유대인 땅에서 말야."

나는 하이믈에게 줄 성냥을 가져왔다. 그리고 미국 담배 두 갑도 사왔다.

그는 고개를 저었다. "내게 주는 건가? 그래, 나를 도와주게. 자네는 씀씀이가 헤픈 사람이니까."

"나는 당신에게서 담배 두 갑 이상의 것을 얻었어요."

"그래? 우리는 자네를 잊지 않았네. 셀리아는 계속해서 자네에 대해 물었지. 누군가가 무슨 소식을 듣지 않았나 하고. 자네 글이 어딘가에 실리지는 않았나 하고. 바르샤바를 떠난 후 어디로 갔었나? 비알리스토크는 아니었겠지?"

"드루스키닌카이[1]로 갔었죠."

"그곳에 갈 수 있었단 말이지?"

"신분을 숨기고 갔죠."

"드루스키닌카이에서는 뭘 했나?"

"호텔에서 일했어요."

"그래, 작가들을 멀리한 건 잘한 일이야. 자네는 공산주의자는 될 수 없었어. 그리고 반공산주의자들은 곧 시베리아로 보내졌지. 그 후 사람들은 가장 열렬한 스탈린주의자들에게도 똑같은 짓을 했다네. 1941년에

---

1 리투아니아의 도시(편집자 주)

는 뭘 했나?"

"계속해서 옮겨 다녔죠."

"어디로?"

"카우나스까지 갔다가 그곳에서 상하이로 갔어요."

"비자를 받은 건가? 상하이에서는 뭘 했지?"

"식자공이 되었어요."

"뭘 식자했는데?"

"『시타 메쿠베체트』[1]요."

"저런, 미친 종족이야, 유대인 말일세. 그곳에서 책을 출판한 탈무드 학교가 있다고 들었네. 자네가 쓰진 않았겠지?"

"그것도 내가 했죠."

"미국에는 언제 갔나?"

"1948년 초에요."

"나는 1941년 5월에 바르샤바를 떠났네. 모리스는 3월에 죽었지."

"셀리아는 왜 데리고 가지 않았어요?"

"데려갈 사람이 아무도 없었으니까."

"아팠나요?"

"모리스가 죽은 지 꼭 한 달 만에 죽었어. 소위 말하는 자연사였네."

3

하이플과 나는 비좁은 버스에 올라타 텔아비브의 교외에 있는, 새로운 이민자들을 위한 숙소를 짓고 있는

---

1 Shitah Mekubbetzet. 탈무드 주해서(편집자 주)

하다르 요셉으로 향했다. 승객들은 이디시어, 폴란드어, 독일어, 그리고 문법이 맞지 않는 히브리어로 서로에게 욕을 했다. 여자들은 자리를 놓고 다투었고 남자들은 편을 들었다. 한 여자는 산 닭을 들고 탔다. 닭이 바구니에서 뛰쳐나와 승객들 머리 위로 날아다니기 시작했다. 운전사는 소란을 피우는 사람은 밖으로 내던지겠다고 소리쳤다. 잠시 후 버스 안은 조용해졌고, 나는 하이믈이 말하는 것을 들었다. "그래, 유대인 국가야. 새로 오고 있는 사람들은 제정신이 아냐. 히틀러의 희생자들로 굉장히 신경이 곤두선 자들이지. 그들은 항상 자신들이 박해받고 있다고 생각해. 그들은 처음에는 히틀러를 저주하더니 이제는 벤구리온[2]을 저주하고 있어. 만약 전능한 존재께서 우리에게 새로운 파국을 선사하지 않는다면 그들의 아이들은, 또는 그 아이들의 아이들은 정상적으로 될 걸세. 우리가 겪은 일들을 자네가 어떻게 알겠나? 자네는 아무 말도 하지 않았지만 내가 셀리아가 죽은 후 다시 결혼한 이유가 궁금하기도 하겠지. 그전에 제니아와 나는 따로따로 기어 다니는 두 마리 벌레에 지나지 않았다네. 하지만 우리는 함께 기어 다니기로 했네. 최근까지 우리는 양철을 이은 오두막에서 살았지. 그 후 지금의 아파트를 갖게 되었어. 육체라는 게 얼마나 적응력이 좋던지……. 그녀는 셀리아는 아니지만 좋은 여자야. 그녀의 남편은 피오트르쿠프에 있는 이디시어 학교 교사였지. 유대인동맹 소속이었고. 제니아는 한때 스탈린을 믿었지

---

2 다비드 벤구리온(1886-1973). 폴란드 태생의 시온주의자로 이스라엘 건국을 주도했고 초대 수상에 취임

만 그가 어떤 자인지 알게 되었어. 우스운 일이지만 그녀는 파이텔존을 알았어. 그가 슈펭글러에 대해 강의하는 것을 들은 적이 있고, 서명이 된 책까지 받았지. 그녀는 부상당한 사람들이 앰뷸런스에 실려 오는 병원에서 잡역부로 일해. 레드 모겐 다비드 병원 말야. 마침 그녀가 쉬는 날이군. 자네에 대해서는 모든 걸 알고 있다네. 자네 책을 읽으라고 줬거든."

우리는 하다르 요셉에 이르렀다. 평평한 지붕들 위에는 빨랫줄이 걸려 있었다. 반라의 아이들이 모래에서 놀고 있었다. 시멘트 계단은 하이믈의 집 부엌으로 곧장 연결되어 있었다. 집 밖에서는 쓰레기와 아스팔트, 그리고 뭔지는 알 수 없지만 끈적거리는 땀 냄새 같은 냄새가 났다. 가스레인지 옆에는 흰색이 섞인 검은 머리칼을 짧게 자른, 키 작은 여자가 서 있었다. 그녀는 옥양목 옷을 입고 있었고, 맨발에 금이 간 슬리퍼를 신고 있었다. 왼쪽 얼굴이 눌려져 있고, 턱 아래에는 흉터가 나 있고, 입이 비뚤어져 있는 것으로 보아 수술을 받은 게 틀림없었다. 우리가 들어갔을 때 그녀는 꽃병에 담긴 꽃에 물을 주고 있었다.

하이믈이 "제니아, 누가 왔는지 맞혀 봐요!"라고 소리쳤다.

"추칙."

하이믈은 창피해했다. "이 사람한테는 이름이 있소."

"상관없어요. 아니, 별명으로 부르는 게 더 나아요." 내가 말했다.

"죄송해요. 우리는 늘 그렇게 불러왔거든요." 제니아가 말했다. "4년 동안 밤낮으로 그 이름을 들어왔죠.

'추칙, 추칙.' 내 남편은 누군가를 좋게 생각하면 그 사람에 대한 얘기를 멈추지 않죠. 영광스럽게도 파이텔존 박사는 직접 만났지만 당신은 이디시어 신문에 실린 사진을 통해서만 알고 있었어요. 마침내 직접 만나게 되었군요. 집에 누굴 데려온다고 왜 얘기를 하지 않은 거예요?"

하이믈에게로 고개를 돌리며 그녀가 말했다. "집이라도 정돈을 해놓았을 텐데. 우리는 이 집에서 계속해서 파리와 딱정벌레와 생쥐와 싸우고 있죠. 몇 년 전에는 곤충이나 생쥐도 하느님의 피조물이라는 생각은 못했어요. 하지만 나 자신이 딱정벌레나 다름없다고 생각하게 되면서 누구도 받아들이고 싶어 하지 않는 것들을 인정하게 되었어요. 자, 다른 방으로 들어가요. 예상치 못한 손님이 와서 당황스럽지만, 영광이네요!"

"내 아내 뺨을 봤나?" 하이믈이 가리켰다. "나치가 파이프로 때려서 저렇게 되었다네."

"그 얘긴 뭐하러 해요?" 제니아가 말했다. "다른 방으로 가요. 방이 지저분해서 미안해요."

우리는 다른 방으로 갔다. 낮에는 소파로, 밤에는 침대로 쓰이는 커다란 소파 하나가 놓여 있었다. 그 아파트에는 욕조는 없었고 변기와 세면대만 있었다. 그 방은 침실 겸 식당으로 사용되고 있는 것 같았다. 책꽂이가 하나 있었고, 거기에는 파이텔존의 『영적 호르몬』과 내 책 몇 권이 있었다.

하이믈은 "이곳이 우리 땅이고, 이곳이 우리 집이네. 바다로 내몰리지 않는다면 아마 이곳에서 죽을 권리는 있겠지." 하고 말했다.

잠시 후 제니아가 들어와 물건들을 정돈하기 시작했다. 우리가 그곳에 앉아 있는데도 그녀는 바닥을 쓸고 테이블 위에 보를 펼쳐놓았다. 그녀는 방 안이 어지러운 것에 대해 다시금 미안하다고 했다. 그녀가 저녁 식사를 차려 왔을 때에는 어둠이 내리고 있었다. 그녀는 자신과 하이플이 먹을 고기와 나를 위한 채소를 내왔다. 나는 그 부부가 고기 요리를 유제품과 섞는 것을 보고 놀랐다. 나는 하이플이 평소 이교도처럼 얘기하긴 했지만 유대인 땅에서는 유대인 율법을 따를 거라고 생각했던 것이다.

나는 물었다. "종교적이지도 않으면서 수염은 왜 기르는 거죠?"

제니아는 스푼을 내려놓았다. "그건 나도 알고 싶은 거예요."

"오, 유대인은 수염을 길러야 해." 하이플이 대답했다. "어떤 점에서는 기독교인들과는 달라야지."

"당신은 기독교인처럼 살아왔어요." 제니아가 말했다.

"내가 누군가를 때리거나 죽이지 않은 한 나 자신을 유대인이라고 일컬을 수 있어."

"십계명 중 한 가지를 어긴 사람은 십계명 모두를 어기게 된다고 어딘가에 적혀 있어요." 제니아가 말했다.

"제니아, 십계명은 인간에 의해 쓰였지, 하느님에 의해 쓰이지 않았어." 하이플이 말했다. "누구에게 해를 끼치지 않는 한 어떤 식으로든 살 수 있어. 나는 파이텔존을 사랑했지. 만약 그가 다시 살 수 있도록 내 삶을 포기하라고 했다면 주저하지 않았을 거야. 하느님이 계신다면 내 말의 증인이 되어주실 거야. 나는 추칙도 사랑했지. 소유의 시간은 곧 지나가고 새로운 본능을 가진 인간이 출현할 거야, 나눔을 실천하는. 이건 모리스가 한 말이야."

"그런데 러시아에서는 왜 그렇게 공산주의에 반대했죠?" 제니아가 물었다.

"그들은 나눠가지려 하지 않아. 뺏으려 하지."

점차 조용해졌고, 귀뚜라미 소리가 들려왔다. 그 소리는 내가 아이였을 때 우리 집 부엌에서 울던 귀뚜라미 소리와 똑같았다. 방이 어두워졌다.

하이믈이 말했다. "나는 나름대로 종교적이야. 종교적이라고! 나는 영혼의 불멸성을 믿지. 바위 하나가 수백 년 동안 존재할 수 있다면 인간의 영혼, 그 밖의 어떤 것의 불이 왜 꺼져야 하지? 나는 죽은 사람들과 함께하고 있어. 그들과 함께 살고 있지. 눈을 감는 순간 그들 모두는 나와 함께해. 빛은 수십억 광년을 여행하고 빛을 발할 수 있는데 왜 영혼은 그렇게 하지 못할 것 같은가? 이러한 전제에 기반을 둔 새로운 과학이 출현하게 될 거야."

"텔아비브로 돌아가는 버스는 언제 있죠?" 내가 물었다.

"추칙, 여기서 자도 되네." 하이믈이 말했다.

"고마워요, 하이믈. 하지만 아침 일찍 누가 오기로 되어 있어요."

제니아는 접시를 챙겨 부엌으로 갔다. 나는 그녀가 앞문을 닫는 소리를 들었지만 하이믈은 전등을 켜지 않았다. 창문을 통해 엷은 빛이 비치고 있었다.

하이믈이 나를 또는 자신을, 아니면 누구를 향해서 인지 알 수 없는 말을 하기 시작했다. "그 모든 세월은 어디로 간 거지? 우리가 죽은 후에는 누가 그 시간들을 기억할까? 작가들은 글을 쓰겠지만 모든 것을 뒤죽박죽으로 만들어버릴 거야. 모든 것이 보존되고, 가장 사소한 것까지도 새겨진 어떤 곳이 어딘가에 있을 거야. 파리 한 마리가 거미줄에 걸려 거미가 그 파리를 먹어치웠다고 해보세. 그것은 우주 현상의 일부이고 그러한 사실은 잊힐 수 없네. 그러한 사실이 잊혀야 한다면 그건 우주에 오점을 만들어내는 것일세. 내 말이 이해되나?"

"그래요, 하이믈."

"추칙, 그건 자네가 한 말이네!"

"그런 말 한 기억이 없는데요."

"자네는 기억하지 못할지 모르지만 나는 기억하네. 모리스가 한 말도, 자네가 한 말도, 셀리아가 한 말도 모두 기억하고 있지. 때로는 말도 안 되는 멍청한 이야기들도 다 기억하네. 만약 하느님이 지혜 그 자체라면 어떻게 멍청함이 있을 수 있지? 그리고 하느님이 삶 그 자체라면 어떻게 죽음이 있을 수 있지? 작은 남자인 데다 반은 으깨진 파리인 나는 밤에 누워 죽은 자와 산 자, 존재하는지는 모르겠지만 하느님과, 그리고 존재하는 게 확실한 사탄과 얘기를 나누지. 나는 그들에게 '이 모든 게 왜 있어야 했죠?' 하고 물은 후 대답을 기다린다네. 어떻게 생각하나, 추칙? 어딘가에 해답이 있다고 생각하나, 아니면 그렇지 않다고 생각하나?"

"해답은 없는 것 같아요."

"왜?"

"고통에 대한 답은 어디에도 없죠. 특히 고통을 당하는 자들에게는요."

"그렇다면 나는 무엇을 기다리고 있는 건가?"

제니아가 문을 열었다. "두 사람 왜 어둠 속에 앉아 있는 거예요?"

하이믈이 웃음을 지었다. "우리는 해답을 기다리고 있소."

역자 후기

아이작 싱어는 폴란드 태생의 세계적 작가이다. 그는 동유럽 유대인들의 언어인 이디시어로 작품을 썼고 1978년 노벨 문학상을 받았다. 주로 폴란드와 미국 내 유대인들의 삶을 그리고 있는 그의 소설에는 아이러니와 역설과 유머가 넘쳐나며 꿈과 몽상 그리고 초자연적인 세계가 자연스럽게 스며들어 있다. 하시디즘을 신봉하는 랍비 집안에서 태어난 싱어는 바르샤바 랍비 신학교에서 전통적인 유대식 교육을 받았지만 랍비보다는 작가가 되기를 원했다. 첫 소설 『고레이의 악마』(Der Sotn in Gorey)를 폴란드에서 출판한 후 1935년 미국 뉴욕으로 이주한 싱어는 이디시어 신문인 〈주이쉬 데일리 포워드〉(Jewish Daily Forward)에서 일했으며, 1943년 미국 시민권을 얻었다.

싱어의 주요 작품에는 『모스카트가(家)』(The Family Moskat, 1950), 『루블린의 마법사』(The Magician of Lublin, 1960), 『노예』(The Slave, 1962), 『영지』(The

Manor, 1967), 『지위』(The Estate, 1969), 『적과 사랑 이야기』(Enemies, a Love Story, 1972), 『쇼샤』(Shosha, 1978), 『참회자』(The Penitent, 1983) 등이 있다. 그리고 단편집에는 『바보 김펠』(Gimpel the Fool, 1957), 『시장 거리의 스피노자』(The Spinoza of Market Street, 1961), 『짧은 금요일』(Short Friday, 1964), 『회합』(The Seance, 1968), 『옛 사랑』(Old Love, 1979) 등이 있다. 『아이작 싱어 단편집』(The Collected Stories of Isaac Bashevis Singer)은 1982년에 출판되었다.

　『쇼샤』는 싱어가 가장 좋아하는 자신의 소설이다. 이 작품에서 그는 나치 침공 직전의 바르샤바 유대인 사회를 서정적으로 그리고 있다. 주인공인 아론 그라이딩거는 랍비의 아들로 작가로서의 인생을 출발하려고 애를 쓴다. 하지만 나치의 위협이 커지면서 선택의 기로에 서게 된다. 그는 안전이 보장되는 미국행 대신 어린 시절 친구인 쇼샤를 선택한다. 신체적, 정신적으로 미숙한 쇼샤는 합리적이며 이성적인 인간들이 잃어버린 원초적인 아름다움과 지혜와 수수께끼를 간직하고 있는 존재이다.

쇼샤

초판 인쇄	2022. 12. 16.
초판 발행	2022. 12. 23.
저자	아이작 바셰비스 싱어
역자	정영문
발행인	이재희
출판사	빛소굴
출판 등록	제251002021000011호(2021. 1. 19.)
팩스	0504-011-3094
ISBN	979-11-975375-7-8 (03890)
이메일	bitsogul@gmail.com
SNS	www.instagram.com/bitsogul
홈페이지	www.bitsogul.com